徐丽娇 · 著

新天出版社

图书在版编目（CIP）数据

心赴 / 徐丽娇著. -- 北京 : 天天出版社, 2025. 1. -- (新时代优秀散文书系). -- ISBN 978-7-5016-2484-3

Ⅰ. I267

中国国家版本馆CIP数据核字第20252V5M69号

责任编辑：郭剑楠　　**责任印制：**康远超　张　璞

出版发行：天天出版社有限责任公司
地址：北京市东城区东中街 42 号　　**邮编：**100027
市场部：010-64169002

印刷：成都市兴雅致印务有限责任公司　**经销：**全国新华书店等
开本：880 × 1230　1/32　　**印张：**10.5
版次：2025 年 1 月北京第 1 版　**印次：**2025 年 1 月第 1 次印刷
字数：306 千字

书号：978-7-5016-2484-3　　**定价：**69.00 元

目录

CONTENTS

第一辑 流年旅痕

第二辑 浙途有约

第三辑 山海台州

第四辑　古韵临海

第一辑 流年旅痕

读华山

对华山充满好奇，源于金庸先生的武侠小说《射雕英雄传》，书中三次华山论剑。金先生笔下的华山是个充满江湖气息的地方，是众多英雄豪杰的聚集地：东邪西毒、南帝北丐、中神通争夺九阴真经，郭靖接东邪北丐三百招不败，令狐冲少年意气……在金庸的江湖中，华山不仅有刀光剑影、爱恨情仇，还有逍遥的江湖英雄。我的心中总藏着一个英雄梦，华山理所当然成了我百转梦回的地方。

早些年走马观花去过黄山、青城山和三清山，对于华山，我不想用游玩来形容对它的认识，而是想好好去读一读它。2019 年的暑天，当杜桥驴友群发出“华山行”这个通知之后，我就开始查找关于华山的资料。华山，是我国著名的五岳之一，被尊称为西岳，华山海拔 2200 米，是秦、晋、豫黄河金三角交汇处，犹如一条锁链连接了秦岭和北方平原。它南接秦岭，北瞰黄河，远而望之若花状。华山几大主峰各有特色，西峰绝壁如刀削，东峰万道金光洒顶峰，南峰奇松傲然如英雄，北峰云雾缭绕显神秘，各峰奇景让人甚为惊叹，也和庐山一样“横看成岭侧成峰，远近高低各不同”。我觉得书上介绍得再好都不如亲临其境。

在一个云层厚盖的炎夏清晨，我们乘着索道上山。我们从索道上西峰，然后再绕回西峰下山。华山索道成为我此次读华山的扉页，华山陡直落差高，每座山峰基本上都是垂直的。我们所坐的索道车要经过好几座山头，每经过一座山头，索道车须震一下，车底下就是万丈深渊，若真是往下观望，不由得让人腿脚酥软。我这人往往会给自己壮胆，不惊险的地方才不会让人如此动魄呢。既然来读它，就拿出十二分的胆量来读它的险。观四峰峭壁、险径危石，险峻奇秀的华山不由得让人惊心动魄，怪不得华山被称为“奇险天下第一山”。同伴周老师有恐高症，坐在索道车里始终是紧闭双眸，不敢看笔陡的华山真面目。倒是我一眼都不敢眨，只怕会漏看一处险境。一座座山峰拔地而起，各不相连。一座座山脉如一座座金字塔耸立着，莹白如玉的岩石直耸云天。裸露的白岩缝里长着一棵棵倔劲的松树，松树遒劲地迎着风霜雨雪逆向活着。我又不由得想起金庸笔下的英雄侠女们，一个腾空飞跃就能上到另一座山头。想想现在的高科技，我们也成了侠士，也能一腾空飞上一座又一座曾不敢想的山头。

翻开扉页，第一页是作序，华山之山眸及之处是风景，华山有200余处风景点。有凌空架设的长空栈道，三面临空的鹞子翻身，以及在峭壁绝崖上凿出的千尺幢、百尺峡、老君犁沟等，其中华岳仙掌被列为关中八景之首。华山有北、中、东、南、西五个峰，峰峰都有独特的景。

在索道车上惊心动魄了半个多小时，终于翻出华山西峰之书页。炎夏的暑热被大山深藏，清凉的山风拂过脸庞。我要把我最宝贵的清晨抛给西峰，用心来读一读这2082米高的西峰。西峰是华山最秀丽险峻的山峰，极目远眺，四周群山起伏，云霞四披，周野屏开，黄渭曲流，置身于西峰之上若仙乡神府，万种俗念，一扫而空。宋名隐士陈抟在他的《西峰》诗中就有“寄言嘉遁客，此处是仙乡”的名句，峰顶翠云宫前有巨石状如莲花，故又名莲花峰。西峰又是《宝莲灯》中沉香劈山救母的地方，还带着几分神话的神秘。徐霞客的《游太华山日记》中写道：“峰上石耸起，有石片覆其上。”李白也曾有诗作：“石作莲花云作台！”借此两大诗人的诗句，我对莲花峰充满好奇。莲花峰在眸中出现时，果真见翠云宫边上的巨石中间有断裂，如刀斧劈开，果然如一朵莲花。西峰这一页足够让你耐心阅读，越读越有味，越读越耐读。

翻过西峰这一章，南峰是华山最炫目的章节。越登越高，虽然喘气粗重，人的精气神也随之升高，真正让我体会到“欲穷千里目，更上一层楼”的境界来，双眸观望，一览无余。站在山之巅，渐渐地感觉生命和这一幅纯净虚灵的自然山水画融为一体了。南峰海拔 2160.5 米，是华山最高主峰，也是五岳最高峰，古人尊称它为“华山元首”。西峰南崖与南峰相连，脊长 300 余米，石色苍黛，形态好像一条蜷缩的巨龙，人称为屈岭，也称小苍龙岭，是华山著名的险道之一。行走在南峰之巅，真的感觉“不敢高声语，恐惊天上人”。南峰有长空栈道、仰天池，最著名是南天门的落雁峰，据说南归的雁群飞过，常在这里落脚歇息。“会当凌绝顶，一览众山小”这句虽然是写泰山，可此时的我觉得偷诗正恰时，立于山之巅，群山都在我脚下，入眸之处绝崖千丈，刀削斧劈。大大小小的山头又如玉笋耸天直立，当然也有起伏连绵，苍苍莽莽。

翻过南峰这一篇，往东峰走去，要走一段长空栈道，还有一处最惊险的“鹞子翻身”。此处崖壁十余丈，需手攀铁链，脚踏石窝贴壁而下，往下观望是万丈深渊，一脚踏空就会葬身于深谷之中，因而“鹞子翻身”是华山最惊险之景。下了华山的“鹞子翻身”，也算是做了一回“金庸女侠”。在“鹞子翻身”附近还有一个亭子叫“赌棋亭”，还有一个传说呢。传说在赵匡胤成为皇帝之前，是一个军卒，最喜欢下棋。棋艺无人可敌，一日上华山，听闻一道士棋艺不错，马上找道士下棋，因漏杀一子败给道士，后来赵匡胤做了皇帝，也有华山不纳皇粮之说。途中还有一处不可省略，那就是“华山论剑”。这可是每一个上华山的游人，都想到此一观的地方。都说人怕出名猪怕壮，这“华山论剑”也一样。和它合影的游客排起长长的队伍。一块玉白巨石耸立于山巅，“华山论剑”四个字用朱红书法刻于石碑上，笔力遒劲却又潇洒奔放，眸前仿佛一道道飞剑如龙似蛇，一道道白影如风如影，剑侠武郎刀锋剑影于“华山论剑”之上，胸中顿时不由得一阵豪气顿生，仿佛自己也是一位白影女子怀有一身飞崖跳壁的本领。

时近中午，也该翻到东峰这一页。东峰海拔 2090 米，因位于东面而名为东峰。峰顶有一平台，居高临险，视野开阔，是著名的观日出的地方，人称朝阳台，东峰也因之被称为朝阳峰。朝阳台北有杨公塔，与西峰遥遥相对，为杨虎城将军所建，塔上有杨虎城将军亲笔所题“万象森罗”四字。在东峰的崖壁上还有天然石纹，像一巨型掌印，这是华岳仙掌。东峰山巅松荫蔽日，松荫如伞如盖，走在东峰的山道上，耳畔一阵阵送来山风，夹带着松涛阵阵，如吟如诵。又如一段轻音乐回荡在耳畔，一下子把爬山的累都抛进松涛。

读过东峰，还有一页不能漏看的中峰，从东峰往北峰或者回西峰，中峰都是必经之关口。中峰又叫玉女峰。这里还有一个“吹箫引凤”的美丽传说。传说是春秋时期秦穆公小女爱玉，名为弄玉，弄玉喜欢吹箫，秦穆公为爱女打造碧玉笙。弄玉吹出动人的乐曲和百鸟的鸣声。当时，据说周朝有一博学多才的青年史官，名箫史，因冒犯权贵弃官隐居华山，采药为生，编写国史。箫史也十分爱好音乐，善吹箫。他用紫玉箫吹出动人心魄的箫曲，箫声伴着清风送数百里外。不料一个晚上，竟然箫声暗合笙声，笙起箫起，笙停箫停。箫笙相和，似问似答，格外动听。笙箫为引，二人竟然结为夫妇，婚后弄玉、箫史感情深厚。箫史在宫中白天写史，晚上同弄玉品箫吹笙。箫史喜欢华山自由自在的生活，弄玉很是支持，愿与他同往华山。箫史对着天空吹起了紫玉箫。顷刻，天空彩云飘浮，五彩祥云徐徐降下来赤龙紫凤。箫史、弄玉分乘龙凤，在箫声和鸣声中绕宫三周，然后悠悠向东飞去，一直飞到华山。从此，他们就在华山中峰居住下来。至今，玉女峰上还有玉女洞、玉女洗头盆、玉女梳妆台和玉女驾凤的引凤亭等遗迹。这一对神仙眷侣的神话故事，给华山添上一笔飘逸的神奇。唐代诗人杜甫在他的《望岳》诗中为玉女洗头盆留有“安得仙人九节杖，拄到玉女洗头盆”的诗句。有了诗人的一笔，玉女峰又给后人留下一份文化遗产。

读华山不仅仅读它的风景优美，还要读它的文化价值。其文学

价值是最无价的，《山海经》里就有这样的记载：“太华之山，削成而四方，其高五千仞，其广十里。”唐代诗人争相为它歌咏，刘禹锡的《华山歌》：“洪垆作高山，元气鼓其橐。俄然神功就，峻拔在寥廓。灵迹露指爪，杀气见棱角。凡木不敢生，神仙聿来托……”王昌龄的《过华阴》：“云起太华山，云山互明灭。东峰始含景，了了见松雪。羁人感幽栖，窅映转奇绝。欣然忘所疲，永望吟不辍……”李商隐在《华山题王母祠》中是这样写的：“莲华峰下锁雕梁，此去瑶池地共长。好为麻姑到东海，劝栽黄竹莫栽桑。”还有韩愈、张九龄、贾岛、白居易等著名诗人都为它留有精彩的诗篇。到底是因为华山独特的山险吸引了大诗人，还是因为诗人的诗篇更让华山名扬天下呢？

坠山头的红日，似乎伸手就可触到，就如宋代寇准在《咏华山》中说的：“只有天在上，更无山与齐。举头红日近，回首白云低。”真的是红日近在咫尺，白云回绕身后。沐浴在夕阳下的华山，犹如行走在一卷水墨画中，不再是肃穆险峻，而是多了一份浪漫飘逸。随着暮色四合，我恋恋不舍合上华山的尾页，此生读过华山，足矣！

故宫随想

旧时的紫禁城早已改名为“故宫”，这座高墙深宫曾经是多少女子所向往的地方，而今又是多少游客想一睹它的芳容。我曾两次踏进这帝王之家的大红门。

2004 年的夏天，我和萍很悠然地玩了一圈，从天安门入宫，用了一整天的时间转了一大圈，然后又从天安门出宫。2017 年的夏天，当我再次踏进这座大红高墙时，已是游人如织，从天安门进入后就一直被工作人员赶着走。故宫以滂沱大雨迎接了游客，尽管倾盆的雨从伞顶上倾泻下来，如织的游客仍然没有望而却步。随风而飘的雨珠丝丝凉凉地滴落在我的镜片上，两颊有些冷意。雨珠打湿了裙衫，有些湿冷，京都以这种方式迎接南方的客人，恐怕还是始料未及。我抱紧两个孩子，只恐孩子经受不住冷气受冻。长长的暗红色天安门城楼的通道挤满了游客。嘈杂的声音声声入耳，侧耳倾听，除了讨论京都的秋来得这么突然之外，自然听得最多的是，人们对这座帝王之宫的敬畏和仰望。

孩子们以前只是在电视屏幕上看到帝王之宫的金碧辉煌，其实电视屏幕上的皇宫应该是仿造的横店影视城的清宫，而今日置身于真实的大红宫墙内，真实地来到帝王之家，那种不可多说一句话，不可多挪一步路的感觉对于孩子们来说是荡然无存的。孩子们好奇地望着一座座宫门，互相交流着她们眼中所看到的世界。整座太和殿显得格外庄严肃穆，太和殿最早俗称金銮殿，金銮殿象征着皇权的至高无上。金碧辉煌的太和殿前有个大广场，大广场可容纳三万多人。这辉煌的古建筑给了我太多的遐想，我想象几百年前，皇帝

站在台阶上，广场上站满身穿锦袍的文武百官们，这一高呼“万岁”可谓是惊天动地。广场东西两边分别是整排的红房子。望着四周红墙绿瓦，显得格外深沉而有气派的皇家宫殿，孩子们再也按捺不住小小的好奇心，没等雨停下来，就撑着伞奔跑在大广场上。幸亏雨势有些小了，我的裙角紧贴着小腿，显然衣裙湿透了。紧跟在孩子们身后，望着熙熙攘攘的普通百姓，我不禁感慨，如果不可一世的孝庄皇太后和慈禧老佛爷还能看到，这权倾天下的紫禁城成了国人的天下，任由普通百姓评头论足，是何等的心塞呢？

踩着狭长的青石板，两边的大红墙围着，只剩下一角天空，这样的雨天，这样的宫廷，明清两朝，不知有多少失落的人感慨失去自由，进宫时的希冀，宫廷里的宫心计，也许无意苦争春，也许聪明反被聪明误，也许被人设局。皇宫内从来都是争宠和失宠的天下，太子们争宠夺天下，嫔妃们争宠得尊贵，谋臣们争宠得富贵。所有踏进这大红门的人，似乎都在争与失的战斗中。任何一个年代，对权力的崇拜都无处不在，特别在皇宫里，从来都是失去权力就意味着失去自由。其实也不尽然，康熙皇帝十二子胤裪，这位庶妃生的皇子，过继给苏麻喇姑，受苏麻喇姑的淡然处世的影响，虽一直很受重用，也很有权，却不结党谋位。雍正继位，残杀同胞兄弟，却封胤裪为履郡王。不久借故连降两级，他依然对帝王忠诚，为国家大业操持，最后雍正还让他官复原位。在腥风血雨的皇宫，能安然走过他 78 年的皇子生活，在宫廷还是少见的。可见，与世无争、淡然处世是最好的生活态度。

皇宫处处有文化，如果仔细观察，就会发现很多秘密，宫门前的雕塑，龙凤呈祥，铜狮威武，这些栩栩如生，可有个小细节，很多人没有发现，大殿前的狮子是双目圆睁，而皇后嫔妃们后宫门前的雕塑却是半睁半遮，耳朵也都半遮半掩，意为后宫不干涉朝政，不该看的就不要去看，不该管的就不要管，就如《红楼梦》中描写林黛玉进府时想的：不可多走一步路，不可多说一句话。看似小细节的雕刻，却是隐含大文化。宫门大门铜钉，外镀一层鎏金，显得宫廷华丽辉煌。皇帝进出的大门均有纵九横九八十一个门钉，九为阳数最高等级，九五之尊以表皇权的至高无上。故宫，这个中国最大的四合院建筑群，在这些细小的雕刻上，都是如此有深意，不得不说一入宫门深似海呀。

在肃穆庄严的皇宫深处，三座宫殿：太和殿、中和殿、保和殿，以其宏大的气场构成了前朝的核心。这里是真龙天子的领地，是皇权至高无上的象征，更是无数男儿梦寐以求的尊荣之地。太和殿，那是一个何等威严而又庄重的地方。它是权力的中心，也是智谋的舞台。在这座大殿里，曾有无数的大臣倾情施展自己的才华，他们的智慧与胆识在这里碰撞、交融，成就了一段段传奇。和珅、纪晓岚，这两位历史上名噪一时的大臣，便是在此殿上，用他们的才情书写了属于自己的辉煌篇章。

中和殿，则是一座汇聚了和谐与平衡的殿宇。在这里，大臣们不仅要展现他们的才干，更要体现出他们的忠诚与决心。他们的目标不仅仅是得到皇上的赏识，更是为了那至高无上的尊荣，那种只有少数人才能拥有的荣耀。再来说保和殿，它更像是一个象征着永恒与稳定的殿堂。大臣们在这里觐见皇帝，这里是他们实现梦想、追求目标的地方。他们用汗水和智慧换取了皇帝的青睐，用一生的努力达成了男人的最高追求。纳兰明珠、索额图等重臣，他们曾在这三座大殿前叱咤风云，他们用自己的智慧和勇气赢得了皇帝的赞誉，实现了自己的理想，达到了人生的巅峰。

而后寝的坤宁宫、景阳宫、储秀宫等，则是另一番景象。这里是女人们的领地，是她们展现聪明才智的地方。孝庄皇太后、海兰珠、孝圣宪皇后等历史上的杰出女性，都在这里留下了她们的足迹和故事。她们用自己的智慧和勇气赢得了尊重。权贵之上的慈禧在这里拥有人间最尊贵的荣耀。后宫向来都是是非之地，哪怕不乱说，宫廷心计也让多少无辜的生命招来杀身之祸。多少美丽清纯少女从深闺走来，却无比凄凉地终老在这座权力中心的围墙内。

那把同胞相争的龙椅，寂寞地坐落在太和殿的中央。慈禧老佛爷睡过的那张床，失去原有的光泽，早已物是人非。墙外华灯初上，墙内灯光闪烁，角楼上灯光灿烂，那如千古传奇似的故事，将几千年的所有悲伤与喜悦都化作瞬间一瞥，与雄伟华丽的宫殿相比，角楼是如此安静地立在清风中。

薄暮将近，暮色为古老的紫禁城披上一层轻纱。这座见证了六百多年繁华的城池在夜色中显得更加庄严而神秘……

黄帝陵随笔

泱泱中华五千年，中华民族十四亿人，都道中华儿女是炎黄子孙，然而总感觉炎黄两帝离我们太遥远了。可自从半年前认识很多从事徐氏文化研究的徐家人，才得知徐氏是黄帝的后裔。我的心里对黄帝多了一分崇拜与敬仰，对黄帝的故事也渴望多一些了解。

传说黄帝生于公元前2717年到公元前2599年，姓公孙，名轩辕，乃古华夏部落联盟首领。据《史记》记载："轩辕之时，神农氏衰，诸侯相侵伐，暴虐百姓。而神农不能征。于是轩辕乃习用干戈，以征不享。诸侯咸来宾从。而蚩尤最为暴，莫能伐。炎帝欲侵陵诸侯，诸侯咸归轩辕。轩辕乃修德振兵，治五气，蓺五气，抚万民，度四方，教熊罴貔貅驱虎，以与炎帝战于阪泉之野。三战，然后得其志。"炎黄两个部落争夺领地，展开阪泉之战，黄帝打败了炎帝，两个部落渐渐融合成华夏族，成为中国远古时代华夏民族的共主。因"有土德之瑞，土色黄，故称黄帝"。轩辕黄帝在位期间，播百谷草木，大力开展生产，始制衣冠、建舟车、发明指南车、定算数、制音律、创医学等，为中华文明的发展奠定了坚实基础，故尊为中华"人文初祖"。

《黄帝内经》是中国最早的医学典籍，建立了中医医学上的"阴阳五行学说""脉象学说""经络学说""病症"及"养生学"等医学论述，《黄帝内经》奠定了人体生理、病理、诊断以及治疗的认识基础，是中国影响极大的一部医学著作，又称为医之始祖。

据说黄帝第五代孙——伯益，帮大禹治水有功，得到大禹的信任。伯益之子若木，夏时受封于徐，后为楚所灭，以国为姓乃是徐氏姓源。徐氏源远流长，是黄帝的嫡系后代。作为徐氏后裔，对于始祖黄帝怎能不怀敬意？

司马迁在《史记》里写道："黄帝崩，葬桥山。"这是华夏先祖轩辕黄帝长眠于桥山的有力证据。听导游说从春秋时期，便在桥山有了祭祀黄帝陵的活动。立于桥山山顶俯瞰，沮河由西向东呈U形绕桥山而过，东边有河，西边亦有河，就像水从山底穿过，故此山名桥山，黄帝陵因山而得名为桥陵。走完白石台阶，一个宽阔的广场呈现眼前，广场的前方有一座庄严而巍峨的殿宇。殿前滚动着一排金黄的字："己亥年清明公祭轩辕黄帝典礼。"我不用想都知道，公祭中一定有我们徐氏宗亲，来自海内外的徐氏宗亲在这里虔诚祭奠人文始祖——轩辕黄帝。与生俱来的血脉相连与灵魂契合，纵使千万里时空也不能隔断那一脉心香。广场两侧迎风飘扬的56面黄旗，象征着56个民族大团结。底部是方形的大理石柱墩，最上面是圆形的大理石柱墩，华夏民族讲究的天圆地方，从这些建筑细节都能看得出来，中间圆孔插一根碗口粗的旗杆，黄色的旗如黄帝的大袍在风中逸逸飘扬。内侧三排的旗墩就只有圆形的柱墩，旗面也小得多了。这灿黄的边缘如一条条龙爪，随着风吹旗动，犹如一条条游龙在腾飞。华夏儿女是龙的传人，龙的传人守护着五千年的陵。高高擎起的灿黄是对黄帝的敬仰与心灵的祈愿。

轩辕庙内最吸引我的是碑亭。亭内除珍藏着历代帝王的御制祭文碑，还有近现代领袖的书法瑰宝，虽然他们所处政治立场截然不同，书法艺术迥然各异，然而对黄帝的敬仰是相同的，仰望华夏五千年的文明是相同的。

轩辕庙内，柏树森郁，一株特别粗壮的古柏矗立在此，宛如一座沉静的历史丰碑。队伍很长，人们却井然有序地等待着，只为在这棵传说中的轩辕黄帝亲手栽种的古柏下留下自己的印记。这棵树，据说已有5000多年的历史。那是我从未见过的古老与浩瀚。茂盛的枝叶四面展开，仿佛天空下的一把大伞，静静地覆盖着这片土地。它依然在桥山之上茁壮挺拔，如同黄帝在华夏子孙的心中那样，屹立不倒。它是“世界古柏之王”，以它百褶的树干述说着历经艰辛的岁月。它的树冠犹如华美的盖头，高高擎天已五千年之久，宛如黄帝的功绩一般与天齐高。这棵古柏，是历史的见证者，是五千年文明的曙光之源。

听闻一个游客的介绍，每年清明前夕，这棵古柏树干流出的树浆会结为球状，宛如挂满了珍珠宝石，晶莹夺目。那是一种怎样的美，那种美只有在这棵历经沧桑的古柏上才能得到完美的体现。然而，清明一过，此景便不再有。我仰望着这满树的繁叶，每一片叶子都似乎在闪烁着光芒。那光芒仿佛是那些在各个时代对国家和人民有着巨大贡献的黄帝后裔的智慧与荣耀。每一片闪亮的绿叶都带着时代的光芒，都凝聚着华夏民族的根和魂。

我可以放弃任何美景，也不能丢却与这棵树的缘。烈日下的黄土高原，炽热的光芒直射进肌肤，燃起我内心的热血至沸腾。尽管手臂发烫，我还是静候排队拍照。

我们一行人来到轩辕祭奠大殿，这是一个设计独特的建筑物，四周没有石墙围栏，全是石柱擎起，36 根大石柱支撑着大殿，象征着九州四海大一统。四方形的大殿最为吸睛的是玻璃置顶的圆形天窗，湛蓝的天空如一幅画贴在殿顶上。很多游客正站在圆形的天窗之下，拍照的动作基本都是两手叉开一个姿势，说来黄帝陵的游客才是顶天立地的男子汉。望着方形的大殿和圆形的天窗，我想这应该是中国人最讲究的天圆地方吧。天窗之下还有一块石碑，墨玉石碑上的黄帝浮雕雕刻得精致生动，连手指的纹路和眼睫毛都雕刻得如此精细。浮雕四周饰有青龙、白虎、朱雀、玄武四灵像。浮雕的背面刻的是《史记》中《五帝本纪》有关黄帝的一段文字。

这座华夏儿女共同的祖先陵园，相信会给每一个前来瞻仰的华夏子孙带来心灵的震撼。人文始祖黄帝就如一盏指明灯点亮中华民族前行的方向，天下华夏儿女都会奔着这盏指明灯，心紧密相连，劲往一处使。中华儿女身上流淌着同样的血液，怀有满腔的热情，甘愿做祖国最不起眼儿的螺丝钉。

庐山恋

我从李白的“飞流直下三千尺，疑是银河落九天”中认识了庐山瀑布的壮观，从苏轼“横看成岭侧成峰，远近高低各不同”中认识了庐山山脉的迥异，从白居易“人间四月芳菲尽，山寺桃花始盛开”中认识了庐山桃花的羞涩……从读古人的诗句开始，我对庐山就充满了向往和憧憬。在殷周时期，有匡续先生隐世于此，遂托室岩，即岩成馆。再说此山云雾缥缈，如神仙之庐，所以名为庐山，又称“匡庐”。除了时间的原因，也有很多客观的原因，我迟迟未能来庐山亲睹芳容，心中常感遗憾，却又无可奈何。

2018 年的夏天，一个意外的机会让我如愿赴一场庐山之恋。我们拖着旅行箱，带着大包小包出门了。一路上睡睡醒醒，说说笑笑，九个小时的车程很快过去了。到了傍晚时分，我们就到了九江入住宾馆。

九江掠影

九江给我最初的印象就在长江边，还有个很大的湖泊叫鄱阳湖。这些记忆得从 1998 年的夏天那一场特大洪灾说起。那一年我整天守在电视机旁，看着镜头中那一场场洪灾中的解放军将士们日夜坚守岗位，筑起人堤大坝，在肆虐的洪灾中，撑着冲锋舟救出灾民，扛着沙包堵住决口……那一场洪灾让我对九江的印象就是水灾严重的地方。二十年前的我绝对不可能想到二十年后竟然踏上这块土地。此时我闯进九江，已是黄昏时分，九江的黄昏是如此的宁静祥和。

其实九江并不陌生，在很多文人的诗句中就有关于九江的故事，如果你知道它古时的称呼“江州”或者“浔阳”，就不会对九江陌生了。九江从来不缺文人，也正因为文人让九江名声大噪。

饭毕，我们趁着夜色去寻访周瑜的“点将台”。据《三国志周瑜传》记：“建安十一年，周瑜督讨麻保二屯，还兵守备宫亭（指鄱阳湖）。又败江夏太守黄祖，并生擒其部将邓龙于柴桑。”又据《志》记载：“汉建安十四年，孙权曾命周瑜向鄱阳湖教习水军。”古时的九江属于东吴地带，处于吴头楚尾之地，传说周瑜在桑落洲按照地形，修建了九州八卦阵。宋代理学家周敦颐在九江讲学时，在湖堤上建亭，取自唐代徐凝的“山头水色薄笼烟”的诗句，烟水亭的名字就是这么得来的。走过九曲桥，进入洞门口，可惜吃了个闭门羹。我们只能在墙外观看拍照留念。只见雪墙黛瓦的烟水亭在绿水的怀抱中宛若漂在绿水中的一块白璧。听一个跳广场舞的大妈说亭内花木扶疏、秀石玲珑，是一个典型的江南水上花园。只可惜来得不是时候，无缘得一见。晚风阵阵拂面，掠过湖边的树梢，耳边传来阵阵声响，仿佛是杏黄色旌旗迎风飘扬，腰挎宝剑的年轻将帅周瑜台上点将，湖面上战船穿梭，水军操练有序。“滚滚长江东逝水，浪花淘尽英雄，是非成败转头空，青山依旧在，几度夕阳红。白发渔樵江渚上，惯看秋月春风，一壶浊酒喜相逢，古今多少事，都付笑谈中……”三国争霸的故事早已随着东流的江水远逝，古今多少事，也都是人们茶前饭后的谈资，在深夜的一声长叹中消失。如今的九江早已没有楚吴之分，都属大中华了。夜幕下的烟水亭，与湖对面的广场上歌声阵阵舞姿翩然的场景对比，显得格外落寞与孤寂。

带些遗憾离开烟水亭，我们继续去寻访九江第一楼——“浔阳楼”。可以说九江是因浔阳楼而扬名天下，而让它扬名的是四大名著中的《水浒传》。《水浒传》第三十九回这样描写浔阳楼：“一座酒楼牌额上有苏东坡大书‘浔阳楼’三字。只见门边朱红华表，柱上两面白粉牌，各有五个大字，写道：‘世间无比酒，天下有名楼。’上楼凭阑举目看时，端的好座酒楼。但见：雕檐映日，画栋飞云。碧阑干低接轩窗，翠帘幕高悬户牖。消磨醉眼，倚青天万迭云山，勾惹吟魂，翻瑞雪一江烟水……”当年，施耐庵笔下的浔阳楼是如此的壮观。还与浔阳楼有瓜葛的是唐代大诗人白居易，白居易的《琵琶行》诞生地就是这座浔阳楼。当年白居易被贬为江州司马，毫无实权，一个空衔，他除了观景喝酒，似乎毫无作为。一日，偶遇一女子弹奏琵琶，琵琶声哀怨凄楚，触动了江州司马的痛处，同是天涯沦落人呀，不禁悲从心来，白居易挥笔写下了千古绝唱《琵琶行》：“浔阳江头夜送客，枫叶荻花秋瑟瑟……弦弦掩抑声声思，似诉平生不得志……大弦嘈嘈如急雨，小弦切切如私语……同是天涯沦落人，相逢何必曾相识！”如果说此时的白居易抒发的是对琵琶女的深切同情，还不如说对自己无辜被贬的愤愤之情。

浔阳楼的故事不止这些，和许多名人都密切相关，从这一首诗中就可以看出：“举杯酹月，想公瑾麾戈，陆郎怀志，青莲高咏，白傅慨歌，千古风流弘此世；纵目凭栏，收匡庐郁黛，扬子雄涛，湓浦风霞，柴桑远照，八方灵秀萃斯楼。”寥寥几句，道出的都是历史上的名人，都是与这座楼有关，可见这座楼的不寻常。不寻常的一座楼，俨然屹立在中心街边，诉说着它曾经的辉煌岁月。

在浔阳楼下，我们依然被拒之门外，然后这些故事足够让我们记住浔阳楼。虽然夜色朦胧，摄影高手老大让我们在楼前排队，把我们小小的身影和高高的浔阳楼来一个合影。

上庐山

曾拜读过东晋高僧慧远的《庐山记》，文中有几句概括庐山的文字：“山在江州浔阳南，南滨宫亭，北对九江。九江之南为小江，山去小江三十里余。左挟彭蠡，右傍通州，引三江之流而据其会……高岩仄宇，峭壁万寻，幽岫穿崖……”这些文字足够引诱人前往，想置身于它独特的魅力。“咫尺愁风雨，匡庐不可登。只疑云雾里，犹有六朝僧。”唐朝诗人钱起又教后人“不可登”。然而庐山高在云端，的确是不好登，再说正值酷暑，我一冒热汗，就有头痛的毛病。说实话，开始时我是犹豫再三要不要坐缆车或者坐盘山汽车上山的，我曾在《庐山恋》的影片中看到周云坐汽车一下子就上了庐山，脚蹬高跟鞋，那种神气的神情不同其他上庐山的游客。然而我又想起古时那么多文人上庐山，李白、陶渊明、白居易等文人还不是靠两条腿上去的？不亲自体验庐山深处的美，又怎能笔下流淌出那么多关于庐山的美景？与司马迁或者陶渊明相比，他们上山恐怕还没有我们这般便捷呢。在纠结与自我安慰中，终于决定跟着大部队徒步上山了。

导游前面带路，队长在中间照应，老大最后断路，他们三个手拿对讲机，互相汇报路况或者路上速度的快慢。开始一段路确实难走，狭窄的黄土路掩映在柴丛荆棘中，有些陡。时不时来个无踪可循，踩着石崖的凹凸上去，然后又是“柳暗花明又一村”了，隐隐约约的古道又出现在我们的眸瞳里。开始时我很担心纯小姐，她总是走在最前面，消失于我的视线中，我着实不放心，路中什么事都有可能发生。尽管我几次追上她，叮嘱她不要走得太快，一转眼她又不见了。毓姑娘胖墩墩的小身子满头满脸都是汗，汗水湿透她的后背，她嘟囔着走不动了，不停说口渴。她带的水喝完了，还直喊渴。望着她略显微白的脸，我心里确实有些担忧。问队长路程还有多少，队长说十分之一路程都不到。啊？十分之一都没有呀？我对毓姑娘有些担心，她能爬得上去吗？这时我在心里反悔，逞什么强？应该选择坐缆车上去的。正在我进退两难时，后方老大说后面小女孩中暑走不动了，让前方等等，前方导游说已经在前方等了，我暗暗舒了一口气。我鼓励不情愿的毓姑娘继续往前赶，这时队长拿走了毓姑娘的背包。她在我的半扶半推下迈起一步步。看到纯小姐正悠然靠着一棵树，毓姑娘一下子就来了精神快步上前，我一愣，哪里是走不动，分明是和老娘撒娇嘛！我一下子瘫坐在石块上，哪里管它脏否？终于有人问导游，一直上去都是这种土路吗？导游说接下去走的路都是石阶路，路宽而平坦了。这下我放心了，只要有路，毓姑娘就不会掉队。一阵阵清风拂面而过，凉爽惬意。这时才发觉系在腰上的外套全被汗水湿透，一拧还真的能拧出水来，上衣像从水里捞出来一般。

队员们陆续上来了，一个个脸颊通红，汗水淋漓，拄着拐杖，背着大背包。有的依然健步如飞，有的则是一步一踉跄上的山，还有的一屁股坐在路边大石块上擦着汗。

稍作休整之后，大家又继续赶路。毓姑娘不再如前般扭捏作态，和表姐步伐一致紧跟导游前去，没有毓姑娘的牵绊，我也轻松了不少。和导游闲聊起来，他不是专业的导游。上庐山步行需要体力，一般导游不愿意吃这个苦，还因为假期游客多，被办旅行社的朋友拉来临时帮忙的。因为他原来是一位武警军人，虽然退伍了但还仍然坚持长跑，所以朋友就拉他来帮忙。我是个军痴，对军人有着一种特殊的感情。他的军人身份引起我的好奇，我们就聊起天来，家中三代单传，他生育一个闺女，但父母苦心劝说让他偷生二胎。妻子看他痛苦的样子，偷偷把怀孕的消息隐瞒下来，等他知晓后已是数月。自古忠孝难以两全，他拗不过父母的执拗，终于承受了压力。世上没有不透风的墙，部队终于知晓他违反计划生育的条令。从此，他结束了十二年的军营生活。本来他作为十二年的士官转业，按照九江的规定是可以直接分配进事业单位。而他却只能卷铺盖回家，一切待遇为零。谁想第二年二孩政策就下来了呢，他一声长叹，说也许这就是命吧。对呀，一切皆于命，或许人生早已有定数。

也许因为他是军人，我的心里就多了安全感。即使俩丫头不在我的视线之内，也毫无紧张感了。原来以为和老驴一起上山，总怕自己拖着俩孩子掉队，竟然一路走走停停倒是走在最前列，走一程歇一程，等待其他同伴。同伴们无不惊讶地望着我这双脚，穿高跟鞋的脚走在曾经的将军路上，竟然走得这么快，莫非有神功？其实哪里有什么神功？还不是习惯了高跟鞋，感觉如履平地呢。

上了三分之二路程，路越走越宽，也越走越平坦了。山光照槛，云树满林，尘嚣绝迹，给人遗世的感觉。气温明显降低很多，有太阳直射的地方倒是不觉得热也不觉得冷，一歇下来，阵阵风裹挟而来，似有浸衣之寒，先前湿透的上衣已经被风吹干了，树荫浓密，阳光照射不到的地方，还得解下腰上的外套穿上去。越往上走，游人越多了，有些人从上而下，寻找小处风景，反正庐山处处有风景，目及之处都是风景，也不必刻意寻哪一处风景。

植物园

终于到了景区了，导游约定我们在植物园门口集合。在我们有限的时间里，走遍植物园是不可能的。大家都觉得植物园除了树还是树，也没有什么好看，再说上山也累了，先到的人就在园林里歇歇、聊天或吃零食。几拨导游正在对他们的游客介绍植物园，声音虽时远时近、时轻时重，然而我竖耳倾听，记住几个重要的数据及其重点词。我把记住的只言片语组织起来就是关于植物园的简介。面积 30 平方公里的庐山植物园原称为庐山森林植物林，是著名植物学家胡先骕带头创建的。1928 年，哈佛大学毕业的博士生胡先骕留美归国，与人创办北平静生生物调查所。具有丰富的植物资源及复杂的植物区系的中国，在中国植物研究的历史上，植物园还是空白历史。胡先骕觉得，岂不让洋人看笑话？经过胡先骕等人的努力，1934 年的八月，在中国植物学会成立一周年之际，庐山森林植物园在庐山含鄱口山谷中诞生了。

放眼望去一片郁郁葱葱，倾听声声鸟鸣浅唱。目及之处，罗汉柏、金钱松、大叶香柏等名贵树木傲然挺立在海拔 1200 多米的山间。真是南北松杉竞秀，东西柏桧争荣，奇葩烂漫如火，异卉劲发溢绿。

门口小卖部不停地吆喝着："庐山云雾茶——庐山土特产

哦——”庐山云雾茶？原来植物园除了树木花卉，还建有“药圃”“猕猴桃引种区”“云雾茶园”等区域，其中“庐山云雾”就产自庐山茶园中。庐山云雾是中国名茶之一，属于绿茶中的一种。看包装袋的介绍，庐山云雾用“六绝”来形容：“条索粗壮、青翠多毫、汤色明亮、叶嫩匀齐、香凛持久，醇厚味甘。”我想也许这不是夸张的说辞，受庐山凉爽多雾的气候及日光直射时间短的条件影响，茶叶形成叶厚、毫多，这应该都是可能的。

从网上找到资料，参与庐山植物园建设的还有秦仁昌和陈封怀等人。陈封怀自1936年学成归国，直到1993年病逝，五十多年来，他一直奋斗在祖国科研和教育战线，曾任庐山植物园主任，为中国的植物园建设事业做出了杰出的贡献。他为自己的一生做了一个总结：“五十年来建园圃，江南江北度生涯，问道故乡何所在，园林无处不为家。”

夜幕下的芦林湖

吃过晚饭，有人提议出去领略一下庐山夜景，大伙儿都饶有兴致，举手赞同。夜幕降临，路灯亮起，公路内侧是大大小小的酒店宾馆，霓虹灯闪烁迷离，五彩的余光笼罩着公路旁的树，顿时，泛着红晕、黄晕、紫晕的树在秋风中摇曳。刚过立秋，在我们沿海地区还感觉不到秋意，而在海拔1200多米的庐山上，却感到暮秋的寒意，阵阵冷风直往衣领里钻，树叶打了几个卷儿坠落下来，飘在我们的头发上，落在我们的手心里。我们紧紧衣领，抵御寒风的侵袭。二十多个人三三两两漫步于盘山公路上，叽里呱啦说的杜桥话，也不觉得置身于异乡客地，孩子们欢呼雀跃在大人旁绕来绕去，不知不觉地就到了芦林湖旁。

白天时经过芦林湖畔，当时步履匆忙，只记得芦林湖四周群山环抱，苍松翠柏，来不及细看其他建筑物就紧跟导游的步子走了。听导游介绍芦林湖原是庐山最大的囤积冰雪的谷地，慢慢经过二三百万年的囤积就成了一个湖，湖上有芦林大桥，高 30 米，桥坝一体，拦水成湖。

夜幕下，繁灯四射，庐林桥在霓虹灯的映衬下显得特别妩媚，金黄色的灯光柔和地洒在雪白的桥体上，就像披上一袭浅黄色的晚礼服。桥洞被橙黄、橘红、宝石蓝、茄子紫、葱绿等各种夜灯折射得五彩斑斓，站在不同的角度观看，颜色也会加深或减色，就如一串五彩的珍珠项链垂挂在桥下，又宛若七彩皇冠戴在庐林湖的湖面上。

点点微波泛着鳞片，鳞片闪着黄的、红的、紫的、蓝的、绿的光晕。红黄给人喜悦，蓝绿让人尤感安静。夜幕中的芦林湖似发光的碧玉镶嵌在林荫秀谷之中，在撩人的霓虹灯的衬托下，犹如身处瑶池。

湖心有两小亭，外观秀丽、精巧，为湖面增光添彩，内则分别用作汲水塔和溢洪道。大坝高 32 米，长 120 米，宽 12 米，全湖面积约 9 万平方米，蓄水量 120 万立方米。芦林湖所蓄之水目前为庐山牯岭镇 1.3 万居民的主要水源。此时的湖心亭，通体橘红色，就如两个橘红色的宝葫芦漂在湖面上。

夜幕下的芦林湖，被我们这群不速之客打破了宁静。望着这迷人的芦林湖，都不由得惊叹几分。芦林湖美，女人更爱美，女伴们一个个摆好了姿态，让搭档帮她拍下与庐林桥的合影。照相机、手机顿时齐刷刷举起，“嚓嚓嚓”此起彼伏，一个个镜头定格在这一刻中。

我是爱美的，每到一处，总要拍几张照片留念。容颜易衰老，而照片会留人青春。我不是害怕老去，而是害怕将来某一天失去记忆，也许还能从这一张张照片里寻回自己。每次出游，毓姑娘就成了我的御用摄影师。毓姑娘总会连拍几张，她说我眼睛容易闭，在连拍的过程中，就算闭上了几张，也会有几张睁着的，这丫头果然有办法。在毓姑娘的操作下，庐林桥作为我的背景图，湖心亭放在我的手心里，我被芦林湖拥抱着。种种的设计让我心情舒爽。

夜色渐浓，风里裹着寒凉，然而我们不在意，因为都沉浸在芦林湖的灵秀中。我们沿着芦林湖上了庐林桥，几片叶儿飘离枝头，落在我们的发梢上。把叶儿轻轻一拨弄，叶儿飘飞打卷，飘落在路边的草丛中。此时仰望苍穹，一轮蛾眉新月如一抹晶亮的银钩悬挂在柳梢头。还真是“月上柳梢头，人约黄昏后”，在这个迷人的月夜，我们与芦林湖约会黄昏后。星星闪闪忽忽，似在和我们捉迷藏，也许庐山离天很近，总觉得星星都是分外明亮，分明有情趣。不知不觉绕着芦林湖漫步了一圈。尽管夜深沉，大家的兴致仍然是如此的高涨。后来有人提议明天起个大早去含鄱口看日出，我们才匆匆回房休息。

含鄱口

休息了十几分钟，体力恢复得差不多了。导游一声令下：下一个景点去含鄱口。我们就沿着水泥马路直达含鄱口，含鄱岭在庐山半山腰，像一座屏障屹立在庐山的东南方。含鄱岭状如鱼脊背，山势险峻，势如奔马，又若游龙，横亘在九奇峰和五老峰之间，其山形像要吞食鄱阳湖，因而名为含鄱口。

站在含鄱口的山岭上，宽阔的视野，一望就能望见鄱阳湖，湖水泛着微波，如鳞片闪金光。山的静与水的灵动相互映衬，真有“千里鄱湖一岭函”的气势。听导游说，含鄱口是观日出的最佳地，当年毛主席上庐山就是在含鄱口观日出的。要是运气好，能见度高，就能见到鄱阳湖晨光熹微，天水一色，一轮红日跃出湖面，霎时金光万道，顿时湖光山色成了一幅灿烂绚丽的画卷。导游描述的壮观图刻在我们心中了，我在心里想，要是住的地方离得近一定要观赏这绝妙的景色。

广场左侧有一座石坊，上方刻有“含鄱口”三个字，两侧石柱还有“山侠来游容易入，横门虽设未常关”的对联。不远处有一座圆形的亭子，名为“望鄱亭”。站在望鄱亭北望，五老峰就在不远处。关于含鄱口，清代诗人曹树龙曾有诗描述：“高空谁劈紫金芙，远水长天手可揄，拟似巨鲸张巨口，西江不吸吸鄱湖。”

含鄱口让我着迷，我们当晚约定，第二天凌晨四点起床，四点半大厅集合，然后去含鄱口观赏日出。谁知夜里风特别大，咚咚咚、嘭嘭嘭的声音惊得人心惊肉跳。我一晚上都没有睡好，第二天醒得特别早，四点钟准时起床，微信嘀嘀嗒嗒的提示音响起。哦，要集合了！却是醒目的一行字：“下雨了！”我不顾天黑走出宾馆，外面浓雾弥漫，果真下起了小雨，所有在心里酝酿的壮观景象，此时都化为泡影了。含鄱口观日出只能让我深感遗憾了。

庐山恋

在此之前从未听说过一个电影院二十多年就放一部影片的，然而此次上了庐山就能听到这样的奇事。离牯岭街不远处有个破旧的影院，门口挂着一张陈旧的大海报，海报上写着大大的《庐山恋》。这部影片在 20 世纪 80 年代风靡全国，我记得在老家的时候，曾看过这部影片，只可惜因为年龄小，只留个记忆而已。幸好现在网络时代，上庐山之前，我在家庭点播影院里看过两遍《庐山恋》，一个个画面让我一时恍惚，记忆深处的温暖，一点点沁出来，儿时看电影的场景一点点浮现出来。周筠的漂亮、热情与知性，耿桦的帅气、内敛与知礼都让人喜欢。今天到了庐山电影院，真正体验一场《庐山恋》。

庐山恋电影院原是基督教教堂，建于 1897 年，1960 年改造为电影院。80 年代，《庐山恋》轰动全国，成为新中国第一部爱情影片，影片获得百花奖、金鸡奖。随着电影进入乡村，周筠和耿桦也成为家喻户晓的人物。电影院也因此改名为“庐山电影院”，从此“庐山电影院”每天循环播放《庐山恋》。听说庐山电影院突破吉尼斯好几项纪录，“放映场次最多”“用坏拷贝最多”“单片放映时间最长”等多项世界纪录，成为“庐山电影院”一个招牌。上一趟庐山，花 35 元看一场《庐山恋》，相信中老年游客都愿意花这样的钱来回忆自己曾经的青春。

《庐山恋》影片给庐山的旅游业做了一个很好的宣传，如果说从古诗的文字中了解庐山，这只是一种知觉，而影片画面的唯美，这是视觉上的冲击，视觉的冲击力是比较强的。影片一出场是金色的秋天，秋山本是异彩纷呈的世界，再加上庐山海拔高，天气的原因，秋叶呈现出多种强烈的色彩，金黄的晃眼，橙红的夺目，碧绿的养眼……秋天的庐山如一幅五彩的水粉画。庐山的异彩纷呈落入眼眸确实让人心驰神往。

女主角入住庐林宾馆，一推窗就看见碧波荡漾的芦林湖。湖在影片中多次出现，男女主角相约观日出，用镜子做暗号，耿桦就是倚靠在桥栏上约周筠的。周筠按着父亲的手绘地图，背着相机来到白鹿书院，坐在枕流石上潜心攻读的耿桦闯进她的镜头，也闯进了这个海外长大的姑娘的心里。望江亭画现代化建筑，画是未来的画，画的也是他们共同的爱好与心愿。花径里，周筠藏在树后，教耿桦读英语。御碑亭里躲雨邂逅，两人认识后，相约含鄱口看日出，携手同游仙人洞，庐山上流淌的云雾，瀑布上的彩虹，由景传情。这部片子宣传的效果果然不错，影片中提到的这些地方，在三十年后的今天果然都成为庐山最著名的旅游路线。

《庐山恋》除了秀美的自然风光，更让观众感受到深厚的历史文化底蕴。避雨偶遇的御碑亭，1393 年朱元璋为了纪念周颠仙而建的御碑亭。御碑亭上刻着大明开祖亲自撰写的《周颠仙人传》和《四仙诗》。亭子四面无柱子，都是石壁，在亭子的正门外刻有两副对联：外联是“姑从此处寻踪迹，更有何人告太平”；内联是“四壁云山九江棹，四亭烟雨万壑松”。

当年朱元璋和陈友谅争天下，疯疯癫癫的周颠仙提醒朱元璋打破旧桶，再建一个新桶。经军师点醒，朱元璋明白“桶”与“统”谐音，乃是打破旧统，重建新统，原来是指一统江山也！后来朱元璋建立大明朝后，到庐山寻访“周颠仙”，却听人们说他在庐山已经升仙了，明太祖上山追寻周颠仙，不见踪影。于是建立“御碑亭”怀念周颠仙！

中国四大书院之一“白鹿书院”，李白笔下的“香炉峰”，吕洞仙的“仙人洞”。影片中的耿桦对周筠介绍起这些古迹的典故，其实也是对观众说着庐山独特的文化底蕴。庐山，不仅仅是一座山，而是有深厚文化的一座山。

再加上美女帅哥的爱情故事，庐山自然而然沁人心脾。美女主角周筠的 43 套时髦漂亮的服装猛烈地冲击着姑娘的眼眸，就是 30 年后的今天，这些服装仍然可以成为城市的主流服饰。白色小西装收腰设计，更显得知性干练；白色紫花小洋装配上红色喇叭裤，淑女却又透着俏皮；浅紫色的连衣裙衬得面色红润，光彩照人。红色的热烈，粉色的浪漫，白色的素雅，周筠的每一套服装就算在今天仍然很时尚。

爱情向来是影片的主题，现在看起来很平常，然而在那个不开放的年代，两个年轻人的自由恋爱，简直就是伤风败俗。更何况耿桦的父亲还正在接受审查，母亲病得厉害。尽管父辈的信仰各异，可他们两个却有着同样志向，志趣相投的年轻人产生了浓烈的情愫。最后终于拨开层层浓雾，阳光普照大地，爱情之花终结成果。一个是建筑工程师，一个是清华大学建筑系的研究生，伉俪情深致力于祖国的建筑事业。

小爱心中藏，大爱暖人心，影片中的大情怀更是让人对影片念念不忘。影片中的男女主人公的爱国情怀和积极向上的理想追求贯穿全剧，就如耿桦信中写道：“祖国需要现代化，需要所有的儿女做出应有的贡献！”周筠的父亲和耿桦的父亲是黄埔军校的同学，因为信仰的不同，理想背道而驰，昔日的同窗却是战场上的死对头。周父远赴重洋在美国定居，可他的心却留在祖国，就如周父在剧本里说的：“中国有句古话，叶落总要归根。”他的根在中国，他把自己对祖国的爱灌输给女儿，让女儿替他为国效力。没想到昔日战场上的对手，如今却要直面儿女的情感，经过一番思想斗争，周父和耿父冰释前嫌，冤家成亲家。这不就是想表达无论是海外的华侨还是国内的中华儿女，都有一个共同的心愿，渴望祖国的繁荣富强，渴望在海外的华侨能回归祖国母亲的怀抱吗？

自然奇异的美景，质朴纯真的爱情，浓烈的爱国情怀，三者合一，庐山成就了一部经典之作《庐山恋》，而《庐山恋》传遍海内外，也让庐山名扬天下。

美庐别墅

绕过博物馆之后，大家基本上都累了，坐在一座小桥畔的树荫下歇息。导游告诉我们前方这座桥原先是一座木桥，宋美龄住庐期间，每次去教堂都要经过这座桥。蒋介石为安全考虑，修建了这座石板桥。导游指着桥对面的一幢小洋房说："这就是美庐，蒋介石和宋美龄曾经的官邸。"

恰逢队友们休息的空隙，我踱步走上石桥中央，望着蜿蜒而来的长冲河，流经石桥，然后又流向远方。长冲河无忧无虑，嬉闹着奔下山去，就如一茬又一茬的庐山客，谈笑风生，悠然自得。清末时期，这里曾经遭受外强侵略、占山为王的耻辱，庐山的百姓们为外国人当奴当婢。如今的庐山早已阳光普照，阴暗无从藏身。抬眸望向长冲河畔的左侧，绿荫深处掩映着一幢欧式别墅。紧步门前，我们却被拒之门外，不能一睹芳容。导游去询问，说今天闭馆了，明天才能开馆。好遗憾呀，只能看着房门口招牌上对这幢别墅的介绍和导游说的一些补充，我大概知道这幢别墅的前生今世了。建于1903年，英国兰诺兹勋爵设计并建造，1922年兰诺兹勋爵转让给赫莉医生，赫莉与丈夫曾在庐山长冲河西畔开了一家"伯力医院"，对这幢别墅喜欢得不得了，于是就购下这套别墅。赫莉与宋美龄私人交情深厚，1933年夏，宋美龄上庐山避暑，赫莉把别墅让给宋美龄夫妇居住，转年赫莉把别墅当作礼物送给宋美龄。别墅前有长冲河，背靠大月山，典雅、古朴的欧式建筑，加上周围环境幽静秀丽，宋美龄留美归国，对欧式的建筑特别有眼缘，对赫莉的这份礼物，自然是喜上心来。传说庐山是匡续的仙府，后人把庐山称为匡庐，那么这幢别墅既已归为宋美龄所有，蒋介石为爱妻的这幢别墅取名为“美庐”，从此之后，美庐就是宋美龄在庐山的私人住宅。

第二天我们游玩了仙人洞之后，比预计的时间还早回来，再次去了“美庐”别墅，这次“美庐”终于敞开门户迎纳我们了。虽然下着雨，但觉得雨中的美庐却有一番别样的情趣。院中一块白石上刻有“美庐”二字，听导游说这是1948年8月，蒋介石亲笔题字命人刻入这块巨石中的。步入院中，满目葱茏，简直是绿色世界，绿色的门，绿色的木窗，绿色的栏杆，绿色的廊柱，绿色的长廊，绿色的世界给予我们视觉上的清新舒爽，心灵上的静谧安宁。再放眼望去，金钱松高挺峻拔，庐山松苍劲有力；依墙攀缘的凌霄花藤蔓葱绿，只可惜无缘得见它那红艳似火的俏模样。在雨中的凌霄花藤蔓爬满小楼，我曾在舒婷的《致橡树》里认识的凌霄花是攀缘花，以前对凌霄花总是怀有一种鄙视的印象。可今日亲眼见到努力向上爬的藤蔓，心里却有种敬意油然而生。这一窗幽绿，给这幢别墅多了一帘幽梦。这一窗幽梦，梦了90多年了。年年春绿，绿得新鲜；年年夏红，红得灿烂；年年枯萎，年年绽放，却再也等不来亲手栽种它的主人了。

进入室内是一个装饰典雅、中西合璧的会客厅。墙壁上挂着宋美龄不同时期的照片，有宋氏三姐妹的合影。

“美庐”珍藏着很多当时的先进家具，印象最深刻的是电冰箱和抽水马桶。这台冰箱是以燃烧煤油为动力制冷的菲塞尔冰箱。虽然已经破旧不堪了，可那个时候能在庐山上使用这台冰箱，的确是件稀罕事。最不可思议的是卫生间里竟然有马桶，虽然知晓在民国时期，权贵人家的盥洗室里有马桶，可在庐山上能看到马桶还是有些惊讶。宋美龄留美归国，琴棋书画样样精通，弹得一手好钢琴。在“美庐”的琴房里放着一架德国制造的立式钢琴，静立窗外，似水的琴音仿佛依然响在耳畔。宋美龄画的《庐山溪流》等三幅画，溪流淙淙，顽石挡浪，如果不是在庐山久居，怎能对水石怡情如此熟悉？水石相依，也许就如蒋宋婚姻，相依相存。还有陶瓷碗具，一套花盘子，金黄的底色，正中印有朱红色篆书体的“蒋”，字体周围印满雍容华贵的牡丹、怒放的菊花……江西景德镇是官窑之地，这套特殊的陶瓷因它特殊的主人，放在这里给它特殊的地位。“美庐”留存的物品，都反映出了别墅主人曾经的生活情趣。

白居易草堂

我读过白居易的“山寺桃花始盛开”，只知白居易是庐山的常客，竟没想到白居易还在庐山居住过一段时间。在准备去庐山之前，我寻找各种关于庐山的资料，得知“白居易草堂”在花径公园内。本来这次报名庐山行还存有一丝犹豫，意外得到这则资料，竟成为推波助澜的动力。

上庐山的第二天下起了大雨，游完仙人洞再去花径观赏“白居易草堂”，暴雨倾泻，很多队员就不想去看草堂。而我却不想放过这次机会，这一生上庐山的机会不可能还有第二次。导游说，让我们自己去观赏，他们就在上面等我们。结伴去草堂的人不多，我和凤仙结伴而行。一路顺着石径往下走，石径两旁鲜花姿态万千、品种繁多、色彩明艳，不愧为“花径”而扬名天下。

顺着山道往下淌的夹流淹没我的脚踝，山水在山道上汩汩而流。游客的裤脚淌着水，裙裾溅湿。纯小姐和毓姑娘被我一哄，也哄进我们这个队伍中来了。她俩兴冲冲跳下山道，飞溅起的水花如一朵朵盛开的水莲花。清凌凌的笑声一路洒落，隐没在雨幕中。

拐过几个弯，远远看见门前有一个白石雕像，不用想都知道，这就是白居易的雕塑，可惜石像不动情，不知竟会有这么多人来瞻仰他，仰慕他的才华，同时又为他的贬职感到愤然。石像的后面是一座茅草房，茅草整整齐齐覆盖于白墙之上，看来修葺不久。来到草房子正门前，抬眸一望，上写“白居易草堂”五个红色大字。白居易曾这样描述他的“草堂”：“匡庐奇秀，甲天下山。山北峰曰香炉，峰北寺曰遗爱寺，介峰寺间，其境胜绝，又甲庐山。元和十一年秋，太原人白乐天见而爱之，若远行客过故乡，恋恋不能去。因面峰腋寺，作为草堂。三间两柱，二室四牖，广袤丰杀……堂中设木榻四，素屏二，漆琴一张，儒、道、佛书各两三卷……”白居易留下来的笔墨给我们展示一千多年前，这旷野素寒的山野之中，除了聆听鸟兽啼音、风声呼音，他还可抚琴于这幽深的山谷中，悠扬的琴声穿透山谷。儒、道、佛书各两三卷以慰寂寞，远离喧嚣的生活也可抵消他当初来时的愤慨。也可说草堂处于风景秀丽的庐山之中，这也许是对白居易当时落寞的一种安慰吧。

“白居易草堂”只不过三间矮小的草堂，狭小的空间挤满了人。也许是人多的缘故，感觉转个身都有些困难。我们站在门口抖落雨珠，合伞钻进人群。置身于草堂之中，草堂的墙壁上挂满了装裱的诗联。除了白居易的诗作，草堂还有店铺，有卖庐山书籍，也有卖庐山特产的。当年白居易避世之所，而今成为商贩贸易场所，恐怕白居易想都没有想过，他的一所小小的草堂，却给庐山增添了亮色。

也许这草堂是白居易难逃的劫，也许草堂该让他清醒仕途多险恶。元和十年，宰相武元衡遇刺身亡，白居易急于上疏逮捕凶手，却被贬江州司马。贬谪江州是白居易人生的转折点，之前他以“兼济天下”为志，胸怀大志要为国家和人民做一番事业。被贬之后，转向“独善其身”。从京城太子左赞善大夫到一个小县城的左迁江州司马，一个闲职的官员无人问津，人生的落差就犹如庐山的瀑布一落千丈。他把自己比喻成蒲公英“飘零委何处，乃落匡庐山”，身在江州心却在咸阳，从他的诗句就不难看出“庐山去咸阳，道里三四千”。茫茫空野，寥寥无人，即使在暮春时节，山花遍野更觉得落寞，借桃花写自己“长恨春归无觅处，不知转入此中来”，也许他也在这样的雨天，撑着一把黑布伞独步走在这一条远离世态炎凉之花径，让雨水冲洗他的烦忧和浮躁，静心去聆听美妙的天籁。

心中清明许多，才能写出这样的诗句来：“独步花径看芳菲，山风豪雨伴流云。千峰万壑驻足听，草堂犹奏《琵琶行》。”

我特别喜欢墙壁上白居易的《草堂记》中一句“仰观山，俯听泉”，确实锦绣谷中仰望见山，俯首就倾听泉声。我们身处于草堂之中，静心倾听，似乎听到屋外有人高吟：“人间四月芳菲尽，山寺桃花始盛开！”

游黄果树瀑布

孩提之时吟李白的《望庐山瀑布》，我想象着“疑是银河落九天”的水帘幕，每当在心中勾勒瀑布的画面时，心头便会涌起一种难以言喻的向往。等我站上三尺讲台后，多次讲解课文《黄果树瀑布》，让我对遥远的西南，那群山峻岭中藏着的黄果树瀑布，就有渴望一见的欲念。

2007 年的暑假，我终于踏上了西行的列车。我像怀着对初恋的深情，从江南水乡一路向西奔向我心中的爱恋之地。在西部的一抹斜阳中，我走出了贵阳火车站。又在微露的晨曦中，我离开贵阳奔赴黄果树瀑布景区。

旅游车疾驰着，时不时会穿个山洞。我靠窗静坐着，聆听着导游的讲解，我得知黄果树瀑布是我国第一大瀑布，还是亚洲最大的瀑布。黄果树瀑布海拔高度 900 余米，跌落宽度百余米，落差 70 余米……在导游的细致讲解中，千万次翘首期盼中，我终于进入景区的大门。

都说百闻不如一见，今日我就希望通过自己的视角来感受黄果树瀑布带给我的震撼。我的脚不由自主地往前交替着，沿着曲折的山路顺势而上，陡峭的石壁下是奔腾急流的山溪，溪流如同一群脱缰的野马奔涌而下。越往上走越急不可耐，心的律动如奔腾的溪水一样激流勇进，澎湃着，撞击着。轰隆隆，轰隆隆，是雷声吗？似雷声，却不是惊雷。仔细听，这一声声如雷贯耳的轰鸣是巨大的水流之声，对，是水声。近了吗？近了吗？不停有人在追问。近了，近了！一路上也一直有人在回应。说近了，走了一段路还不见瀑影。拐了几个弯，依然未见那一帘水幕。从声音穿透力来看，我想这瀑布绝不会让我失望的。

不知弯过几个弯，也不知走了多少路程，才终于得以目睹黄果树瀑布的芳容。我抬眸望去，一匹巨大的雪色绫绸悬挂于青葱色的峭壁上。这瀑布之巅，仿佛蓄满了山川的力量，那倾泻的水流，似千万匹骏马奔腾而下，形成了一道道雪白的水柱。我望着眼前这恢宏景象，我想哪怕是名画家都未必能描绘出这幅飞瀑画卷。我想千年前的李白若是立于我此时的站台，目睹这飞流直泻的壮观景象，或许这“飞流直下三千尺，疑是银河落九天”的千古名句就不在庐山，而是在黄果树。

“你们看，彩虹！”湖北老太太惊叫着。我循着她手指的方向望去，果然在瀑布落潭的地方有一道彩虹。瀑布落潭时飞溅起的细碎水花，在八月骄阳的照耀下，那水珠在阳光的照射下怎能不散发出七彩的光芒？赤橙黄绿青蓝紫，随着所站的角度变换，色彩也随之幻化，此情此景，如梦如幻，很不真切。“fairy, fairy……”湖北老太太轻轻地推了我一把。我一时还没有反应过来，老太太对我挤眉弄眼的。在上海摄影师的提醒下，我才明白过来，原来老太太在我身后，透视到前方的瀑布，我的身子恰好被彩虹围绕着，所以她说我是彩虹上的仙女。等明白过来，我们大家都笑了。湖北老太太是一名退休的英语老师，她和老伴喜欢用英语调侃，我们同一趟旅游车，她就坐我旁边，所以我们认识。老太太性格开朗，喜欢说说笑笑，路上就多了一个开心果。

我们的笑声很快被轰鸣的水声吞噬，那来自大自然的声音如雷贯耳，震击着我的双耳。眼前的瀑布如银河决堤，轰然落潭，每一次撞击都产生响彻山谷的回音。那瀑布的声响，如同天籁，透过树丛的间隙，穿越山崖，传送到山外。

瀑布对岸高崖上的观瀑亭上有副对联：“白水如棉，不用弓弹花自散；红霞似锦，何须梭织天生成。”对联写得精妙，不知出自何人之手。“白水如棉，不用弓弹花自散。”细细观之，那瀑布仿佛一团洁白的棉花，那雪白的水花团团洒落，无须任何外力弹射，其势自成。“红霞似锦，何须梭织天生成。”这句则描绘了一种意境。若是傍晚时分，红霞满天，如同一幅绚烂的锦绣画卷。早在公元 1638 年的明代，著名地理学家徐霞客来到这里，看到如此奇妙的瀑布，给它留下妙笔：“翻岩喷雪，溪皆如白鹭群飞。一溪悬捣，万练飞空。捣珠飞玉，飞沫反涌。如烟雾腾空，势甚雄励。所谓珠帘钩不卷，飞练挂遥峰，具不足以拟其状也。”即便是“珠帘钩不卷，飞练挂遥峰”，都无法表达瀑布之壮。文人爱景，景也成就文人，多少景点是因为文人留下的千古传唱的文字而成为旅游向往的胜地。又有多少文人因为绝美的山水让他文思涌动呢？也许世间的一切都是相互成就的。

在那瀑布之后，景区依山就势、引洞为路，凿通一条穿行瀑布之后的景观曲径，这条神秘的通道，正是脍炙人口的“水帘洞”。站在水帘洞前，听那瀑布倾泻的声音如同天籁，悠扬而深邃，带着无尽的生命力，这是大自然力量的宣言，是大地与天空之间的低语。

听着导游的介绍，我恨不得插翅而飞，一睹黄果树的伟岸雄姿。我们开始爬高直向水帘洞，武汉老太太却阻拦我，说穿高跟鞋太危险，上面路滑，万一滑下去可不得了。这可是个难得的机会，千里迢迢从江南赶来西部，我岂能不去呢？我笑着拒绝了善良的老妈妈的规劝。看着我的决心已定，她只好叮嘱我安全为好。我谢过之后随着人流向着水帘洞走去。

我们一路攀登，从不同角度去欣赏这大自然的伟大奇观，全方位观赏，它带给我的是心灵的震撼，沿着山道，我们来到水帘洞。

这条穿行瀑布后的水帘洞，让我突然明白“别有洞天”这个词的深层意思。聆听那排山倒海似的水声，如同天籁。原来水帘洞与水声，共同构成了景区的一道独特风景。

水帘洞并不平整，路上的石块也高高低低的。立身于洞中，我顿时想起《西游记》里的孙悟空一个跟头飞出了洞外的镜头。我在思索着，80年代飞天技术是如何拍摄的呢？哗啦啦，一个水柱打湿我的衣裙，也打断我的遐想。我抬头一看，原来是洞里还有洞，我忙撑起伞又往前走。扑通，一阵哗笑，我定睛一看，一个胖胖的中年妇女摔在水泊里，一身衣服一身泥浆。我去扶她，她畅怀大笑着挣扎爬起来，旁人更笑得前俯后仰。幸好路滑的地方，我都扶着石栏走，不然武汉妈妈会担心我的。

游玩了瀑布后，导游带我们走进了山脚下的村寨，村里很热闹。很多男人正在杀一头猪，很多女人围在一起洗菜切菜。武汉妈妈凑上去问，原来是这个村寨里有个女孩考上了贵州大学。在他们的眼里，贵州大学就是全国最好的大学，村民都来送红包祝贺，女孩一家就像嫁女儿一样摆酒席，全村老少都聚集在一起吃喜酒。一个老妇人说这是他们这里的风俗，一家有喜一村同贺。像我们居住商品房，对门也不认识的，隔门隔心的现代人的人际交往与这样一种同村同喜的淳朴民风对比，确实感觉心里有种说不出的难过。

这里的山是连绵不断的，高大而险峻的，而这里的人就像这里的山一样绵延不绝地保持着那种没有名利、没有纷争的交往。这里的水是清纯而甘甜的，而这里的人就像这里的水一样纯净。

我被这水之纯净、山之伟岸、瀑布之壮观深深地感动了，感谢瀑布所带给我的心灵上的震撼，我深深地爱上了黄果树瀑布。

游新安江百里画廊

细雨迷蒙，我们在深渡码头的人群中穿梭着。深渡深藏不露的渡口，这是很有深意的地名。《读史方舆纪要》称：“而浦口东南四十里，亦曰深渡。盖自严州界溯流而上，穹山峻流，峰峦掩映，萦纡旋绕，清深若一，故皆以深渡为名。”从名而思，深渡的历史和名字一样悠久。

时刻表上写着下午一点钟的船班，因为假期人特别多，只要人坐满了就开船。买好票的游客自然巴不得早点一睹新安江百里画廊的芳容，脚步自然匆匆了。上船的踏板很窄，仅容一人通过，人群蜂拥前行，我被人一挤就挤出队伍了。等我重新入队上船，船舱里的座位只剩零落几个。

雨中的群山，白雾缥缈，似同蓬莱。船行景移，两岸群峰耸立，每座山峰都有独特的形态，有的山峰孤立高耸，有的山峰形如斗笠，有的山峰状如莲花……千峰万岭，形态迥异。峰峰之间岭岭相连，峰岭绵延如一条青龙盘踞于苍穹之下。有些山岭如一条浮躁的暴龙，扭动龙身仿佛随时准备出击。峰峦叠翠，形同一道道绿色的屏障，把狭长的新安江与山那边的世界隔绝。

两岸的山间时不时会隐现白墙黛瓦的房子，一两间、三四间，或者五六间，房子依山而建，错落有致。房子与房子间距毫无章法，率性地散落于山林中。墨绿色的山为背景，黛瓦白墙隐于山腰，把徽文化与自然风光融合为一，这才是真正的徽州。如果是画家，那一定会画一幅幅精妙绝伦的水墨画。如果是摄影师，那一定能拍出像电影一样的画面。

两岸的低山栽上杨梅树、橘子树、枇杷树，满山满坡撑开一把把大绿伞。还有桃树和梨树镶嵌于青山之中。不由让人想象那一年四季的山景，春山红粉嫩白各种果花粉墨登场，初夏的杨梅红若玛瑙，枇杷黄灿似金，秋天的橘在树枝上挤眉弄眼的。一年四季的果山宛若一幅幅灵动的果园画卷。这一棵棵果树不仅仅是江上游客看到的两岸生态淳朴的山景画，这“高山林、中山茶、低山果”更是体现两岸百姓聪慧且勤劳的优秀品质。

船在江中行，人在画中游。新安江水悠悠，船悠悠，当年李白也曾划船过新安江，写下《清溪行》：“清溪清我心，水色异诸水。借问新安江，见底何如此。人行明镜中，鸟度屏风里。向晚猩猩啼，空悲远游子。”清澈的水就如一面明镜，两岸的青山就如两道宽大无边的屏风。一艘艘游艇犁开澄碧的江面，江面上瞬间开出了一朵朵雪白的梨花。游艇行驶着，江面卷起了千堆雪。千百年来，这条江是徽商创造财富的黄金通道。山成为徽州人贫穷的屏障，水却成为徽州人打开财富的大门。遥想百年前，一代代年轻的徽州男人乘江而行，逆江而上，激流险浪磨炼了徽州男人的坚强与韧性。他们去往上海、南京等繁华都市闯荡，闯出一个辉煌的徽商时代。

汽笛声声响起，船靠岸了。随着人流走出船舱，来到了一个叫九砂的村庄。据导游介绍村后山中有九条清溪汇流而得名。一幢幢房子依山而造，村子也就依山而成。路边一座房前有一道石围墙，石墙上嵌着许多石槽。有一个石槽种着两棵一尺高的小红枫树，嫩红嫩红的叶片长得灵动妖娆。还有一个水槽种着一棵红梅，光秃秃的枝丫绽放着几朵水红色的梅花。最有意思的是一个水槽飘出一团团白雾，水雾袅袅，如同仙界。往村子的深处行，满树的樱桃花正吐露芬芳，招摇地卖弄风骚，游客纷纷合影留念。九砂村的居民以捕鱼为业，水中之鱼是居民们赖以生存的法宝。戏台上的老渔夫身着深蓝上衣，白色围裙，正在卖力地表演撒网捕鱼的传统节目。一群身穿红上衣的姑娘背上背着一个蚌壳，随着音乐时张时合。我从心里敬佩台上的演员，完全不顾雨丝飘洒，台上演的也是生活中的自己。台上的渔夫看似轻松地捕鱼，而生活中的渔夫要经受千涛万浪的锤炼。困于这山水之地，在山靠山，在水吃水，他们不得不与江水为伴，靠水中鱼养育一代又一代的徽州人。

雨丝飘在我的头上，微感冰冷。过一会儿摸一下，竟然成了一颗颗水滴。我倾听着身后传来的乐曲声，回首望望戏台上仍然还在撒网的渔夫，心里除了敬佩还有一丝悲凉。或许因为生活所迫才不得不在春节期间冒雨演出，或许因为执念要把家乡的非物质文化遗产传承下去。

回到船上，妹妹坐在靠窗的位置，招呼我挨着坐。发现游船空出很多位置。有些游客在九砂村多玩一会儿，乘下一趟船。凡是新安江百里画廊的游船可随意乘坐任何一趟船。窗口就如一个镜头，换了一个又一个的镜头，不知换了多少帧水墨画，船又靠岸了。

移步换景，此刻我们置身于一个叫作樟潭的岸上村落。和九砂村一样坐落在新安江水岸边。樟潭村有个镇村之宝——红妆馆。迈进大门，一片红进入眼眸，红地毯、红对联、红灯笼、红房梁，中国红是中国人心中的喜庆之色。两把高椅放正厅，一对新人来拜堂。来拜堂，来拜堂，拜出了多少徽州女子的独守空房。天下第一床，半间床也叫拔步床，红妆馆的半间床各种图案精雕细刻，把徽州木雕烦琐而精湛的雕刻技艺展示得淋漓尽致。床前的古琴静候，似乎有一双纤纤玉手弹奏，耳畔恍若响起如清泉叮咚，如空山空灵的古音。天下第一轿，据导游介绍花轿高 4.67 米，宽 2.5 米，重 1 吨。轿身四周有花窗、绢画为幕。轿身雕刻的花鸟有呼之欲出之感，腾飞的龙凤深情对望，千幅人物图神态各异，栩栩如生的面庞仿若穿越了千年的徽州姑娘带笑含嗔。据说这顶花轿和朱元璋有关，当年朱元璋反元之时曾被一个徽州姑娘所救，朱元璋称帝之后想起姑娘的救命之恩，欲接姑娘到京城。当地知府接到送亲任务，喜滋滋打造这一顶花轿。送妃的花轿岂不是升官之路？岂能小觑？花轿造好，接姑娘去京，岂料姑娘已有心上人，却不敢违抗圣旨，又怕心爱之人遭害，就跳江身亡了。朱元璋得知此事，后悔莫及。

将此轿封存，不再允许有人用。望着万人羡叹的花轿，我想起那个跳江女子，我的眼前仿佛出现她那哀怨、悲痛的决绝之情。

红妆馆内那一排排摆放整齐的红漆木桶应有尽有，衣橱、木柜、针篋，这些古时的徽州闺秀的陪嫁物品，既显示出工匠的技艺精湛，又把徽州婚俗的传统文化传承下来。

到了樟潭村，最吸睛的是那棵千年大樟树，这棵1040年栽下的香樟树。樟潭村的村民介绍，这棵千年古樟是“运筹帷幄之中，决胜于千里之外”的汉高祖刘邦的谋臣张良的后裔栽种。这棵古樟树高达20多米，站在树下仰望，生怕枝干戳破了苍天。横着长的枝条足有水桶那么粗壮，横向发展，就像两条手臂平展伸开，东西展开的范围足有一个操场那么大。两边的枝干都由水泥浇灌成的“木桩”支撑着，支撑的木桩比造房子的柱子还粗，若没有这么粗的水泥柱顶着，只怕树干早就承受不了这重量。整棵树枝叶繁茂，枝干高耸参天、气势恢宏，绝对的王者风范，妥妥的樟树之王。樟树之王静候樟潭千年，千年的樟潭历经宋、元、明、清的更换，朝朝代代，祖祖辈辈的樟潭经不住岁月的摧残，时光的老去。然而千年古樟却依然繁茂，或许它吸收日月精华，再来一个千年、两个千年或者无数个千年的日月交替。感岁月流觞，经时光洗礼，又成为几个千年后的人们的朝拜与敬仰。

樟潭村的十里红妆，繁华落尽，终不敌岁月沧桑，天下第一轿，皇恩浩荡，却祸降女儿身。千年古樟，岁月凝香，历经沧桑看人来客往。

最后一个岸上的风景便是绵潭村的“九姓捕鱼”的水上表演节目。水上一字儿排开十几艘小渔船，主船上坐着一个塑像，这是宋代的韩世忠塑像。先来一场隆重的祭祀盛典，祭祀之后开始捕鱼表演，踏盆捕鱼、撒网捕鱼、鱼叉捕鱼、鸬鹚捕鱼、巨网捕鱼，场场捕鱼气势磅礴、震撼人心。

“九姓捕鱼”已经是绵潭村的非物质文明遗产，藏着一个令人心酸的故事。据说北宋宣和年间方腊反宋，部分渔民参与造反，到宋徽宗二年朝廷剿灭方腊为首的起义军，实行了残酷的株连九族运动。最后一次捕捉了陈、钱、林、李、袁、孙、许、叶、何九个姓氏的老弱妇孺有百余人，由韩世忠押解汴梁处置，木船行至绵潭忽然狂风大作、暴雨如注，被迫停泊靠岸，韩世忠那夜梦见一个道童赐他九株人参，且口中喃喃有词："善哉、善哉。"韩世忠醒来猛然一惊，九株不是暗喻九族？参生同音示意要放生，人参那就是人要生还。韩世忠思忖那是苍天都不愿人这么残忍，他岂能害人呢？于是他将九姓族人暗自释放，谎报船覆人亡。从此九姓百姓以打鱼为生，九姓人以自己不同方式进行捕鱼，形成了九姓捕鱼的民风民俗，九姓渔民此后便过着与世隔绝的生活，也为他们的身世命运赋予了神秘的色彩。

这如画的两岸青山，流淌的新安江水，时光如酒，醉了几千年。山间的白墙黑瓦马头墙，无声地诉说着徽商的故事。樟潭的千年古樟、十里红妆、绵潭的九姓捕鱼……一个又一个藏着千年故事的古村，成就了新安江百里山水画廊的名片。

我与汾口镇的浅浅缘

认识汾口镇不是偶然，也不是必然，纯属是一个意外。

2024年正月初四的早上，妹妹问我去不去千岛湖，毋庸置疑我的回答当然是愿意。千岛湖虽去过一次，然而千座岛屿的自然风光，想想都是令人心动的。妹妹说妹夫约人去千岛湖钓鱼的，他们钓他们的鱼，我们吃我们的烧烤。她说准备了很多烧烤的食材，就在岸上烧烤。当然还可以坐坐船看看风景。美食、风景的引诱，这可不是一般的诱惑，想想那是多少惬意的事。

就在这样的憧憬中，我跟着他们上了开向浙西的车。经过四个多小时的路程，先去了千岛湖景区的一个湖滨小区。这次去千岛湖钓鱼就是因为这个杜桥眼镜老板钓友的牵引，才让我们有了此行的安排。没想到见到的钓友是堂嫂的哥哥，真是天下小，在三百余里外还能碰到熟人。

俗话说虾有虾路，蟹有蟹道，这话说得一点也不错。让我意外的是，爱好钓鱼的伙伴们，在各地都有钓友。在钓友的指引下，我们来到了一个叫作汾口的小镇。汾口或许和水有关吧，位于千岛湖源头的小镇，当然和水有关了。站在汾口镇的一条小巷口望向前方，从建筑上看，这是个老镇。房子都很老旧，大概是20世纪80年代建筑的三层楼。一条不是很宽的小巷，两边的房子全是白色的墙体，泛黄的墙体尽显风雨侵蚀的沧桑感。白墙黛瓦的建筑风格，我的脑海里立马闪现出“徽派”这个词来。与安徽为邻的小镇，或许受徽商的影响，这里的人也学徽派的建筑，希望有徽商的商机。

钓友迟迟没来，我对这个陌生的小镇充满好奇，上网查阅汾口镇的历史想了解一下这个地方的文化和风土人情。

汾口镇镇守浙江的西大门，隶属淳安县，起源于1800年前遂安建县时代，汾口镇的仙居、石畈一带，是分歙南武强乡建新定县的县志所在。公元208年，确定遂安县为初始县址，取名叫新定县。仙居村北面有丘陵小坡地，南面有千岛湖最大的支流武强溪。据《璜（王堂）余氏宗谱》记载，余祖则公于元至正年间由大屋基迁居汾洞源口，故名汾口。清代发展为有五十余爿店铺的集镇，故又称汾口镇。

汾口镇与开化相邻，与安徽歙县成为邻居，古时徽商盛名之时，汾口老街成为政治经济和文化的中心。在很长的一段时间，汾口老街商机引人，吸引着四面八方的商人和顾客，成了繁荣的商贸中心。邻县的开化、安徽歙县的乡民都是汾口老街的常客。

直到新安江水库形成以后，淳安、遂安两个县合并。遂安县的部分部门和机构移到汾口的杨旗坦，此后的杨旗坦便成了汾口镇的政治、经济和文化中心。

虽不是深入了解汾口镇，至少对它的地理位置有了一些大致的了解，至少我清楚知道自己身处何地。

我们终于等来了钓友，这是一个精瘦的矮男人，看上去将近七十岁了，不过精神矍铄，虽然都是陌生人，但是因钓不分地域而成友。他带我们先入住酒店，我和妹妹便留在酒店休息了。

日薄西山，落日的余晖把大地染成了橘红色，我们来到了郊外，在一片芒花丛中停车了，提着大袋小包的东西走进了芒花夹道，一条泥土路45度倾斜的坡度向下延伸着，两旁的芒花一片枯黄，芒秆直挺繁茂。如果是深秋来这里，芒花簇簇，迎风而舞，飞鸟伴鸣，一定是一幅很美的《芒花舞秋图》。芒花夹道的尽头是一片开阔的平地，碎石铺地。一个横着的梯形小水库就呈现在眼前了。时不时会有一辆辆车亮灯而行，才知道对面掩映着一条环山公路。左前方是一个村子，黛瓦白墙挡住了后面的山。

在妹夫的催促声中，我端着一脸盆的菜到水边去洗。我们台州哪怕是农村，水边都会做安全的防护措施，比如台阶或者栏杆，而这里完全是生态自然化。泥土乱石混合成一个60度倾斜的坡度，没有路没有台阶，有几个窝窝坑，或许被人踩出来的脚印。我小心地一步一步走下去，说实话我的心里藏着胆怯，万一脚下一滑或者踩空，就滚到水里了。所以我每踩一步就踩两次，确定是实的才换个脚。水边也没有可放东西的石块，脸盆里舀满水，就在脸盆里洗一下就行了。这里的水倒是很清，我有些恍惚回到童年时代，我在老家时也是经常端着脸盆到水边洗东西，老家的水很清，这里的水也是很清的。第二次端上一盆清水上来放在旁边备用。抬眸望见对岸的村庄已是一片灯火，与水里的灯火照应，仿佛一串闪亮的钻石项链镶嵌在暗黑的夜幕中。

天完全暗黑了，妹妹离我几步之距，我们已看不清对方的脸形了。妹夫留给我们一盏小灯，夹在妹妹的领口。只有一个大拇指大的小灯泡，却能发出耀眼的光芒，足够给我们照明了。

开启烧烤模式，炭火点点燃烧，丝丝火苗在黑夜中燃烧。铁网上的食物在炭火中慢慢变熟。等网丝上的食物全熟透，我们就喊钓鱼的人上来吃。姐俩一边烧烤一边听着番茄畅听播放的小说《傅恒的爱情》。仰望星空璀璨，都说月明星稀，也有人说月是故乡明。不过我们都一致认为汾口的漫天星斗特别晶莹，特别明亮。一颗一颗的星星晶亮，犹如一颗颗钻石散落在深沉的夜幕中。一弯新月如弓，娇俏挂在碧霄中。多少古人写明月，今人不见古时月，今月曾经照古人。我想天上的月是否会记得，今夜的我曾在这异乡的夜空下过了一夜。

夜风微拂，群星伴月，寂静的水边只听得“扑通扑通”鱼跃水面的声音特别清脆。对面环山公路的车偶尔会有一闪而过，看样子浙西居民比较顾家，夜幕降临不再夜行外出。

到了十点，妹夫说今天的鱼儿还没有混熟，不愿上钩。准备收工了，我们随即整理余下的食物，捡拾起所有的垃圾带走，除了炭火不留任何的痕迹。

谁都不知道四个台州人曾夜闯汾口小镇的这片水库边，留下一点记忆，钓走了四条鱼。两个姑娘在水边坐了半夜，穿越在关于清宫与傅恒的对话中。人生有太多的意外，意外会与谁偶遇，意外会立足于某个地方，就如我们今天会与汾口镇有了这么一个浅浅的缘分。

第二辑

浙途有约

安昌古镇掠影

也许缘分太浅，与安昌古镇多次擦肩而过都没能目睹其风采，这次我是鼓足勇气才决定了却这个心愿的。顶着烈日，踏上了安昌古镇的石板路，确实有些灼人的烫。尽管撑着伞，往树荫下或者廊檐下躲过，热浪还是一阵阵袭围而来。这几天正值高温酷暑，说实话，顶着毒日来安昌玩是需要很大勇气的，然而安昌就如一个磁场吸引着我。

据说唐乾宁三年，越王钱镠奉唐王之命平董昌之乱后，希望此地从此不再出现像董昌这样的人，让老百姓过上安安稳稳的生活，从此此地名为“安昌”。安昌古镇位于绍兴柯桥北部，是绍兴的四大古镇之一，青石板小路，古朴雅致的民宅，逼仄幽深的小弄。老街枕河，粉墙黛瓦，商铺林立，青石板路一眼望不到尽头，抒写着一首江南古镇的诗歌。

安昌古镇江河纵横交错，河上木桥、石桥伏岸，“碧水贯街千万居，彩虹跨河十七桥”中碧水贯街、十七桥点睛了安昌的特点。第一座跨桥长廊“清风第一廊”，桥柱上写着一副对联“大明弘治开街市，威唐乾宁名安昌”。一副对联点明了安昌古镇的历史和开市的时间。廊桥高于地面，两边石栏浮雕，栏柱外垂柳摇曳。迈上十个石台阶上了廊桥，廊桥内坐着几个闲聊的老人，也坐着几个擦汗的旅人。一阵清风拂面，顿时暑感消减，怪不得称为“清风第一廊”。往里再走一段路是一座带廊桥“阳明桥”，廊桥上写着“涂山廊”，相传大禹娶涂山女为妻，镇东名为涂山，此桥命名为“涂山桥”。依据神话，一个美丽的传说在这片河畔上流传。立于廊桥之上，我仿佛听到那悠扬的古风歌声在耳边回荡。还有一座桥与宋高宗有关，传说金兵南下，宋高宗逃难经安昌，靠人搀扶过桥，正值红菱采摘，随从让皇上尝几个红菱，解其饥渴。宋高宗尝了红菱，过了桥，自此木桥和红菱声名鹊起。明朝中期，木桥改为石桥，因追怀宋高宗徒步过桥，改名为高桥。安昌的十七座桥各有故事，十七座桥也千姿百态，古朴典雅。位份最高的是福禄、万安、如意三桥，古时人家嫁娶女儿或媳妇，这三座桥是必经之桥，以求夙愿。

石桥下碧水荡漾，江河如一条绵长的绿锦缎，映衬河岸边上的野花或者盆栽，紫红的、金黄的、雪白的……异彩纷呈，美丽极了，给绿河增了锦上添花之喜。一条条黑篾编成的乌篷船穿梭其间，毓姑娘惊疑地问："怎么用脚撑船的？"一看，果不其然，船头和船尾各有一位穿橘红色救生衣的船夫，只见他们右腿支在船上，左腿抬起向前弯曲，踩动着船右边的橹，双脚韵律有致地推动着船桨。双手又拿着一橹，在船的另一边划动着，水波渐渐向两边泛漾开来。我惊疑地望着一旁休息的船夫，他则一脸自豪地说："这是我们的技术活呀，脚划的那条船桨长，手划的这条船桨短，需要加速时才用手添劲。"看着河中的船夫更是一脸骄傲，时而嘴里吆喝："哎呵哎呵——"时而又朗声和岸上的商家热情打着招呼。乌篷船原本是水乡绍兴重要的交通工具，而今现代化交通发达，陆路早已代替水路。乌篷船沦落为游客观光休闲的交通工具，有些旅客是为了好奇体验乌篷船的古意，有些体弱的旅人确实累得走不动，以乌篷船为代步的。一条条乌篷船载着游客慢悠悠从桥洞下穿过，古镇的悠闲时光随着水波的涟漪荡漾开去。

主河道横贯东西，河岸南边民居住宅，北边集市。老街长廊接连，店铺毗连，沿河长廊的商品琳琅满目。

"扯白糖啰——"我们被这一声软糯的吆喝吸引住了。只见一位六十岁左右的老人甩着长长的白色粉团，飞快地拉过来扯过去。这一拉一扯间，粉团渐渐被拉长，一瞬间粗粗的大条子变成了银丝般缠绕的线团。线团在老师傅手里上下翻飞自如，就如我们绕毛线团一样轻盈爽快。这样的动作让我想起了兰州拉面。旁边老太太不停地吆喝：“扯白糖啰——扯白糖嘞——”白糖还能扯吗？为了弄明白扯白糖的缘故，老人告诉我：“据说起源于明朝年间，是用麦芽糖与白糖溶解后熬成拔丝状的，然后趁糖还未硬化时拉扯而做成的一种糖果。由于在糖中溶入了清淡而带鲜味的麦芽糖，甜而不腻，又富有营养价值。”

其实安昌最著名的土特产是腊肠，只是我们来时是在盛夏，看不到小镇那满河街挂腊肠的盛景。曾听朋友说过，冬至后游安昌古镇，眼眸里出现的是腊肠，鼻子里充塞的是腊肠浓浓的酱肉香味，保管你口水直流三千尺呀。扯白糖阿婆告诉我，安昌腊肠的制作始于明嘉靖年间。当时，镇上有位老爷喜欢吃肉，品尝到新来的丫鬟用酱腌制过的肉肠，其味醇厚浓郁，唇齿留香。这样一传十，十传百，腊肠制作的手艺就在镇上流传下来，家家户户一到冬日都自制腊肠。还有一个原因，绍兴师爷常年奔波于异乡，总是带些腊肠，腊肠不容易坏，可以多放些时间，再说亲人做的腊肠，吃上一口腊肠也能思乡念故的。绍兴师爷遍布全国府衙，安昌腊肠也就名扬天下。望着街铺的招牌上写着某某酱肠、某某腊肠，熏风拂面，似乎还夹带着酱肉的醇香。可惜冒着酷热来古镇，只能望招牌而兴叹呢！

阿婆眯眼笑着说：“我们安昌人家家户户都会做香肠，冬日里，两边街铺挂满一行行的酱香肠，这才是安昌的好景致呢！你们现在来得不是时候呀。”我想象那挂满酱红香肠的安昌古镇，想象着那一抹余晖下，河岸边摆着一张小四方桌，一壶黄縢酒，一碟酱香肠，一碟茴香豆，如此简单，却是如此安闲地吃着晚餐。这样的画面足以让人心生羡慕。

正在我带着沮丧说不能买些腊肠回家，凤笑着安慰我：“月有阴晴圆缺，此事古难全。”经她这么一点拨，我放眼望着空旷的古街，有几拨游客悠闲地穿梭在古桥古廊中，一点也不拥挤。阿婆笑着说："如果换作腊月里，游客多，这街道被挤得水泄不通。"听说被挤得水泄不通，我似乎能想象被挤成肉饼的感觉，游玩的兴致自然也被大打折扣了。心里又一阵窃喜，还不如今日来得这般悠然与闲适呢。

说到腊肠不得不说安昌的酱油，绍兴有句民谚"绍酒行天下，酱园遍全国"，"仁昌酱园"是安昌的大招牌，具有老厂、老厂名、老地址、老传统制作技艺"四老"招牌。在《舌尖上的中国》纪录片中播出后，更是火遍全国各地。清光绪年间，徐仁昌倡办了酱园，以"仁昌"为字号，开始仁昌酱园的生产经营。仁昌酱园制酱一般在清明前后蒸料、发酵，伏天晒酱，金秋成油，故有"伏酱秋油"之说。仁昌酱园作为绍兴"三缸"之一的酱缸，至今还绽放着酱文化之花。仁昌酱园和安昌人共度了百余年的春秋，在安昌人的酱文化中无处不在，正如安昌人自豪地说："仁昌酱油使安昌人的生活变得有滋有味。"

我们穿行于穗康钱庄，在石雕馆内欣赏匠人精湛的技艺，悠长的石桥在我们的步履之间徐徐展开。随后，我们踏进了安昌民俗风情馆的门，一幕幕传统生活的画页在我们的眼前呈现，仿佛是历史篇章在娓娓道来一组往昔岁月的老照片，用沉默的故事告诉我们时代的声音和过往。

安昌古镇是绍兴师爷的故里，因而到了安昌，"师爷馆"是不能不走的。眼前的这座师爷馆非同凡响，它是历史长河中一颗璀璨的明珠——娄心田师爷的宅院。娄心田，1875 年生于绍兴安昌师爷之家。成年后跟随马占山将军，江桥抗战中，娄心田为马占山出谋划策，更为马占山将军写出了许多电稿、文告，这些出自绍兴师爷之手的激扬文字，送达蒋介石、张学良、国民政府。安昌把娄心田宅院设为博物馆，因为娄心田是绍兴师爷的杰出代表，还因为这座宅院最有特色。

进入大院曲折幽深，门套门，窗套窗，院套院，结构复杂。门窗都有雕花，里面摆设的家具当然都是木制品，有陈旧之感。绍兴师爷在我的脑海里浮现的就是陈道明的样子。记得1999年去沈园，第一次目睹拍电视剧，第一次听人家说明星，很多人围观拍戏现场看陈道明。当年很out的我竟然不知陈道明是谁。后来从一个黄岩游客的那一脸膜拜的神情来看，我想这一定是一个很有名的男明星。记得那一天正下着雨，围观的游客依然不散，在场的演员依然不受打扰拍着戏。陈道明给我的印象很严肃，却也很谦和。这是一场方静斋舌战群儒的场景，人多难免出状况，不是这个神态不逼真，就是那个动作不到位。45分钟竟然只通过一条，就相当于我们银屏上一闪而过的一秒钟。作为男主角的陈道明竟然很认真按照导演的要求重拍了一次又一次，不埋怨也不鄙视。也许正因为如此，我回来后特别注意那天目睹的这一场戏的片段，后来竟然很忠诚地成为陈道明的粉丝。有趣的是，陈道明的祖籍就是绍兴，让他来演绍兴师爷，把绍兴师爷的那份匡扶正义、睿智精明演绎得淋漓尽致。而陈道明先生本身就是一位受人敬仰的演员，他博才多学，琴棋书画样样精通。陈道明所演的“绍兴师爷”那份精明与睿智，淋漓尽致地呈现于银幕上。

我们继续走了中国银行旧址、城隍殿等古迹，无声地倾诉着沉甸甸的历史。夜幕降垂，暑气减退，然而心里却被安昌的古文化点燃了一把火。对于安昌古镇来说，我们终归是匆匆的过客。我们今日所了解的安昌故事，或深或浅成为我们心中一份珍贵的记忆。

赶赴一场檀香盛宴

2015 年的 8 月初，慈溪的杭州湾大酒店举办一场香文化活动，我如约而至。

对于檀香，我的心中总有一丝敬畏。香文化历史悠久，文化底蕴深厚。古时，寻常人家是不可享受的。点香、品香、闻香，唯有贵族才能享受此等雅事。当张老师说要举行这样一场香文化活动，我仿佛闻到那丝丝缕缕的清香，仿佛穿越了时空，从古典宫廷的角落里缓缓飘出，我的心中便不禁泛起涟漪。

在酒店管理人员的引导下，我出了电梯口就闻到一丝幽香，定神凝闻，有些淡雅，我循着香味找到了会议室，推开会议室的门，一股温和隽永的香扑鼻而来，足令我精神一振，这就是檀香味？我怯怯问自己，身置香气中，我不在梦里。一张橘红色会议桌的顶端放着一个金色的金属底座，高高插着一支大拇指粗的香，灰白色的灰烬高高尖尖地耸立着，只剩下半寸长的香了，显然我是来晚了。

金黄色的底座凹凸成型，就如一座峻峭的山峰，前方是一个绝壁的山崖，崖下有一个深潭。崖山的插口呈正方形，有半指之长，在插口的底部流出奶白色的烟雾。在众人的议论纷纷中，我得知眼前飘着奶白色烟雾的香不是普通的香，而是檀香。乳白色的烟倒泻，似飞瀑，又如一川流水从两个峡谷奔腾而下；似飞云落入山间，又如两道白锦垂挂于千丈悬崖之上。奶白色的烟尘缥缥缈缈让人身感仙境。

轻闻一阵阵深沉的幽香，气息宁静、圣洁而内敛的檀香味飘进我的鼻孔，我毫不吝惜地吸入鼻腔，尽情享受着这份清灵、飘逸的檀香，瞬间带给我清神的感觉。我几经周折来到这里，晕车，劳累之感顿时消散在香味中，只感到肺腑通畅，心旷神怡。

檀香弥漫的会议室内，一缕缕氤氲的香气，如诗如画地回绕在每个角落。我轻轻找了个边上的位置坐下，身体被这婉约雅致的香气所包围，思绪不禁沉浸在它所带来的宁静中，心灵似乎开始了一场悠远的旅程。周围的女伴们皆穿着得体雅致的旗袍，古典而又不失韵味，一时间我仿佛置身于另一个时空，仿佛穿越了久远的年代。这种感觉是如此的微妙，让我觉得我仿佛已经融入了檀香的世界中，成为这空间里不可或缺的一部分。

大屏幕上，一个女子正在优雅地点香，她的每一个动作都显得那么的娴静与专注。此刻，无论我身处何种困境，无论心情多么急躁不安，这檀香的味道总能让我心灵得以短暂的舒缓，带来内心的平静和安定。它让我的心绪沉静下来，慢慢地调整到一个最为平静和怡然的状态。在这份诗一般的世界里，我只感到一股宁静的力量围绕着我。此刻的我仿佛与世界隔离开来，独享这份属于自己的静美安宁。

座谈会上，听了檀香研究会方秘书长的介绍，我对檀香多了一份了解，之前我对檀香除了敬畏之情，是不敢有其他奢望。我倾听着方秘书长说的每一句话，用手机录音，生怕听漏了一个字。

我很庆幸自己参加此次的香文化座谈会，让我了解了那么多的檀香知识。檀香，一种神奇的天然香料，其独特的香味有着不可言喻的安抚作用。它能帮助人们清心、宁神、排除杂念。对于那些常受紧张和焦虑困扰的人来说，檀香是一种极好的心灵慰藉。它的香气能够松弛神经，减轻压力，使身心舒松，仿佛置身于一个宁静的港湾。

识得檀香，檀香会回报你的知遇之恩。据说在印度的某一个小国，国中有一个员外，得病，请郎中看病，诊费高于人家十几倍，郎中窃喜，每一次出诊都不给员外痊愈。被一个小丫鬟识破诡计，丫鬟告知主人，郎中被辞，丫鬟按照郎中的药方给主人诊治痊愈，后生感情结为夫妻生下儿子。此国有个规定，庶出子女可以享受一样的生活待遇，却不能分得半分家产，而员外特别喜爱小儿子的聪颖才智，不愿意小儿子在自己死后而流落街头，于是在生命的弥留之际对两个大儿子说，这个家不能分，俩儿子应允。过了两年平静的生活，二儿子有些私心，不愿意一起过，于是提出分家，他说一个得财产，一个得小弟，他猜想大哥一定选财产，想等小弟落于自己的手中置他于死地，然后再回来分大哥的财产。不料大哥看出二弟的不良动机，善良的哥哥让出全部的财产，他选了这个弟弟，然后带着妻子和后母住于柴房之中。一天，弟弟向大嫂要五分钱买柴火，大嫂把口袋里仅有的五分钱全数给了小弟。小弟买了柴火，在劈柴中发现了一根檀香木，小弟识得檀香木，把檀香木分成十段藏于家中。一天皇宫里的皇后得了一种怪病，全身燥热无法退凉。皇帝召集了很多御医都医治无效，其中一个御医说如果有檀香木，把檀香木碾成粉涂身上就会退热。皇帝昭告天下，谁有檀香木，一段一千两黄金，小弟看到布告，献上檀香木医治好了皇后的热病。这消息传得很快，小弟的檀香木也被人争相购买，万两黄金改善这个家的生活，让这个人心向善的大哥终于明白善人有善报。于是檀香木也从此被人们称为“黄金之木”。无论这个故事是真是假，但檀香作为一种药材，有理气和胃、改善睡眠、安和心志等功效，历来为医家所重视这倒是真的。

檀香木在不同的领域有不同的赞誉，在宗教领域被誉为“神圣之树”，在风水学里被誉为“招财之树”，在历史上，由于象征着权力和地位而被誉为“皇室之树”，在现代市场经济里被人们誉为“黄金之树”，在澳大利亚被人们称为“摇钱树”。

座谈会后，我们走进“慈云山”檀香木雕刻展览厅，一件件用檀香树根做成的精美艺术品，以树根的自然形态或者畸形形态，通过构思想象加工创造出人物、动物、山水花鸟的各种迥异的神态。就说观音吧，根据树根的迥异形状雕刻出飘海观音、菩提观音、杨枝观音等各种形态。你看飘海观音高高的云鬓绾起，脸微侧，眼睛

下望仿佛正凝视着滚滚的东海水，弧形的树根刻画出观音婀娜的身姿，宽大而飘逸的衣裙一方散开，就如在大海中飘然而过的神态；再看菩提观音，身板端正，一脸庄重，不容侵犯，双手拿着倒着的净瓶，踩着祥云眼观前方，仿佛正在施救某处灾民。观音在人们的心中是慈悲的化身，具有无量的智慧和神通，大慈大悲，普救人间疾苦。她集智慧、慈悲、救苦救难等真善美于一身，受到人们的爱戴和尊重。

一件件艺术品栩栩如生，我很佩服构思的奇妙，佩服雕刻者笔笔精妙的刀工。檀香木本就高贵、神奇，再加上这样精雕细镂，简直就是完美的艺术。置身于展览厅里，深吸着丝丝清香，素心明空，心中升起一丝古意，触动着那份绵细的眷恋。

梦里西塘

顶着夏日的骄阳一路踏歌走进了梦里西塘，西塘在我的心里驻扎了多年，这梦里水乡成了我梦中的景，此刻此景就这样真实地展现在我的面前，我又仿佛置身于梦里。

一池碧水缓缓流淌着，几艘乌篷船悠然地在河面上行驶着，船家不疾不徐地摇着橹，“嘎吱嘎吱”的橹声有韵律地歌吟着，船家和迎面而来的老伙伴说着吴侬软语，从那灿烂的笑容里看出今日的生意还是不错的。依河两岸的老房子是明清年代的古建筑，粉墙黛瓦、雕梁画栋，飞檐的黑白马头墙是徽式建筑，如一幅水墨画。古朴之风跳入双眸中，一道金光从河面反射过来，恍如时光隧道，有一种穿越千年的错觉。

千年古镇西塘，是春秋战国时期吴越相争之地，故有“吴根越角”之称。西塘地处苏、浙、沪交界的浙江省嘉善县境内。相传，伍子胥曾在西塘修筑水利，地势平坦，河流纵横，交通便利才使日后的西塘有了运河人家之富甲一方。西塘有九条河道将全镇划分成八块，五福桥、卧龙桥、环秀桥、送子来凤桥等百座石桥又把西塘串在一起。水成了西塘的血液，桥就是西塘的灵魂，水桥相映成了西塘特有的风景，西塘成了游人眼中的“东方威尼斯”。

一座座石桥弯弓似的架在水上，如一道道白色的水上长虹。环秀桥是西塘众多桥中最早的高桥，桥上拱门两侧刻着一副对联“船从碧玉嬛中过，人步彩虹带上行”。吟咏此联，探头望河中，果真有一艘乌篷船驶至桥下，清楚地看见几个女眷正粉面含笑，船家站在船头正用力摇橹。我想若是船上的人看桥上之人，就是人步彩虹上了，那我就是移步在彩虹之上的女子，想到这里，我不仅扑哧一笑，眼角之光突见远处有一艘船上有人正举着手机拍照，彩虹桥上的我们成了他人眼中的风景了。最有趣是送子来凤桥，一看这个名字多有意思，后来多方询问才知这座桥还有一个有趣的典故。来凤桥位于小桐街东侧，为三孔石板桥，传说当年有个落难将军逃命河畔被一个艄公搭救，艄公为他而死，后来将军复位来答谢恩人，却知恩公为己而亡，他重金感谢恩公家属，家属让将军搭桥谢之，建桥时一鸟飞落桥畔，都觉得这是吉祥，取名“来凤桥”，桥完工之日，恩公的妻子生下遗腹子，此桥又命名“送子来凤桥”。这些古老的桥梁，与西塘人家相依相偎，倾听了千余年来流水的低吟和船家桨橹的浅唱，也阅尽了水乡人家生活的辛酸和西塘在历史的长河中的种种磨难。

西塘还有一个特色就是那一条条小弄堂，在一百多条弄堂中数石皮弄最有名，位于西塘镇下西街，最宽处 1 米左右，青石铺成的弄堂路，踩着石板路嗒嗒嗒地响，斑驳的青石板承载着千年的历史，岁月斑驳了白色的墙体，深藏着多少红尘往事，诉说着千年的沧桑。石皮弄两边白墙大概有三层楼那么高，仰望看天，只见狭长的一线蓝带，偶尔有一丝白云飘过，我第一次见到这一线天空，这一线天空沉淀于时光里的醇香中。我打着一顶粉红色的遮阳伞，穿一件白底红玫瑰的旗袍式的短上衣，拖动着及脚踝的紫红色长裙漫步在巷弄中，随着拥挤的人流，故意放慢脚步，我希望时光能放慢脚步。任由旁人推推搡搡，我知道自己不是丁香般的女子，但是我希望自己有丁香般的女子的玲珑心和悠然心情。

走出这幽深狭长的小巷，耳畔里飘来白发阿婆的吴侬软语的嘉兴话，不知何处飘来委婉悠扬的越剧，吴越文化就在这盛夏酷暑中弥漫开去，消散了游客心中的暑热。

烟雨长廊是清秀西塘的一大亮点，千米廊棚创造出“雨天不湿鞋，照样走人家”的奇景。廊里的路面不再是青石铺就，而是青砖直立铺排着，镶嵌成一种“V”字形的花纹，廊外的青砖是平面平铺着。“因水成市、因水成街”的独特地理位置，沿河而筑的廊棚就是最具特征的建筑类型。走在千米长廊中，廊内侧是繁华的商铺，有丝绸制品，有复古衣裙，各种琳琅满目的商品纷纷呈现在游客的面前，我挤过人流进了几家丝织品店，想买条合意的披巾，但最终没有看中一条。沿街的商铺，彰显了西塘经济的飞速发展和人民生活的富足安康。置身于拥挤、喧杂的人流中让我有些烦躁。喧闹嘈杂的长廊没有我来之前想象的那般舒心合意，我挤出人群在门口等候同伴，看望河面，“咯吱，咯吱……”声音自远而近，不经意间的目光随着那一声声的摇橹声望去，一个渔家摇来一只小木船，几只鸬鹚突然蹿出水面落在船舷上，渔家一手伸进鸬鹚的嘴里，一条二十多厘米的河鱼就滚落出来，一只只鸬鹚都为主人献殷勤。记得我读小学的课文中就有写鸬鹚的一文，也曾经描写过这样的片段，我一直都将信将疑，可今日目睹这样的场景还是有些吃惊。廊棚下的游客都发出一阵阵赞羡声，渔家提起塑料桶晃动了一下，看这样子应该是有些沉重的。渔家一笑放下鱼桶，摇橹扬长顺河而去。

穿行在西塘中，宅弄深处，曲径通幽，不知深几许，行至尽头，却又豁然开朗，别有洞天。如果说古桥、弄堂、长廊是西塘的三大特色，那么一座座古民居更是西塘的特景，园内有亭台楼阁、假山鱼池，这一幢幢精致的古式建筑成了西塘的一颗颗璀璨的明珠。西园是众多民宅中最亮的一颗，据说是西塘最大的私家花园，园内水榭台阁、池塘瀑布、假山古井、松竹花草，每一处的设计都精巧无比，令人惊叹。西园的出名不是因为主人的名望，而是民国的柳亚子偕同陈巢南来西塘，与镇上文友等在该园吟叙合影，仿北宋李公麟所画表现苏东坡、米芾、黄庭坚等人雅集的《雅集图》，将照片取名为《西园雅集第二图》。木制楼梯，镂花的木窗，历经岁月的沧桑，它们依然熠熠生辉。感觉穿越了几百年，感受着朱家深闺的孤独与落寞。我环视着比较宽敞的小姐楼房，曾经居住此楼的朱家小姐一定是饱读诗书、精通女红的大家闺秀。看似娴静，我想她的心或许早已飞出这高墙之外了。我推开木格窗，俯视楼下，就是雅致的花园，抬眼望去，能看到西塘蜿蜒妩媚的清流河畔和鳞次栉比的明清建筑。

既然说楼下花园曾是柳亚子的吟诗赋歌之所，我和同伴们走进了这样富有人文书香的古宅后花园，心情不由得澄澈空明起来。后花园雕有柳亚子的塑像，右手拿着一把扇子正指着前方，左手搭在双腿上，瓜皮帽下一双含笑的眼睛望着园中的来客，一根拐杖斜倚在旁边的石桌上，气定神闲的柳亚子不失大家风范。石桌子的另一侧还有一条石凳，我坐上去歇息片刻，看着来园的游客，同伴帮我拍下了这一幕，这个画面就永远定格在我的记忆深处。

西塘的桥，西塘的巷弄，西塘的长廊，西塘的楼房，这一切就这样毫无保留地呈现在我的面前。西塘，我梦里的西塘，是春秋的水，是唐宋的桥，是明清的建筑，在我的心中却也是斑驳陆离的沧桑。千年的繁华，也在尘世的纷繁中悄然落幕。原来，世间任何东西都不是永恒的。

千古悲情伤沈园

是因为沈园喜欢上《钗头凤》，还是因为《钗头凤》才爱上沈园的呢？我问自己千万遍，都没有一个正确的答案，也许这两个因素都存在吧！

二十年前，偶然闯进了沈园，那时的我是一个不谙情事的小姑娘，和大多游客一样看园中的一花一草、一树一池，赏花木扶疏、荷鱼成趣。眸子中出现的只是一个精致的古园林罢了。我们穿行在青瓦朱檐、曲廊流水、黛石粉墙的江南园林中，温柔的江南微风拂面而来，心被沉醉了。二十年前的沈园没有如今的旅游化、商业化，没有茶室，也没有大肆宣传陆游与唐婉的爱情故事。

二十年来，沈园在我的心中倒是越来越清晰。最清晰便是那一壁残墙，墙上刻着：“红酥手，黄滕酒，满城春色宫墙柳……”随着年月的增长，历经情感的挫折，感怀生活的无奈之后，这首词便在心中几经翻腾。想起《钗头凤》，沈园的旧模样便浮现脑海。想起沈园，《钗头凤》便也入心，渴望再次重逢的念想逐渐加深。重游沈园的念想年年入心，却年年落空。一晃便是二十年，与沈园相逢，感慨万千，当年的小姑娘如今成了中年女子。其间的二十年，在人生的海浪中浮浮沉沉，一切尽在不言中。当年不理解陆游与唐婉的这份无奈与悲苦，历经沧桑之后，才知字字句句皆泪带血。

《钗头凤》是宋代诗人陆游和唐婉合作而成。陆游是南宋的文学家、史学家、爱国诗人，他一生写下了9300余首诗，他的诗词不仅抒发着慷慨激昂的报国情怀，也有细腻的情感，一草、一木、一鱼、一鸟，皆可裁剪入诗。尽管他有“夜阑卧听风吹雨，铁马冰河入梦来”的豪情壮志，他的诗情是那么激昂，他的理想是多么豪壮，然而他的唐婉却让他一辈子痛苦。

封建礼教剪去他自由的翅膀，断翼的他无法在婚姻的天地里自由飞翔。他无比珍爱他的娇妻唐婉，相爱却偏偏不能相守终身。那个豪情万丈，在金戈铁马中纵横千里的放翁，那个冰河入马、一腔热情、壮怀激烈，高唱着“上马击狂胡，下马草军书”的陆放翁，这份豪情在爱情上却是如此身不由己。在母亲的百般逼迫下，他无奈留信：“等我三年，再续情缘。”他想用三年的时间争取事业的成功，有功名的男人就可以为自己争取爱的权利。可母亲帮他改了一个字：“等我百年，再续情缘！”一字之别，却是姻缘永别。

唐家人怎能如此受辱？不顾弃妇的伤心欲绝，为她重新做主嫁给宋皇后裔赵士程。尽管赵士程对唐婉百般呵护与宠爱，却总不见她舒展愁眉。绍兴城里多了一个独倚斜阑、欲语还休的落寞女子。葫芦桥下片片残红中，多了一个咽泪装欢的倒影。

多年以后，唐婉与夫君赵士程游春于沈园，偶逢陆游。曾经的恋人早已劳燕分飞各分东西，本该各居一城，永不思念。意外相逢，尽管内心喷涌着炽烈的情感，也只是相看泪眼无言以对。红酥手端来黄縢酒，一切言语尽在杯酒中。陆游饮下的是一杯苦酒，斑斑血泪书写《钗头凤》：“红酥手，黄縢酒，满城春色宫墙柳……”唐婉得知后，读着一行行带泪泣血的词，她和了一首：“世情薄，人情恶，雨送黄昏花易落……”那半壁斑驳的砖墙上，刻下了他们字字血泪的互诉衷肠。

就为那无声地诉说了800多年的《钗头凤》，我顶着烈日又踏进绍兴老城，循着旧迹走近沈园。近了，近了，念想的沈园就在眼前，泪顿时夺眶而出。先入目是一分为二的裂石，上书“断云”。“断云”取自陆游的《禹迹寺南有沈氏小园》的诗句：“林亭感旧空回首，泉路凭谁说断肠？坏壁醉题尘漠漠，断云幽梦事茫茫……”据说，陆游在他六十七岁的时候，重游沈园，看到当年题《钗头凤》的半面破壁，时隔四十年字迹有些模糊，他泪落沾襟，于是他的心里不免是那断云幽梦事茫茫。光阴远去，可他的婉妹依然活在他的心里。沈园处处都留有她的影子。那伤心桥下春波绿，曾是惊鸿照影来，一波波的碧浪破灭那一抹惊鸿的影子。长歌当哭，伤感难抑，唏嘘怅然，成千古遗恨。“问梅槛”里“那城南小陌又逢春，只见梅花不见人。玉骨久沉泉下土，墨痕独锁壁间尘”。问朵朵梅花可曾记得她那娇俏的笑模样？纷繁缭乱的宫墙柳，一片柔情，却付与东风飞白絮，她也梦断香消四十年，沈园柳老不吹绵。那曲折的六曲栏，几多绮思，也只能频抛细雨送黄昏，雨后的黄昏，花落愁起，欲笺心事，独倚斜栏。曾经的举案齐眉，抚琴而歌，可恶的东风折断了连理枝……沈园的城墙挡不住记忆，每一脚都踏痛了往事。

宫墙柳仍然在空中飘扬着，荷花依然傲立在水中，《钗头凤》还在一壁残墙中，然而唐婉与陆游的尸骨早已化为泥尘。爱他，就得不顾一切去追随他。爱她，就得呵护她，不让她受半点委屈。活在红尘总有太多的无奈，只有把这份无奈真正放下，你才能不会这般纠结。

十八涡

古语有言："智者乐山山如画，仁者乐水水无涯。"此言非虚，每当我心怀烦忧，总会向往那山水之间，希望山水能如古时的智者和仁者一般，为我消解忧愁。近日，我心情沉闷，仿佛被阴霾笼罩。于是，我决定踏上一次登山之旅，放空心灵，正巧友人邀我同游十八涡。我欣然应允，期望在那里的山水之间，我的坏心情能如烟消散。

据说十八涡是因地壳运动而隆起，一亿三千万年前的晚侏罗纪时，经历了火山喷发、地壳裂变、陆沉海升、冰河覆盖和垂直节理等漫长的发育过程，形成了夹溪的一座座险峰、一道道绝壁、一个个奇潭，一口口怪涡等奇景。尖山夹溪为曹娥江源头，河谷与玉山台地之间相对高差在 200 米以上，夹溪流两岸陡壁森然对峙，耸立云天。夹溪涧谷曲折狭长，形成无数的跌瀑与旋涡，十八涡就是这么得名的。齐涡与深潭，夹溪中的齐涡最为显著，十八涡最为盛名。夹溪两岸山势险峻，落差大，水流随着山势跌落入潭，顿时掀起轩然大波，"一波未平一波又起"，滚滚激流在山间奔腾着，怒吼着。

"浙中大峡谷"是由十八涡地形的切割与流水的长期冲刷所形成的。高耸的山峰与陡峭的岩壁，诉说着亿万年的地质变迁与风雨的洗礼。步入十八涡的大门，首先映入眼帘的是那座雄伟的夹溪大桥。桥下奔腾的青碧色夹溪水，伴随着阵阵悦耳的溪水潺潺声，不时会激起洁白的浪花，似雪莲绽放，优雅而磅礴。目视前方，连绵起伏的群峰似乎横空出世，其峭壁垂直而陡峭，宛若山崖披上神秘的面纱。两山之间夹带了一条弯弯曲曲的溪流，名为夹溪，恍若流动着的时光画轴。我们就这样一边沿着夹溪往上走，一边听着导游来介绍夹溪十八涡的前世今生。

过了夹溪大桥，是一条古道。路口有碑介绍：夹溪古道上控金衢，下延台温，在历史上为沿海地区入浙中之要道，来往客商络绎不绝，结队成群。古道不仅是一条商贸古道，还是一条军事要道，有小桥、夹溪桥、夹溪寨、戚家军营地等。夹溪两岸山高林密，峰险坡陡，这里是天险要隘，明清期间均有兵员驻守，清咸丰年间，太平军大部队就是沿着这条古道下天台的。这条古道承载着历史使命，雨水早已冲洗去曾经的血迹斑斑。踩着脚下被磨得光滑的石面，处处有深深浅浅的痕，如正在诉说历史的沧海桑田。几千年的文明古国，历经了多少磨难，曾经商贸繁荣的古道，不知有多少冤屈的灵魂曾在此死不瞑目，不知有多少英勇志士曾在此商议抗敌之策。如今艳阳照耀下的夹溪古道，发出耀眼的光芒，再也不用担心世事沧桑，迎来了太平盛世。

漫步至聚秀涡，此为十八涡之首，汇聚了十八涡的灵气与精粹。眼前一帘瀑布如银链般挂于山前，水帘疏密有致，白得似雪，清澈无比。瀑布倾泻而下，齐刷刷跌入下方的水潭，激起了雪莲般的浪花。在阳光的照耀下，这帘幽瀑仿佛成了一道金光闪闪的水晶帘子，熠熠生辉。等秀丽如画的景色，在这个冬日的午后，毫无保留地闯入我的眼帘。我仿佛置身于一幅山水画中，心生敬畏与赞叹。继续前行，便有神斧涡之称的峡谷，传说是当年大禹抡起神斧劈出，以此制服凶猛的水龙王。峡谷的威严与瀑布的柔美形成了鲜明的对比，让人不禁想象着当年的场景。此外，还有石窟涡、天牛喘月等地形景观。它们的名字皆因奇石的形状而得名，每一个名字背后都有一段动人的故事，每一处景观都独具特色。

路遇一个个奇形怪状的涡，有些涡像牛脚窝，有些涡像圆球。不规则的乱石围成一个个深深浅浅的水潭，大小不一、形状迥异。水潭里盛满了澄碧澄碧的水，真如放了一潭的绿染料。碧水如翡翠，这是我第一次见这种翡翠色的潭水。时不时偶遇一帘幽瀑，叮叮咚咚、哗哗啦啦的水声一路随行。忘了旅途的疲倦，忘了脚底的疼痛。小女一路蹦跳在山间乱石中，平坦的栈道上，时而隐没在人群中，时而探头在红枫间，朋友带着焦急的呼唤，让孩子跑得更欢了。我告诉朋友，让孩子尽情去享受这里的一切，孩子的天性是爱玩，由她尽情去玩吧。我相信孩子有自己的辨别能力，这么多人在一起，她不会走丢的。

置身于群峰高耸、奇石险谷的山间，感受着十八涡的山雄、石奇、峰险、谷幽、道古，这么一个神奇的地方，怪不得《徽娘·宛心》《永远的铭记》的电视剧导演都要选择这里作为拍摄外景地。

西漈的折瀑奇峰

元旦小长假准备去中雁荡赏玩，这次不是单枪匹马，而是姐妹仨组队去游玩。十八年前曾去过雁荡山游玩，其实一般人所熟知的雁荡山即是北雁荡。雁荡山，这座著名的山分为南雁荡、中雁荡、北雁荡。而中雁荡却如一位深闺佳人，尤其是中雁荡的西漈，西漈的折瀑更是中雁荡深藏不露的瑰宝。

中雁荡山位于乐清市白石镇，距乐清市区9公里。原名白石山，号称“东南第一山”。境内以奇石险峰、飞瀑流泉、峡深洞幽、潭碧林翠吸引人，巍峨中不失温柔妩媚，阳刚中不失清秀柔美。中雁荡的西漈是一个天然屏障，西漈的八折潭是景区的点睛之笔。

我们走进西漈入口处龙山湖风景区，龙山湖无论春夏秋冬都似一面明镜镶嵌在群峰之间。环绕龙山湖顺着山间石径拾级而上，踏上石径，这些山间小道不会说话，但从这些路面光滑，且深嵌在泥土中的印记，已经告诉来者这是一条有历史的古道。

绕过龙山湖，便是一条木制铁索桥，桥面是木板平铺，用铁索穿连的索桥，从崭新的木板和铁索可以看出这桥的年龄很小，或许这铁索桥早在，只是当地有关部门为了游客的安全着想，重新休整了这座桥。尽管走在桥上晃晃荡荡，但是两旁有绿色的钢管把拦着，孩子们无畏无惧开心得像小兔一样蹦跳着通过此桥。此桥名为通心桥，又叫同心桥，相传夫妻从桥上走可以永结同心，单身走过可以事事通顺，孩子们走过此桥则能健康地成长。虽然这些都只是一种讨彩头的话，然而人的心里就是喜欢这种讨吉利的话。

走过铁桥旁，一个遒劲有力的大红繁体“龙”字在阳光下赫然醒目。我是属龙，看到龙自然是特别亲切，留念合影自然是少不了的。于是请摄影家严金生帮忙照几张合影，小女和外甥女吵着也要和龙一起合影。于是严金生抱着这两个小丫头跳跃在水面上的几块垫脚石至潭中间的一块大圆石上，我们和龙的合影就定格在这咔嚓一声中。

其实八折瀑并不是单指一条瀑布，而是此山中的多条瀑布加起来八折，称为八折瀑，首先是龙须瀑，瀑布中一块巨石将水一分为二，自上而下的瀑布形状像两条天然的龙须，此瀑布也被人们称为龙须瀑。

龙潭瀑是八折瀑中最深的水潭，丢进石子一试，水面都不见水花溅起。过了龙潭瀑又见龙身瀑，龙身瀑有三折，这里的瀑布和别处的瀑布大不相同，别处的瀑布自高而下一泻千里，大有“疑是银河落九天”之势，雪白的瀑布如一匹素绢从山尖而挂，而这里的瀑布没有这种雄伟壮观之感，落差不是很大，是沿着岩壁自上而下泻下水流，中间大都不是笔直，而是弯弯曲曲且曲折有度，看起来就是两折或者三折的瀑布。折瀑像一匹匹白绢，柔柔的，软软的，几经柔柔软软的深情蜜意绕山绕水呈现在我们的面前。你看，这龙身瀑就是三折瀑布，倾泻而下的水流说不上壮观雄伟，却也不同凡响。薄薄的水流触碰在岩壁上，回旋往反方向回流，飞溅起一层白色的水雾，这洁白色的水雾如一层薄薄的轻纱飘逸在白壁之上。这峡谷正如一台织布机，流淌出一匹匹素绢。恍惚中，我仿佛听见了清脆的笑声，也许是小龙女耐不住龙宫的寂寞偷偷到了峡谷中，在山间玩耍嬉戏吧，也许是织女羡慕人间，来到这峡谷中织就更美的锦缎素匹。不知是谁挤了我一下，我扑哧一笑，笑声隐没在山间。

离龙身瀑不远有一亭，名为“折瀑亭”，亭柱上书“千回未减奔雷气，八折长悬迸玉声”，就是对八折瀑的写照。大家走进亭内小歇片刻，孩子们的小嘴巴总是没有闲过，来到“折瀑亭”，进亭子里小歇。

小歇片刻，我们拾级而上，穿过悬关，来到第六折瀑布，是八折瀑布中最壮观、水流量最大的龙游瀑。瀑布从龙游桥下飞泻而下，形成一个扇形的大瀑布。翻过龙游桥，再转一弯，便是龙尾瀑，瀑有二折，第七折和第八折瀑布间有一个小潭，在龙尾瀑旁，耳畔尽是水声，尤为浩大，因而称响尾瀑，走过响尾瀑，八折瀑也算是欣赏完了。

一路行一路风景，有人说这里的瀑布没有大龙湫的壮观，没有黄果树瀑布雄伟，我倒是觉得八折瀑曲折有度很有特色，正如我们的人生曲折艰难才显得人生的珍贵，能在曲折之中不屈不挠一路前行，这样的人生又何尝不是精彩的人生呢？其实每个地方的风景都有它的魅力之处，带着好心情出门，处处皆是景。我们的人生也如风景。你处处留意，就会发现我们生命中那些不可忘却的风景。

景区除了八折瀑景观之外，令人神往的还有龙街两旁的峰岩。走在平坦的石板路上，两旁的峰岩随着步移景换，堪称天然画屏。“三听石”俗称“倚壁听”，位于火焰峰的半山腰，高十余米，形似一人倚立于岩壁旁在静静地倾听着，应该在听泉声、听钟声、听大自然各种美妙的声音吧。听导游这么一说，再仔细看看，还真像是一个人倾听状。大自然的鬼斧神工不得不让人羡叹。“双狮峰”是两座山头前倾，像两个狮子头，张开血盆大口，威武凶猛地守着这一方水土，不让外寇入侵，狮子尾巴有力地扫向天柱峰。天柱峰高耸云端，一块巨岩突高屹立在山顶，就像石柱子顶在山峰上。再仔细看，天柱峰、百丈岩和双狮峰构成了一个大大的“山”字。

爬了一段陡坡，终于到了“中龙湫”，没想到中龙湫不给面子，没有看到壮观的瀑布，只是一个小小的水潭。我们洗洗手，在亭子里歇会儿吃些水果和零食，正好补充一下体力，已经有 18 个小时没有吃过一口饭的我，此时已经饿得前胸贴后背了。队员们坐下来合影留念，谈天说地。其实人生就如我们这样的旅程，一趟一趟地赶，每一趟都会认识不同的人，每一趟都会遇见意外的风景。或许也会有失望与落寞，人生不可能都是圆满的。有缘的朋友可以存进心里，无缘的路人可以在转身之后去遗忘。惊喜不必疯狂，落寞也无须忧伤，走好我们人生的每一趟旅程。能在旅程中领悟一些人生的真谛，这样的旅程倒是人生的另一个收获，我希望自己在新的一年中有更多的人生领悟，让自己做一个与西漈折瀑奇峰一样曲折有度、挺立不倒的人。

寻找心宿

《中国旅游文学》举办东钱湖心宿文学采风活动，一听说去东钱湖，就撩得我心湖荡漾。东钱湖，早有耳闻，渴盼之情早在心中滋生。恰巧这两天空闲，窃喜。网上查找，从宁波火车站需转两次车才能到达东钱湖畔，窃喜过后是犹豫。我思虑了几天，纠结了几天，可始终被东钱湖与心宿所吸引，下定决心去寻找东钱湖畔一个叫心宿的地方。

在宁波火车站口碰到了池水姐，我们是事先约好买同一趟列车的票。在微信上看到瑞安市作协主席林新荣、副主席黄选坚和秘书长王键也同一个时间到达宁波。我们联系上他们，在广场前等候。于是，我们五人搭组乘一辆商务车去东钱湖。在车上，大伙儿谈论散文、诗歌的创作，也谈论各自的出书趣事。拥挤的车厢内不时传来爽朗的笑声，不知不觉就拐进了东钱湖景区。

车在东钱湖畔蜿蜒的公路上行驶着，左侧或村庄，或公园，或连绵的群山，右侧是湖区，湖面时不时若隐若现在我们的视线中。也有建在湖畔的村落，村子里的房前屋后都是湖面，偶有屋前停着一叶扁舟。靠山吃山，靠海吃海，湖畔人家就依着地势做起了生意，小吃店、渔家乐、渔家住店等随处可见。也难怪，盛世的人们需要的是一种精神娱乐与享受，每逢节假日，出行的人群拥堵了高速，拥堵了景区，自然是少不了膳宿，这么著名的景区边上的村民当然得想着法子就地生财了。

东钱湖又名钱湖、万金湖，环湖皆山，溪水七十二汇集于此，形成巨大的天然水库，是浙江省最大的天然淡水湖。曾被郭沫若先生誉为“西湖风光，太湖气魄”。东钱湖有很多故事，传说春秋时期越国大夫范蠡隐退后携西施避居东钱湖畔伏牛山下，草耕商营，富甲天下，流传着有关财富与爱情的动人传说。东钱湖，对宁波人而言，其重要性不言而喻。追溯历史，大清的不平等条约“五口通商”使得宁波被迫对外开埠，宁波商人们面临前所未有的挑战与机遇。他们为了生计，漂洋过海，历经风浪，但正是这样的经历孕育出了一大批杰出的宁波商帮。也许是东钱湖水滋养了东钱湖人的灵气和正气，南宋时期的史家，流传下“一门三丞相，四世两封王”的佳誉美谈。还有著名的生物学家童第周、书坛泰斗沙孟海、著名画家沙耆都是东钱湖人士，为东钱湖人文典故添了一道亮丽的色彩。

而我们要去的心宿在东钱湖福泉山茶场。车在微陡的环湖公路上继续行驶，尽管几个弯头比较急，像摇篮一般晃荡着，但都在我们的笑谈中一笑而过。晃着笑着，不一会儿，司机告诉我们到了心宿。我们很意外，这就到了吗？司机笑着说：“还快吗？都过了一个多小时了。”一看时间，果真过去了一个多小时。

走下车来，踢踢坐麻的腿，看看四周连绵群山如一个个绿色屏障。近处的，远处的，一大片一大片的绿意，满眸苍翠，树木葱茏。是谁打翻了绿色颜料盒，翠绿、墨绿、嫩绿，深深浅浅的绿在山间蔓延着。初夏山风微拂，山间翻滚着绵绵的绿浪。清风拂来，清新的空气中弥漫着芬芳。广场的内侧有几棵高大的古树，正中有石砌台阶，上去是一个大寺庙，同伴说这就是大慈寺。大慈寺是六朝古刹，有“千僧过堂”之说，南宋时期是史宰相家庙，是杨太后的避暑之地，当时名震浙东，想不到今日意外邂逅。风声夹杂着阵阵诵经声，所有的尘世繁华都被隐没在诵经声中，纷扰的世界便一下沉寂在那心无杂念的虔诚里。

大慈寺右侧有一个院子，白墙、黑瓦、飞檐，再看看旁边精致的竹篱，仿佛一下子穿越千年。门匾上写着“心宿”二字。心宿？心之宿地，心灵归宿，褪去浮华的心灵栖息地。跨进大门，门内有庭院、湘竹、木桥、流水、睡莲，还有那别致的黛瓦房舍，仿佛置身于古时人家的后花园，我一下子便喜欢上了。大门直对还有一道土黄色的门，门匾上写着“序”。序？一般一本书的前言可以用为序，莫不是“心宿”就如一本书，让来客耐心去一页页翻开，一页页去读？进得门去，便是“墨沏”，明明是个会客厅，何以“墨沏”来命名？仔细瞧去，墙上挂着书画，两个大书架进入眼眸，一下子领悟到“墨沏”的含义了。

书往往是触动心灵深处最柔软的地方，而一个安静的地方可以让心沉浸在书海中，也可说是心灵的安栖地。置身于这样一个黛瓦小舍，依着千年古刹，静听着诵经的梵音，卸下一身红尘俗事，做一个无牵无挂的自由人。或坐在墨沏的木椅子上读着有字之书，心立刻丰富充盈，寻求一种闲适淡雅的生活。或走在心宿的院落里，可以品赏心灵之书，赏庭前花开花落，看天边云卷云舒，望山头雾海翻腾，听鸟鸣，闻花香，呼清新的空气，让灵魂与大自然融为一体。

恰逢三五好友，轻吟浅酌，诗意的情怀油然而生，这种净心素雅的光阴足够我们一辈子回味无穷。这不是我们最渴望的心灵宿地吗？对，这便是我们苦苦寻找的心灵宿地。

遇见心宿

人生似一场旅程，每一个驿站遇见不同的人，每一个站口遇见不同的风景。绝美的风景在不同的年龄会给你不同的感受。比如今日遇见心宿，如果在十年前或二十年前，也许会觉得过于安静清淡，而恰在中年遇见，心宿就如温婉清雅的宋词，这份恬淡素雅，便是静守流年里的心灵宿地。

遇见心宿，是个意外，我是冲着东钱湖名扬天下而来，却不料一跨进这个叫心宿的地方，就喜欢上它的古朴典雅。“心宿福泉”坐落在东钱湖畔福泉山的茶场之中，身居茶海，与茶树一同吐纳山岚，沐浴在雾霭之中。背倚千年古刹，聆听古寺里的晨钟暮鼓。飞檐黛瓦的屋舍，木桥下的水雾，水面上的睡莲朵朵，雨雾蒙蒙中的心宿恍如走进千年的宋朝梦境。走进“序”门，“序”是进入主空间的一条亮堂长廊，盆景、案几、茶席、古筝和青瓷错落有致地摆放在两边橘红色的木架子上。中间三棵翠竹，竹身上绑着一些鲜花，看似普通的小野花，绑在竹身上却有着另一番风味。两边是落地玻璃窗，左窗边的架子上放着仿古式竹编提篮，白墙上挂着一副对联：“竹雨松风琴韵，茶烟梧月书声。”多有意境的诗联，后山青竹劲松、绿茶梧桐，屋内是琴声悠扬，书声琅琅，这是一处适合轻蘸墨香，让缱绻的柔情行于心间。右边放着橘红木椅、古琴，每个物件都能尽显江南风韵，南宋风情细微地散落在心宿的每个角落里。

穿过过道就是墨沏，身穿粉红汉服的女服务生正笑盈盈地接待我们，听说我们是来参加笔会的，穿黑色汉服男生赶紧帮我们登记房间，准备午餐。

心宿的客房按“本心住处”顺序排列，我们被安排在本贰。每个客房的门口围墙都是用拱形黑瓦盘成镂空花窗，透过花窗能看见屋内小院里栽种的花木。推门进入是一个露天小院，不大的院子里种着一棵一人高的枫树，雨滴正滴答滴答地抚摸着枫叶嫩红的小脸，嫩红的枫叶似在享受雨滴的爱抚，又似不卑不亢地接受雨滴的洗礼。房间与小院用落地玻璃窗隔离，内侧挂着一个卷帘，似有一帘幽梦的感觉。房间内有个禅意小客厅，茶道、古玩，一器一物，让入住者感受心宿独特的人文体验：本心、恬喜、自在、清雅。

坐在古式长榻上透过卷帘往外瞧，红枫、黛瓦、花窗、微雨，此刻，所有凡尘纷杂都随着窗外的雨滴落于尘土中。剔透素雅的莲花壶，福泉山清茶，让你在这个雨意阑珊的午后，慢慢体会出生活的情趣。一个陶瓷花瓶里插着一丛不知名的花束。听服务生介绍，这种插花艺术是一个日本艺术家指导的，这种叫作草真流，这种花来自福泉山山野，大约一个星期换一次。我很惊讶这种插花艺术，虽是不起眼儿的小花却能点缀出如此有艺术的空间美感。别看一束小小的花草，竟然演绎出山林间的雅致情调来。

床头灯泛着橘黄色的光，灯光柔和地盖在一本书上，随手翻开《纸边儿》，这是杨葵老师的大作。杨葵老师近两年抄经，未间断，当功课做的，不贪多不贪快，更不志在书法，只管一笔一画，将一部佛教经论从头抄到尾。杨葵老师抄写经文之后，总会剩点墨，就会在边上抄写些诗文，这就是纸边书的来历。《纸边儿》又是杨老师的书法作品，就如他自己说的，以笔蘸墨，墨落纸上，心浓时，墨浓；心淡时，墨淡；心乱时，墨飞散。这样静寂的午后，斜躺在长榻上翻开《纸边儿》，这一页页的文字能洗涤心中所有的繁杂。一下子就让心安静下来，享得心安，寻得本心，寻找心灵宿地。

当得知这居所就是当年福泉山茶场知青破旧的宿舍，未曾拆建，只是改造成雅致的江南客舍，恐怕当年的知青们很难想象几间老房子蜕变成这禅茶一味的灵性空间。当年知识青年下乡时的热火朝天，如今褪尽了时代浮华，经山岚雾霭滋养，谁都不承想成了一处尘世之外的心灵宿地。

午饭后，池水姐换上旗袍。我们就在墨沏与“序”间流连，竹编提篮、一把红伞、青竹都可以成为我们的道具，两个爱臭美的女人就在这个文艺范的空间里摆尽女人最娇娆的一面。你看这么一个埋藏在山水之间的江南居所，再来一个这么漂亮的女子，一手打着红伞，一手提着竹编提篮，站在木桥之上的池水，真是媚眼含羞合，丹唇逐笑开，莫非绝代有佳人，幽居在空谷？“娇，拍好了吗？”她轻声唤我，才想起正在给她拍照，竟忘了按键，我俩竟为刚才的出神而笑作一团。

古琴一向是我心中的最爱，指端拨动琴弦，古琴的琴音柔美悠扬。悠扬的琴声里恍惚出现了一位佳人，微微俯身，婉婉落座。玉指轻扬，腕落琴扬。白皙的玉指在琴面上似急又缓地弹奏着。长廊里似乎回荡着清脆嘹亮的《春江花月夜》，似乎听到蔡琰埋藏在《胡笳十八拍》里的悲凉，又仿佛听见《高山流水遇知音》的慷慨激昂……每个人都有自己的高山流水，伴着相知的曲调，将绵长的思念融入清浅的时光之中。人生旅途能有几个知音？能有谁一起共奏高山流水？

和心宿的相遇是一个意外，相遇的故事，落笔在文字的诗笺里，如一朵静美的水莲花，绽放在我的心灵宿地。心宿恰逢其时，在轻轻浅浅的时光里遇见。心宿与我就如高山流水遇知音，屋舍里的每一盏心灯，每一篇经文，每一束不起眼儿的野花，每一枝细竹，都让我为之心动，都让我体味心灵上的慰藉。

心宿夜雨

暮色四合，雨缠缠绵绵地下着，淅淅沥沥，轻轻软软地滴落在心宿门口一大片一大片蓝紫色的小鸟花上，文友说这种小鸟花的学名叫天蓝鼠尾草。手轻轻触碰花瓣之后，空气中便夹杂着一丝丝芬芳，暗香在黄昏时分慢慢漾开。这漫天洒落的微雨和着轻柔的音乐，让心宿的黄昏如一个温婉清雅的江南女子。我和池水姐借着门口橘黄色的灯光流连在这一大片花海中，即使雨中暮色渐浓，也不愿离开。

千年古刹大慈寺的钟声一下一下地敲着，钟声静虑着过往之人内心深处的杂念、贪婪，留下的只有不断追寻人性的真善美，人生中每一个遇见，每一份静守，都是一种缘分，就如我遇见心宿一样。大慈寺旁埋葬着南宋宰相史弥远与他的家族，一千年前的史家是何等的荣耀。因为史宰相葬慈母于此，这山命名“大慈山”，这寺成了“大慈寺”。为了奉迎杨太后前来避暑，佛家之处建立了太清宫、真德观等行宫。极盛一时的大慈寺随着南宋的覆亡、史家家族的败落而隐没。这里一度也曾难逃劫难。千年的大慈寺在历史的沉沉浮浮中走进了新千年的盛世，成为东钱湖东岸、福泉山茶场的一处旅游胜地。有人仰慕东钱湖的风景而来，有人慕名福山茶场而来，自然也有人奔着大慈寺而来，然而很少有人知道这曾经是史宰相家的家庙或杨太后的避暑之地。在岁月的长河中，任何生命都是如此的渺小，任何的荣耀都如一缕青烟，烟散之后化为一缕清风徘徊在大自然的一草一木中。就如曾经的南宋皇朝、不可一世的史家，都已远去，此时，我们只能听见大慈寺的钟声在雨夜里回荡着。

大慈寺与心宿大门口之间有一面独立的白墙，墙头盖着黑瓦，墙面上写着："福泉心宿，首旅寒舍。"我似乎有些明白心宿的主人徐总为何选在这里打造这样一个梦里水乡的民俗。本心住处，心归之所，抛开一切的名利权贵，在山水自然间的静谧之处，放下所有的工作压力，放下所有的红尘俗世，换一个清空安宁、无须言说的心境，回归本心做一个最本真的自己，用心去感悟生命的静美，方能领悟"不忘初心，方得始终"这句人生箴言，这不就是对"心宿"最好的诠释吗？

雨夜，我们坐在"墨沏"客厅会谈，墨者，书也、画也，泛指书房。谁见过一个高档酒店的客厅如书房的呢？两面墙体上是几米高的大书架，还有几个小书架随处可见，书架上摆满了宁波图书馆提供的各类书籍。沏，泛指沏茶，即是茶室，茶几上摆满了各种茶具。眸光之处，即是书画，就连印有白瓷茶杯的茶案上的布垫都印有矫若惊龙的草书。我们置身于这样的会客厅，靠窗边围坐，听本次组织者张老师给我们讲讲这次笔会的内容。可张老师却笑着说："不做开会，只做团聚，好久没有见面，一起坐下来喝喝茶，聊聊天，不也挺好的吗？"啊，我在心里惊叹了一声，继而又想，这不正是心宿的含义吗？本心归处，即是随意，大家从各地赶来，有缘人在一起没有负担地聊着天。自然大家聊得最多的是文学，因为文学而让没有交集的我们相识相知。聊着天，拍着照，大家从不同的角度拍着照片发在群里或者私发给对方。窗外的雨越下越大，也许雨也羡慕我们的聚会，雨珠不甘心落地，就趴在大玻璃上偷听呢！张老师偷偷拍下雨珠偷听诗会的照片，为这张照片写下了一句诗："今夜，诗意缤纷……"而我就在这诗意缤纷之中，我窃喜。

平时在家早睡的我，特别是雨夜，困意总是来得特别的早，而今晚却是特别的精神。总说人逢喜事精神爽，是呀，遇见趣味相同的人或者置身于一个心安之处便是喜事。而此时两者兼得，怎能不神清气爽呢？我的目光总流连在这一墙的书籍上，书对于我来说总是有着深深的诱惑，脚步由心迈向了书架。一本本翻阅着，只是三千多本书，就算我一夜不睡，也无法翻遍。有科技书，也有辨识植物的书，有网络畅销小说，自然最多的是名家散文：《鲁迅散文全集》《郁达夫散文全集》《朱自清散文集》……

一本《梦断红楼》如磁铁吸引着我的眼球，我小心地从书架上抽出这本书，封面上写着："曹雪芹家的故事。"曹公的《红楼梦》洒落人间三百年，多少人醉在红楼的凄凉梦里不愿醒来，真如"一朝入红梦，终身不醒来"。哎，红楼一梦情断江南，曹家和史家都是贵族之家，尽管都曾在喧嚷的浮世之中极盛一时，可最终还不是化为诗词里的幽婉？这样的雨夜读着这样的书籍，自有一番意味在心头。

夜深花睡去，茶室叙话止。室外，夜风夹着微雨，扑面而来，有些微凉。"丁零零——"风吹铃响，尽管风铃声轻微，但在寂静的心宿却显得那么醉人动听。这就是心宿的特点，细腻且温婉。福泉山的风有着唐诗的飘逸温润，雨有着宋词的温婉缠绵，真是清风存雅意，夜雨也深情。高跟鞋踩在湿漉漉的石头上，在深夜里特别有节奏感，我放轻脚步，不想惊扰长夜的清梦。

我和池水姐住在"心贰"，门口放着一把深红色的伞，这伞带点古风。池水姐惊讶地说："哇，这么细心的！"再看，每个门口都放着这样的一把伞。就在我们开门之时，一个穿粉色汉服的姑娘随后跟来，她是接待我们的服务生。我们请她进来坐坐，她指指茶几上的水果，笑着对我们说："姐姐，这葡萄刚摘的，我冲洗过一次，还不太干净，要吃的时候再洗洗。"姑娘的笑如三月的风，温暖、舒爽。我们开始熟稔起来，她告诉我们她来自安徽，高考刚结束，出来体验生活，也想为父母减轻负担挣些上大学的费用。多懂事的姑娘，懂得体谅父母的不容易。我们说这样的地方真的很适合这样的小姑娘工作，一个温暖、纯净的地方会让人心生善念，会影响一个人的人生方向。小姑娘临走之时，要求留个电话，她说的一句话最让我心动，说我和池水姐特别可亲，想认作姐姐。我一般不愿意给陌生人电话或者微信，但是望着她澄澈的目光，温婉的笑意，我毫不犹豫告诉了她。小姑娘道声晚安转身走了，我送她至门口，看着她撑着古风的红伞走去，汉服裙摆在夜雨中款款而动，素衣生香，楚楚动人。不由得想起戴望舒的《雨巷》，只是这姑娘不是结着愁怨的姑娘，而是一朵安静且又明媚的白山茶。

心宿的房子都只是一层的排房，屋檐的雨滴滴答答跌落在每个房门口的绣球花上，如一场不期而遇的花雨邂逅，在昏暗的夜灯下，无论是雨还是花，都是如此的诗意、空灵。

窗外细雨敲打着窗棂，窗内两个女人品茗听雨，闭眸聆听，雨音成诗。诗般的雨声，从水墨点染的江南画卷中跳出来，一声声，如万千琵琶语。雨夜的心宿是红尘之中最静谧的地方，雨夜的心宿，给了我最难得的洒脱情怀。雨夜的心宿，是心灵安放最妥帖的地方。

养在深闺的林坑古村

当我无意间瞥见“林坑”这两个苍劲有力的大字，心中不禁怦然一动。抬眸，我的目光投向了远方的村落，一个古朴悠然的村庄映入我的眼帘。虽没有马头墙的精致，亦非晋中大院的奢华大气，更不是闽西土楼的壮观宏伟。而是那种与众不同的静谧和淳朴，就如一个养在深闺中未曾示人的处子，静待人们揭开它的面纱。这般的宁静与安然，如此的独特与深沉，它没有过分的装饰与喧闹，却让人心中油然而生一种深深的喜欢。

最先迎接我们的是一棵在溪边岩石缝里斜着长大的桃树，这样在溪边成长的桃树，还能长得这么健硕，如果不是亲眼看见实在不敢相信。女人天生爱美，爱美的女人自然最爱花，这棵长在溪边的桃树虽还没有完全地尽显妖姿，半树花苞半树花瓣也蛮有姿色。桃树边站满了花枝招展的女人，我在桃花月出生，骨子里最爱惊艳的桃花，忙不迭凑个热闹，让同伴帮我拍下与桃花亲密的合影。

走进村里，有座廊桥，这廊桥有个很好听的名字：沉香桥。回来后，我向温州的一个朋友打听，她告诉我说这座廊桥历史悠久，“沉香桥”这三个字还是王羲之的手迹。虽然我不相信这个说法，但我对于廊桥总有一份特殊的感情，这一座桥让我想起了一个古老的传说：沉香劈山救母勇战二郎神，一个孝子救母的神话故事就在中华大地上广为流传。还有一个就是美国的《廊桥遗梦》，我恍若穿越了半个地球，看到了罗伯特和弗朗西斯两人在廊桥上一起聊天的甜蜜生活、拍照。恰好有一对小夫妻用长杆正在自拍，亲昵地靠着，这才是真实的廊桥遗梦呢。沉香廊桥，恍若梦境，我成了廊桥的女主角，我站在廊桥上等着我心中的罗伯特，同伴咔嚓咔嚓按下了一个个快门，惊醒了梦中的我。

友人告诉我，700 年前的毛氏祖先打猎到此，发现这个群山掩映的山岙，是个逍遥自在的好居所，于是就在此扎根安家，祖先的抉择没有错，听当地上了年纪的老翁说，尽管时代变迁，不管是任何动荡的年代，这里始终是一片宁静的天地。八年抗日外面翻了天，外人竟不知山岙里藏着这么个自在的百户人家。700 多个春夏秋冬，林坑村的百姓就过着属于他们的波澜不惊的农耕生活。

来到“小桥流水人家”客栈前，一个如诗如画的古村落展现在眼前。林坑村，群山环抱，藏匿于深山之中，是我见过的独一无二的古村落。这里的房舍依山而建，错落有致，层次分明，每一座古屋都像是鬼斧神工的杰作，更像是人世间神奇的工艺品。

走进这个古村落，最先吸引眼球的是那各种各样的房子。有的外墙用石头砌成，坚如磐石，有的则是用白色砖墙堆砌，朴实无华。尽管房子的外观各异，但内部的构造大多以木结构为主，每家每户都有三间或四间一座，几户人家合围成一个院落，营造出一种和谐的居住环境。廊前的隔着一米多宽的廊柱上挂着一排排春节时的红灯笼。每当黄昏降临，家家户户都会点亮大红灯笼，那场景是何等的壮观与温馨。而屋与屋之间，都是就地取材的石阶，几百年的岁月在石阶上留下了深深的痕迹，每一个石阶都承载了无数人的脚步和故事。

走进一家客栈，一位六十多岁的妇人热情地接待了我们。我们的孩子嚷着要吃面，她便毫不犹豫地走进厨房，开始忙碌起来。不一会儿，三碗热腾腾的面条就端上了桌。在品尝美食的同时，我有幸跟随她走进厨房，听她讲述林坑村的历史。虽然她无法详细诉说历史的具体内容，但她提到了一个人，一个让林坑村得以扬名立万的人。那个人就是赵群力，凤凰卫视中文台副台长、中国航拍第一人。他在 2001 年初秋驾驶“小蜜蜂”超轻型飞机拍摄《寻找远去的家园》时，不幸在林坑村上空殉职。这位文化明星的陨落让人深

感痛惜，但林坑村却因此一夜成名。

听老妇人讲述完这段故事，让我感到很意外，却有些莫名的心痛。漫不经心踱步到了她家的廊前，坐在廊前的美人靠上，俯瞰着整个林坑村，宁静的林坑村确如一块散落在深山中的璞玉。四周群山连绵，苍天古树点缀村庄四周，山间尽是茂林修竹，春来青碧如翡翠，秋来红橙似锦绣，冬来白雪如素绢，四季交替、景色迥异，该用怎样的水墨来描摹？探身俯瞰，一条Y形的清溪汇合而流，溪石间溪水跳跃着，水流不大，却清澈见底，溪水声伴着这古老的村落走过700年的沧桑岁月。溪上廊桥、石拱桥横卧长眠，好一个酣睡香甜。溪中，几只小白鹅正在懒洋洋晒着太阳，拍翅、交颈、追逐、嬉戏，自顾自悠然地生活，完全不被世人所打扰。清溪、廊桥、白鹅构成了一幅生态古朴、野趣天真的画卷。丫头们看着嬉戏的白鹅，诗句即来："鹅鹅鹅，曲项向天歌。白毛浮溪水，红掌拨清波。"还来这么一句，"溪岸桃花三两枝，春溪水暖鹅先知。"孩子们的童真倒是很适合这样的古村落，淳朴、纯真，不落风尘的纷杂中。坐在美人靠上的我，羡慕孩子们的童真，羡慕这里的宁逸。我闭目片刻，深呼吸，瞬间摒弃所有积累在心头的凡尘俗事，换得片刻的脱俗率真。

看着孩子们坐在廊檐下吃着热气腾腾的面条，春阳洒在孩子们的身上，也洒在廊檐下每个角落。我抬头望着廊檐下挂着一个个竹筒，竹筒里种着兰花，这种就地取材的种植方式很有创意。深山密林是兰花最好的居所，兰花也和这古村落一样，藏在深闺人未识。但是勤劳的村民上山砍柴时总能寻得这芬芳的兰香，挖几根竹根就可以当作花盆，挂在自家廊檐下。春暖花开时，阵阵暖风里带着兰的幽香，不管你坐在美人靠上看书，还是躺在竹椅上闭目养神，总能让人陶醉在兰香中。不慕繁华，依子空谷。谁其友之，唯松与竹。孤高成性，静而能安。谁其配之，唯桂与兰。眺望着村庄的后山，松竹成林，凝望这竹筒里的兰，松竹兰桂彰显了林坑村人的孤傲清高、不慕繁华的品性。

在我们准备离开的时候，碰到了一群扛着长枪短炮的摄影师，而且是一群美女摄影师，穿着绣花旗袍的，穿着棉质长裙的，披着斗篷的，一个不经意间的凝眸、抬头或者微笑，都被同伴的长枪短炮定格在一个个镜头中，这种飘逸、洒脱的画面成了一个个艺术品。这样的作品也只能在这样的古村里才能成为一个艺术作品，才能定格在人生的记忆中。

夜幕下的乌镇西栅

暑气未退的炎夏傍晚，我迈进了乌镇西栅的大门。记得十五年前游玩的是乌镇东栅，未曾听说西栅。这次来的是西栅，我期待西栅给我带来惊喜。

西天的落日已收起灼目的光芒，金色的光芒逐渐变成橘红色，余光逐渐变得温柔了，不再感到烧伤的灼痛。夕阳下，悠远古朴的西栅浸染在妩媚的余晖中，浪漫、温婉。

“啊，大片的薰衣草！”随着这一声惊叫，我望向前方，看到了一大片紫莹莹的花海。我随着人流往那一片紫色的花海走去。朋友问我是否了解薰衣草，我笑而未答。朋友告诉我，有一种花叫作等待爱情，便是薰衣草了。薰衣草浅浅的紫，素雅大方；深深的紫，娴静高贵。薰衣草的花语是等待爱情，这是一个姑娘对爱情的渴望与等待，也许是一个小伙子对爱情的执着与坚守。花海中有很多人在拍照留念。一对对小情侣，十指紧扣、深情相望，眸子里满是宠溺。谁都年轻过，谁都希望与自己牵手的人，一生相守，情坚如磐石。

大片大片的紫色，鲜亮亮的，如同阳光下泛着光芒的紫水晶。我记得曾经有人说一株薰衣草代表友情，两株薰衣草代表爱情，三株薰衣草代表祝福，四株薰衣草代表幸福。那么我极目望去这一片数不清的薰衣草，一簇簇、一片片紧挨着的薰衣草，又代表着什么呢？薰衣草在晚风中摇曳，热烈、奔放，哦！对了！那是五湖四海的华夏儿女情。

天色慢慢地暗了下来，花海中的人逐渐散去。抬眸望向彼岸，暮色中的乌镇披上朦胧的面纱，真像一幅抽象画。夏日黄昏的西栅，一盏盏红灯笼点起，河的两岸闪烁着橘红色的光晕，此时的西栅仿佛是一首洒脱的唐诗，一首婉约的宋词。灯亮了，一根根灯柱子高举着一颗颗夜明珠。夜幕下的乌镇看不清前方是何处，但能从灯的轮廓让游客看清亭台楼阁，看清远处的高塔。彩灯如串串光彩熠熠的珍珠项链，挂在西栅的颈项上。又如一颗颗闪亮的钻石，镶嵌在两岸的阁楼和弯弯的小桥上。在一片光影中，我如置身于一个虚幻的世界里。借着灯光，踩着脚下的青石小径，我轻提罗裙悄悄走过了一座座石桥，仿佛回到了远古的年代，遗忘于红尘，超然于尘间。

鼓声、萨克斯声、歌声不断充斥于耳。人群中，有人说前面就是酒吧一条街了。酒吧门前游人络绎不绝，低沉的、高亢的歌声勾住前进的步伐，游人不得不迈进了一道门槛。进去点一杯酒，看着杯中血红的液体，坐在有些古旧的沙发上，听着邓丽君的歌曲，丝丝缕缕的情感涌上心头，委婉低沉的旋律回荡在酒吧的每个角落。端着酒杯的人们都沉默着，仿佛是被美妙的歌声迷乱，仿佛又沉浸在那个与初恋有关的往事中。藏于心间的初恋总会在有意无意中翻腾几次，失去的才觉得遗憾。在纷乱繁杂的社会中，人的心灵往往会迷失方向，听听这扣人心弦的歌吟，能让人复杂的心情得片刻的宁静，用平和的心态平静地面对尘世的喧嚣。我看着一群群走出酒吧的人，那一脸的满足，引诱着驻足在酒吧外的人的心，正如徘徊在十字路口的人，突然看到指引方向的灯亮了一般的惊喜。

夜幕低垂，灯成了水乡的明星，橘红色的光晕，缓缓洒向水面，连波光仿佛也被点亮。桥畔下，一群群金鱼结伴而游，还真没有见过乌镇的游鱼，橘红色的、白点带花的、黑色的，拳头大的头能看得见眼珠子在转动，悠然地摇着尾巴自由地游行着。东边和西边的鱼群相向而聚，在桥下会师了。领头的两条晃了一下头，似乎是打了一个暗语，然后西边的那条黑头领先而去，然后又浩浩荡荡地向着北方继续行进着，不徐不疾边游边排成队。有人说像是军队出征，有人说像是皇帝微服私访，我倒觉得像是西方的爵士群游。

刘若英曾说过："人生，就是一路有不断的惊喜，一个轻松的停留，就能尝到生活的滋味。"这句话就是她在乌镇拍片时说的，我觉得这句话用在乌镇的旅行确实贴切，在乌镇一路行一路不断有惊喜，我来乌镇两次了，但还是愿意再来撞击那一次次的惊喜。我也愿意享用生活中短暂的"轻松的停留"。人生之路说漫长也漫长，说短暂却也短暂，生活、工作的压力大，那"轻松的停留"正是我们人生中最实在的渴求。

悠然的丽水街

听到丽水街这个名字，还以为是丽水的一条街。出乎意料是温州永嘉的一个地方叫作丽水街。踩着春日的暖阳踏上丽水街的石板路，感受一下这个古街的悠然。

站在景区的进口处，一条清溪自上而下潺潺流下来。清溪两边有很多小媳妇老妇人穿着长筒套鞋在水里洗衣服洗被褥。那些女子一边浣衣一边唠着家常，一阵阵清亮的笑声飘荡在古村的上空。浣衣女人完全不受游客打扰，仍然是我说我的笑话，你们看你们的风景。这种从容的神态正如这古朴的村落，优雅而淡定。不远处有架大水车，不停地转动着，水花从水车里飞溅出来，又带回清溪里，仿佛转动的不是水，而是转动这个古朴之村的时光与往事。

顺溪而上，我看见两个小女童手执网兜奔来。我笑着问："小姑娘，捉蝌蚪吗？"扎羊角辫的孩子也不怯生，把小手放在嘴边嘘了一声："阿姨，捉小鱼，水里小鱼可多了。"我忙回应了一下手势"哦"了一声，摆摆手表示歉意，望着俩孩子想起一首诗："蓬头稚子学垂纶，侧坐莓台草映身。路人借问遥招手，怕得鱼惊不应人。"虽我不是问路的，但我确实惊扰了人家快到网兜的鱼。

穿过一个亭子，便是丽水街，丽水街是依着一个弯月形的湖而筑造的。沿街有一条长廊，宽两米左右，环湖而延伸着。我站在街头远望，侧身探望那一个弧度极美的月牙形长廊宛若一弯新月。廊檐下约两米距离就挂一盏红灯笼，每一盏红灯笼旁就有一根金色的柱子。弯月形的长廊，弯月形的红灯笼，弯月形的金柱子，把古朴的小街点缀得雅致而高贵。

檐廊下写着一副对联“萍风碧漾观鱼栏，柳浪翠泛闻莺廊”，这联确实如这景，凭眺入眸之景，堤外呈弧形的人湖就是丽水湖。碧绿的河水极其平静，湖边的高柳抽出嫩绿的芽苞，如一颗颗绿宝石缀满枝条。绿柳旁边有竞相开放的百花，红的黄的，艳而不妖；白的蓝的，雅而不素。平静的丽水湖如一个收纳盒，把岸上的一切都囊在湖中，远处的山，山上的塔在水中都分外清晰。一阵清风拂过水面，水波微漾如鱼鳞，在午后春阳的照耀下，犹如片片金缕衣，果然是一池“丽水”，我想“丽水街”的名字或许就是这么得来的。

我走进廊檐下，长廊上有遮阳挡雨的屋檐披盖。我和坐在家门口缝纽扣的老妪闲聊，她说古时有很多盐贩子从丽水街经过，披盖就是为了给盐贩子避雨用的。这古廊原是商贩之道，如今盐贩子早已不存在，来往的都是慕名而来的闲人。廊檐下是精致的长凳，供游客歇息的，老人告诉我，他们称长凳为美人靠。“美人靠”？多好听的名字呀。我注意到坐在廊凳上休息的美女们，有的斜靠在廊柱上，闭目养神；有的坐着玩手机，慵懒自在；有的嘴角漾着浅浅的笑意，望着湖中跃起的鱼虾。美人靠让美人靠着，舒适悠然地把时间留在这把长凳。

街中心用较大块卵石铺出平整的一条弧线，边上错落有致地铺着小卵石。石头很光滑，不管时代如何变迁，鹅卵石就这般与世无争且安安静静地躺着，无怨无悔任人踩踏。历经 500 多年沧桑岁月的丽水街没有盐贩子，没有往日的繁华。踏着那条被时光磨得滑亮的鹅卵石古街，听着脚步踩踏出的当当声，让我恍若走进时光隧道里。

古街的内侧是商铺，商铺是用木板拼成的，看样子都是几百年的老旧房子。有些已微有倾斜的老房子，门板和木柱斑驳老旧。雕木镂花的木窗，我仿佛触摸着岁月沧桑的履痕，宛如走进了旧时的农耕时代。家家户户的门都敞开着，屋内的摆设井然有序。门口坐着老妇、小媳妇或孩童，对于熙来攘往的游客，他们也不会刻意地去招揽，客人问价了，他们就会笑着，轻声暖语地告诉价格，就像是家人告诉你物件的所处。我歆慕他们波澜不惊地闲适生活，也许这就是古街赋予他们的秉性，他们就这样悠然、闲适地生活在丽水街。

踩着光滑的鹅卵石，慢悠悠晃着步子，脚底传递来的舒适感忘了今天的长途跋涉，也忘了自己是个赶时间的旅人。悠然悠然踱步来到了一家店门口，好有意思的店名——在一起，我站在门口好久好久没有挪步，没有进店门，也没有离开。谁和谁在一起，这是店家想要和谁在一起吗？或许店家是个年轻的姑娘，她想和想念的人在一起。或许是白发老翁，等了一辈子都在等候想在一起的人。种种的猜想总敌不过心中那份诗意，脚步不由得迈进了这家店的门槛，店家是一个年轻帅小伙。时尚的穿着，精致的五官，明朗的笑意，他正在摆放着绫绸扇、檀木扇。看到我们进来，微笑着打招呼。店里的扇款式不同，色彩丰富。扇面上画着美人的，画着花草虫鱼的，写着唐诗宋词的。和我一样好奇的游客摸摸店里的商品。店主不急着向游客介绍商品，只是望望走进店里的人，露出浅浅一笑。他安静地看着顾客拿起放下，放下又拿起。我猜想着他的年龄，猜想着他可能有心仪的姑娘，或许他正等待姑娘来一起经营这家店。或许只是小伙子一个朴素的愿望，希望天下有情人终成眷属。

丽水古街虽然不大，但放眼眺望，近处的湖、堤、桥、庙、楼、阁，远处的山、塔都入我眼眸，目及之处一切都是那样清丽、安然、恬淡。

游玩舞龙峡

车在群峰叠翠中穿行，蜿蜒绵长的山道七拐八弯，仿佛把我带进了梦幻般的仙境。车轮在山间滚动，带起一阵阵轻烟，仿佛是舞龙峡的呼唤，让我心生向往。

随着车轮的转动，山间的美景逐渐展现在眼前。层峦叠嶂的山峰，如同巨大的屏障，屹立在天地之间。山间云雾缭绕，仿佛仙气飘飘，让人不禁想起那句“山不在高，有仙则名”的诗句来。我的脑海里突然涌出一个问题，这样一个仙雾缥缈的地方，到底是这山里藏着仙人，还是我们来了能成为仙人呢？我不由得自嘲一笑，真是想多了，这体态笨重的人还想着成为仙人吗？

神游未定，就到了景区门口了，门口的大牌坊上写着“舞龙峡”三个醒目且遒劲的大红字，上联为“东南西北中五龙在当中”，下联是“福禄寿财禧众人得欢喜”。我明白为何是舞龙峡了，因有五龙在当中，不过好奇这五龙指的是怎么样的龙。

有个导游说舞龙峡有一个美丽的传说，灵溪巨龙因触犯天规被贬为大蛇。大蛇为解百姓旱灾疾苦而降雨，被百姓奉敬。百姓把粮食投进灵溪中，又触怒了玉帝，下旨斩了巨龙。百姓后悔，每年正月十五灵溪两岸百姓舞龙纪念巨龙。磐安从此成为中国舞龙发源地。峡谷因舞龙而成名，虽说神话不是真实的故事，但是神话传说给舞龙峡更添一份神秘的色彩。

景区内到处是悬崖峭壁、峰陡如削，栈道紧紧贴着两边崖壁盘旋而建，里边是陡峭的山岩，外侧是凌空的峡谷。在高处往下看，只看见栈道上五彩的人群就如一条五彩的游龙。我跟着人群走上栈道，一路上总是不断碰到旅游团，紧跟着导游“偷听”一些关于舞龙峡的由来。舞龙峡景区是第四纪古冰川遗址，其山脉属大盘山脉东北分支，河流则为曹娥江水系的夹溪。景区内汇集了潭、瀑、湖、石、山、林等丰富的自然资源。

虽说是初冬，可南方的暖冬毕竟不似北方的萧瑟。山上树木葱茏，翠竹成荫，一路上或是哗哗的水流气壮山河，或者潺潺涓流委婉温柔。鸟鸣、瀑声一路伴行，山风里裹着花香轻轻撩着我耳旁的秀发，满山是红枫和银杏。红枫和银杏是舞龙峡最高贵的装饰品，此时不管你有多少的红尘情恨，都会心无杂念，宠辱皆忘，一种超然物外的感觉油然而生。

出门在外，谁都是客，我们一大队人来到了“八仙赏景亭”。亭前是一个宽阔的平台，石板铺成的平台上，仙人雕像栩栩如生。仙人以不同的姿势欢迎着每一位游客。石雕的吕洞宾、韩湘子、何仙姑等八大仙人神采奕奕，一个个平和的神情看着人世间的众相纷纭。我想，这些神仙是被这神奇美妙的风景给吸引住了吗？还是为凡尘迷路的人指点迷津呢？也许都有吧，看着这一群群衣衫亮丽的游人中，有些人总是眉头紧锁的，也许正是借这山水来释放内心的忧烦吧。

平台正中的何仙姑高绾着云鬓，衣裙飘逸，笑眯眯地看着百姓芸芸众生相。小女一下子就跳上去，站在何仙姑的旁边，手挽住何仙姑的臂腕摆着各种姿势，让我给她拍照。

八仙赏景亭往左拐，是一条铺着一百个刻有不同“寿”字图案的石子路。走至半途中，有一高一矮两个门，高的叫长寿门，矮门说是孝子门。导游说：“60 岁以上的人走长寿门，60 岁以下的人走孝子门。”我们一阵惊嘘后觉得这个地方很有意思。我游玩过很多地方，却未曾见过把忠孝融入旅游中。我觉得在当今社会，很多孩子都是身在福中不知福，觉得一切都是父母应当给的，不知如何去感恩父母的辛劳。寿与孝是当下应该思索的问题。如何让辛劳了一辈子的父母健康生活？又如何让子女懂得去孝敬操碎了心的父母？

看来磐安人在这个寿与孝的问题上已经开始付出实际行动了。

舞龙峡自然以龙引来八方游客，龙是中华民族的象征。舞龙峡的“五龙”是连天盘龙瀑、洞天飞龙瀑、跌水腾龙瀑、千丈跃龙瀑、仙雅卧龙瀑。八仙赏景亭是观景的绝佳之地，同时可以欣赏到两条瀑布，洞天飞龙瀑和跌水腾龙瀑。

洞天飞龙瀑和连天盘龙瀑，两条瀑布中间的位置有一条小瀑布，似龙父龙母和龙子一个三口之家，契合了喜文化的内涵。洞天飞龙瀑自山顶倾泻而下，仿佛飞龙从天飞游而下。连天盘龙瀑有两百多米的高度，恰似一条巨龙盘旋而上，直冲九天云霄。这两条瀑布一父一母，游人可以自己体会分辨。小瀑布龙子地势低矮，形似水帘洞。洞口有一块形似浑然天成的癞蛤蟆的石头，在洞口默默翘首期待白天鹅的出现，状态神似，造型逼真。

“这里就是牛腿潭！”导游指着一处潭水说。我顺着方向往下看，一池澄碧的潭水，像极了一条壮硕的牛腿在两峡之间。“真像！真是大自然的鬼斧神工！就是人工挖的也没有这般像呀！”一个年轻妈妈感叹着。再往里走，有哗哗的水声，拐个弯，一条瀑布就展现在众人的眼前，这就是“千丈跃龙”瀑布。如白练似的瀑布一泻而下，洁白色水流在岩石上不停地跳跃着，宛如一条洁白的长龙，飞跃于五彩的峡谷之中，一句“疑是银河落九天”，突然从脑海中蹦出来，确实如从九天之外飞泻而来。

我们在峭壁的栈道上穿行着，舞龙峡呈现给我们的都是异彩纷呈的美景。小女在栈道上一路蹦跳着，此时的她也已经融入山野中。野性只有在大自然中才能展现得淋漓尽致。你看那几个姑娘把一束山花做成花环戴在头上，一头乌黑的长发披在脑后，多精致的野性；一个小伙子自由地吹着口哨，也许是吹给某个心仪的姑娘听吧；走着走着，路旁长满树木与荆丛，枝叶撒野地伸向路中，行人都得撩开枝叶才能过去。这份野趣只有在大自然中才能体会到。是呀，我们生活在循规蹈矩的社会中，一切规定拘束着我们的身与心，不妨在周末大家结伴出来寻寻野趣倒是人生的情趣。

这时，我恍然仙人在何处，仙人不就在我们的心里吗？当我们放下尘世中所有的包袱，清空内心所有的欲望与贪念，也就能自我成仙了。得此一悟，我对着透迤的山脉一笑，感谢舞龙峡让我成了一天的仙。

雨中游仙都

仙都，无疑是仙人居住的处所，仙人会聚的所在，岂能不是凡俗之辈所向往的地方？仙都在哪里？在缙云境内，是以峰岩奇绝、山水神秀为景观特色，融田园风光与人文史迹为一体的旅游风景地。景区内九曲练溪，十里画廊，山水飘逸，云雾缭绕，景色极为秀丽，享有集“黄山之奇、华山之险、桂林之秀”于一体的美誉。

这么个好所在，岂能不前往一睹风姿？尽管今天下着大雨，却没能阻挡我出门的决心和勇气，优哉游哉一路前行了。

走进仙都，就走进了一个神话世界。在当地有这么一个传说。盛唐时期，某天，在缙云独峰上，突然彩云齐聚，山林增辉。隐隐约约吹拉弹唱，丝竹管弦，仙乐鸣奏。朵朵彩云，围绕着独峰山萦回飘荡，直至夜深，始隐隐化去。刺史亲睹怪异，上报皇帝。唐玄宗听后惊叹地曰：“是仙人荟萃之都也！”亲书“仙都”二字以赐，这就是充满了诗意的“仙都”之名的由来。于是，仙都就有了仙人岗、仙女峰、八仙洞、仙掌岩、仙水洞……遍山都是仙踪神迹。仙都这些奇峰异石，清溪曲桥，让游客不由得从心底倾慕。恰逢今日雾蒙蒙、雨绵绵，给秀丽的仙都多了一层神秘的色彩。

踏进仙都的土地，远远望去一圆柱形石头高高矗立着，状如巨柱擎天，又如春笋直入云天，真有擎天之势，这就是闻名天下的“鼎湖峰”。鼎湖峰高 170 多米，顶部面积有 710 平方米，底部面积有 2468 平方米，堪称“天下第一峰”“天下第一笋”。这一奇异的天然景观，成了《笑傲江湖》《古剑奇谭》《花千骨》《大将军司马懿》等十多个剧组拍摄的最佳取景地，仙都成就了剧组的成功拍摄，这些家喻户晓的电视剧也成就仙都撩开了神秘的面纱。

我们都是炎黄子孙，轩辕黄帝是华夏的祖先。传说轩辕黄帝就在此安定铸鼎炼丹，后乘坐赤龙飞天。鼎湖峰前有湖，澄碧青绿状如绿绸，轻漾漾的湖面如绿绸飘荡。旁边有一座壮观的亭，我想后人建造这座亭，就是纪念对黄帝的崇敬、仰望之情，大有“高山仰止，景行行止”之意。

走过凉亭是一座黄帝祠，原名缙云堂，建立于东晋，为了祭祀始祖黄帝，改名“黄帝祠宇”。雄伟的黄帝祠宇，坐落在鼎湖峰下，是南方祭祀轩辕黄帝的一个重要的祠宇。黄帝祠的建立，就会有强烈的历史使命感，弘扬黄帝文化。祠前黄帝冠冕华服，威颜慈目，望着芸芸众生，不由得让人肃然起敬，崇敬之情不由顿从心头起。当年唐玄宗下旨修建黄帝祠，希望南北团结，维护国家领土的统一和完整。如今每天上午九点五十分，黄帝祠宇都会举行拜祖祈福仪式，祈求仙祖保佑，上祝国祚绵延，下祈百姓安康。很多炎黄子孙不远千里甚至从海外过来祭祀轩辕黄帝，不就希望华夏大地一片繁荣昌盛？游子的心中更希望国家的富强和统一，这也是所有炎黄子孙的共同心声，国泰民安是所有华夏儿女所期盼的！

说到黄帝，我以前只知道我们都是炎黄子孙。当我接触徐氏家谱之后，我了解到徐氏是黄帝的后人，对黄帝更感兴趣了。遇到这座黄帝祠，我的脚不由得被定住了。望着这威严的塑像，尽管只是塑像，我也肃然起敬，这是我们徐氏的根源之头。我对着塑像敬默几分钟后，悄悄退出祠宇。

从仙水洞拐进去走上步虚山，真正理解何为“步虚山”的含义。雨小了，可以不用撑伞了，开始走的一段路还好，一条石头铺就的山间小道。虽然窄小，但也能从容而上，幸亏这时雨止，和同伴大姐边走边聊，走走停停欣赏着路边的风景，也不觉得路途的烦闷。初夏爬山真比汗蒸还顶用，满身满脸的汗水，就像从水里捞上来一样。闺女几次停步不愿意前往，说热得难受。她终归禁不住老妈的引诱和规劝，还是上去了。走着走着，路越走越窄，也就越走

越陡，甚至有一段路不叫路，只是在陡峭的岩石上找能落脚的洞眼，走一步脚下抖一步。上下山唯一一条路，仅容一人通过。这几天正是仙都旅游点有活动，游客比较多，一路上不断给下山人让路。但也得到很多不认识的人帮助，或抱或扶先把小丫头放一个相对安全的地方。我紧跟其后，不管多大的雨，都挡不住人间的温情。生活中往往会碰到很多不如意的事情，就觉得人间没有和谐和温情了，其实多出去走走，换个心情来生活，我始终相信这个世界是美好和温馨的。

不知不觉到了一个亭子，名为“步虚亭”，来一趟步虚亭确实不容易，好一个名副其实的步虚亭。山下景物一览无余，一巨石状如石柱，石柱长于湖边，拔地而起，高耸入天。大自然真的神奇，平地凭空冒出这一巨石，确实让人心生惊叹。圆柱形的石柱，就如孙悟空的金箍棒插在这湖边。那圆顶上长满了树木，青翠葱茏。都说植物需要养分，这巨石的裂缝能留多少养分？崖缝中的树木却如此葱茏，它们将根深扎于石缝之中，汲取生命之源。原来生命的养分不仅来自土壤和水源，更来自坚忍不拔的精神和无畏的勇气。

大雨骤然将至，雨帘挂在步虚山前，放眼望去，烟雾袅袅中的村庄，带着些许的仙气，无比瑰丽。雨中的九曲练溪，像一条仙女的裙带飘逸环绕，也许曾是仙人遗落在人间的银簪划成的溪流吧！停留了片刻，雨中送来一阵凉风，捎走一丝闷热，劳累和烦闷也随着清风顷刻间消逝了，留下的是满心的欢欣和舒畅。

望着连绵的群山，望着山下的鼎湖峰，想起了白居易的“黄帝旌旗去不回，片云孤石独崔嵬。有时风激鼎湖浪，散作晴天雨点来”的诗句来描绘这个天下奇观。也想起了“山不在高，有仙则名”这句诗来。说得不错，仙都因鼎峰湖名扬天下，山水花木皆有灵气，我想这份灵气一定会带给每一位前来观光的游客对于人生的启迪和智慧吧。人生就如一颗流星，流星虽一划而过，但璀璨晶莹。生命也是如此，如一痕水波，波浪虽小，也能掀起船的动荡。人生不一定要拼尽全力，但也要尽心去完成，每个人都留下一些美好，社会就会和谐美满，我们的生活就会如花般美艳。

女儿的一声呼唤，惊醒了神游中的我，我似乎得到了仙人的指引，得到黄帝的启迪。我们在雨中游历了日出于谷而天下明的初阳谷，导游介绍了春秋越国范蠡的老师倪翁因疾俗隐居的倪翁洞，没有时间去考证是不是真实的，但这传奇故事给鼎峰湖蒙上了一层神秘色彩。

远远望着对面山头的两块岩石，形态奇怪。有人解说一块形似一老妇跪地求饶，一块形似一个年轻媳妇遭天谴斩头，这是传说中的“婆媳岩”，这一解释确实形似。

继续行走吧，来到一绝壁。一面绝壁陡峭，褐红色，犹如焰火烧过，人称小赤壁。小赤壁崖壁上，一条天然栈道。传说王莽篡位时，刘秀逃至此处，危急之中巨龙悠然从这岩壁间耕出一条路，刘秀才脱险，于是这路就叫龙耕路。仙都处处即景，如九龙壁、大肚岩、小蓬莱、仙榜岩、八仙亭、云关、丹室等自然景观。每个景点错落有致，山水相融，构成了一幅风光旖旎的画卷。

大雨中的仙都，层层叠叠的山峦，如披上一层飘逸、透明的薄纱。山间云雾缭绕，山峰在云雾中时隐时现，飘逸的云雾不断升腾、散开、聚拢，如仙女在翩翩起舞。仙都，不愧是仙都，这果真是仙人居住的地方。

玉甑峰的浮光掠影

虽说是寒冬时节，可今日却如三月小阳春，骄阳烘得游客额头上珍珠串串。我在西滦已经脱下保暖内衣，可厚厚的羊绒裤裹得我浑身不自在，脚底有些汗滋滋的，迈开步子感觉有些沉重！刚才还信誓旦旦地说一定要爬上玉甑峰顶，看着这热辣辣的太阳，顿时泄气了，誓言被这艳阳蒸发在玉甑峰脚下的热浪里。女儿和外甥女都嚷着想坐缆车，哈哈，正中我下怀，顺着这个台阶下，追着导游去买票。

缆车载着我们腾空而上，孩子们第一次坐缆车，开始有些小兴奋，继而看着飘过楼房，有些紧张，我一边安慰着她们，有铁索吊着，放一百个心。嘴上这样说着，可心里还是有些发怵。心里想着，不是有些景点的缆车出险了吗？惊心动魄的一幕幕浮现在我的脑海里，恐惧在我的心头蔓延开去。孩子们的眼睛直愣愣盯着我，我拿出手机给他们拍段视频，小丫头竟然要求一次又一次，还真是反了天，该叫妈妈的竟然叫阿姨，该叫阿姨的竟然叫妈妈，笑声就这样在玉甑峰的上空回荡着，胆怯早已经随着笑声消散在玉甑峰的负氧离子中。美景慢慢在我们的眼眸中移动着，孩子们一路问个不停，我一边漫不经心回答着，一边用我的心来读玉甑峰。目光及注意力慢慢移向松林竹韵，苍翠欲滴，我怀疑身置春日里。随着缆车的升腾，移过松竹林，继而是一片深山，一幅五彩的冬日图呈现眼前，深红浅红的枫，橙黄淡黄的银杏，深绿色的松柏，一种种颜色比赛似的竞相争艳。丫头们开始怀疑这是不是在画中，我说我们的祖国就像一幅画，走到哪里都如在画中一般。我引领着孩子们领略祖国的壮丽山河，不厌其烦地当起她们的解说员。不愿意再浪费我的每分每秒，我的眼睛不停地观望着四周，只见玉甑峰景区内岩峦重叠，林壑秀美，秀丽的景色撩拨起我们的心湖泛起了层层涟漪。

最吸人眼球的玉甑峰，远远望去，拔地顶天，通体滚圆，莹洁如玉，这哪里是人间的景？分明是玉帝不小心滑落的玉玺，重重地跌落在这座高拔的山顶上。玉甑峰看上去犹如蒸松糕用的炊甑，山体岩石通体黄白色，玉甑峰的名号大概就是这么得来的。当地人称道士岩，仔细看还真像一顶道士帽。仰视玉甑峰顿生“壁立千仞，无欲则刚”之崇敬感，都说玉甑峰是中雁荡山的图腾，这话一点也不假。

近了，近了，靠近玉甑峰了，心却不宁静了，心湖的波澜此起彼伏。迫切跳出缆车进入山道，沿着山间石径，泉涧潺潺而流，伴我一路歌吟。树木繁茂如伞，正好挡住了艳阳。穿过云游关隧道，到了云街岭脚，这里有三条路可供选择：左侧是云梯谷，右侧是美人谷，中间是云街石径。孩子们噔噔噔就上了云街，我气喘吁吁还是跟不上。唤儿的声音在洞中回荡着，孩子们的笑声也在峰谷中飘荡着。到了峰顶，简直要虚脱了，孩子们则笑弯了腰。

经过神仙洞、炼丹台，看见有人正在爬云梯。有个姑娘爬了一半不敢再上，在同伴的鼓励下，竟脱下鞋扔给一个小伙子，小伙子笑得直不起腰来。姑娘的脸上飘上了两朵山茶花，却扔给男友一个狠狠的白眼。有人说了：“看你回去不跪搓衣板！”其他游客哄然一笑，这回倒是小伙子的脸飘上两朵玫瑰花了。我带着孩子绕过云梯从侧面的斜坡上去，终于到了峰顶背脊，我们就在这脊背上行走着，峰顶的路就是白岩石，陡峭且不平整，高低不平、坑坑洼洼的路面时时令人心惊胆战。妹妹带着两个小丫头上了对面的观景亭，我则带着闺女向幸运桥走去。四周虽有铁链铁杆把手护着，但心发颤脚发抖。只怕一不小心就会跌落山谷，我往下观望，陡直的山崖千丈高。不看倒好，一瞥，脚愈发抖得厉害。闺女倒是无畏无惧走在前头，我望着熙来攘往的游客，他们都谈笑风生。我自嘲地笑

了，哈哈一笑壮壮胆，倒吸一口清风，觉得轻松多了，脚步迈开似乎没有刚才那般无力。

终于到了观日台，这是玉甑峰顶最高处，与拔萃峰相对，站在这里会让你有登上泰山之感，“会当凌绝顶，一览众山小”顿时吟咏而出，极目远眺，一幅大自然的水墨画呈现眼前。“路从飞鸟头上过，人在白云深处行”，玉甑峰高耸云天，一峰独出，万峰伏首，唯这种孤高才使登临者产生“目空一切”的震撼。往东望去，连绵起伏的群山蜿蜒绵长。北面山峰是一峰高过一峰，呈长条形波浪状横列无限绵长。那连绵起伏的群峰如同画家笔下飞奔的成群骏马，青山如墨。钟前湖、白石湖、龙山湖，犹如三块巨大的翡翠，镶嵌在群山逶迤之中。

沿着铁杆铁链在背脊上行走，美景在我的脚下移动着。如果有云雾的话，那一定是王母娘娘那缥缈的瑶台仙境。“灵芝石！灵芝石！”循着声音望去，三块石头简直就是灵芝长在路边，扇形似的灵芝伸向路边，立在这山顶经受风雨的侵蚀，却是毫无松动的痕迹，也不见有任何支撑点支撑着，太不可思议，大自然真是神奇的魔术师。

神奇的玉甑峰还有太多的感动，好运桥、玉虹洞、屑玉泉等诸多美景，这些地方都留下我们的足迹。天色将晚，我们在导游的催促声中，一步一回头走下山来，无论玉甑峰多神奇，我们是生活红尘之中的人，不得不奔赴这喧嚣的万丈红尘！

这个春天，与楠溪江约会

楠溪江于我心中，就如一个深深牵挂的情郎。早在十多年前，教我古典文学的李老师给我们吟诵起谢灵运的诗："叠叠云岚烟树榭，弯弯流水夕阳中。"我每每静读谢公隽永深远的诗句，对楠溪江时刻憧憬与向往着。这份渴望在我的心中越来越强烈，这份相思越积淀越深沉。这个春天，不经意间与同事一提，竟然是不谋而合。我们商议在周末来个说走就走的旅行，巧拾轻装，直奔楠溪江。

春日的暖阳下，江边的樟树下，路边的花丛中，游人如织。江边的石滩上，搭满了大大小小的帐布。篷布下挤满了人，好像赶集似的，各方游客呼啦啦都慕名而来。也许是连日的阴雨天气，大家都在家里憋坏了。今日终放晴，都来晒晒身上的霉味吧。

江面上一长溜儿竹筏，竹筏是用毛竹并排捆扎而成的。竹筏的一头微翘，用来减轻水流阻力。竹筏上各放着三排长竹凳，竹凳上叠放着橘红色的救生衣。艄公大都是六七十岁的老汉，都穿着一身灰蓝两色的衣服。一脸黝黑的脸膛，都操着一口难以听懂的温州话。一下子来了好几拨游客，大家都陆续跳上竹筏。一把凳子只能坐两个人，不过中间可以带一个孩子。我们登上竹筏落座，结果少一个艄公，老艄公以熟练的手法将两张竹筏捆绑在一起。面对承载着 15 人的重量，我心中不禁生出疑虑，这样的重量能否稳稳地驶向江心呢？

然而，老艄公缓缓举起竹篙，轻轻一点，仿佛在抚摸江心的柔软。那一刻，竹筏如同一条游鱼，轻盈地滑向江心，充满了生机与活力。

看着他挥舞竹篙的背影，我不由得感叹：好大的臂力！我突然想起我一个朋友的公公，曾经是一个手无缚鸡之力的读书人，在失去他原有的生活后，为生存逼迫成为人力车夫，载运各种重量的杂货。我面前的这位艄公也曾经是一个少年，因为生于江边，经营这行业多年，他的臂力也就锻炼出来了。

竹筏在绿色的江面上行驶着，因为有逆风，而且船身重量是其他船的双倍分量，我们的竹筏慢慢被抛在后面。船上有游客感慨老艄公的辛苦。老艄公则一脸坦然从容地说："人生就像这竹筏，逆风而行，顺风而驶，全靠天意。我们不能选择风向，也不能改变竹筏的重量，但我们可以调整自己的心态，坦然面对生活的各种挑战。就像这竹筏，虽然遇逆风被抛在后面，但只要我们坚持不懈，多努力拼劲，也会到终点。"老艄公的话犹如一阵清风吹过，让我感受到人生的坚韧与毅力。是的，我们的生活总是充满了变数和挑战，但只要有信念，有勇气，就能够战胜困难，走向成功。

当不在乎速度时，我的心静下来观赏两岸的景。竹筏在江面上缓缓行驶，随江倒影，此时我终于体验到"船在江心走，人在画中游"的意境。我双眸深处是连绵的青山、葱郁的绿树、金黄的油菜花，偶尔还能看见岸边紫微微的紫云英。竹筏逆流而上，几处清清浅浅的水湾，看得见水里的游鱼和沙石，游鱼在竹筏边游动着。水也漫上了竹排，有一脚之深，我脱下鞋袜，把走了一天黏糊的脚放在清水里，顿时一股清凉漫透周身，赶走了这一天的劳顿，洗去了一路的风尘。双脚在水里浸着，同事嬉笑说这脚白了很多。毓儿很是惊羡，嚷着要洗洗，她赶紧洗洗小手和小脸。还很自恋地说道："真的白了很多！"回家自豪地告诉家人，说自己洗了楠溪江的水，脸蛋白了很多。尽管孩子的天真让我们忍俊不禁，但这江水确实让我们陶醉其中，尽情享受着远离尘嚣的舒心和闲适。

舟在江中行，心随着时光隧道去穿越，我仿佛看见舟头立着那一袭长衫、手捋胡须、高声吟咏着的孟浩然："卧闻海潮至，起视江月斜，借问同舟客，何时到永嘉？”慕名永嘉的山水，不时询问同舟的旅客，什么时间能到永嘉，只想早一时到永嘉一睹真容，连孟浩然都那么渴慕楠溪江的秀美，我对楠溪江的情是没有错的。到楠溪江不得不想起谢灵运，他是山水诗人，也是永嘉诗人的创始人。当年谢翁泛舟于楠溪江，纵情山水，痴迷于山水，忘却了政治上的纷争和失意。人生总是有得失，官场上的失意，诗坛上得意，也许得了楠溪江水的灵性，也许楠溪江的这份恬静让他学会了坦然，在永嘉任职期间写下大量脍炙人口、流传千古的山水诗篇，被誉为中国山水诗的鼻祖。楠溪江因谢公名扬天下，谢公也因楠溪江名扬诗界。

一个摇晃把我从悠远的时光里拉回到现实，因舟掉头，被浅滩搁浅了一下。回程是顺风，艄公只需要掌握方向就行，竹筏就顺着风快速漂荡在江面上。江面上满是竹筏，筏工都会打招呼，有个七十多岁的老筏工唱起了《红太阳》。游客们都跟着唱起了歌，一时江面上飘荡着清亮而愉悦的歌声。

一曲终了一曲又起，我们的艄公领头唱起了：“小小竹排江中游，巍巍青山两岸走……”这首歌词应景应情，我们都忘情地唱起来了。唱起歌，赏着景，人生无限幸福事。

轻舟荡漾于碧波之上，竹筏荡出的水波粼粼微微的。满江的深绿如果说是无瑕的翡翠，还不如说是一块深绿的丝绸，而且还是丝绸中的极品。你看，那微粼粼的碧波荡漾开去，就如绿绸在轻轻地抖动着。

楠溪江的水，宛如曼妙的女子，徜徉在青山绿水中，流淌在大自然的环抱中，更荡在悠然自得的心境里。自从十年前听说楠溪江的美，我就对它有了渴慕之情。这个春天，我与楠溪江深情地约会，我终于在它宽广的胸怀里纵情撒娇，在它叠叠云岚里诉说思念，在弯弯流水中诉说我的念想。这个约会终于解了我十多年的相思之苦，抚慰了我十多年的渴慕之情。

重走乌镇

“一湾河水流过千年古镇，几座石桥叠印世纪回想，枕上橹声依旧，河埠洗衣，廊坊闲谈，依窗打水，摇船小唱。江南水乡，收藏浸泡已久的日子，如今晾晒在我的心房，一条街巷连着粉墙黛瓦，一座座雕画着世纪梦想，宅门庭院深深，花窗飘出书香，染坊晒布，闺阁绣花，皮影高亢，丝竹悠扬，江南水乡，你那一段古色古香的日子……”《江南水乡》的优美的旋律伴随着我一路的颠簸。长途旅程中，我反复地听着这首歌，也反复地回忆着我十五年前初见乌镇时的模样，闭着眼睛一直回想着乌镇的水、桥，还有河岸人家。岁月匆匆，似水年华，十五年的光阴恍若是挥一挥手。从没有想过十五年后的今天，我又来到这《人间四月天》的拍摄地——乌镇。

十五年前的春节，我正是青春好年华，同学的一个电话就让我们在大年初二的大清早相聚在临海车站，一群花季女孩就这样别离父母一路风尘赶往了这个叫乌镇的地方，记得正好是《人间四月天》在那里拍摄，尽管我没有看见拍片的场景，但徐志摩和林徽因在那个悠长的小巷里牵手漫步的情景，我能在闭上眼睛的一刹那间想象着无比浪漫的画面。然后这个叫乌镇的地方就在我的心里烙下了深深的痕。那一次我唯一留下深刻印象的事，我买了一条白色钩织披肩搭在肩上，那天我穿上一套刚做的黑色呢长裙，裙摆上绣上粉色的花朵，黑白很衬。我站在河埠头拍了一张照，很有民国姑娘的感觉。在那条长长的街上走着走着，我的心里似乎在期盼着什么。

没想到辗转十五年后，我又重走乌镇。今日顶着酷夏的骄阳，尽管浑身炙热，我穿着一袭浅蓝色的长裙，踩踏在乌镇的青石板上，骄阳透过斑驳的树影照射在乌镇的河面上，河面上泛起点点金色。水悠悠地流着，不时会有几声摇橹声由远而近，由近及远。这种江南水乡的情景在画中见过，在电视上看过。乌镇就是这画中的地方。我与乌镇，又来一场诗般的约会。乌镇，梦里水乡的乌镇，又一次让我感受到了一座座清韵悠悠的小桥古朴典雅，一条条乌篷船在微波荡漾的河面上穿梭往来，一座座散发着古老气息的木屋与小桥流水交相辉映。

这条绿如翡翠的河流叫东溪河，水是江南古镇的灵魂，绿澄澄的河面行驶着乌篷船，船轻轻地荡开澄绿的水面，水面上就留下一道道痕。东溪河贯穿乌镇的每个角落，这条河就这样静静地流淌着，一流就是一个千年，流出了一个千年的古镇。站在古桥上恍若隔世，极目眺望，江南水乡的小桥流水，粉墙黛瓦，深深浅浅的青石路，深深幽幽的小巷，在河面上来去自如的乌篷船，犁开了水中倒映着的树影、花影和人影，影影相撞重叠了，分开了，又重叠又分开，分分合合不断交替着，瞬间的变化不禁让人感慨万千，纵观几千年的历史，何不是这样分分合合？一声长叹吸引着我，在来往的人流中我望见了一个离我几步之遥的老者站在桥头，正捋着有些花白的胡须凝视着绿澄澄的河面。他为何轻叹呢？也许和我叹息岁月无常、人生无常吧。

到了乌镇最想去的地方就是茅盾故居，随着导游走进这座清代的建筑，黑漆的大门上写着“茅盾故居”四大大字。新中国第一任文化部部长茅盾就是在这里出生，在这里度过他快乐的童年。他的中篇小说《多角关系》就是在这里创作的。在茅盾故居对面是一家商店，那是《林家铺子》的原型。其实，何止是《林家铺子》，茅盾的小说《春蚕》《秋收》《残冬》都是以乌镇为背景创作的作品。说起茅盾就会想起乌镇，看着茅盾的作品，就如身在乌镇。说起乌镇，自然也就想起了作家茅盾，茅盾和乌镇在国人的心中早已融为一体了。

乌镇还有很多特有的物产，让每一个去过乌镇的游客难忘。走进染布作坊，空旷的院子里支着高大的木架，素雅的印花布随风起舞，摇曳着清丽温婉的江南古镇，我仿佛看见作坊里工人们正在忙碌地纺织、漂洗、印染、晾干，再做出一件件精美的蓝印衣裙。旁边果真有一个专卖蓝布衣裙的商店，我看中了一件小女孩的蓝色印花斗篷，我想象着我家姑娘穿着的俏模样，然而店家告诉我这件斗篷是适合五六岁的小女孩穿的，我万分不舍放回原处。

到了乌镇，不能不去看著名的糟坊，这是出产“三白酒”的地方。三白酒就是用白米、白面、白水精酿而得名，这三白酒还列为当年明朝的贡酒。三白酒的名声就从此流传下来了，三白酒醇香满巷，不知醉倒了多少豪客与壮士！还没有进入酒坊，就能闻到丝丝入鼻的酒香，这酒香诱得我加快脚步。进入大门，酒家好客，送给游客每人一小杯。我端起小酒杯，细细品味，果真是清冽醇香，舌尖有些辣，果然是上品的好酒。

两次的乌镇做客是一样的心情，却有着不一样的感受。十五年前来的乌镇安宁、清净，是那么悠然地由着我们自由地穿行，一群青葱少女在石桥上互相追逐着，嬉闹着。但时隔十五年后的乌镇却不能那样安然地由着你的性子了，到处都是拥挤的人群。稍微慢了步伐就会找不到前行的同伴，人多得绝对能用摩肩接踵来形容。正是盛夏，用挥汗如雨来形容绝不为过。我几次差点儿被同伴甩了，幸好刚进门时，导游就为我们准备了一个接听器，在 30 米之内都能接收到导游的信息。

十五年说短不短，说长也不长，可人民的生活水平早已是芝麻开花节节高，物质的丰盈让人们对精神世界有万分渴求，旅游自然就成了人们精神世界的追求了，乌镇就让我们看到了一个国泰民安的太平盛世。

第三辑 山海台州

初访一江山岛

初闻“一江山岛”这个地名，是从一个外地的朋友口中得知的。朋友听说我是台州人，马上问我离一江山岛有多远。我一阵惊愣，从未听说过一江山岛在何处。从此一江山岛这个名字在我的心中时不时会激起涟漪。

从而立之年之后，我对台州的历史有了一些了解，也知道一江山岛为何会在中国的历史上有这样重要的地位了。原来一江山岛是国共最后一个最激烈的正面战争的地方。一江山岛位于台州湾之东南方，属东矶列岛，北离头门港 8 公里左右，西北距海门港 38 公里，位于大陈岛北侧 11 公里，东北距高岛 12 公里，西南距琅矶山 20 公里。分南北两岛，两岛之间有一条 150 米宽的水道，故名“一江山岛”，又称两龙山，也叫“英雄岛”。北一江山岛面积只有 0.88 平方公里，南一江山岛面积仅仅 0.35 平方公里，最高点海拔 130 米。小小的一座岛分别是由乐青礁、北山湾、黄岩礁、海门礁和东营村等小板块组成。正是这样一座在地图上只能用放大镜才能找得到的小岛，成为很多人心中的一座红岛。

参观一江山岛的计划，在我心中酝酿了一年又一年，终归没有成行。听说去一江山岛没有专门的航船，没有旅馆，只有这种大集体自己租船特意去一江山岛才可行。后来有人说去大陈岛的途中方可一睹风采，可谁想我两次去大陈岛的途中都晕船躺着不能动弹，就算窗外有瑶琳仙境，都与我绝缘了。我一直盼望着有专门组织去一江山岛的团队，可一直都不曾遂愿。竟不想突然意外得来消息有人组织去一江山岛。“一江山岛”四个字就这样如一枚惊雷投进我的心湖里，荡起心湖涟漪一圈圈。

渴望终于占据了晕船的恐惧，义无反顾坐上去一江的捕鱼船。所谓的坐倒是真正地坐，连把靠背的椅子都没有，能抢到一把塑料高凳算是不错了。我独自坐船尾，远离嘈杂的人群。船上时不时传来一阵骚动，说谁晕船了，谁脸色发白了。这么多人难免有人要晕船，我庆幸自己的选择是正确的。我坐在船尾虽也有阵阵热气夹杂着船舱里的柴油味，但我靠着船沿，听着康震老师讲解的《唐诗的故事》，大师风趣地讲述李白渴望入仕的经历，分散了我诸多的注意力。我就这样安静地蛰伏在船尾，坐了两个多小时的捕鱼船，竟然没晕船上了小岛。到下船时，望着船头下来的几个妇女，脸呈菜色，双眸无神，靠人扶着下船。我暗暗庆幸也许红岛给了我一分特殊的力量，让我免遭此罪。

不晕船的男同胞们跟着船长出海捕鱼，女同胞则留在岛上稍作休息。上了岛，一个50开外的农妇迎接我们，我们顺着石板铺的蜿蜒山路走了一程路，途中出现一幢幢石头砌平房。大致方向都坐北朝南，每一幢房子5间到7间。农妇告诉我这是当年国民党留下的营房，在原有的基础上盖起新客房，包括我们晚上住的房子都是改建的新客房。原来从2014年开始，这里就开始建设民宿准备给游客落脚。我往山坡上瞧去，大约有十来幢，都是一色的白石外墙，青瓦木门，这不是我们普通的木门，而是用树皮拼成的木门，树皮的粗糙倒是不觉得土气，反而有古朴之感。

七拐八弯走过一段石阶，来到最高处的一幢平房。农妇说正好七个房间，所以给我们这团人安排住最高处这幢房。毓姑娘挑了个201房间，她说走累了，第一个房间近一些。推开木门，双眸掠过雪白的床单被子，床边放着一个粉白衣柜，挂壁电视和一个梳妆台，房内布置简单却不失雅致。洗去旅程中的粉尘，重新换上一套衣裙，闲不住也爱探究的我哄着毓姑娘下山。沿着海岸线走，逮住岛上的管理人员就问。我只想撩开一江山岛的面纱，说实话能回答我问题的人没有几个，就算是农妇能回答几句，也是粗浅的说辞。

微黄的海水在海中翻腾着，雪浪不断撞击着黑褐色的礁石，就如我心中一个个谜团在不停地翻腾着。不断有捕鱼船、游艇、快艇从狭长的江中隆隆而过。游艇进而去往大陈岛，出则往海门回程。住上盘、桃渚或者杜桥海岸边的渔民会驾捕鱼船来台州湾附近进行渔场作业，大陈岛和一江山岛附近的海域就是东海滨渔民的首选。隆隆的汽笛声回荡在空旷的海岛上空，渔民自由进行着渔业，无须担心海盗也无须担心敌舰，就如我们在薄暮时分漫步在这陌生的小岛，也无须担心生命安全问题。泱泱中华地域广阔，在强军富国的保护下，谁敢来惊扰我们平静的生活？走在这寂寥的岛上，让你感受到祖国的强大，因为有了强大的国，才有真正的国强民安。

我带着毓姑娘重新来到入口广场，昂然屹立着三棱纪念碑，广场西侧散落着礁石，代表着解放军陆、海、空三军将士在恶劣环境下协同作战，坚如礁石。广场上有一架白色带着锈迹的飞机，一艘破损的潜艇，另外还有一辆锈迹斑斑的坦克和两门大炮。据说这是向上级争取过来的退役武器，为了打造“红色旅游经典景区”的道具。目前，因为一江山岛没有被开发，也因为交通不便，岛上保存了最完整的现代战争遗迹。且通过保护性开发，建成了包括纪念广场、史料馆、东昌村军营遗址、点将台、静思台、战事设施遗址（战壕体验区）、七彩云海、亲水平台等在内的景点。

我们走进了“一江山岛战役遗址”的战役史料馆。因为时间关系，管理员说一一看图片恐怕到半夜也看不完，还不如观看影片更详细些，更立体一些。听说有影片，毓姑娘首先欢跳高呼。我们走进了影视厅，20 分钟的影片介绍岛屿的地理位置和在台州湾的地位，接着复原当年的战争状况。

走出影视厅，暮色四合，小岛如披上一层墨色轻纱。望着江面上仍有星星点点的亮光，还有渔船没有归航。站在一江山岛腹地的我，完全没有被空旷的黑夜所惊吓。反而心里却多了一分安定，就如未归航的渔船，在这片辽阔的东海海域上，中国公民永远都是出入自由的。

一江山岛的昏与晨

立于海岛民宿门口，一阵阵晚风拂过脸庞，风里没有大陈岛的海风里所挟带的腥味，倒是裹挟着淡淡的草木清香。此时的感觉不是站在孤立的海岛上，倒是有一种遗世的隐居之情。日薄西山时，掠过南一江山岛的山脊往远处眺望，一轮浑圆血红的落日噙在海平线上。日晕映照下的海面一片橙红色，“一道残阳铺水中，半江瑟瑟半江红”，用这句诗来形容此时的海面是恰如其分的。海天之际的海浪映着夕阳的余晖熠熠生辉，泛起的浪花绽放着朵朵橘红色的玫瑰。

都说人变化快，日也如此之迅变。刚才坐船时，一路烈日暴晒，眨眼间变得如此温柔，温柔得如同刚揭开盖头的新娘。橘红色的余晖亲吻着起起伏伏的海浪，也抚摸着海岛的一屋一脊、一草一木。

我带着毓姑娘沿着石阶缓步而下，霞光也逐渐散去，无情地吸走夕阳留下的玫瑰，真是夕阳无限好，只是近黄昏哪！暮色如一块幕布慢慢遮盖住小岛，无边的黑暗如饥饿的狮口吞噬着最后的一丝亮光，寂寞和荒凉来小岛做客了。

从饭厅出来，同来的伙伴们，娱乐的娱乐，休息的休息，没有人愿意来关注海岛的黄昏。我已经习惯于这种常态，我承认这是大部分旅客的常态。撑着晕船的辛苦来寂寞的岛，虚度一个夜，何苦用这种作贱的方式当成享受生活呢？唯有我不愿意辜负海岛的浪漫黄昏。踱步于蜿蜒的石径上，借着弦月之光欣赏着朦胧的小岛。夜幕降临，一道道的屋脊上亮起了橘黄色的灯。每条石径隔个十多米会有一盏玉兰花路灯，为岛礁忠诚地奉献着光亮。听船长说，山顶有太阳能和风力自动发电机，除此之外还有柴油发电机，怪不得能供应这么多的彩灯和路灯。我想起了，客房里还有电视和空调呢。我在海岛路上徘徊了良久，愿意安静地感受海岛带给我独有的心灵享受。

静立于海岛的黄昏中，把自己扔进夜的一片暗黑中，尽情享受着繁华落幕后的安然与适意，没人打扰我的清净。夜色温柔，只听得海浪撞岸的歌吟，还有 203 高地执着地守望着小岛。夜色如墨水打翻在无边的宣纸上，氤氲开来，肆无忌惮挥毫泼墨，我在泼墨的夜幕上随意插上梦想的翅膀。

记得吃饭前，伙伴们在饭厅里扎堆聊天，有人聊到岛的寂寞，我插了一句："这里 70 年前发生过一场大战争，曾是尸横遍野，你们几个人住这里，夜里睡得着吗？"海岛伙计马上笑着做了个停的手势："打住打住，不然我晚上真的睡不着了。"呵呵，我还以为他胆大包天，住这里难免会想到这个问题。500 多名英雄曾为着解放战争失去了年轻的生命，踏上这块土地的时候又怎能不想到这个问题呢？然而当想想他们是为和平而献上生命，又怎么会产生恐惧心理？我想伙计或者我脚下都有可能曾是血染的沙土。

夜色加浓，四周一片寂静。海岛上的水手和船长可能都睡着了，远处那幢楼里娱乐的人可能玩意正兴，厚厚的石墙挡住喧闹的声音，偶尔会听到一两声呐喊声。海岛静谧得只能听见自己的心跳，就算别处在狂笑或者喧闹，这里唯有寂静和落寞。一弯上弦月挂于深蓝色的天空中，月色送给了海岛一条薄纱裙，一切都显得朦朦胧胧、隐隐约约。

"哗哗哗，哗哗哗……"一声声海岛特有的歌吟，倾诉着大海对礁岸的情意。激情与幻想，都在于听者的心绪。月落乌啼总是千年的风霜，英雄的故事依然在涛声里回荡。涛声一声猛于一声，似乎极力模拟当年那烽火连天的场景，告诉世人这里曾经留有一个红色的记忆。夜，我枕着这红色的故事睡去，梦里满是柔软多情的蒲公英。

那闪烁的晨星，悄无声息地撩开无边的黑幕，给早起的渔民一丝微弱的光芒。那清脆的鸟鸣声，划破了东方的晨空，东方露出了鱼肚白。

清晨，徜徉在海岛的石径上，只听鸟鸣声声伴着一山的芦苇花，花鸟相依，还有一对从尘嚣中走来的母女，一切都是那么寂静，一切又是那么和谐。带着花香的海风拂过脸庞，贪婪地呼吸着绿色的空气，驱除了我一夜失眠的倦意。沿着山路往 203 高地走去，到处都是石头房、石窗石墙，还有石槽，就是没有房顶，那是当年枪林弹雨所留下的战斗痕迹。仔细瞧去，在矮草丛中还能发现战壕。用手杖掠草，才明白战壕遍布小岛，只是荒岛在和平的羽翼下被人遗忘了，慢慢被茂盛的灌木杂树所遮挡。然而对于怀念红岛的人来说，它是矗立在狂涛怒浪中的精神礁石，是用战火硝烟和热血生命凝成的军事教材。

站在 203 高地俯瞰，南、北一江山岛海岸线曲折，岩石嶙峋，让人称绝。南一江山岛如同一只伏着的蜥蜴，飘在浅黄色的金盘中。一汪大海中不时有小船疾驰而过，“嗒嗒嗒……”小船的发动机声在寂静的清早特别刺耳，与清脆的鸟鸣声极不和谐。小船如一片飘零的落叶，时而耸在浪尖中，时而跌进浪谷，说不清是浪戏弄小船，还是小船玩弄了海浪。只见船头的小红旗在海浪中拼命招摇着。我特别敬佩这些穿行在海浪中的船手，历经暴风劲浪，这般果敢坚定，如岸边的礁石临危不惧。面对风暴的袭击，他们无所畏惧，敢于迎难而上，操控着船航行的方向，与风浪做着顽强的抵抗。

一江山岛是属于台州的，台州人海式的性格从来都是勇敢的。

台州渔民不仅仅果敢坚定，而且勤劳。仔细瞧去，海岸边早已经趴着几个捡海货的渔民。海螺、敲葱（方言），捕鱼捉虾，这是海边人的生活，只是没有想到这么早就已经开始捉海鲜了。当我和毓姑娘从 203 高地转一圈下来，海岛伙计们也正从海边拾海货回来。箩筐里的海货应有尽有，说得上名字和说不上名字的海货都有。伙计说上盘、四岔方向的渔民开快艇，二十多分钟就能在这片海域进行晨起作业，两三个小时就能满载而归。鲜美的海货一拿到集市上就卖个好价钱。岛上的伙计们也是每天清晨五点起床，到海边去寻找海货，海向来是慷慨的，只要渔民勤劳，从不会让渔民空手而归。

抬眼望，蓝天、白云、初阳、大自然的美毫不吝啬地给了海岛。俯瞰海岛，黄菊花、白芦苇、蒲公英点缀着荒芜的海岛。眺望海面，惊涛拍岸、沙鸥翔集，海把美景无私地呈现给登岛做客的我。

这一趟一江三岛之行，让我领略到小岛昏与晨独特的美。海岛的晨昏无疑是宁静而安详的，而这岁月静美的晨昏，是多少人的匍匐前进换来的。

东屏掠影

微雨斜飞。冬日的午后，我们来到了三门一个叫作东屏的古村。

走进东屏，抬眼望去，一条清溪把村庄一分为二，清溪悠悠清澈见底，叮叮咚咚一路远去，这清音犹如天籁，这样静静地吟唱了千百年，唱着光阴，吟着历史，诉着故事。小溪上卧眠着一座座长满青藤的古老拱桥，那一条条垂挂的青藤，如那青碧的帘子，掀开的是那几百年的荣耀屈辱的东屏历史。石桥边有棵古松，那不平的树身，无言地诉说着沧海桑田，虽不会言语，却是东屏历史的见证者。那黑瓦石墙的老房子坐落在溪的两边，那精致的雕花，飞檐的屋角，还依稀让我们感受到它曾经的繁华和荣耀。

走进村子，穿行在幽深狭长的小巷中，仿佛穿行于时光隧道里。雨水打在石板路上，溅起一朵朵水花，伴随着冷冽的空气，仿佛听到了岁月的低语。我恍若看见了一个英姿飒爽的青年才俊带着一队随从正悠然迎面而来，这般的威武多少有些让人震撼。东屏这个小小的村子，曾经出了不少有志之士。凝望着斑驳迷离的石窗，我在这石窗的光阴中寻找时光流转的斑痕，那是几百年时光投下的一片痕迹，小巷、石窗，古风遗韵无处不在。一个同伴说来了东屏不去抬一下大刀等于白来一趟。

听闻陈家老宅有一柄大刀，引起了我的兴趣。我站在一旁，看着同事轻轻地抬起，心中暗自揣测，若是自己抬起来，或许能够轻松自如。回想起二十多年前，我曾能挑起一百多斤的稻谷，对此信心满满。然而，当我试图跃跃欲试时，却发现这柄大刀纹丝不动。

询问后得知，原来这柄大刀全是由铁打造，重达 120 斤。我细细观察这柄大刀，刀柄呈弯月形，刀身如同一根圆形的铁柱，一只手刚好掌握。虽然表面锈迹斑斑，却依然能感受到它所蕴含的厚重与历史沉淀。

陈氏后人告诉我们，1780 年，乾隆年间武试，他们的老祖宗一举夺得浙江省第五名，东屏村也因此获得“武术村”的美誉。这柄大刀就是当年的武举人练舞用的，我在想，当年这柄大刀是如何的威震四方呀，和它的主人一样是何等容不得人近前。“呼呼”，我仿佛听见了大刀起落的声音，迷蒙中仿佛看见一个一身戎装高大威武的人在道地里正挥动着大刀，那一招一式，刀在他的手里运用自如，阵阵生风。同事碰了我一下，我从梦境中回到现实。

这柄大刀静静地立在陈家后裔的老宅里，褪去了曾经的辉煌，退出了曾经的历史舞台。它不再挥舞，不再闪烁，只有静静的沉默和坦然的安静。它的辉煌已然成了历史，它的荣耀也已经变成了回忆，但它的精神依旧在老宅中延续，仿佛在告诉我们：荣耀与平淡都要有平常的心。

陈姓后裔滔滔不绝地给游客讲述着大刀的主人以及大刀曾经的辉煌岁月。我们跟随着他们的讲述穿走在鹅卵石铺就的巷道中，我目睹着明清建筑的遗风，那设计独特的三台九明堂，精雕细刻的花窗，悠长的小巷，青石条铺成的道地，散发着古朴典雅的风韵，无处不在彰显主人的优雅与文化。那堂前、后院、东厢房、西厢房，古宅深深，庭院深深，我依稀听见有女子吟诗作对的轻言细语，仿佛瞧见老屋的女主人伫立在庭院里看着那些娇艳迷离的花朵。又仿佛听见老主人呵斥书童的粗嗓门声，我恍若穿越了时光隧道，走进了几百年前的庭院，我成了这家的贵宾，仿佛看见女主人正笑盈盈地看着我，穿着素雅的年轻女子紧握一柄锦绣扇子正半遮着脸向我投来好奇的眼神。那晃悠悠的珠钗衬托着她那无比精致的脸，我也不禁袅袅婷婷地走向她。人来人往惊醒了痴梦中的我，如今有些残破的庭院，让我们在历史的余味中细细咀嚼，那断壁残垣无处不在诉说岁月的沧桑与凄凉。

这明清建筑的庭院，虽风韵犹存，却是主人不在，不禁让人感慨人间聚散离合。曾经的兴旺都湮没在历史的风尘中，陈氏后人与来往的游客只能追忆那早已逝去的繁华和荣耀。我的目光掠过庭院的每个角落，凝望着飘摇的飞檐雕窗，陡然间涌上一丝悲凉，一行泪从我的眼角悄然滑落。

我带着一丝忧伤走出那个三台九明堂，走在那狭长幽深的小巷里。突然听到有人叫了一声小姑娘，我依然低着头走我的路，又突然听见有人叫着："美女，美女帮帮忙。"我回眸一看，只见两个人扛着照相机正看着我，眼睛里满含着急切。看着这阵势，我明白是让我当一下临时模特。我探问着，怎么拍？怎么摆姿势？他们说就从小巷里慢慢走出来，拍一组照片。今天正是微雨，我突然想到了戴望舒笔下的丁香姑娘，撑着一把油纸伞，独自彷徨在悠长，悠长而又寂寥的雨巷，而今天我也成了戴望舒笔下的丁香姑娘。微雨细飘，烟雨迷蒙中，我缓步从小巷的深处走出来，飘洒的雨丝，如梦如幻，像梦一般地凄婉迷离，哀怨又彷徨，彷徨在寂寥的雨巷中。迷离之中我仿佛看见小巷的尽头有一个人在静静地候着我。在我还沉浸在梦境中，摄影师一声 OK 惊醒了我。他们笑着对我说，我的穿着和神韵很适合在这样复古的地方拍照。这样恍若如梦的时刻，让我穿越一下时光隧道，去寻找那些失落的梦。一瞬间，我从悲伤中走出来。其实人生就是这样，每天让你出其不意微感忧伤或者又有意外的开心等着你。

静立在村口的古桥上，望着这一个静默的小山村。它没有都市的繁华与喧嚣，没有红尘的纷争与繁杂，透过那一窗一梁，真切地感受到斑驳中散发着一种特有的安静和闲适。

枫红古道幽

谁听说过一条路有两个名字？我想见此奇闻不独我一人，去过南黄古道的人就不足为奇了，南黄古道与黄南古道，两字调换位置就成了不一样的名字，然而让人诧异的却是同一条道。从天台南屏乡上山，一路上指示牌写着“南黄古道”，而下山时发现指示牌写着“黄南古道”，笑着说连指示牌都会写错。再发现一路上都是“黄南古道”，不可能一路都写错了吧？问队友，不得其解。到大泛村问村民，终揭其谜，一山跨两县，一道通南北，天台县南屏乡人把这条古道定名为南黄古道，而临海人觉得临海曾是千年古城所在县，应该把临海的黄坦乡放前面，故为黄南古道。恍然一悟，那作为临海人，还是觉得黄南古道比较合适吧。

这条 12 公里长的古道始于北宋初年，兴于南宋，盛于明清，马帮和挑夫曾经往返于这条古道。食盐、茶叶、布匹、丝绸、瓷器等日常生活用品通往于天台与临海两县的通商贸易，也是古时天台县到台州府城办事的主要通道，又是临海人走天台经杭城的要塞之路。这条千年古道曾是浙东地区经济文化交流的交通要道，随着社会经济和科学的发展，古道逐渐退出历史舞台，这条古道也逐渐淡出人们的视线。因生活水平的提高，健康成为人们生活的主流，一个叫作驴友的户外队，喜欢走险峻山脉，挖掘大自然的美。这条古道成为驴友的新发现，重新出现在世人的面前。

几年前同事们爬过黄南古道，一路上拍的照片让我羡慕，足足后悔好几天。这次听说杜桥驴友队要带队去南黄古道，放下三千杂事都要去走一走这千年的古道。从天台南屏乡前杨村入山，蜿蜒的古道用不规则的黑山石嵌地，透着粗犷、不羁、豪放，却也错落有致。行走在这条古道上，感受着它的粗犷与豪放。抬头望去，远处的山峦层峦叠嶂，近处的古树参天，形成了一幅壮美的画面。沿途的山花野草，散发出一种自然的气息，让人陶醉其中。而那些黑山石，在阳光的照耀下，显得更加生动，仿佛是大自然的精灵在为行人指引着前行的道路。

山石用坚硬的骨骼撑起山脉沉沉的重量，毫无怨言任由如涌的人流踩踏。乱石历经千年的踩踏，早已磨却锋芒，磨得圆润光滑，在脚下泛着沧桑的光泽，那些被岁月沉淀下来的东西终究蕴藏着不可磨灭的力量。古道掩藏在连绵的群山中，尽管时代变迁，又承载着新的使命，青青石板正用厚重的叹息叩问现代文明。这条古道见证了天台与临海的变迁与发展，也见证了人们对自然的敬畏与赞美。在这条古道上，我们可以感受到大自然的壮美与力量，也可以感受到人类的智慧与坚韧。

我用脚步丈量着对黄南古道的虔诚，用心去会一会黄南古道初冬的雍容华贵。幽深绵长的古道两旁，遒劲有力的樟树，足可两人合抱，这么大的香樟在村落里是很难见影的。虽是寒冬，依然青葱泛绿，粗壮的枝条撑起如冠的树梢，汲土地之精华，融日月之真气，蓬勃春夏与秋冬。黄南古道丹枫 119 棵，一路上丹枫如霞，树冠上那一片晚霞般的红，如喝足了一季的女儿红，怀着一树的清梦。那一树树红叶如一把把燃烧的火焰，烧得绵绵群山通红透亮，烧起了游客们一路的激情。“似烧非因烧，如花不待春，连行排绛帐，乱落剪红巾。”白居易的《和杜录事题红叶》中描写的不正是此情此景吗？我想一千多年前的醉吟先生一定站在我此刻的初冬深山中，望着漫天的落叶遍地红艳，厚厚的落枫缤纷铺陈一路的华美。越往深处走，落地枫叶渐厚，绵延不绝的满路红叶，如铺上一条绛色的地毯。几片正随风落地的叶片，安静地躺在略带沧桑的石阶上，掠过岁月的痕迹，有一种历经沧桑而从容的静美。目及之处，古道与红枫相映成趣，浪漫中含着热烈，热烈中透着沧桑，沧

桑中却隐着些许的寂寞。

百年前的古道不是为了给我们这群闲人游山玩水赏枫铺就的，那是祖先筚路蓝缕、历经沧桑的血汗之途。为了谋生，翻山越岭，践踏杂草，一路汗水一路血水踩踏出来的一条谋生之路。神魂恍若穿越千年的时光，仿佛那驮马成队，商贩笑声一路洒落山野。他们肩挑背扛，带着希望与梦想，在这条古道上奔波劳碌。又似乎望见幽深的山道，背夫们吞咽着冷饭夹着咸菜就着泪水与汗水一路前行。饥饿与贫穷交集成魔，或者这条古道上曾经盗贼四起，背夫无助，商贩遭困；或者改朝换代，战乱四起，幽深的古道也难以逃脱惊马嘶鸣、刀光剑影，漫漫古道中不知洒下多少人心酸的血泪。这条充满血汗与希望的古道，让我们在这片山野间驻足，感受那千年前的时光，品味先辈们的辛勤与坚韧。

蜿蜒而上的山道石阶递增，迈步渐渐沉重，喘气声渐渐粗重。汗珠不断从额头上、鼻翼上冒出来。后背淌着汗，驻足脱掉外套擦一把汗水，再帮小女脱去厚毛衣。山风袭来有些阴冷，然而还无法抵消爬山时的热量。前方队友喊着：继续赶路。有人从我身边匆匆跨过，我依然迈着不紧不慢的步伐向古道深处走去。路旁，隔一段路出现一个古路廊，爬上青苔的石墙，斑驳的红漆凳，曾经的辉煌湮没在历史的风尘中，风中夹着呜呼的歌吟，带着一丝悲怆和凄怨。路人坐在古路廊久久不愿离去，也许“停车坐爱枫林晚，霜叶红于二月花”。坐在路廊里，满眸是那一片的红艳，此时的山林如一幅浓重的五彩油画。这种壮观的枫之图，是大自然赐予的视觉盛宴。怪不得元代诗人曹文晦为南山秋色写下诗一首：“观彼南山小众山，霜明红树碧云寒。馀清入座悒不尽，积翠浮云染未干。”这位新山老人字字句句把黄南古道的初冬描写得淋漓尽致。

一路上游客络绎不绝，上山下山的，认识或者不认识的，打个招呼，探一下来路，前方还有多远。路边的石块，古道的石阶，时不时坐着歇脚的游客，聊着天的，不远处的手机“啪啪”偷拍下这开心的一刻。也有摆着俏皮的姿势，微笑如同山茶花一般的迷人，脸上微漾着醉酒般的酡红，正对着几米之处的御用摄影师手机。镜头里的人与景就这样永远定格在这一刻。身在此处，会让你有种错觉，人在画中游，还是在景中玩？你在赏景之时，也成为别人眼中的一景了。

爬了近两个小时的上坡路，终于到了山顶的破庙堂，破落的寺庙，败破的门框积满了蜘蛛网，里面的泥塑失去了往日的光泽。这佛像似乎也没有把握住自己被世人所遗弃的命运。庙宇前面有个平坦的场地，场地的周围种满了山茶花，山茶花正争相怒放。场地上站满了人，来不及欣赏这美景，爬了两个多小时的山，消耗了入冬以来最大的体力，肚子早已咕咕地开始抗议了。杨胜春倒出一袋杏元酥分给大家吃，我拿出橘子塞进大伙儿的手中，袋子顷刻间轻多了。大约十来分钟，吃饱喝足之后，大伙儿又继续赶路，接着走的是下山路。走了一程，不再是满眼茫茫群山身在何处不知归路，而是豁然开朗眼前出现一大片的梯田。层层叠叠，大小不一的梯田错落有致地分布在陡峭的山坡上。山村良田少，山坡梯田原本是农夫们为了生存依山势开垦出来的庄稼地，弧弯有度的梯田，竟然如同袅娜多姿的少女在橙黄色的山脉中翩然舞蹈的姿态。游客们一片惊呼，我不禁感慨，我老家也曾有这样的梯田，我曾为梯田浇过水，这份累只有耕种者体会得到。此时梯田的农产物全都收割入仓，荒地里是一片枯黄的稻株。从播种到收割，需要洒下多少汗水？我敬佩开垦梯田的祖辈们，他们将生命和汗水毫不吝啬地洒在高山纵谷间，在陡峭的山坡上，用一柄犁锄开掘出盘山环悬的层层耕田。这里的祖祖辈辈或许不识斗大的汉字，却能用血汗和生命开出这一片如此妩媚潇洒的曲线世界。游客在意梯田的那一份静美，但我更注重人类在与世隔绝的处境中，与大自然搏斗抗争的坚韧和顽强拼搏的精神。

黄南古道能吸引这么多远道而来的游客，不仅仅是这一山红枫的秀丽，也不仅仅指这一条千年古道的幽深，更多留给我们后人思索的，应该是那一份勤劳、执着而坚韧的台州人东海式硬气的精神吧。

高山上的沙漠

随着经济的发展，人们喜欢搭伴寻访名胜，更有许多喜欢探险的驴友去发现那些还没被人发现的绝美胜地。天台的高山沙漠就是这样一个不经意间被驴友发现的地方。杜桥驴友经过几次勘测，准备带领新队员浩浩荡荡向天台高山沙漠进军了，我有幸成为一名新队员。

高山应该是古木参天或是高岩耸天的，可谁承想高山还和沙漠有联系呢？高山沙漠？高山上有沙漠？吸引人的分量有多重？不用说都知道，听此名字就够引诱人的。

浙东“高山沙漠”坐落于天台境内桐天村西南面的高山上，海拔高度 660 米，自从被一群驴友偶然发现后，一时间成为热门驴线。这高山沙漠是一大片沙化的高山砂岩，远看像广袤的沙漠，故由此得名。

我们沿着弯弯曲曲的田间小路走进了一个村落，穿过村落进入狭小的山道。大概到了半山腰，说是路就是踩着岩壁的小洞眼攀爬上去。男士先上，拉着孩子的手，女人在下面托着小孩的屁股，一个拉一个托，孩子就轻松攀岩上去了。大队伍中前面的人照顾着孩子，后面的人也互相照应着走。就这样一个接着一个，大部队人马经过几次攀岩，几次翻山就看到带着沙砾的山路。黄色的沙砾中还看到了晶莹的玉石，有些玉石块还是比较大的，有些人调侃带回家收藏就发财了。人多力量大，在旅途中，人多话多也可以减轻旅途的辛劳，不管路有多难走，有了大家的互相帮助和鼓励，难走的山路就被我们狠狠地抛在了身后。

一路行走一路欢笑，欢声笑语中行走在山道中，尽管几段路不好走，但是大家还是很愉悦地爬上了山顶，一片广袤的沙漠就这样毫无遮拦地呈现在众人的面前。历经几千年甚至上万年暴风骤雨的侵蚀，又经过风刀霜剑精心雕琢而成的一道道沙梁。高山沙漠沙脊的线条，尤为流畅而飘逸，似随风舞动着的锦缎，在山脊之上，飘然舞动着。又仿佛黄海上的一道道波痕，随风随波漾开，一波波、一浪浪，柔和舒展着，一直伸向远方。

深黄、土黄、浅黄，深深浅浅的黄色特别吸人眼球，对于生活在沿海边的游客来说，这无疑有着巨大的吸引力。我们站的脚下有两道沙沟，沟底笔直，大概有 8 米长，下面被一块大石头挡住了，不知是天然形成的，还是人为的，45 度的倾斜正好可以滑沙。地上扔着红的、黄的、绿的塑料坐垫，一个小姑娘率先玩起滑沙，坐在塑料坐垫上，两手抓住塑料的手柄，也许她两脚不够伸展，或是没有掌握滑沙的技巧，滑得不顺畅。在男同胞们一阵调侃声中，她不服气又来了一次，这次比前一次滑得顺畅多了。

看着美女滑得起劲，最先耐不住的就是孩子，特别是男孩子，这次男孩子占了七八个，男孩子一个个摩拳擦掌，抢着坐垫跃跃欲试。小帅哥吴健坤第一个跃入战壕中，做好滑沙的准备，他学着大人的样子准备开滑。他父亲站在下面给他拍照片，他不停嘱咐父亲，别忘了接住他，他父亲满口答应着。并没有他想象的那样，像滑滑梯一样顺畅滑下去，而是卡在中间下不去。不过小伙子挺会想方法的，几次失败就在失败中寻找原因，后来滑得挺溜的。再看另一边，沟比较直，一个小男孩哧溜一声就滑下去，在众人的惊呼声中，小男孩的父亲接住儿子。孩子们都耐不住了："挺好玩，挺好玩。"顿时大人孩子都加入到滑沙行列中去了。

不过也有一部分胆小的，也不能说是比较胆小的，应该说比较淑女一点，或者说是爱臭美的。嘻嘻，这是我女儿说的，出门爱拍照的人就是爱臭美的。我一般出门都喜欢拍照，看到的景物都喜欢摄入我的镜头中，回家后可以给朋友们看，或者自己有空的时候拿出来看看，或者待空歇写文章的时候可以翻出来做个参考。我和同伴站在上边选择恰当的位置，摆几个动作咔嚓咔嚓地拍起照片来。站得高望得远，这话说得一点也不错，我们现在站的就是一个制高点，四周美景在脚下铺展开去，东部和南边全是沙化山丘，北边却是郁郁葱葱的山林，苍苍翠翠的树木在春雨的滋润下显得更加青碧。

看着大伙儿玩得不亦乐乎，我当一回看客。每每看着大家玩兴正浓时，我则会对四周做一番观察，就算来过，也好把这个地方的地形特点或者一些人情风貌珍藏在心中。我去过沙漠，一望无际的沙漠中没有任何的绿色植被，高山沙漠和西北沙漠还真是有些不一样，尽管不一样，我也感叹生命的顽强。黄色的沙砾中顽强地生长着稀稀拉拉的小松树，尽管小松树没有黄山松那么挺拔，那么苍翠，把根须深深地扎进沙砾之中，摄取一星半点的水分和营养，日积月累，把它储存进自己的叶和茎里，和生命抗争着，倔强地生存着，原来在这贫瘠与荒凉之中潜藏着执着与坚守。

高山沙漠让我明白生活中处处有挑战，繁杂的世间处处有险境，一不留神就会被人坑害。然而无论处于怎样的境地，我们都必须去面对。望着沙漠中的劲松，似乎在警示我们要勇敢地面对各种困难，敢于向逆境挑战。战胜逆境，战胜困难，就能在繁杂的社会中立足，甚至活得有风采。此时，我怀着一种敬意看着那些生长在沙砾中的松，突然觉得它是我看到过最苍劲挺拔的高山松。

木杓沙滩

木杓，这是一个只有几十户人家的小渔村。地处三门健跳港东南侧，县城南行 30 余公里，过琴江大桥折向东行 10 余里就到了，面临三门湾，背靠炮台山。犹如一口带柄的大锅，倒扣在海上的地形，真像古人舀水的木勺头，我想木杓这个名字就是这么来的吧！这里，延伸的木杓山嘴和炮台山岬角，把形如弯月的木杓沙滩轻拥入怀。

今天我们来时正好是涨潮，立于沙滩上远眺，海面波涛汹涌，海潮奔涌，不时撞击着木杓沙滩里天然的礁岩，咆哮着卷起千堆雪，真可谓“一浪卷起千堆雪”，让人心头一震，激情澎湃。

黄色的沙滩，黄色的海水被黄色的波涛掀起一个个巨大的白色浪花，扑在礁石上，扑在黄色的海岸线上，撞击得粉身碎骨，随即变成一颗颗白宝珠。站在沙滩的一角，我听见那一个个海潮涌起的声音，我仿佛听见海的呼吸了。看那些飘飞的海鸥，漂动的浮藻，或戏水，或嬉戏，只静静地倾听，我已经很舒畅了，把最近所积压的烦恼一并抛进这海浪一起漂向远方。是呀，面对这大海，再烦躁的人生，也会变得释然。

沙滩是热闹的，五彩缤纷的遮阳伞下，许多人悠闲地品茶、喝酒、聊天。更开心的是孩子，孩子们在沙滩上堆沙子，像房子，像碉堡……似像非像，谁也说不出来像什么，也许只有他们自己能看得懂。也许那就是孩子们未来的创作，未来是属于他们的。有的孩子在沙滩上做游戏，玩输了的孩子唱歌、跳舞、背诗、说相声，内容丰富。还有许多的孩子在沙滩上互相追逐着，前面的女孩跑着，

后面的男孩追。一不留神，女孩子摔倒，一撅屁股爬起来继续跑着。男孩子赶紧追，却不料脚下一滑也摔倒了。男孩子摔了个嘴啃泥，惹得所有在场的人都捧腹大笑。笑得男孩子不好意思，躲到妈妈的身后去了。笑声，嬉闹声，成了沙滩上一首特殊的交响乐。

我家小姑娘也被这场面所吸引，一进沙滩就嚷着要铲子，妹妹买了两把铲子给孩子。我给孩子们选了一个地方，离涨潮的地方远点，比较安全。两个表姐妹开始玩沙子，女儿太小了，她不懂怎么玩沙，她东一铲西一铲，有时到别人的场地铲一铲，惹得外甥女大呼小叫的。我笑着对女儿说："姐姐堆的房子好漂亮，一起堆，好不好？"女儿同意我的劝说。在沙滩上，我还看到好几个比我女儿还小的"小豆豆"，走路摇摇晃晃特别可爱。我想起冰心写过一首诗："除了宇宙／最可爱的只有孩子／和他说话不必思索，态度不必矜持／抬起头来说笑／低下头去弄水。任你深思也好／微讴也好……"

海滩是属于青春的，姑娘们三五成群搭伴成行，穿着颜色各异的服装，一起挽着裤腿系起裙角踏着海浪，尽管一个个浪头涌上来，她们嘻嘻哈哈在起伏不定的海浪中前行。一个个浪头扑上来，她们随着浪头后退，但大浪一退，她们又前行。多勇敢的姑娘呀，人生中难免会碰到很多的困难和挫折，获得成功，那份喜悦就是人生一大收获。眼前的情景多像一首正在弹奏的乐曲，海浪是五线谱，姑娘们是音符，她们正在谱写我们台州的美好明天。青春不只属于年轻人，青春也是属于老人的。你看，满头银丝的老奶奶老爷爷也脱下鞋袜，挽起裤腿踏着海浪。在海浪中蹦跳前行，高歌唱着"大海呀我故乡"，满脸荡漾着幸福的笑容。虽然岁月的年轮无情地刻在他们的脸上，但他们的脸上同时也漾满青春的气息，谁说他们老了呢？他们难道不也一样朝气蓬勃吗？是呀，我们的台州不正像朝气蓬勃的年轻人一样大阔步勇往直前吗？

海滩上缓步来了一个穿白色婚纱、头戴白纱巾的新娘，后面跟着一个穿西服的年轻人，应该是新郎吧。哦，一对新人来海边拍婚纱照来了，他们想让大海见证他们的爱情，海枯石烂也不抛弃你。雪白的浪花，雪白的婚纱，微红的笑脸，多漂亮的海景图呀！海滩上、礁石上一一留下他们相依相偎的身影，幸福就从这里开始，一串串脚印走出他们幸福的人生之路，幸福写满他们的笑脸。

海浪一个个上来了，我听到女儿一遍遍在喊着：“妈妈，我不怕！”我回应：“嗯，宝贝，好样的！”是的，大海的女儿怎么会怕呢？海的女儿是勇敢而坚强的。

人生似海，我们每个人都在自己的人生大海中奋勇搏击，人生的航程中难免遭遇坎坷挫折，要具有海一样的坚韧不拔的精神，把握好自己的人生航船，小心避开隐藏着的暗礁、涌流，以及故意撞你的船只，以坦然、宽容、愉悦的心情驶向彼岸。

倾听礁石情话

我迎着一路的海风走在沙滩上，夕阳慷慨地把金色的晚礼服披在海滩上。金色的余晖，金色的海面，金色的沙滩。这日暮下的美，美得让我陶醉。金色的余阳毫不吝啬给了我一条金色的披巾，我披着这一抹金色，踩着礁石一步步走上去。细高跟发出嘚嘚嘚的歌吟，礁石嗒嗒嗒地回应着，这一应一和奏响了最动听的鞋石合奏曲。当合奏曲结束的时候，我已经走上一块较为平整的礁石，女伴们正悠然地玩着手机。“咔嚓”一声，一个不经意间的动作就定格在同伴的手机中。我在嘻哈中也选了一块平整的礁石坐下去。这个时刻我什么都不去想，什么都不去做，唯一想做的就是对着这片海，静听礁石的心语。

这样的安静时光对于我来说实在难得，常年挤着时间过日子的我，很难有这样静默时光陪着我。我坐在礁石上，托着腮，望着浪潮不时涌向礁石，这时的浪潮是那般温柔，温柔得如同仓央嘉措多情的诗行。退潮时海潮没有咆哮着卷起千堆雪的壮观，没有惊涛拍岸震动心弦的辉煌，但是这一个个温柔的亲吻同样是那样扣人心弦。

我一直都不喜欢礁石，灰褐色的礁石千疮百孔，光秃秃的礁石还会硌人的脚丫，今日我倒是看到了海浪与礁石倾情相依的动人画面。就是这个时刻，就在木杓海边的礁石上，我被海浪与礁石的爱情所感动了。“宝贝，我爱你！”“亲爱的，我也爱你！”突然我听到了这样深情的对白。我循着声音望去，对面的礁石上正有一对年轻人深情拥抱着，原来这是一对热恋的年轻人，礁石见证了他们的爱情，也许海枯石烂的盟誓正在这个叫木杓的礁石上上演着。我笑了，今天是5月20日，是个属于有情人的日子。不知是谁开的头，我想这应该是如今高科技通信的力量吧。微信一动，就全球都响应了。这些不是节日的节日就在有情人的心头蔓延开去。怪不得海浪总是这样深情地拥抱着礁石，轻柔地拭去礁石上眉头的紧锁，温柔地亲吻着礁石。我羡慕起木杓的这一片礁石天天与海浪相守，痴情地立在这里不离不弃。我突然觉得木杓就是爱情海，是属于礁石与海浪的爱情海，是属于三门人的爱情海，自然也是属于台州人的爱情海。

静坐在礁石上，倾心地注意着礁石身上的坑坑洼洼，伸手抚摸着礁石身上的累累伤痕，那是海水侵蚀的一个个泪痕。我用心与礁石交流，它告诉我与海浪拼搏的每一瞬间。大海变幻莫测，涨潮时的汹涌威猛，礁石却是宽容地容纳了大海的急躁与来势汹汹。慢慢地，海浪被礁石的坚韧征服了，逐渐温柔下来，却从此爱上礁石。

礁石的小水坑里积满了水，我弯身下去蘸蘸水，咸咸的，涩涩的。原来不是天落水，而是海浪涌上来的水，此刻对礁石又多了一分崇敬。我想象着巨浪袭来时，礁石屹立于惊涛骇浪中，有一种骨气，还带有一种傲气，那种天下唯我独尊的霸气怎么不能征服海浪呢？

我轻柔地抚摸着礁石，裸露的礁石浸润在暮色中，千疮百孔遍布在整块礁岩中。那一个个如蜘蛛网似的侵蚀洞，历经盐水的浸泡，巨浪的吞噬，暴雨的倾泻，海风的劲刮，经年累月地被冲刷荡涤而成。礁石纵然抹去了锋利的棱角却依然忠于职守，默默地守望着弯月形的木杓滩，静默地守望着三门湾。

此刻，眺望着海天相接处，心胸顿时开阔起来，我有种想高歌一曲的冲动。霎时间脑海里闪过一念：要是有架琴多好，我就可以坐磐石之上，弹五弦之琴，奏一曲《高山流水遇知音》。辽阔的东海上波涛翻滚，浪花涌溅，鸥鸣深情；海岸上林竹葱郁，清风吹拂，伴着琴音；木杓村民辛勤耕作，创下一个富有的海边新渔村，这不正是东海仙子国吗？

同伴的一声呼唤惊醒了神游的我，此时我说不出的心情舒畅，谁说只有蓬莱仙岛才是仙山仙境，谁说只有钟子期和俞伯牙才是知音呢？我们从台州各地相聚在三门湾，因同样的爱好与兴趣，从网络走进现实，成为无话不说的朋友，这不就是缘分？这不就是真情吗？

礁石还悄声轻语诉于我，静观潮起潮落，笑看云卷云舒，这是一种人生的态度。对呀，这个世间何处是净地，其实净地与否，这只是每个人的内心是否清净。内心无杂质，一切皆净地，这不就是心底无私天地宽吗！是呀，就如这礁石内心的平静，不畏三门湾之强势，不畏浪涛的汹涌侵蚀。因为礁石的心静，所以赢得了海浪的温柔。我们现在生活中有很多的无奈与痛苦，觉得自己周遭都是那么的庸俗与势力，甚至有人就踩着你的善良与忍让往上爬，你就觉得忍无可忍，有种崩溃想发疯的冲动。其实你换个角度想想，你的内心清静了吗？如果你的内心清静了，不想与人争抢，他想上就让他上，你还是过自己的舒心小日子。该工作工作，该生活生活，该爬山爬山，该赏海赏海。这是另一种不为俗世所牵绊的人生，也许那个踩着你往上爬的人，在心的深处还是感激你。也许人家永远都对你心怀愧疚，而你永远活在笑看闲云悠荡的境界里。

我怀着崇敬的心情又一次抚摸着礁石，一次倾听让我胜读十年书。我觉得自己的心胸和眼界一下子开阔了许多，我觉得木杓这片海不只是海域，而是一片心情海，我觉得木杓的礁石不只是礁石，而是人生的导师。

慕心海随笔

心海，心底之海，初心伊始的地方。人生如海中的一叶小舟，在浩瀚的海面上追波逐浪；人生如海边的褐礁，静守住喜怒无常的海浪。人生不由自己掌控，浮沉一生，到头来让自己失望。其实这所有的一切也可听从内心最深处的声音，让自己放下凡俗，放下枷锁，才能驰骋于自己心底的那片海。率性随性于自己的那片海，该是多少人向往渴望而不可求的事。那玉环的慕心海？仰慕的心海之地？初听此名我便对它滋生出许多向往。

玉环，台州最南端的小岛之城。我潜意识里觉得台州九个县市中，玉环是离我最远的城，没想到交通发达的今天，跨海大桥连接岛陆两岸，高速高效只要一个小时就到了玉环。

岛是海中的小山，过了跨海大桥，进入玉环岛。车从宽阔的国道线进入一条山间公路，拐过一弯又一弯，山山弯弯都有村庄，不经意间拐弯处有一座长廊，长廊里坐满了一群老人。古铜色的皮肤，深陷的眼窝，花白的头发，都是些上了年纪的老人。想想也是，唯一能守住村庄也只有这些劳作了一辈子的老人。他们没有被我们惊扰，车擦凉亭而行，他们甚至都懒得看一眼。也许这条道上来的不速之客多了，他们也就不以为意了。

终于到了慕心海，原来慕心海是一个山头民宿。这座山头原是一个村庄，山头村叫老炮台，大村叫山里村，属于龙溪镇。山里村从山脚连着山头的大村。明代时，倭寇横行于浙江、福建一带的东南海边村落。百姓自发抗击倭寇，玉环是个小岛，正是倭寇海盗认定的口中肥肉。龙溪镇百姓也不是好欺侮的，抗倭抵盗自筑炮台守卫家园。老炮台已不复存在，随着历史的云烟散落在风尘中。为了让后人谨记不可磨灭的创伤，当地人新筑了一个烽火台和一门仿制大炮。如今清朗天下，谁敢惊扰我华夏土地？

随着社会的发展，老炮台村民因生活所迫，以及孩子的教育和工作所需，山头的村民都陆续搬到周边城镇落户。山里村逐渐成了一个空村，最终连最后一户人家也搬离了。唯有残破的石头房和那一棵古树守着这一个空寂的山头村落。

盛世民安，很多人在自己的城市里待腻了，就想到另一个城市转转。近几年，到城市转圈算俗气，到无人的山里转一圈才算文艺，于是在偏僻的山里角落，以及被遗弃的村落就成了民宿的最佳选择。民宿是个舶来词，最早来源于日本。20 世纪 80 年代初期，日本利用闲置房舍来经营客房之用，最早的民宿不超过 4 层，主人参与接待，为游客提供体验当地自然、文化与生产生活方式的小型住宿设施。到了 21 世纪才走进中国，开始在云南这些著名的旅游景点实行。慢慢地遍布国内大小景点。比如我去过的宁波东钱湖的心宿、天台的河畔民宿、磐安的尖山云顶民宿、临海江南大峡谷的竹家山等知名民宿。民宿不同于酒店，远离繁华都市，居于僻静之所。民宿就如散落的花瓣，从知名景点逐渐走向僻静的角落。近几年，去一些偏落山村，村民早为了生计去往他乡，村里只剩下不到一桌的老人，这样的村庄却有人来寻宝，把这些塌了的老房子修葺一新，摆上一些花花草草，就成了民宿，而且价格比城里酒店还贵。临海小芝的胜坑，年轻人以及有能力的人基本上都搬到宁波、椒江、临海安家，村里就只剩下风烛残年的老人，然而几个民宿就花落胜坑村，曾经一段时间就把这个被人遗落的小山村炒得名声在外，据说上海、杭州、宁波等大城市高职人员慕名而来。因为他们平时工作压力大，情绪过于压抑，喜欢到这种无人居住的村落释放内心的垃圾。像老炮台这样一个面临大海的山头之地能不是驴友的好地方？于是就有这样一个有诗意的山头民居。羡慕心中的那一片海，是多少人向往的生活。来慕心海小住，让你过上春暖花开，面朝大海的生活。

一车一车的人进了慕心海，我们也到了慕心海。400多亩地的慕心海度假山居是由石屋和集装箱装饰的民宿房，民宿房散落于山头各处，山巅以石屋客房为主。南面朝海以集装箱为客房。

我眼前的慕心海，就是这样一个被现代化生活所遗弃的海岛山村。山头老房子基本上以原房子为基础。海岛经年累月受暴风劲雨的侵蚀，海岛居民为抵挡海风暴雨，更为了抵挡海风腐蚀，用石头垒成的住房是海岛村落的一道风景线。石头房一出现在我的眸子里，我就会想起我的外祖父，外祖父曾经就是这样一个砌石匠，兰田山头的那一座座垒起的石头房浸透着他的汗水，浇灌着他的心血。他和他的石匠工人把一块一块或厚或薄、或尖或平的石头，取长补短，凹凸相对，恰到好处地安放得严丝合缝。坚硬的石块竟然结合得如此完美，山石整整齐齐堆砌成墙，就如在著成一册册家书。他们筑成了一座座石头房子，也筑起了山头一道道自然朴素的生活墙。如今斯人远去，石头房也无言地静立在风尘中。褐色的老墙承载着斑驳的记忆，也浓成化不开的乡情。触摸过石头的人一定不会忘记曾经的乡邻，一定不会忘记一起走过的岁月。我双手触摸着那被风雨磨平的棱角，可却抹不平我内心的潮涌。也许正有个姑娘和我一样在怀念砌墙的故人，或者在怀念这里的某一个老人。怀念在心中升腾，石头墙与外祖父的身影在我的眼前不停地交替，交替成一道迷离的幻影。

海岛石屋静立无语，默默地承受着山里村的风云变幻，融进岁月长河，融进历史与文化的记忆中。餐厅后面的百年古树遒劲依然，我从未见过如此的夫妻树，根部拥抱着从土里长出，两尺来高处再各自往两侧倾斜生长，侧旁还有一棵碗口大小的小香樟树，弯扭着身姿，且也和两棵大香樟一样高于两层楼。从树的外形看，它们未曾遭受过外力的侵袭，百年沧桑未曾影响他们一家三口的欢愉成长。它们侧耳听松涛闻鸟鸣，极目看海潮观日月，它们志如磐石，相依相偎守着日月星辰。羡慕从心底腾起，祈愿也一起迸发，但愿人间多美好，都如我眼前的这份静谧怡然，一家人相守年华，平静悠然一生。我不禁感慨，人和物的命运有时候真的是上天安排好了的。当然纷繁的世间，不可能都如此安宁，不然又会有多少人要失业呢？

我听到有人轻声吟咏着海子的诗："面朝大海，春暖花开……"我听到有人羡叹的声音："多有诗意的地方，每天可以看日出，看大海，看星星！"我静立于山道上，望着那平静如镜的海面，秋阳洒落于湖面上，泛着点点的金光，是够美。然而人们眼中这么美的景致，这么美的海岛村落，为何会被人们所遗弃呢？我们暂时进山休憩，山里人长时出山奋斗，那是一种理想与现实的生活状态，休闲与奋斗是相互依存，却也相互矛盾的。快节奏的现代生活与慢时光总是有着不可调和的抵触。于是在这矛盾里，人们选择了现实。然而在现实的生活里待久了，又会暂时按下暂停键，比如我们今天的行程，我们来自台州各县市的作家诗人，愿意把自己难得的长假腾出来，愿意慢慢享受这里美好的慢时光，让工作的疲倦随海风拂去，让生活硬塞给我们的伤感随浪而去。

坐在慕心海的草坪上，我感受着东海的壮阔与霸气，也感受海的温柔与多情。我感受着慕心海带给我的种种心语。大海可以惊涛拍岸，也可以如眼前这般平静温婉。就如我们的生活有鸡飞狗跳，也可以静婉如花。虽然人生有太多的意外，我们也可以屏蔽这些意外，留存美好。就如我们这趟慕心海之行，意外的海岛之行却将永存我的记忆里。

慕心海的早晨

电话铃声在空荡的房间里响起，我慵懒地伸个懒腰，不太情愿睁开微痛的双眸。我按下免提，吴老师的声音急急地回响在房间里："快起床，看日出去，我们都已经走出大门口了。"昨晚大伙儿约定早上看日出，然而我昨晚失眠，刚迷糊睡去，意识里还不想起床，可海上日出的诱惑让我还是撑着起来了。

我和凤仙走出古式的小院，才发现天灰蒙蒙的，“这个天气会有日出吗？”我不禁在心里打了个问号。然而又一个肯定的声音在我心中盘升：“反正都起来了，就欣赏一下慕心海的早晨吧！多少人傻呆呆地特意跑到这里来看海，我赶上好机会来这里培训，怎能错过独特的风景？”心随着脚步走进一片葱绿的山顶草坪，软软的草穿过凉鞋的缝隙亲昵地抚摸着我的脚底，带着痒痒却也带着温柔，把我半夜失眠的情绪顷刻间驱逐心外。

立于制高点俯瞰，南边有一座矮岛，如一头匍匐着饮水的牛。我想起昨晚散步时，南边的灯光闪闪，多得如繁星，还以为这是一大片陆地城镇，没想到竟然只是一座东西走向的长形矮岛。绿色掩映中有隐隐的白点，应该是房子。身为中国人，我确实为中国而骄傲，无处不生存，无论你身处高原还是盆地，只要你能涉足的地方，就有人家居住。中国人的生存能力凭借任何的自然环境都可以生存得更好。作为台州人，我更为自豪。台州九县市，各有特色的地理环境，依山靠山的仙居，以人文为城的天台，当然台州紧靠东海，更多是沿海之城，从三门湾到玉环港，沿海小城面海依山。山、海、水、城的自然肌理，既是台州小城的特有风景，也是滨海城镇空间格局的基础。山海雄奇的台州，有山的硬气，也有海的博大。玉环是台州最特别的城，城在海间，山在城中，海岛玉环既有纳海的豪爽，又有江南的婉约。眸凝前方的长形岛，狭长的海岸线蜿蜒而行。我此时的脑海里涌现出的是台风来临时的惊涛骇浪，我惊恐地俯视着前方的矮岛，一个涛浪不吞了它？我想不用滔天风浪，就是一般的涨潮，我都为它担忧。然而我知道我的担忧是多余的，天天潮涨，年年有台风，年年月月它不都好好蹲于前方的海中吗？此时我敬佩岛上的居民，无论是风浪滔天，还是生活的狭缝，他们都如岛上的礁石，坚如磐石不移志。坚定而顽强地生活在这座狭长的岛上，而且一代比一代人活得有劲。又一次想起昨晚的那一片铺满海面的灯，这里的居民如同点点灯光，一盏不起作用，一片就明如皓月。一代代人把这一片海域驻守，驻守着故土的情，驻守住东海的气魄。

“快看，有亮光了！”我循着声音望去，草坪的最东端有座亭，亭子里站着七八个人。我们也往东边走去，抬眸东望，东边的云层依然很厚，灰色的云层团团上升，云层的顶端镶了一道橘红色的金边。从光亮来看，日出应该露出半个脸了。“这种云层能看到日出吗？”我轻轻自语一句。“别气馁，等一下会看到的。”不知是谁回应了我。话落步停，亭子里已经站满了人，牧童和吴老师对准各个角度拍照。“龙腾空了！”随着这一声惊叫，所有人的目光都聚焦到东方的天空。在云团的上方有一轮浅薄的云，形似昂头的龙，龙头威武地昂起，龙口大开，龙身鳞光闪亮，龙尾扑闪扑闪。一道金光透过云团直射腾龙，闪亮耀眼的腾龙披上这一层金光，瞬间吸睛无数。华夏五千年的文化，旧时龙是皇权的象征，如今龙是中华民族的图腾。炎黄子孙是龙的传人，东方之龙是华夏儿女心中的精神象征。我暗自笑了，起大早来看日出，日出倒是看不到了，却目睹了朝云形成的腾龙。如果有日出，我想朝霞能给我们带来万分精彩的瞬息之变。然而人生万物都是有际遇的，我没有遇上日出，自然也没缘分际遇朝霞。然而这朝云却恰到好处给我们幻形一条腾龙来弥补我们失落的情绪。

片刻间，金龙左侧来了一只昂头的蛤蟆，都说癞蛤蟆想吃天鹅肉，慕心海的癞蛤蟆竟然要追随至高无上的金龙了。我又暗自发笑，天空也如社会，大社会不也有这么一些人？削尖脑袋去巴结奉承权贵。其实这也是一种生活方式，没有什么可笑的，人往高处走，这是一种积极向上的生存之道嘛。

朝云千变万化，随人想象它的形态，揣摩它的思想。它有形却无语，无语的幻变让人去想象无限蓬勃的生命力。

我去过海边无数次，每次总能目睹潮涨潮落，然而自昨天上岛到现在，海平静无语，平静如止水。海总归是海，潮涨潮落是它的本性。也许正在积蓄力量，准备来一场惊心动魄的潮会，只是我无

缘目睹它雄霸天下的模样罢了。

慕心海的海是宁静的，慕心海的花草是肃静的，慕心海的石径是安静的，慕心海的清晨是寂静的，寂然的慕心海之晨蓄积着无法想象的力量。

难忘大陈岛之行

几经波折终于踏上了去大陈岛的“庆达 9”号，四个丫头坐在中间的两排，一路上笑声不断。船慢慢地进入深海，海水由浅黄变成浅蓝。海浪也变得顽皮了，不停地推动着或者撞击着来往的船。船开始摇晃，慢慢地变成摇篮了。鉴于上次晕船的经历，这次让丫头们赶紧进入睡眠状态。一觉醒来，船到了上大陈，这个时候所有的晕船恐惧都随着汪洋的海浪逐波而去。快艇继续在东海上疾驰而行，透过船窗，碧蓝的天空，碧蓝的海域，给了我们一份碧蓝清澈的心情。

“庆达 9”号在蓝海中航行了近两个小时，终于到下大陈岛靠岸了，我们走出船舱。时隔三年又踏上这块土地，岛屿还是原来的岛屿，只是这码头已然不是原来的旧码头，还有这船上的旅客已经不是原来的客人了。世界万物瞬息万变，事物早随着时光的变迁而变迁。

大陈岛只有 14.6 平方公里，由 29 个岛屿组成。最有名的是上大陈岛、下大陈岛、一江三岛、竹屿等岛屿。这不仅仅是供游客旅行的岛屿，这个小小的岛屿看似平常却不平常。这曾经是一个硝烟弥漫的战场，是国共最后一场战争的地方。曾经的战火硝烟，曾经的百姓背井离乡，曾经的垦荒重建，都成为大陈岛翻过的一页页带着血泪的历史。

如今重建后的大陈岛是国家一级渔港、省级森林公园和省海钓基地，是浙江省第二渔场。记得第一次来大陈岛，我吐得一点力气都没有了，那个时候我发誓再也不来了。可是这晕船的痛苦竟让我

换来鲜美的海鲜，大陈岛又成为每年暑期最向往的地方了。

大陈岛的海鲜真正叫作鲜，随便去一个小面馆，就能吃到一碗正宗的渔岛海鲜面，20元的海鲜面，10来个琵琶虾，几个拇指粗的海虾，最主要是因为这海产品都是刚从海中捞上来不久就进锅里的，再到我们的嘴里，这种鲜美是无可比拟的。

两个妹夫吃完海鲜面直接去码头接渔船，渔船一上岸，就直接从渔夫手中接过一大箩筐的海产品。活蹦乱跳的琵琶虾，横行霸道的螃蟹，基围虾、鲳鱼从琵琶虾和螃蟹中跳了出来。翻一翻，还有几条米鱼、塌面皮藏在其中。我们把所买的海产品放在酒店里加工，我们迫不及待地等着上桌，直接上桌的菜不是用盘子装，而是直接用新脸盆装着满满的琵琶虾、基围虾、螃蟹等，满满一桌海鲜宴呀，馋得某人口水直流。妹夫说来大陈岛就是吃海鲜的，晚上给大家吃个痛快。命令大家不许吃米饭，不许喝饮料，重要的任务吃完满桌的海鲜。这满桌的海鲜让人胃口大开，开始的时候大家一边嬉笑谈论着，一边剥着蟹、虾，品尝着东海龙王献出来的虾兵蟹将。肚子圆鼓鼓了，打了几个饱嗝，剥蟹的速度慢了下来。可看着脸盆里的海鲜还不见底，然后妹夫又分给我们每人三个大螃蟹、四个琵琶虾，这种架势足以让人瞠目结舌。最后都撑到实在吃不下去才叫停，大陈岛的海鲜宴足以让人几年都忘不了其中的鲜味。

大陈岛的甲午岩是一处绝妙的风景，被称为“东海第一盆景”。甲午岩是由形似桅杆的两块高耸挺拔、并肩而立的岩礁组成的。最高的海拔有35米，直插深海，凌空而立，壮观磅礴，极具视觉冲击力。海水涌浪而行，一浪浪撞击着礁石，惊涛拍礁溅起雪白的浪花，如一朵朵圣洁的雪莲花开在东海岸边。夏日的阳光如碎金一般洒在蓝海上，仿佛是一颗颗晶莹耀眼的宝石在蓝绸上跳动着。

海岸边的礁石浅黄、深黄、褐黄，颜色不尽相同，形态各异。礁石沟沟壑壑纵横交错，一道道痕也许是浪花留下的吻，也许是时光留下的沧桑。乱石惊涛不仅令人想起了苏轼的《念奴娇·赤壁怀古》：“大江东去，浪淘尽，千古风流人物。故垒西边，人道是，三国周郎赤壁。乱石穿空，惊涛拍岸，卷起千堆雪，遥想公瑾当年，小乔初嫁了，雄姿英发……”苏公酣畅淋漓泼墨挥毫书写着自己宏伟的政治抱负和豪迈的英雄气概。甲午岩是国共最后一场正面战争的见证人，硝烟远去，风浪犹在，千古风浪，只剩壮丽河山绮丽如锦。

从远古时光中拉回，迎着海风，细细感受着战场遗存和垦荒传奇遗留的沧桑与厚重。

暮色中的环岛行

站在“美龄亭”极目望去，残阳如血，眨眼间残阳坠落海平线，留下满天的红霞，深红、绯红、绛红等，能说出来的红都有，似乎天幕中有巧手的画家，拼命地调试着红色的色调。突然，火红的天边出现了一束放射形的极光，几道射线形的光束自下而上无限延伸着，把火红的天空一分为二。红幕褪尽，蓝空拉开了帷幕，深蓝色的夜空仿佛是深蓝色绸布，星星像是绸布上不停跳跃的顽皮娃娃，眨着机灵的眼睛好奇地眺望着暮色的大海！不经意间，月上柳梢头，海岛的圆月特别圆，特别亮，像一面凌空悬挂的水晶盘子，散发出银色的光芒。

暮色四合的环岛路特别宁静，我们的孩子却开始闹腾，在环岛路上奔跑着，追逐着。孩子们欢如雀跃，歌声、笑声，声声和着涛声响彻在海岛的上空。初生牛犊不怕虎，她们对这个陌生的世界不畏不惧。对于新世纪出生的孩子，生活于和平世界，她们何曾为安全烦恼过？国家之强，百姓之安，是她们生于华夏的荣幸。

风吹芦苇的沙沙声，我几次警觉地向队伍靠拢。海岛的居民散落在环岛路内侧的山坡上，几户甚至独户人家零零散散地居住，只见窗户洞开，房间里电风扇不停地旋转着，窗口里人影绰绰，高声谈笑，全然没有把危险放在心上。显然海岛的居民从来不担心人来惊扰，国盛民安给了大陈岛居民安全感。

我们漫步在环岛路上，倾听着涛声依旧，海浪温柔地拍打着礁石，拍打着海岸。轻轻地拍打，低声地喁语着，宛如陶醉在月光的柔情里。暮色中的海，是那么迷离，是那么苍茫，是那么深邃。阵阵海风亲吻着脸颊，鼻息间全是鱼腥味，心中充满着对这种纯自然气息的向往。

沿着大陈环岛公路往东行，绵延的海岸线，毫无规则。一块块礁石突兀而出，礁石之间形成一个狭长的石谷。海浪一个接一个涌进狭长的石谷，一朵朵胜似雪莲花的浪花拥挤在石谷间，被挤上礁石，顿时花容失色葬身在礁石上。还有半圆形的海岸线，犹如一个半圆的游泳池，浪娃娃在游泳池里玩耍嬉戏着，温柔的海浪一浪接一浪打来，顽皮的海浪撞击在海岸的礁石上，被推了回去，然后又和涌上来的海浪联手撞击着岸边的礁石。雪白的浪花在海面上跳跃着，又隐入水中，又从水中跃出来，又隐入。到底是和礁石捉迷藏，还是和星月躲猫猫呢？也许真是和星星躲猫猫吧，你看，星星也正不停地眨巴着眼睛。

随着暮色加深，星儿更亮，月儿更明，星月辉映的夜空下，海岛明如白昼。近处，绵长的海岸线、褐红色的礁石，安静地守着海岛。远处，大大小小的岛屿仿佛被披上了一层白纱，朦朦胧胧、影影绰绰。苍茫大海上渔灯点点，如一颗颗璀璨的夜明珠在深蓝色的绸缎下闪亮着。我突然想起一句诗句："点点渔灯照浪清，水烟疏碧月胧明。"是呀，这暮色中的点点渔灯给幽静的东海添了自然美。

曾经这里硝烟弥漫，硝烟之后一座空岛，空岛迎来了新的岛民。在那艰难的岁月中，荒凉的海岛食不果腹，岛民不得不在风浪中学会生存。与风浪搏击，在夹缝中学会了捕获东海中的虾兵蟹将。风浪勇猛，却锻炼了海岛人民的坚强。风浪无情，吞噬了渔民的生命，顽强的海岛仍然生生不息。点点渔灯，养活了海岛一代又一代人。老渔夫冒着危险在海上作业就为了儿子将来不重操旧业，为了让孩子们能过上安定的生活，让孩子们捧起书本。点点渔灯给多少海岛的学子带来了希望，这是学子们走向知识殿堂的希望。老渔夫们儿孙满堂，儿孙们都有了各自幸福的生活，本该享清福的他们，可是一辈子与海打交道，就是舍不得离开这片海域，每天习惯在海的胸膛里耍上一回，不然就觉得浑身酸痛，不得安眠。

因为海岛人民的勤劳，让荒凉的岛屿成为如今的山青林密的旅游胜地。生活富足的人们追求精神生活，在工作之余喜欢到处旅游，宁静的大陈岛从此迎来了一批又一批宾客。旅游胜地大陈岛逐渐建设，你看，宽阔而平整的环岛路，就算没有星月的照明，我们也能安全地走海岛。

暮色加深，望着身后曲折蜿蜒的海岸线，远远望去像一个大月牙，长长的海岸线把大海紧紧地抱在怀里。转个弯，我们来到了浪通门，曾经的浪卷千堆雪、波涛似雄风的1997年强台风，一个个巨浪扑向这个海岛，36米高的巨浪把海塘推进了11米，给海岛居民带来了灾难，从此给这个海岛创下“世界之最巨浪”。在皎白的月光下，雪白的浪花形碑高高地矗立在塘坝上，碑体上刻着“世界之最巨浪碑”，似乎诉说着天灾给人类带来的灾难，人类污染环境，大自然给予人类最有力的打击，这无声似有声的诉说，希望每一个前来瞻仰它的人都能铭记在心。

碰撞牛尾塘

人和人会碰撞出爱的火花来，人和景也能碰撞出情感来。我和牛尾塘的情缘始于2015年的深秋。

那年的秋，我随着台州市作协下乡活动，第一次走进三门县浦坝港镇一个叫牛尾塘的地方，就对它怀有别样的情愫。台州爱玩的人，应该都去过三门木杓沙滩，然而问牛尾塘在哪里，可能知道的人就不多了。其实木杓沙滩和牛尾塘沙滩隔海相望。三门浦坝港镇和临海的桃渚镇正好是邻居，而我所居住的小镇和桃渚也正是近邻。我居住的小镇离牛尾塘距离不远，因牛尾塘未开发，它就如一个深闺的少女，自然就鲜为人知了。也许是在重重山岭的掩护下，这里的海岸线，如一幅天然的画卷，保持着原有的生态风貌。牛尾塘，一颗隐逸在人间的海明珠，静静地诉说着海的神秘与魅力。蜿蜒曲折的海岸线，如一首古老的诗篇，穿越岁月的沧桑。

站在牛尾塘的海滩上，感受着海风的轻拂，聆听着海浪的声音，仿佛可以忘却尘世的喧嚣，沉浸在这片自然的怀抱中。

这是三门湾最原始的一个天然沙滩，我喜欢这个朴素的良港沙滩。

初见的牛尾塘沙滩和别的沙滩不一样，沙滩上到处是一种粗砺的沙石，是褐色的砾石结块，还有经年累月的海潮侵蚀下的千疮百孔，据说这叫沙结，其实特别像我们造房子看到的混凝土，只是沙结景观是由沙砾和异彩的贝壳所凝结而成。听三门县作协的文友介绍：这是属于海蚀的丹霞地理风貌，这种特殊的沙结景观，给牛尾塘沙滩增添了不少神秘色彩。名为牛尾塘，我寻找牛尾所处的位置。文友笑着问我，看哪一处像牛尾？山形吗？三面环山，不像牛尾！牛尾塘却不是塘，而是三门湾的一个湾口。看看牛尾塘海岸线有牛尾扫圈的样子，整个弧形的沙滩确如硕大的牛屁股，这名字应该就是这么得来的吧？初遇牛尾塘，无论是沙滩还是海岸边的礁石，蓝天阔海，礁石突岸，哪一处不碰撞着我的心？

牛尾塘沙滩没有木杓沙滩的喧闹，它安静地躺在时光的脉络里，潮涨潮落，潮落潮涨，沙滩留下它亲昵的吻印。柔软、细腻的沙砾进入我的鞋子里，没有石子那般硌脚，一步一滑恰如按摩器在脚底按摩着。

初次与牛尾塘情怀碰撞之后，一直让我念念不忘。时隔几年，七八个文友因为志趣相投不谋而合，又一次来到牛尾塘。我们因为文学的碰撞，不同年龄不同岗位的人在茫茫人海中结识。人与人之间总是因共同的目标而碰撞出情趣与爱好。我们迎着海风无论是谈论文学还是考古，或者拍照技术，不都是很有共同语言的吗？哪里有人家所言的年龄代沟呢？文化素养的碰撞早就取代了年龄的代沟问题。

到了歇脚凉亭，就停下车来，对着海，对着礁石一阵乱拍。当然俞国江那不是乱拍，人家那可是专业拍照技术，他一路忙着为我们服务。据说这个小亭有纪念意义，当年明弘治元年（1488 年），朝鲜官员崔溥于济州岛渡海回乡，遭遇风暴，在海上漂泊 14 日，九死一生，至牛头门获救，受到中国官方礼遇。据说这小亭就是他当年搁岸的第一站呢。后来崔溥还写了《漂海录》，牛尾塘这一带风光成了书中的重中之重。人生有很多不可预料的灾难，也有很多不可预测的碰撞。没想到六百多年前的那一场风暴，就碰撞出中韩人民的友谊，碰撞出济州岛和三门湾的情谊来，也让这个隐秘的牛尾塘多了一分人情的温暖，更多了一分历史的厚重。

这开阔的沙滩还没有入世，一切都是这么宁静与寂寥，这真的是一个观岛、读海、赏景的好地方。找三五好友，躺在沙滩上听海风轻吟，观海鸥飞过，或者听人生传奇故事，或者沐海天长风，看潮起潮落，这都是人生幸事。尽管是国庆佳节，这里也没人来打扰我们，我们可以尽情地嬉闹，尽情地释放生活和工作上所有的压力与忧郁。又一次置身于牛尾塘的沙滩上，迎着阵阵海风，放眼望去，海岸线绵延而去，潮水一下一下温柔地碰撞着岸边的礁石，飞卷起一朵朵如雪莲般的浪花。伙伴们炸开了锅，姑娘疯野，妇人也疯野，到了天然港湾，真的不需要端着淑女的样子。我们忙着摆姿势，俞国江忙着给我们拍照。我们或站或坐或蹲，或伸手向天，或飘动围巾，总之觉得怎么妖娆就怎么摆拍。俞国江或站或蹲或趴，端着相机盯着镜头，尽量以最佳的角度和着深秋海山的异彩纷呈把我们定格在他的镜头里。牛尾塘尽情地拥抱我们娇小的身姿，我们尽情地亲近沙滩。俞大师尽情地捕捉不同时刻的光影唯美瞬间，让我们从光影里与牛尾塘时时碰撞出丝丝的念想。

有牛尾必有牛头吧，从牛躺着的位置看，前方就是牛头门。翻过褐红色礁石矮岗，就是牛头门，牛头门与扩塘山岛隔海相望，素有“海上百岛湖”之美称，海岛棋布，风姿卓越，生态如画。站在牛头门远望，那是一片辽阔的海域，绵延的海岸线，如一条白带镶嵌在海山之间，青山、黄海、褐礁、金沙滩，这美不胜收的海景风光如一幅五彩的水粉画呈现在三门湾，让人流连忘返。褐礁，这些历经风雨侵蚀的礁石，呈现出独特的沧桑之美，仿佛诉说着无尽的故事。

牛头门水道很神奇，中间有自然形成的长形褐红色巨石，趴在海中如一个笔劲有力的绛红色“川”字，又如三只红鳄鱼为三门湾守住大门。这被三门人称为“三眼斗门”。牛头门水道两边的岩礁奇形怪状，给我们的脑库打开了无限想象的思维能力。仔细瞧仔细品，礁石如一头低头饮水的褐牛，如一只憨态可掬的熊猫……神态各异的礁石形成了数百个生动的景观。

望着这些天然的景观，感受到大自然的鬼斧神工，也感受到人与自然的和谐共生。这种美，是一种天然的和谐，是一种心灵的触动。在这片海景中，我们感受到了生活的美好，也感受到了生命的力量。

在我们准备回程的时刻，潮水奔涌而来，一次次碰撞着海岸线，一次次碰撞着牛头门水闸，也一次次碰撞着我们的心灵。牛尾塘，它将成为我心中永恒的记忆。

三进国清寺

说到天台国清寺，心头总怀着一种崇敬之情。三次进国清寺，每次总有不同的收获。

初次踏进国清寺是28年前，初入社会，随着单位第一次出门旅游，对任何事物都出于好奇，也仅是好奇而已。那个时候出门满目都是新鲜的事物，到了这种古老的寺门犹感新奇。随着大家转了一圈也就算游玩完了，最后什么印象也没留下。第二次是14年前，一个北方朋友过来玩，说天台有个古寺很想去看看，我想那应该就是国清寺，又陪朋友转了一圈。这一次重游，对国清寺的历史有些清晰了。时间又一晃14年，今日走进国清寺，确实让我很意外。无意识就随着朋友来到天台，游玩了石梁飞瀑，又转进了国清寺。也许是步入中年，对古寺有了一种感觉。也许历经人世间的沧桑，对佛的世界多了一些向往。

立在丰干桥畔，明黄的墙体上“隋代古刹”四个大字赫然入眸。带着沧桑与古朴的大字无疑沉积了年代感。我仿佛走进了历史的深处，我感受着岁月的沉淀。隋朝古刹1400多年的风雨侵袭，依然是这般坦然地面对世人。想想我们短短几十年的凄苦人生，常常微感窒息。原来人在万物面前渺小得如一粒尘埃，或许连一粒尘埃都不如。

来了三次国清寺才明白，此地是《少林寺》的拍摄地。《少林寺》曾经风靡世界，都以为河南的少林寺是此片的产地，就连我们台州人都不晓得当年风靡中国的《少林寺》取景于石梁桥和国清寺。我重新看了一遍1982年版李连杰主演的《少林寺》，寺外的塔和寺内的大雄宝殿果真都和我刚刚拍的照片是同一个站点。按理说天台可以借《少林寺》这把熊熊烈火，完全把国清寺炒作一番，为何这么寂然无声？

其实这个答案不难回答，国清寺与济南灵岩寺、南京栖霞寺、当阳玉泉寺并称中国寺院四绝。先从国清寺的历史来说吧，国清寺始建于隋开皇十八年（598年），初名天台寺，从“寺若成，国即清”中改名国清寺。隋代高僧智越在国清寺创立天台宗，为中国佛教宗派天台宗的发源地，鉴真东渡时还曾朝拜国清寺。日本东密开宗祖师空海大师、日本台密开宗祖师最澄大师都来过天台山取经，回国后在日本创立日本天台宗。日本尊天台山国清寺为祖庭。从国清寺的历史就足够让它名盖四方，而佛的世界在意的是静意。国清寺愿意帮助《少林寺》红火全国，却让自己寂静人间，这就是佛界的最高境界。

到过苏州寒山寺的人都知道寒山原本出自天台国清寺。说到寒山必须提到拾得，寒山和拾得的故事有多个版本，无论是哪个版本，唐代这两个高僧都曾是国清寺的隐僧，他们无论是佛学还是文学，都有很深的造诣。寒拾二人情同手足，雍正皇帝正式封寒山为“和圣”、拾得为“合圣”，“和合二仙”从此成为人们心中的神僧。总觉得僧人不愠不怒、无情无感，不动人间真情，而他们之间的故事给了这个森严的国清寺多了一层人情味。

让国清寺名扬天下的不仅是它的历史和寒拾故事，还有那一棵千余年的隋梅。我爱花尽人皆知，特别喜爱傲霜雪的梅，而千年老梅唯在国清寺。每次进国清寺，最吸引我的是千年的隋梅。人生三睹隋梅也是缘分。六角凉亭带些沧桑古旧，亭前隋梅枝干苍虬遒劲，枝叶繁茂如一顶华冠。据说这棵古梅在一段时期不开花不结果，改革开放后逢生，竟然虬枝横空，年年在春雪之后繁花满枝，暗香浮动，而且出现前所未有的勃勃生机。隋代之梅为国清寺一景，被多少文人墨客吟咏。郭沫若曾留有一诗：“塔古钟声寂，山高月上迟。隋梅私自笑，君梦复何痴。”现代诗人邓拓《题梅》诗最为传神：“剪取东风第一枝，半帘疏影坐题诗。不须脂粉绿颜色，最忆天台相见时。”诗与梅本是人间最雅兴，在寺内不经俗性，不着尘埃，也该是梅得到千年灵性的最始原因吧。

也许从梅的身上得到启示，古寺让人清心养性，沉淀心灵。也许是因为千年的禅钟让天台人修禅悟道，荡涤俗尘，才能做到这般沉稳。不做任何的宣传，它自身的光芒就够穿透世间的垢尘。望着来来往往的人群穿梭在古寺的角角落落里，即使埋在群山幽谷之中，依然藏不住它可以掩藏的厚重历史。

第三次踏进国清寺的院门，清远的钟声声声入耳，深邃的禅音音音入心，脚步不由得轻了，心不由得静了。寺内，落入眼眸的是明黄的古寺、飞翘的檐角、曲折的回廊、清幽的庭院、参天的古木、绽放的花朵，这一切都是有生命的，却又是那么不事张扬地近在眼前。走进大雄宝殿，清香袅袅，梵音声声，引渡着香客一步一叩首，世俗的烦恼瞬间清零。香客们双手合十口念保佑，对着佛祖那一脸虔诚，让人无法辨识是忏悔还是求助。缕缕清香拂过我的脸庞，拂去我心头的浮尘，此时我想起寒山与拾得的交谈，寒山问拾得：“世间谤我、欺我、辱我、笑我、轻我、贱我、恶我、骗我，如何处治乎？”拾得云：“只是忍他、让他、由他、避他、耐他、敬他、不要理他，再待几年，你且看他。”人世间一切的荣辱得失，都随着光阴的流逝而消失，自古至今，秦皇汉武、成吉思汗、康熙乾隆都只是墙上一幅画，都只是书中的一个故事。倒是战争让多少人生死抉择，家破人亡。

天色将晚，归程在即。我和同伴走出国清寺，又回到俗尘凡间，我又回到了我的世界。三进三出，我不知道自己此生和国清寺是否还有缘分，人生的际遇谁也说不清楚。

沙滩感悟

木杓，我深深地牵挂着，每一次来都有不同的感受。记得第一次听到木杓这个名字，我甚感好奇，我想这形状一定就像个勺子。第一次我随着朋友来此烧烤，就对这个海滩有着不一样的深情。第二次我们单位又说来木杓，心莫名地被撞击了一下，这份心情如翻飞的海鸥，愉悦地飞翔着。

今日再次来到木杓沙滩，我脱下鞋袜，脚踩在松软的沙滩上，软软的。沙粒摩擦着脚底痒痒的，仿佛在向我诉说着它的故事。迎着海风，一步步往前走着，“沙沙沙”“沙沙沙”……沙子热情地发出邀请。每一粒沙都有它独特的气息，带着海水的咸味和沙滩的暖意，温柔地包围着我。闭上眼睛，我听见了海风的轻语，听见了海浪的歌吟，感受到了阳光的温暖。在这片沙滩上，我忘却一切烦恼，只剩下此刻的宁静和美好。

潮水一浪一浪地涌向沙滩，只是一浪比一浪温柔，完全不是狂啸劈打的气势，而如一对温情脉脉的情人在互相追逐着、嬉戏着。那轻柔的海浪声，我似乎听到他们缠绵的情话。哦，退潮了，一次浪涌之后就会刷出一片新的沙滩来，海滩上那一个个深浅不一的脚印被刷平了。我也看不见我的脚丫留下的脚窝，我不禁心生惆怅，也许脚窝和沙滩的情意浅薄，禁不住海浪的冲击，无缘再亲密了。其实人世间的情缘何不都是这样的呢？没有谁有义务陪你到终点。不说爱情，其实亲情友情何尝不是如此呢？又是一浪上来了，涌到我的脚边，温柔地亲吻一下我的脚背、脚踝，然后又无限深情地退回去。我知道等再次涌上来时，就不会有这样动人的一刻。我的泪顷刻间就涌出眼眶，红尘中有多少个这样的动人场景，却是因为各种原因而不能牵手一生的，聚散皆因缘，何不坦然去面对。望着远去的海浪，我的内心深处那份最柔软的情弦在深情吟唱，吟唱着人世间的悲欢离合。

沙滩上来了一群年轻人，年轻真好，我看着他们光着脚丫尽情地在沙滩上奔跑着。一阵阵欢笑声回响在海滩的上空，欢乐感染了很多人，纷纷脱下鞋袜加入光脚行动中。我看着他们奔跑，听着他们的欢笑，我永远都是个看客。我内心的那份率真，那个叛逆的声音催促着我赶紧加入，可我仍然是一无所动。母亲自小对我的约束，不能随意狂野，女孩子要有女孩子的样子。这样的声音时刻充斥在我的耳旁，我不得不屈从于母亲的教诲。

“姐姐，过来一起玩。”一个百合花般的女孩来到我的眼前，那清澈如水的眼眸，那笑颜如花的容颜让我立刻丧失了抗拒能力，我迟疑了，甚至有些局促。一双凝脂如玉的手伸过来，那个笑容真是无法拒绝，我终于伸出手去拉住她的手。我不问她姓名，她也不问我从何而来，我们就在这个初夏的傍晚，在一个叫木杓的沙滩上结一段缘。她在海浪刷新后的沙滩上画下一个大大的心形，在里面写下：“520，我爱你。”我不知道她向谁表达心中的爱意，不想去探究她要爱的人是谁。我也在沙滩上画下一个大大的心形：“宝贝，我爱你。”我仿佛看到我的毓儿那有些微胖的小模样正向我跑来。我张开双臂，可扑进我怀里的是一阵阵清凉的海风，风儿调皮地撩起我的裙裾。谁说沙滩只属于情爱之人，沙滩不也是亲情和友情的吗？

太阳移至西边的山头，夕阳烧红了西天的云彩，不一会儿燃烧了整片天空。七彩云霞意犹未尽不肯离去，一定是依恋着三门湾，依恋着木杓沙滩。那一抹酡红做最后的挣扎，还是坠落于山头，留下深深的遗憾与叹息。

沙滩上的人群慢慢散去，那个女孩也和我告别，独留我在沙滩上犹感孤寂。望着她远去的身影，我有些后悔，为何不向她要一个联系方式？我又想，就是要了又能如何，也许下一次再见面时，就是陌路人。我不愿意人世间这样无情，还是庆幸没有问的好，至少给自己一个美好的回忆。红尘之中聚聚散散的事情谁在意，就如这浪潮与沙滩的短浅情缘。只要相聚时开心就好，勿强求不属于自己的情缘。此时我不禁想起了北宋词人晏殊的诗句：“满目河山空念远，落花风雨更伤春，不如怜取眼前人。”是呀，远去的就远去吧，珍惜拥有的是最明智的选择。

深藏闺中的半山村

接到通知去黄岩半山村采风，我就在无限地想象着半山的样子，半山半山自然就在半山坳的。

台州各县市作协会员聚集到黄岩区政府，等人员到齐后再出发。我和黄岩文联林主席同坐范总的车，范总经常在山水间流连，对半山很了解。我从他和林主席的聊天中，也得知半山村大概情况。

半山村有800多年的历史，始建于北宋，位于黄岩西部富山乡境内，和永嘉毗邻，是台州和温州之间的门户，黄永古道是旧时商贸要道，半山村与周边的村庄相距皆5里，不上不下，故名为半山。黄永捷径，势若游龙，穿村而过，古道缘溪而行，曲折盘旋，铺砌石阶，遇石则置石块或者桥，道中设路廊为行人走卒遮风挡雨，纳凉歇息，古往今来一直是当地重要的交通驿站。

一路聊一路行，我们也就在聊天中进入盘山公路。一路上翠竹沿路摆阵，俨如列队的士兵。我们进入了一个村庄的停车场，走下车来，一个古村落跳进我的眼眸中。

翠竹古树，群山环抱，好一个清幽的山村。四面竹海如涛，一阵阵寒风猛吹，“唰唰”枯黄的竹叶随风翩然起舞着，竹海涛声阵阵，犹如一场雄浑的交响乐。一条清溪自上而下贯穿全村，村头是一座石桥，桥旁爬满了青色的植物，一根根垂挂下去，宛若绿色的门帘。小桥旁有一棵柿子树，树上还稀稀拉拉挂着几个红透了的大柿子，红彤彤，圆滚滚，真如一个个红灯笼。看着这几个红柿子，我几次经过这里都是口水生津。多想摘一个尝一下，这可是纯天然成熟的。可惜枝头上的柿子只引人垂涎，却不得入口。旁边还有一棵古树，村民说这是一棵红豆杉，有着400多年的历史，古杉树下坐着几个村民，悠闲地抽着烟，悠然地聊着天。我抬眼望着这高耸的枝叶，和那满目沧桑的树干，古杉可以说是这个村庄的见证者了。

石头墙上“文化礼堂”四个大红字在阳光下特别赫然醒目，走上几个石头堆砌的石阶，我们走进了半山村的文化礼堂，这里的文化礼堂和我往常看过的文化礼堂不一样，半人高的一个树墩立在讲堂的正中间，“半山讲堂”四个红字刻在这个树墩上，令我有些感动，半山人用自己的智慧来设计一个与众不同的礼堂，就地取材，以树根树桩及竹作为礼堂的主材料。讲堂的后堂是一面用青砖砌成的墙，墙上写着“务实守信、崇尚向善”八个字，我想这是半山祖辈信守的格言吧。这八个字的中间还有一个用九个树桩围着“文化礼堂”四个字。左侧的墙壁上有六块木板，每块板上各写着两个词，礼堂的右侧是一个小道地，道地的边上还有一个茶室，红漆木椅，黄竹茶杯，无处不显示山村与众不同的特色。礼堂外墙挂着许多圆形木板，记载着半山村历代先人的事迹，文化礼堂古朴典雅，无疑给这个山村又添加不少的古香古韵。

礼堂的后面是一个游乐园，游乐园全是用清漆木条做成的多功能滑梯，一个三角形的屋顶，一个三米长的木梯横档向南伸展着，一个蓝色的滑梯藏在横梯下面，屋的底部有个小小的秋千架。这时走来一个蹒跚学步的小姑娘，拉着奶奶指指秋千架，奶奶的脸上笑开了一朵朵菊花，牵着孙女来到秋千架旁，把孩子放在上面，轻轻推了出去，轻轻地摇，清脆的笑声回荡在宁静的山村上空。这古色古香的秋千架，这纯朴的祖孙俩，这卵石铺就的石径，无不深深吸引着我。

一条山涧清溪自上而下，一路欢唱着，一群鸭子在悠然地嬉戏玩耍着，特别是那只大白鸭，高昂着头颅，抖抖那身雪白的公主服，俨然是个高贵的公主。对于我们这群山外来客它完全不放在眼里，依然是那样从容安然地梳理自己的羽纱衣。

清溪两旁是石屋，用石头堆砌的房子大都是两层楼房，石屋有些古老，有些墙体上爬满青苔，有些墙体上布满爬山虎。石屋建筑形态多样，民宅错落有致。再看看脚下的石子路上留下了半山村祖祖辈辈为生计，拖毛竹留下的长长短短、深深浅浅的斑驳印迹。让我一时恍惚，仿佛穿行在几百年前的岁月里。

夕阳染红了山头，我沿溪而上，漫步于乡野小径上。几只飞鸟从上空飞过，几道白影，几声歌吟悠然回荡在这个山村的自由天地里。“枯藤老树昏鸦，小桥流水人家，古道西风瘦马。”这句话在此时蓦然跳上我的心头。尽管我知道这不是乌鸦，但飞鸟也给这个冬日的暮色乡野平添了几分情趣，怎能不让我有些诗意的心情呢？

站在山道上望着暮色中的半山村，犹如一颗撒落在竹海中的明珠，又如一个深藏闺中羞答答的女子，如今正准备揭开面纱走出阁楼迎接远方的来客。

寻访爱情小镇——白鹤

巴金一生的爱情，只和一个叫萧珊的女人有关，就是死后骨灰都要搅拌在一起撒在园中给花树作肥料。这种忠贞灼热、至死不渝的爱情，天下能有几人？巴金对萧珊的爱情是真挚而专一的，而杨绛和钱钟书更是相知甚深，相爱终身，默契如一，堪称爱情的一个典范。“执子之手，与子偕老”，这是多少人心中对爱情的向往。爱情，终是人类最经典的话题，我是个把爱情视为人生课题来做的小女子，至情至性的我向往着圣洁的爱情。

今天是 5 月 20 日，被年轻人称为爱情日。正好有朋友说想寻访爱情小镇来度过这个浪漫的日子。爱情小镇？在何处？朋友说在天台白鹤镇。

听天台的朋友说，她的家乡白鹤镇有个传奇的爱情故事《刘阮遇仙》。白鹤镇是当地人公认的爱情小镇。我决定跟朋友去访一访这爱情圣地。

“刘阮遇仙”？顾名思义就是遇见仙子，就如《聊斋志异》中的人仙结缘的那种吧。去了天台之后才知道这个故事发生在一千五百多年前，在东晋干宝的《搜神记》和南朝·宋刘义庆的《幽明录》等古籍里，就载有刘阮遇仙的人神相恋的神话故事。汉明帝永平五年，嵊县（今嵊州）人刘晨、阮肇入天台山采药失途，饥渴难忍，遥望山上有桃树，采食数枚，顿觉精神倍增，复逆溪而上。为溪边二女相邀至家，遂相欢爱，复有前来庆贺者。半年后，刘阮思归，二女苦苦相留不得，遂送二人出山。殊不料返回故里后，一切都已面目全非，好不容易才觅得七世孙。原来人间已过去了二百余年！

后来他们二人忽又不见，不知所终。

我突然想起在徐家家谱上看到过《刘阮遇仙》的故事，是太曾祖徐旭升写的赋。当时一眼瞟见不以为然，今日想起却有些意外的惊喜。

我翻开手机备忘录，重新读完《阮遇仙赋》，我不禁被太曾祖的情感所感动。太曾祖对白鹤镇的热爱和对刘阮遇仙故事的深情，让我感受到了传统文化那种深厚的情感和价值观。对爱情的向往看来不只是近代人所追求，古时的人也一样渴求。也不只是年轻人的憧憬，沧桑之人同样渴盼爱情相伴。

太曾祖的阮仙赋，我今日笔下的白鹤之游。时隔一百五十多年，当笔下的墨迹重合，仿佛历史的丝线缠绕。文字的力量，让我们跨越百年，重逢五代人的心灵，也让我见证了一个遥远地方的故事。一百五十多年前，隔了几代人的徐家人共同踏足了一处山水，他们在此处留下了一段深情的文字。

因为文字，我得以见证这份跨越百年的情感传承。那些曾经走过的山水、留下的故事，如今依然在我们的心中回响。文字的力量让我们跨越时空，感受那份永恒的情感。

人神姻缘如何流传了上千年？因为这是人类所向往的自由幸福、美好圆满的爱情世界。比《聊斋志异》早出现，原来《刘阮遇仙》给中国文学史上，早就留下了深深的印迹。怪不得朋友很自豪地说她来自爱情的故乡。

《刘阮遇仙》故事不仅在文学史上影响颇广，而且作为道教掌故代代传诵，历久弥新，现天台山八大景之一的“桃源春晓”即由此命名。到了白鹤镇我急着去寻访“刘阮遇仙”发生地——“桃源春晓”，朋友说因为怕遭受破坏，这个景区不开通。不过朋友说了，其实白鹤处处即美景。过结婚纪念日哪里都行，白鹤任何一个地方都是爱情的最佳地。

我们商议先去高山沙漠，高山沙漠坐落于天台境内桐天村西南面的高山上，海拔高度 660 米，一大片沙化的高山砂岩，远看像广袤的沙漠。慕名而来的游客很多，大都是一对一对的，有年轻的小情侣，有两情依依的中年夫妇，甚至有相依相偎的老年夫妻。高山顶上一片橙黄的沙漠，沙漠丢满了塑料坐垫，这正是先前的游客滑沙扔在这里的。女孩坐在皮垫上不敢往下滑沙，男朋友在下面一边拍照一边鼓励：“脚伸直闭上眼睛就下来，别怕，我在下面接着你。”女孩按着男孩说的做，呼的一声就溜下去，男孩伸开双臂迎接滑下来的女孩子，他用脚踩住滑垫，双手抱住女孩颤抖的肩膀，这个温暖而厚实的怀抱给了女孩子安全的感觉，她娇羞地抱住男孩子的腰。

中年男子坐在塑料垫上张开双臂，大声喊着：“老婆，我爱你！”女人笑着说：“疯子，小心，注意点！”话还没有说完，男人就滑溜到了女人跟前，二人相拥笑作一团，这完全像是新婚宴尔的甜蜜缠绵。

老年夫妻看着年轻人玩滑沙，他们相拥着走向崖边的一块石头，老太太坐在石头上，微笑着看着老伴。老伴举起照相机调着镜头，“咔嚓”一声，老太太优雅的微笑就定格在这个镜头里。老太太带着撒娇的深情看着老伴，老伴把手中照相机递给了旁边的人，和老太太拥着并坐，眼眸中满含深情。这是经历了多少的风霜而沉淀下来的爱情呀。

这美好的一幕幕出现在我的视线中，我抬眸望见远处山边飘着丝丝缕缕的云雾，时隐时现，白云深处裙带飘逸着，仿佛看见刘阮与二仙幸福地在山那边玩耍着，仿佛也看到刘阮与二仙正定睛看着这边，羡慕地看着人间有那么多的缱绻的眷侣。

我们又来到龙穿峡景区，看到李白留下的诗句“龙楼凤阙不肯住，飞腾直欲天台去”。龙楼凤阙都不愿意待着，却直奔天台去，天台是何等的人间天堂呀？我们刚穿过台岳春秋轩，来到人字瀑，也称燕尾瀑，看到一对小情侣正在戏水，这么凉的水还敢下水，我真羡慕年轻人的魄力。我早听说过这是《爱情公寓》的拍摄点，放眼望去，人群中双双对对，怪不得人家导演都寻来幽静的龙穿峡来

拍摄，原来龙穿峡是个浪漫的好去处，滋生爱情的地方，也许刘阮遇仙的故事影响着一代代人。

我仰望着万峰攒翠、涧瀑泻银的龙穿峡，确实有种身临仙境的感觉，一路上山水、峡谷、飞瀑、洞泉相伴，山环抱着水，水温柔地依着山，我看到了濯足的那对情侣，山一样伟岸的男人和水一样温柔的女人，山水相依，男女相恋。峭崖托着飞瀑，飞瀑紧贴着峭崖，我看到那对在栈道上互相搀扶的中年夫妇，男人紧紧地揽过女人的腰，女人紧紧地抓过男人的手，崖瀑相守，夫妻同心。洞揽着泉，泉尽情地撒着娇。我看到了那对在三友台上休息的白发夫妻。老太太满头是汗，靠着老头儿安静地闭目养神呢，洞泉依恋，翁媪一世情。山谷回荡着回音，音音相环，似乎听到了："幸福，一定要幸福。"这声音在山谷里回荡，我四处探寻，这难道是刘阮夫妇的声音吗？我想一定是，这是他们对人间情爱的羡慕，也是对人间爱情的祝福吧。

壁绝、洞奇的龙穿峡就如一幅自然的山水画廊，到处峡谷纵横，奇石嶙峋，群峰竞秀。身处于这般奇景中，清新的空气清洗着我们的心肺，同时也摒弃婚姻中带给我们的烦恼，在这样的青山绿水中，我们尽情地把自己置身于山水中，我突然觉得在家庭生活中，有些事情真的微乎其微，而我们却总是把这些小事变大，而不断地演变为家庭战争。一个婚姻不容易，能在茫茫人海中牵手一生的更是不易，所以我们要珍惜这份来之不易的缘。我含着泪水望着爱人，他也凝眸望着我，这眼眸中有着宽容，我读懂了这份宽容里的深情。

远古刘阮与二仙相约在白鹤，今日我们也为爱情奔赴在白鹤的山水中，我现在相信了友人说的，她的家乡白鹤的确处处即景，处处都是爱情的最佳地。

一帘幽梦的黄泥洞

三门多风景，却未曾听说过蛇蟠岛有个黄泥洞。

蛇蟠岛去过几次，就只知道蛇蟠岛有个海盗村，若不是敏推荐黄泥洞，我想这辈子都不知道还有这样一个“一帘幽梦”的古村落。

当车进入蛇蟠岛的码头时，我还以为要渡江而入，却没有想到同伴告知已经到了蛇蟠岛。

记得2016年秋来蛇蟠岛，还是坐船渡江而到蛇蟠岛的。村民说2018年跨海大桥就已经开通了。我不禁又是一阵感慨万千，高科技让我们的生活变得快节奏，也让落后的村落走在致富的路上。

走进黄泥洞村，恍若走进了一个粉色的一帘幽梦。走在阡陌田埂，瞬间被粉色海洋吞没了。清风拂过，如烟如梦的粉黛乱子草轻轻柔柔地一起一伏，是如此温柔地紧贴着这片海域疆土。粉色海浪中，人面粉黛，互衬映红，脚步不由得放慢了下来。蹲下来细瞧，粉嫩色的花穗从根部抽穗而长，两尺多长细软如发丝。放眼望去，这一大片粉色的海洋如同盖上一块宽大柔软的粉色锦绸。这一块粉绸飘逸、轻盈，让这个本该寂寞的小岛，在深秋的清风中浪漫了一回。就如我慕名而来，奔赴一场浪漫的花事，劫一回不同寻常的秋色。那一大片粉色的梦境里，给人浪漫的情怀，那一对对牵着手的小情侣，脸上漾满了幸福的笑意。在拐弯处，我看到一个身影，眼眸中满是期待，我想她等的人应该会很快出现在转角处。粉黛乱子草的花语就是静静地等待。如果粉黛乱子草真会说话，一定会帮她传递心语，会告诉她心底里的那个人，她在等她。也许世界不会这么巧，在恰当的时间里遇见恰好的人。

我望着秋阳下泛着光的粉黛乱子草，梦幻、迷离且又带着销魂与浪漫。我心底的浪漫情愫正随着那层层叠叠的粉黛花在一点点氤氲而开。恍惚中，我不觉得这是一种植物，而是一群穿着粉衣的仙女正在秋风中舞蹈，是如此轻灵、温软，且让人迷醉于花海中。她是白居易笔下的“十里轮蹄尘不断，几多粉黛花无色”。她是李白笔下的“回眸一笑百媚生，六宫粉黛无颜色”。今天我无意闯入这片花海，与粉黛乱子草来一场浪漫的邂逅。我感觉自己喝了一坛的陈年佳酿，心乱如麻。我蓦地明白这花名为何叫乱子草，花如其名呀，迷离的粉色怎能不乱人情绪？

如果说花海辣到我的眼睛，迷乱了我的情，那么房子更迷醉了我的心。我好奇黄泥洞的房子不是黄泥而筑的墙体，而是褐红色的石头砌成的墙。我在温岭石塘曾看到这样的石窗、石屋、石凳组成的一个石头村子。望望四合院结构的石屋，应该都有些年头了，我想村里的故事应该和石头有关，问一下村民，果真是有故事的。也许是因为得天独厚的地理位置和气候光照等组合而成，这个小海岛生出一种漂亮的红色石头叫蛇蟠石。海边人喜欢吃螃蟹，三门人就用吃螃蟹的精神上岛开采蛇蟠石，用海船运往宁波试卖，结果出奇地畅销。然后有更多的村民来这里靠着石头换钱而一代代生存下来。由于古时交通不发达，来岛上采石作业的工人无法回家，就蜗居在石洞里小歇。到了 20 世纪六七十年代，国情稳定，也看不到海盗出现，采石工人也把家人带过来一起生活。工人就地取材用蛇蟠石的废石材垒砌成一座座依山而建的石屋作为藏身之所。

石屋不被暴风劲雨所侵蚀，也不会被烈日冬雪所摧残。它忠诚守护着采石工人，默默地为村民们遮风挡阳。日积月累，青藤攀上了石墙，青苔爬满了黛瓦，鸡鸭鹅在房前屋后悠闲地踱着步。女人们在海岛边上捡着鱼虾，悠然满足的渔家生活让这里的村民过着一种世外桃源的生活。然而随着改革开放，高科技进入了千万家，大理石、木地板成为装修家用的好材料，石板材逐渐退出了历史舞台。采石工人逐渐改行，很多村民为了孩子的求学和工作，也逐渐离开小岛。这里曾经是门前听海风、窗外闻鸟鸣的海岛石屋，被村民遗忘在历史的风尘中。历史前进，却又是轮回的，盛世的时代，城镇一体化的喧嚣生活，让人们又重新追寻回归自然，渴望那一份悠然与幽静。蛇蟠岛政府利用这个独特的自然资源，又重新修葺石屋石窗，让这份独有的石文化更好地发出闪亮的光芒。果不出所料，这石文化让更多的人青睐，跨海大桥一开通，不要说台州市民，就连省内外的游客也成批慕名而来。

我是喜欢怀旧的人，对这种古旧的房子特别喜欢。经岁月洗礼的石墙，历光阴斑驳的木门，在秋阳的辉映下显得沧桑、古朴与厚重。我们漫步在时间与历史沉淀的石路上，仿佛漫步在岁月的阡陌里，一遍遍怀想那些逝去的光阴，幻想着坐在石屋前的石桌上，与文友们饮茶、聊文，或者在这里住上一段时间，晨起养养花，夕落捡拾海贝。可是我清楚我只是石屋庭院里的一个过客，甚至是一个匆匆的过客。

偶然与黄泥洞的粉黛乱子草邂逅，与独特的红石屋遇见。短暂的一个下午尽管与它深情对视，却也注定要匆匆别离。花海与石屋终成为“一帘幽梦”存在我人生的旅程中。

游龙穿行在峡谷中

从大巴车下来，在我还没有从晕车中清醒过来时，就听同伴们一声惊呼。循着他们目光的方向，看到左侧的白岩上刻着两行红色遒劲的大字：“天台山，龙穿峡！”

我眺望着绵绵群山，迫切地想撩开它那朦胧的面纱看清它的真面目。导游说整个龙穿峡景区融山水、峡谷、飞瀑、洞泉、奇洞、险峰、绝壁为一体，以“八瀑一湖”为主景。

我们跟着导游进入大门，循着道路前行，内侧黄色木板上刻着行行文字。我仔细瞧着木刻上的记述，这些木刻的文字让我们感悟到葛玄的智慧、王羲之的飘逸、谢灵运的轻灵、司马氏的高蹈、李白的疏狂、紫阳真人的敏悟、徐霞客的深情……他们毫无保留地抒发着自己对天台山由衷的赞美。在导游娓娓道来的讲述中，我感受到了龙穿峡的独特魅力。这座神秘的山脉，不仅仅是一座风光旖旎的山脉，更是一座宗教名山，充满了深厚的文化底蕴。自三国东吴的葛玄在此开拓仙山之后，天台山开始被世人关注。继而唐代高道司马承祯在此隐居，天台山更成为闻名天下的道教圣地。天台山的道教文化源远流长，后有北宋紫阳真人张伯端道教南宗。一直以来，天台山便以其独特的文化内涵和宜人的自然风光，吸引着古今游客。李白四上天台山遇见了司马承祯，因折服于司马氏的学识风采，李白写下了广为流传的《大鹏遇稀有鸟赋》：“余昔于江陵，见天台司马子微，谓余有仙风道骨，可与神游八极之表……”

在木刻的前方，是一座廊桥，廊桥名为台岳春秋轩。古色古香的廊桥两侧刻着诗句：“龙楼凤阙不肯住，飞腾直欲天台去。”这不就是李白《琼台》的开篇吗？春秋轩，历经千年，千年春秋演绎着多少人生沉浮的故事，多少故事集于一轩中。李白、司马承祯还是唐皇与徐霞客？斯人远去，独留下一个个故事在龙穿峡中。

穿过廊桥，有一大片碧绿的草坪。很有意思的天台人为了纪念徐霞客，这个草坪就命名为霞客坪。从霞客坪的左边台阶下去，便是一条小溪，抬头就望见高耸的山崖上飞垂下一条白练，飞珠溅玉，晶莹剔透。这是“天龙八瀑”为首的司马瀑。这道瀑布是为了纪念隐居天台山的一代高道司马承祯而命名的。司马瀑落差约有二十来丈，从整座山峰的顶端一泻而下。瀑布行至岩壁中间时，被一块凸出的岩石所阻碍，分为两道。远远望去，这两道瀑布，就像是一个巨大的“人”字，所以也叫人字瀑，又如同燕子的尾巴，又被戏称为燕尾瀑。一个瀑布三个称呼，这是第一次听说。在离水潭五米高的地方，像屋檐一样挂出来的棚顶，便形成了如水帘洞一般的洞府。瀑布冲至棚顶，再从棚顶跳起跌落水花拉长，水雾似纱缥缈而下。游人钻洞府中了，人在瀑布后，就如隐在白纱帘子里。

走了一段栈道，又看到一条瀑布——缭绫瀑，莹如白练，柔若云锦。旁边的大石头写着白居易的《缭绫诗》：“缭绫缭绫何所似，不似罗绡与纨绮，应似天台山上月明前，四十五尺瀑布泉。”我明白了，这瀑布就是从白居易的诗句中提取出来的瀑名。我恍然一笑，绫绸不就是丝织的绢布吗？缭绫光洁如玉，柔滑胜锦，是世上罕见的丝织品。这洁白飘逸的水流真像绢绢绫绸。说它罗绡与纨绮，真的没有错。缭绫瀑不像司马瀑一泻而下，瀑布被岩石阻挡形成了五道瀑布、四汪水潭连缀而下的景观，就像一条白绫被折了四下，一个个折痕明显地形成五个部分。被水流不知冲击几千年，缭绫瀑所经过的岩石光滑如绸，晶莹如玉。瀑布如绫，岩石也成绸，这种景象在别处还曾见过？我在脑子里搜索个遍，记忆库里没有这种记载。

栈道是越来越难走，人多路窄，每走一步都得手扶着栏杆走。幸亏我们是一个大集体，大家都能互相照应着。走一段歇一段，山间的小径上，春风拂面，花香四溢。我们踏着轻快的步伐，沿着蜿蜒的山路，一路向上。一丛丛紫色的杜鹃花就像穿着紫衣的仙子隐若在山中，尽情地绽放着迷人的身姿。山路蜿蜒，我们停步歇歇，享受着山间的清新空气和美景。透过树木的缝隙，可以看到刀削的山峰和碧蓝的天空，一切都显得那么的宁静而美丽。

在一个倒V形的山谷中，在V的顶端又看到了一条瀑布——紫阳瀑。来自临海的我们非常熟悉紫阳真人。这是北宋高道张伯端的道号，我们临海就有一条古街为纪念他，取名为紫阳街。导游指着瀑布让我们仔细看，紫阳瀑被一块大石头隔成了上下两部分。上半部分水流飞泻，被一块凸起来的岩石分向两边。站在远处看这道瀑布中的水和石。你会发现那块嶙峋的岩石就是一个常年修道的道人清瘦的棱角，中间那小块凸出的岩石，则构成了道士挺拔的鼻梁，深深的眼窝，以及道士帽，而两边分流的水，就像是道士潇洒飘逸的道袍。她这么一说，再仔细端详，觉得妙极了。我不禁感慨，神奇的大自然真是无处不在，不过人的想象力也是无穷的。

灵宝瀑、白鹤瀑、潇湘瀑，瀑瀑都有自己独特的风格。在途中还有一处让我独独不能忘的“琴心三叠”。琴心三叠指道家修炼的功夫很深，达到心和神悦的境界。李白在诗中称为“早服还丹无世情，琴心三叠道初成”。水流撞击岩石发出的叮叮咚咚的声响，倾听如琴声，又如道家的诵吟声。我仿佛进入到一种未曾有过的意境，褪去红尘纷争，一如这清涧里的琴心三叠，自在与娴静。

我在沉思中随着大部队走在栈道上，不知不觉来了一个小平台。看到平台中长着一株奇特的树，一个树根三个树杈，各自向外生长着，就像三个挚友手牵着手立于天地间。它独特的形态，似乎在诉说着一段深厚的情谊，令人感叹不已。

导游说这棵树象征着千年前司马承祯、李白和唐玄宗三人之间的情谊，仿佛在彼此倾心，互相扶持。这个平台被命名为三友台。

三友台平台边上镌刻着一篇《三友台记》：“三友台，筑倚栈道，玄山迎面，峭拔逼人。台上独生一栎，三柯合匝，繁荫如盖，喻为司马承祯、李白、玄宗之交谊，因以名台。道骨仙风者，由来相契；而天子威仪，竟引为知交，司马李白固旷世奇才，明皇尤称风流倜傥领袖也。”

三友者高道、诗人、帝皇，却因道家文化和才学，结下了一段流传千古的佳话。看着《三友台记》，又看着从我身边匆匆而过的人群，只因喜爱山水风光，从各自的家乡在同一天来到这个龙穿峡游玩，这也算是一种人生的缘分。

绕过李白垂泪石，又来到了“太白瀑”，太白瀑的前方，是“游龙戏凤”。一路游一路赏景，看到了一条最壮丽的巨大瀑布，陡立眼前。瀑布从高达八十多米的山顶，响声如雷，气势非凡，充沛的水势冲下崖壁下的深潭，深潭的水面溅出朵朵白莲。不由得想起李白的那首“飞流直下三千尺，疑是银河落九天”。从天而降的瀑布让我感受到一种巨大的力量。瀑布写着“龙穿破壁”四个大字。龙穿破壁？哑然失笑，恍惚中看到一条大白龙穿透高崖石壁而游。在人们的惊羡中，游龙不断腾空跃起。一条，两条，数不清的游龙在山崖上玩耍，嬉戏着！

导游说徐霞客的《游天台山日记》写道：“坑既穷，一瀑破东崖下坠，其上乱峰森立，路无可上。由西岭攀跻，绕出其北，回瞰瀑背，石门双插，内有龙潭在焉。”龙穿破壁因此得名。

再往上走一段栈道就到了山顶，山顶是一个大水库，碧澄澄的水面如绿绸，这就是八瀑一湖中的天池浴翠。我们绕着水库走向下山的路，有人坐滑道下去，我和同伴选择步行下山。我们又回到霞客坪。坐在霞客坪的秋千架上，再望司马瀑，想着全程的八瀑就如八条白色游龙穿行在郁郁葱葱的峡谷中。那奔腾不息的水流，犹如龙的血脉，激荡着山石，激起层层水雾。

龙穿峡的美景不仅是大自然历经数千年精心雕琢的艺术品，也是天台文化的瑰宝，更是一部千年的天台文化史。

又闯石梁飞瀑

导航到塔后村，没想到错过一个弯头。想掉头又没有找到掉头的路标。车越往前开，离塔后村越来越远了。既然错过了，那就错过吧，反正天台随处都是风景，再说我们今天出来就是找风景的。当路牌上“石梁飞瀑”落入眼帘时，大家几乎一致惊呼，那就直闯石梁飞瀑吧。

离石梁飞瀑只有 15 公里的路程，15 公里还不是几脚油门的事？就在聊天中，到了下一个路牌就只有 13 公里了。离石梁飞瀑越近，我的心莫名地兴奋起来。距离上次去石梁有 27 年了，那时而飘逸、时而雄奇的飞瀑一直都存在我的脑海里。27 年后，我还想去领略一番它的壮美。

果真在我们闲聊声中，就进入了石梁飞瀑景区。沿着逶迤坎坷的山道前行，落眸皆是景。群山环抱，绕过一山又一山，上坡落坡，随着山道而进，也忘了到底走了多远。山中多古木，清泉出幽涧，鸟鸣伴唱，溪流弹琴，这种清幽的林深之处，早让我抛却了徒步的辛苦。

弯了一个山口，看到前方的溪滩上很多孩子在戏水，很多人在岩石上拍照。一帘瀑布直泻而下，再看瀑布上方有一道石梁，哦，原来已经到达飞瀑了。然而眸中出现的飞瀑和我存在脑子里的飞瀑大相径庭，我记忆里 27 年前未近前就听到轰鸣之声，站在瀑布脚下目击到的飞瀑势若雷霆、云涌涛腾。如今水势小多了，气势自然不如从前。可能近来都没有下过雨的原因，致使水流不够丰盈。不过依然让我激动的是看到那卧在瀑布上方的石梁，微微拱起如苍龙卧雪。飞瀑就从拱梁之下奔腾急泻，顺着陡崖跌落深潭。记得 27 年前，就曾听说这石梁之上，有好玩刺激者因攀爬而跌落瀑潭丧失生命。故后来不允许游玩者攀缘石梁。徐霞客曾在《游天台山日记》中记载道：“余从梁上行，下瞰深渊，毛骨俱悚。”当年徐霞客从梁上行走非是一般的胆略，如果是现在，也算是一个资深老驴友了。而这个资深老驴友还是文学家。

同伴们都在潭边玩水，我独自上去，想再睹大自然杰作。上到石梁顶，只见有两溪从两个方向汇至石梁处。问套红袖章的人，他说这是金溪和大兴坑的水流汇合于此。右边的溪水多处形成小瀑布似的岩上水流潺潺而下。林木长满水潭边，给人一种清幽及超然出尘之感。左边溪流从古桥下淙淙而流，高高拱起的石桥长满了青苔。悠悠时光在桥头滞留，和我 27 年前映入眼帘的景象倒是一样。突然我明白，有些东西随着时光流逝，物随着变化，就如一个人的容颜随着光阴流逝而衰老。而有些物质随着光阴流转依然如故，就如有信仰保持初心不变。想起 27 年前，豆蔻年华的我如一朵刚开的娇花，憧憬着未来。而今历经岁月的洗礼，我已是中年女人，花残叶黄，对于旁边的熟人离世，内心总不由得惊悸与惶恐。望着座座青山不老，可青春易逝，生命脆弱。尽管一切易变，但是我依然如此热爱生活，热爱这个世界。

古桥旁一座古寺，黄墙青瓦、气宇恢宏的千年古刹古朴典雅，掩映在青葱古木之中。幽深的禅意让这片净土，让人忘了超脱尘世的宁静与欢乐。顺着古寺的石阶楼梯下去，目睹独石桥。已经被栏杆拦截，栏边围着很多游客，有个干部模样的人给大家介绍：这是花岗岩巨石，在地质构造运动作用下形成了层和缝，经年累月的风化和水流冲蚀、结冰冻融的共同作用下，巨石被掏空形成悬空的桥梁，石梁之名因而得来。此石此瀑乃鬼斧神工，此山此水为神秀意境，不觉得神清气爽。一个年轻姑娘正在调焦试镜，石桥、流瀑、古木、古寺都在她的镜头下永恒。看样子这是一位摄影爱好者，独行的我也让她帮我拍了几张。姑娘从北方来，慕名天台山已久，趁

国庆长假涉足石梁飞瀑，是因为这里不仅仅有着深厚的文化，据说还是最早的影视基地。我有些不可置信回味着姑娘的话，赶忙联系天台文化局局长徐有波先生，向他证实这个信息。徐局长确定回答这个拍摄地曾经红了一代武打巨星李连杰，《少林寺》影片中和尚提水、牧羊女含泪送别的拍摄地就在这石梁飞瀑之下。作为台州人却不知这个爆炸性消息，确实让我感到汗颜。《少林寺》这部影片红了李连杰，火了少林寺，而外景拍摄地的天台国清寺和石梁飞瀑却鲜为人知，对于外人来说可能觉得有些不可思议，而在我看来，石梁飞瀑和国清寺就算世人想隐匿都已经光芒万丈了。本身的文化价值早已引得文人墨客无数吟诵，南宋陈知柔的“巨石横空岂偶然，万雷奔壑有飞泉”，白居易的“天台山上月明前，二十四尺瀑布泉”等千古名句，唐诗和徐霞客都留下墨宝。

戴红袖章的工作人员说，金庸的《笑傲江湖》也是在这里拍摄的呢！这又一次雷到了我，我想石梁飞瀑乃为天下奇观，足以笑傲于名胜古迹界。不信，你到天台石梁镇，步步换境都藏着文化与美景。

这一次无意闯入石梁飞瀑，让我对石梁飞瀑有了更深的记忆。也让我感悟了很多，是玉就算埋在沙砾中，也自会晶莹透亮。是金就算埋在荒草之堆，也自会万丈光芒。就如石梁飞瀑，没有任何宣传，就在名山大川中熠熠生辉。

雨游方山诗意长

我与方山之缘，实乃天意。

记得2023年正月初二的夜晚，我接到了妹妹的电话，她问我初三这一天可否共游方山，我欣然应允了。那日的游历，纯粹是爬山而已，方山没有给我留下任何印象。我想没留印象的原因或许是隆冬时节，山中万物萧条，从观赏角度看方山自然逊色了一些。加上正月里人多，都在被推挤中，心里有些不太爽。或许最大的原因是年关时，发生一些伤心事，心情不悦，带点情绪上路，自然任何景色都入不了眼。

没想到时隔一年多九个月，又与方山进行一次亲密的接触。恰逢祖国75华诞之际，杜桥作协与泽国作协进行一场文学交流会，没想到东道主安排了爬方山的采风活动。既然安排爬方山，那我对方山进行了简单的了解。它位于温岭的西北部，正处于温岭与乐清的交界处，因山顶方而平整，因而得名方山。方山是北雁荡山的余脉，属八大景区之一，隶属温岭市大溪镇管辖。

说到雁荡山，二十多年前观赏过雁荡山，对雁荡山的大龙湫、小龙湫还是念念不忘的。既然说有雁荡余风，那我便来了兴致。

吃过午饭后，我们便直奔方山。到了方山的停车场，竟然发现天空飘起了雨点。有人说天公不作美，其实我觉得雨游方山也许别有情趣呢。站在山脚下，我仰望着前方的山峦，半圆形的崖壁陡峭如削，只见一道雪白的水帘悬挂于两峭崖折点处，水流顺着岩壁倾泻而下，形似一条小白龙在岩壁上游舞，灵动而优雅。牧童老师告诉我们，这就是白龙瀑。龙是中华民族的象征。在华夏大地上，龙的形象无处不在，它代表着力量、智慧、坚韧、吉祥。没想到方山的第一处风景竟是白龙瀑，可见温岭人把龙文化读懂读透，而且透到精髓。

这么美的景致，如何能放过？两地作协文友纷纷嚷嚷要合影，诗人兼摄影师的牧童老师迅速架起照相机，于是一张珍贵的合影就在咔嚓声中定格了。这张照片记录了两地作协会员的友情，也保存了我们这一份美好的记忆。

来到检票口，工作人员得知我们都是作协会员，热情地欢迎我们到方山风景区进行采风活动。有工作人员来给我们介绍方山：方山的岩石是中生代火山带中具有典型意义的流纹质火山岩。它的形态特征，像极了一部凝重的史诗，反映了西太平洋亚洲大陆边缘巨型火山岩带漫长的历史演进过程。以壮阔奇绝的山形而闻名的方山，其山体雄浑方正，四周壁立如城。这里最早名字为方城山，据说东晋时的大书法家王羲之曾来涉足方山，并留下作品《游四郡记》，明确地描绘了这一地形地貌的特殊景观："临海南界有方城山，绝巘壁立如城……"这样的地质奇观不仅为我们提供了宝贵的地质研究资料，更是历史和文化的一笔巨大财富。

雨丝变成小雨滴了，我们的伞能滴水了。泽国作协主席胡君土先生很贴心，向景区借伞给会员们。于是山道上就开出了一朵朵绚丽的伞花。

我们开始拾级而上，石条铺就的台阶蜿蜒而上。路的外侧是繁茂林木，经过雨水的洗礼，越发青绿与清亮。一阵阵山风温柔地抚摸枝叶，一颗颗"多情泪"正欲亲吻我的双眸，却被霸道的镜片搅局了。

台阶内侧有磨盘叠加，上一个磨盘压住下一个磨盘的一个角，如此类推叠加而上。磨盘里积满了水，雨滴在磨盘上跳起了芭蕾舞。我们伞檐上的水珠落到磨盘里，顿时被激起小小的水花。瞬间隐没在磨盘里，找不出来伞檐上的水花了。

越往上走雨越下越大了，雨滴在山间歌唱。山间泉水"叮叮咚咚，叮叮咚咚——”清冽之声穿透静谧的山林，时而如琴弦轻拨，时而如琵琶低吟。这水之谣一直陪伴我一路前行。

“看呀，大象鼻子！”当我还沉浸在磨盘音乐会时，一声惊呼让我瞬间抬眸，我循着同伴手指的方向望去，前方崖壁的一个岩柱巧妙地与岩壁分离，远望岩柱，真的很像一根粗粗的象鼻子垂挂着。整个崖壁像大象的身子，大象正垂鼻饮水，仿佛这头巨大的象正在用它的长鼻享受着山间的清泉甘露。雨雾迷蒙中，白雾中的象鼻子若隐若现，多了一份神秘感。

走完台阶，一座两层楼屋宇呈现在我的面前。温德斌老师介绍这就是赫赫有名的方岩书院，走近一看，果然屋檐下牌匾上有“方岩书院”四个大字。书院内设有美丽家园馆、东瓯古国馆、大溪圣贤馆等三个部分，展示大溪的自然风光、文化历史和人文古迹。

来到方岩书院必须先了解一个人，那就是初建者谢省。1406年出生的谢省，自幼好读经史，博览群书。明景泰五年（1454年）中的进士，天顺初授南京兵部车驾主事。谢省喜欢读书赋诗，一生著有书籍《行礼或问》《杜诗注解》《逸老堂净稿》。1473年，方岩书院就是在他的极力主持下并承建的，无奈天妒英才，67岁的谢省离世。明朝藏书家、文学家谢铎是谢省的侄子，他继叔父续建方岩书院，到1489年才完全竣工。如今书院成为方山一景：书院内有介绍温岭人文的展示厅，有方山风景的摄影作品，还有先贤们的塑像，展示了大溪人对祖先的崇敬和怀念。

书院内最让我感兴趣的就是古东瓯馆，据说这是徐偃王城遗址。说到徐偃王，我就来了精神。徐偃王是黄帝的第四十三世孙，是西周时期徐国第32代国君，应该是台州17余万徐氏的祖先。传说徐偃王一出生就会开口说话，到九岁手掌才张开，因掌心的纹理“偃王”二字清晰，所以号为徐偃王。徐偃王亲身践行仁义，四海之内的人都归附他，三十六国都来朝拜。周穆王回来后，起兵想要征讨他。徐偃王觉得贤能的人不贪恋荣华富贵。不过有记载徐偃王隐居到明州象山县的海岛村落生活。也有记载他到温岭大溪一带建立一个都城，就是书院内说的古东瓯国。据说东瓯国都城位于大溪镇北面塘岭脚的坡地上。南坡地势平缓，视野开阔，鸟鸣声声，一年四季百花盛开。山中水流不断，蓄水成库。古城就坐落在这片美丽的土地上。南宋台州学者陈耆卿在嘉定《赤城志》中有这样一段记载："古城，在黄岩县南三十五里大唐岭东。外城周十里，高仅存二尺，厚四丈；内城周五里，有洗马池、九曲池，故宫基址崇一十四级，城上有高木可数十围，故老云即徐偃王城也。城东偏有偃王庙。"《舆地纪胜》中也同样有这样的一段记载。大溪镇有一座简陋的庙堂，没有牌匾，只点着香火，庙内立着镌刻先祖徐偃王事迹和捐助人名字的石碑，这应该是徐氏祠堂或徐偃王庙。如果徐偃王真的到温岭大溪筑城的话，那温岭大部分徐氏应该是徐偃王直系后人。无论这个传说是否真实，作为徐氏后人，听说徐偃王与温岭有关的故事，我的内心还是有些小激动的。

站在书院的走廊上，只见右前方山石峭壁矗立，山顶上一座宝塔高耸入云。它犹如擎天之柱，直指苍穹。牧童老师介绍这座七层宝塔叫天恩塔。据说这座塔是由当地的百姓集资兴建的，他们觉得万物收获靠天而定。为了祈求风调雨顺和庄稼年年丰收，他们合力筹集资金，筑起这座宝塔，取名"天恩塔"，寓意着"沐浴天恩"。

倚靠在书院长廊的栏杆望向左，我的双眸犹如大自然的摄影师，定格住一张绝妙的雨中山景图。画面中，灰黑色的瓦檐宛如古老的画框，很有艺术感地框住了一角天空，让天空与瓦檐瞬间有了如诗如画的视觉效果。前方一堵厚实的峭崖如屏风挡住了我们视线的穿透力，给这片山景增添了神秘之感。在书院与峭崖之间，古木葱茏，枝叶四展，犹如生命的脉络在雨中舒展开来。雨水打在片片绿叶上，滴滴答答、淅淅沥沥，一首首水滴与树叶合奏的轻音乐在我的耳边轻轻响起。这一声声入耳的不仅是自然的声音，也是岁月的呼吸。

随着众人移步，穿过一个古老的拱门。我的视线被路内侧的石壁吸引了。两个醒目的红体大字"梦圆"遒劲有力，正赫然夺我眼眸。乍一看读作“圆梦”。细端详，看落款在左边，应读“梦圆”。两字颠倒之差，却有着天壤之别。每一个梦想的起点和终点，都凝聚着我们对生活的热爱与执着。每一个“梦”的起始与“圆”的达成，都是生命旅程中不可或缺的章节。“圆梦”仍在梦想坚持的途中，“梦圆”已梦想成真。这“梦圆”之圆是人生的事业之圆满，还是爱情之圆满。或许这只是理想之圆的圆。每个人对梦的追求不同，自然这圆的程度也是迥然不同的。在不同的年龄追求的方向不同，或者这次的圆满终点是下一程的起点呢。既然到了梦圆之地，愿梦圆激励着大家不懈追求、一路前行。我们在“梦圆”石壁前合影留念，希望我的会员们在文学的旅程中都梦想能圆吧。

继续前行吧，雨迷迷蒙蒙地下着，我们却未曾停步。雨中的山脉，仿佛被一层薄纱轻轻覆盖，如梦如幻，恍若进入一个童话世界。雨滴打在山石上，发出清脆的声响，仿佛是大自然的乐章，让人沉醉其中。撑着一把墨画印染的花伞，身着一身橘红汉服，脚穿一双粉色绣花鞋，手机里播放一首《我的江南》，我悠然地漫步于山间小路上。也许有人觉得下雨天滴滴答答，路上湿漉漉的，有什么好玩的？其实不同的人不同的心境，对于万般事物就有不同的见解。今日与志同道合的文友们游方山，恰逢雨丝绵长，不正如我们两地作协的友情长久吗？雨丝缠绵也是一种浪漫，我不是戴望舒《雨巷》中的丁香姑娘，然而我的内心也有着江南女子的缠绵与细腻的情感。平日里忙于红尘俗事，今日让我好好享受这份难得的自由。方山空旷，正是我释放压力与烦忧的好地方。伞下的我，沉醉于这一刻的闲适与恬静。

从“梦圆”出来，大部队就分散了。温德斌老师就成了我们的领队，史主任、吴慧青、西窗竹、蔡女士，还有我，就成了六人行。温老师一路上给我们讲方山的故事。他说经常带学生到方山感悟人生，爬一次方山总会给人一点启示。学生获得的知识不一定在课堂，学生的成长不一定是年龄的叠加，或许某一个经历让她迅速豁然开朗，自我探索在求知的路上。温老师不是泽国人，却比泽国人还了解泽国这块土地。他从千里之外的江西，以人才引进的方式来到滨海之镇泽国。他在这块土地上工作、结婚、生子，早已和这块土地上的居民说着一样的泽国话，和这块土地的生活、文化融为一体了。

在温老师的带领下，我们六人走了长长的一段水泥路，终于看到了瑶池的一端了。瑶池是山顶峡谷的蓄水湖，湖水清澈平静，碧绿无瑕如翡翠，山顶之湖宛若王母娘娘的瑶池，也许因此得名。山间峡谷长，瑶池也很长，故又称天河。天河如一条翡翠带飘在狭长的峡谷中。两岸峭壁长满树木，繁树青葱，顽强地扎根于岩壁之中。不由人感慨生命的力量，在面对困难与挑战时竟是如此的伟大和不可思议。澄碧清澈的水面与峡谷两侧的绿树相映成趣，形成了一幅美丽的自然画卷。如果到了初冬，红叶翻飞之时，映着蓝天白云，倒映在绿水中，更是一幅不可描摹的《初冬山景图》。

看到瑶池我知道鹊桥也近了，记得去年正月过鹊桥时看到一个姑娘身披一件大红斗篷从桥对面飞奔而来，宛若一个仙女翩然而飞。今日的鹊桥是否还有这样一个姑娘可遇？

方山鹊桥是一座架在峡谷之上的铁索悬空的栈道，以其独特的构造和壮美的景色吸引着无数游人的目光。

站在鹊桥头，天河尽收眼底。既然河是天河，那天河之上的桥为鹊桥也妥当。横跨天河之上的鹊桥，凌空而架，如同飞鸟在天际划过的弧度。又如同一道挂于山之巅的长龙，游在两山之间。鹊桥，顾名思义，与银河的鹊桥意义相同，关于牛郎织女爱情的一座桥。我不知道有多少恋爱之人来这里许诺一生的盟誓，也不知道鹊桥保佑了多少相爱的人携手一生。爱情是人类永恒的话题，也是个沉重的主题。然而，我想每个经过鹊桥的游客，心中或多或少对爱情都会心存向往，包括我。

到了桥边，只见桥头岩石上刻有“鹊桥”二字，这是中国书法家协会理事蔡祥麟所题。能请到蔡教授为其题词，说明温岭旅游局把方山旅游放在了心尖上的地位。

走在微微荡起的鹊桥上，身子随着桥身的起伏轻轻晃动。每走一步都感觉踏在云端般轻盈。没想到职场上叱咤风云的青竟不敢迈步，杵在桥头直嚷着不敢走了。我只好扶着她一起走。桥上有人喊一喊，她就手发抖；有人在桥上晃一下，她更是腿发软。真是不敢想象，这过索桥有什么好怕的呢？平时大小会议上台讲话，领导的眼睛盯着看，才是要手发抖、腿发软的呢。她这方面倒是久经沙场，从容不迫，镇定自若。我还以为她是大胆王，没想到这次走索桥倒是让我看到她脆弱的一面了。我像扶着皇太后一样一步一步小心翼翼地和她一起走过桥。

走到对面，我看同伴们都从侧边的小路下去，我也跟着下去。大概走几十步就是一个铁栅栏，铁栏外是悬崖峭壁，纵深就是天河。雾气腾腾，天河如仙界，白色的水雾在峡谷间飘飘悠悠，慢慢升腾，白雾围绕着我们，我们恍若也成仙界之人了。

不经意的一个回眸，我被一块奇石所吸引。悬崖边开裂出一根柱子，柱子顶端倒立着一块奇石。初看之下，小头顶在柱子上，大头却是直立着，宛如一个微型的雕塑。仔细瞧，这块石头的形状竟像是一个牛头在亲嘴石柱。我心中不由得暗叹大自然的鬼斧神工，这般的造型是如何形成的呢？

我拿起手机拍下照片，将照片发给牧童老师。他笑言这是牛郎石，牛郎正在偷看仙女呢。他这一说还真的很形象，这奇石被赋予了神话故事，也更有情趣了。

站在山顶看四方，各个奇石各有千秋面，突然一句诗浮现脑海："不识庐山真面目，只缘身在此山中。"今日在方山之巅看风景，也是各不相同。是啊，立于不同的地方，看到的景色自然不同，世间万物，看问题的角度不同，看到的物体也是不尽相同的。就如人也有千面，有些人对待不同的人就有不同的态度。

归途匆匆，雨丝依然飘洒。山道中，绵绵细雨和踏雨归去的步伐声融成一首《雨中飞步》。这次雨游方山，留给我一份美好的诗意与感悟。

泽国千年河润，文化历史悠长

下了高速，进入国道线。公路两旁香樟树宛如列队的迎宾仪仗队，静静伫立着，以树荫相拥的热情欢迎每一位抵达此地的旅人。我们按着导航一路前行，到了目的地——泽国镇人民政府。今天我来这里既是客人，又是来寻找泽国镇的文化瑰宝的探访者。

这是我第二次踏上泽国的土地，记得28年前，我陪同一位友人来此寻访一位故人。因当年交通不便，等车、转车、乘船、步行，几经辗转，从杜桥到泽国已是傍晚时分，我们在温岭住了一个晚上。第二天一大早就离开了。尽管有一晚之缘，泽国留给我的印象如云般轻柔，未曾记在心中。人世间有些情缘都是始料未及的。没想到今年与泽国有了深层的交集。

五月，以文学为桥梁，泽国作协的朋友们与杜桥作协来了一场文学交流会。在五月的文学交流会上，我们彼此都留下了美好的回忆。

转眼数月已过，恰逢红叶翻飞、丹桂飘香的金秋时节，我们迎来了祖国的75岁生日，杜桥作协会员受邀来到了美丽富饶的泽国，与泽国作协友人共同庆祝祖国75华诞，并即将举行一场“相约金秋，共赴山海”的文化走亲活动。

说到杜桥和泽国的文学情缘，其实已有百余年的历史了。据《泽国志》记载，清光绪进士葛咏裳是杜桥镇山后葛人，官居官兵部车驾司主事，清末时期著名的文学家和藏书家。葛咏裳和当时的泽国文人有很深的交情，他在1903年就为泽国的云阳书院写过《重建云阳书院记》。很庆幸百年后的今天，我们杜桥作协和泽国作协又重叙文学之缘。

泽国的月河

来泽国进行文化走亲活动，我心中不禁涌起一股强烈的探知欲，想要深入了解这个地方独特的历史和文化。我决定对这块土地的文化来一个追根寻源。我决定四处走走，了解泽国的水泽之谜。果不其然，从镇政府出来，走几百步，就看到一座宽阔的水泥桥，有桥自然有河。我立于桥畔，只见一条绿带似的河映着两旁绿树，延伸向远方。

牧童老师告诉我这就是月河。说到月河，路桥也有月河，原来都是相通的。那我对月河还是有所了解的。它是泽国的主要航道。月河从泽国穿境而过，是泽国通往外界的窗口。在遥远的旧时，交通没有现在这般发达，航运便成了一项重要的运输方式，就如有着2500年历史的京杭大运河，凡是运河码头都成为文化繁荣、经济发展的城市。月河对于泽国来说，不仅仅是一条航道，更是希望与财富，也如运河之城的水乡之繁荣之地。

“哟嘿——”我似乎听见船工那一声声铿锵有韵的吆喝。恍惚中，我的眼前闪现出一幅如梦似幻的旧时繁荣的码头景观，身穿长袍的儒商立于船头，带着一船满载的货品与岸上的伙计打招呼。农民挑着一担担的农副产品送到码头，这是他们一家人的希望。读书人担着一箱子的书籍，准备乘船去远方追求锦绣前程。小伙计把一箱箱药材搬上岸，运来的是百姓的健康。泽国的月河如同一条繁盛的商业脉络，载着一船船的商品穿梭于泽国与外界之间，掌握着这片土地的经济命脉。同伴的一声呼唤把我从恍惚中惊醒，我凝望着那宁静的月河，它悠然地穿越了喧嚣的闹市，却依然保持那份宁静与安详。就如经济强镇泽国，一个在经济繁荣地方，却始终如一地坚守着对文化的尊重与重视，重视文化的积淀和传承。

千年水乡千年情，泽国人对月河是怀着深情的。一代代的泽国文人对月河的深情是深沉的。他们挥笔洒墨，留下一首首关于月河的诗行。读读清代戚学标的《月河舟行》：“外水径行内水曲，两岸青山互回复。舟摇倏忽百十转，赖有长年途径熟。篷窗虽小脚可舒，仰卧兼得我看书。家乡水国亦自在，重悔奔走劳车舆。”河水绵延，轻舟一路飘摇过，景色从眼前流转。坐于篷船之中，独享舟行之趣。每一转每一弯，皆是风景与心情的交融。诗人随风远去，但留下的文字，犹如泽国的河，静静流淌在文化的长河中。

泽国，名副其实是“泽”之国，泽国除了月河，还有众多泾河环流，是一个典型的江南水乡。

泽国历史据考证，早在新石器时代，人类的脚步就已踏入了这片土地，留下了活动的痕迹。时光荏苒，到了五代十国时期，一位名叫郑偃的人从闽地迁居至此，他筑庄开垦，辛勤耕耘，逐渐将这里发展成为一个粗具规模的村落，名为郑庄。随着岁月的流逝，村落逐渐繁盛，名称也改为了泽库街。在宋元时期，这里属于黄岩县方岩乡东仁里，或许是因其地理位置特殊，众多溪流汇聚，象征着财富之流的归集，所以在 1470 年正式定名为泽库村。历史的车轮滚滚向前，到了清乾隆二十八年（1763 年），村庄的名字又发生了变化，更名为泽库庄。随着时光的推移，到了民国三年（1914 年），这里正式建成了泽国镇。

泽国镇，位于台州“金三角腹地”，是温岭的北门户。这里不仅是经济强镇、人口大镇，更有着“台州商埠”之称。泽国镇的发展历程堪称传奇，它是全国第一家股份合作制企业的诞生地，也是省首批小城市培育试点镇、省第一批都市节点型美丽城镇的样板。

泽国的历史，悠久绵长。从新石器时代的远古回声，到五代十国时期的郑偃筑庄，再到如今的全国经济强镇、美丽城镇，泽国镇的历史变迁见证了人类活动的痕迹和时代的进步。泽国镇蕴藏着独特的历史文化底蕴，吸引了众多的儿女在文字里游戏人生。

泽国书院

历史的车轮滚滚前行，每个车轮都留下了深刻的文化印记。泽国的文化印记应该从书院说起吧。泽国最早的书院创建于1268年，宋代的蒋彦圣进士创办了云阳书院。蒋彦圣曾为他的云阳书院写下《题云阳书院》："云阳书院俯清流，景物关心事事幽。红杏雨余飞紫燕，绿荷风里渡青鸥。催寒水国轻敲杵，钓雪渔翁远放舟。几度闲窗联坐榻，狂歌清夜未曾休。"宋末乱世，兵戈纷飞，烽火连天，然书院内书声琅琅，自有一种远离喧嚣的静谧与高洁。云阳书院的建立，是当地文化教育的一道曙光。云阳书院不仅打破了陈规，更为众多文人和学子提供了追求知识、发扬文化的舞台。成为当时文人聚集之所，也成为文人们在此文学切磋的地方。云阳书院的美景也在诗人的笔下流淌。宋代的戴震晨写下《云阳书院和韵》："白云片片傍江流，高士书斋趣更幽。天暖花心翻彩蝶，日长沙上浴群鸥。邻翁对月频邀酌，野客冲寒独泛舟。"戴震晨留下的诗，让我们欣赏江边的云阳书院开满绚丽的花朵，花间彩蝶翩舞，江上群鸥翻飞，如此美景怎能不触动人的情感？连书院隔壁的老人都学着李白举杯独斟邀明月，野外的客人模仿柳宗元泛舟独钓寒江雪。云阳书院不仅仅是个书院，而是置身于画中的美景，一个难得的世外桃源，让后人对云阳书院一醉倾心。清代蒋复卿笔下的云阳书院是"帘前垂柳风翻燕，山中猿鹤水中鸥"。清代裴灿英写秋景中的云阳书院"波自涵虚天倒影，却穿云气望牵牛"。云阳书院是一代代泽国文人的精神家园。

温岭最有名的月湖书院就在泽国镇布巷村文昌公园内。月湖书院又称文昌祠、文昌阁，始建于清咸丰九年（1859年），清同治二年（1863年）建成，是温岭唯一留存的古代书院，其格局完整、传统建筑风貌保存较好，富有地方特色，是江南书院建筑的一个范本。

咸丰九年，阮封翁捐资建楼，楼下用来供奉文昌帝君，左边作为讲堂，右边作为乡贤祠，各有三个厅。东西两侧各有五间房屋，左边中间的一间为报功祠，右边中间的一间为崇德堂。材料和工匠都已经备齐，但工程尚未完成时，太平军进入境内，工程因此中断。到了同治二年，阮家的后代楷云、馥云、晓云等继续发扬先祖的遗志，再建了三间魁星阁，阁的左右两侧各有三间房屋，分别命名为圣泉堂和翰芳斋。河流环抱的圣泉堂和翰芳斋如同一弯新月初上夜空，美丽而神秘。这条弯弯绕绕的河流，赋予了这片庭院新的名字——月湖书院。如此诗意而又别具寓意的名称，凝聚着智慧的创意和对学问的尊崇。

泽国除了云阳书院和月湖书院，还有丹崖书院和文炳书院，一个个书院培育出一代代泽国俊才。

泽国的文人

千年泽国，千年文化。说到文化，泽国确实是一个文化之镇。水乡泽国适合文人的浪漫情怀，各个时期的泽国文人都为泽国的文化做出了贡献。宋初的郑大惠在经学方面造诣极深，诗文尤为出色，擅长写山水诗。他的著作《饭牛集》就是给泽国文人最好的榜样。真德秀跋称他的诗："得天地之清气，读之如咀冰雪。"叶适评价他的诗"可入李杜之堂"。

陈尧道赋性灵敏，自小好学不倦，精通《易经》。咸淳四年（1268 年）考中进士，官绍兴监仓。他的一生最喜欢文学沙龙，时不时找三五好友吟诗咏词。

元代的毛南翰才情出众，得到了江浙行省左丞的赏识，被留任在左丞幕下，负责掌管计谋策略。他擅长诗词，喜欢与人切磋诗文。特别是晚年，他特别钟爱赋诗作对，和朋友研讨书法，他的辞章翰墨被人争相传诵，成了当时文化界的一个明星。

到了清代，泽国的文化达到了新的高峰，文人墨客们用细腻的笔触描绘生活的细节，用诗人的浪漫情怀来书写对自然的敬重，来表达对泽国这块土地的爱。清末的钟经圃，自幼读书承家训。晚年归乡重建云阳书院，曾连任县参议会一、二两届议员。61 岁杜门谢客，怡情山水。在一个依山傍水之处建造平屋 5 间，名为"逸园"。在逸园周围遍植花木果树。每逢佳节喜欢邀请喜文知己吟诗作画。与赵赓琴、狄桂舟、郭涵秋、叶君霭结“五老吟社”。他们不仅是生活上的知己，更是诗词歌赋的挚友。他们共同品鉴诗书，相互激发灵感，喜欢经常小聚把酒言欢，赋诗为乐。

在清代时期，戚家成了一个传承诗文的文化家族。他们在泽国土地上播下了文人的种子，开花结果于各代子弟的胸襟中。晚年的戚鸣凤是一个为诗文所痴狂的学者。每日冥思苦想，终得佳句。一次，因佳句冒雨急行三十里，寻求友人为其评析。三更时分，朋友因急事欲出，却见戚鸣凤衣裤尽湿，手持诗稿伫立檐下。友人感其执着，便放下急事一同品赏其新作《苦雨》。在他的努力下，他在年老之际创作了《碧珊集》《拾遗集》，展现出自己多年的努力和追求。

有其父必有其子，在父亲的影响下，戚振鸾继承了父亲的意趣，向樵石盘和尚学画，其山水花鸟之作工于一格。因其画作不轻易给人，所以流传民间者极少，但《两浙輶轩录》的书中为他留下一笔。

而最令人称道的当数戚鸣凤之孙、戚振鸾之子——戚学标。1742 年出生的戚学标自幼喜读书，深受家庭的熏陶，精通经史，善工诗文，尤精音韵学。他在乾隆年间进士及第，晚年专注于学术著作。他认为“形声”不可分割，声不离形，提出了结合声、形、气研究音韵的方法。他撰写的《汉学谐声》24 卷被学术界誉为中国出色的音韵学著作，开创了音韵学研究的新局面。除此之外，他还编辑了《台州外书》等多部著作，为台州地区搜集整理了大量历史文献。他还著有《读诗或问》《毛诗证读》《景文堂诗集》等。他的一生不是在整理书稿就是在编书的路上，著作共计 60 余种，人称“台州一代鸿儒”，入录《清史稿》人物传。

戚学标之子戚祖姚，字少鹤，承袭家学，善诗文。其以文人雅士之姿，常与台南名士聚于丹崖诗会，畅谈诗文，留下诸多佳作。其诗作饱含深情，才情横溢，有父风之遗韵。少鹤之作品甚丰，有《三客寮诗钞》《泠江诗余》《月河渔唱》等。其中《渔唱》一书尤为引人注目。此书以乡里山川名胜为背景，以风土人情的杂见为内容，为乡间收录之景、之事、之情感，一一为之吟咏，为后人的考证提供了宝贵资料。黄岩姜文衡曾为少鹤作序："言其性情志趣，殆与陶、杜诸公相颉颃。"此言非虚，少鹤之诗，既有陶渊明之超脱，又有杜甫之沉郁，实为难得。

古代的女子无才便是德，而戚家的姑娘在书香的浸染下，自然也是文人。戚学标孙女戚桂裳也继承了戚家的文风，以诗文为乐。长期寡居的她把情感赋予诗文里，著有《东鬟集》。她的诗风清丽，如《白荷》："缟素凌波似洛仙，亭亭雅态尽嫣然，泥涂托迹能全洁，冰雪成姿肯斗妍。月到方塘空色相，云低曲院共澄鲜。铅华洗尽清标格，不惜红妆乞俗怜。"

戚家几代人将泽国的文学带入一个新的高度。同时清代的泽国文人如井喷般出现于泽国这块土地上。酒中诗仙钟炳臣，他的生活中充满了酒香与诗韵，因为他对酒的深深喜爱，每一次的醉意都能唤醒他心中的万千诗情。他不仅是诗酒人生中的佼佼者，更是博闻强识的学者。钟炳臣的嗜酒成性并非放纵，而是他独特的创作源泉。每当他端起酒杯，酒意微醺之时，他的思绪便如泉涌，一首首扣人心弦的诗文便出世了。他辑录的《喷饭小草》《王谢世谱略》《丹崖志续编》等作品，都展现了他深厚的学识和严谨的学术态度。在晚清的文坛上，还有一位名叫曹诗言的才子，如他的名字一样出口成诗。他的人品与诗品都得到了世人的广泛认可和赞赏。他勤奋努力、富有创造性的文风让他成了清末时期泽国家喻户晓的文人。他的《醒梦楼文草》《诗钞》《登高吟草》《泛舟吟草》《月湖渔唱》等作品更是被后人传颂。

无奈笔墨短，情长却难以尽述泽国千年文人的诗情。泽国之水，历经千年仍清亮如镜，养育了一代代诗人的情怀。滋养了诗人丰富的内心世界，激发了诗人的创作灵感。每一时期的文人，都是泽国文化宝库中的璀璨明珠，他们以文字书写历史，以墨香传递文化。

重访海盗村

提起三门，好像不由自主就会想起那个叫作蛇蟠的小岛。我和蛇蟠岛的邂逅纯属意外。最早认识蛇蟠岛就是海盗村，一直以为海盗村即是蛇蟠岛，蛇蟠岛就是海盗村。

“来过三门吗？”“来过多次了。”“蛇蟠岛感觉如何？”“蛇蟠岛？没去过。”“到了三门怎能不去蛇蟠岛？”这是六年前，我到三门某部队做客，兵哥哥们与我的对话。听说我还未去过蛇蟠岛，于是，部队的周指导员就安排我们去蛇蟠岛玩。那个时候的岛是个岛，我们的车开到码头，车乘船到岛上。等船，上船，乘船，下船，一番周折花去了不少时间，幸亏有周指导员作陪，倒也省去一些手续。

因为时间的关系，那次去得匆匆，回也匆匆，我们只走了海盗洞一个景点。海盗洞留给我最初的印象只是废弃的石头洞，只记得那里曾经生活过一群与朝廷作对的海盗。因为还得赶上最后一趟船，再经历等船、上船、乘船、下船等一系列麻烦事，所以我们匆匆走了一个过场，便也算到此一游了。

没想到时隔六年，在台州市教育作协的安排下，我又一次踏上蛇蟠的海盗村。这次待遇可不同了，蛇蟠岛旅游公司还专门请了一个导游带我们游玩。游览野人洞、海盗村等景点。年轻的导游介绍景点的历史以及曾经的故事都如数家珍，听完介绍海盗人物形象在我的心中也立体丰满起来了。

立于广场上，五个东海枭雄赫然在目。孙恩、卢循、方国珍、王直、郑志龙五个海盗，以不同神态不同姿势高高立在站台上。在此之前，我只知道台州海盗王方国珍，据说台州人的元宵节和中秋

节改了时间都和方国珍有关系。此前我写过关于这两个传统大节的文章，也查过关于方国珍的历史资料。对于方国珍，台州人怀着敬佩之情，元朝朝廷对于南方的百姓压榨欺凌，元末方国珍的出现至少让元朝朝廷对这一方百姓有了一些忌惮。

上次来的时候，我以为这五个海盗是以方国珍为首的一伙海上枭雄。今日才明白这是不同年代的中国历史上最著名的海盗。海盗祖师爷孙恩是东晋末年的五斗米道道士和起义军首领。在东海群岛占岛为王，操练兵马，与妹夫卢循领导起义军，史称“孙恩卢循之乱”。每个朝代的拐角，都会有一些人遭难。孙恩之乱，自称“征东将军”，据守会稽，并宣令诛杀异己，连婴儿都不放过。具体有多少人遭殃，我们无法透过历史的视角去计算。但有一个人是因为这个海盗让她家破人亡。她就是“未若柳絮因风起”的才女谢道韫，谢道韫的丈夫王凝之是书法家王羲之的次子。当年王凝之正是会稽内史。孙恩进攻会稽，王凝之父子皆死于孙恩乱兵之手。谢道韫面对血海深仇，率女眷抗敌，终寡不敌众被俘。孙恩最后攻打临海郡，被临海太守辛昺击败，失败后的孙恩部下人数不多。孙恩不愿被俘即投海自尽。一代海上盗寇就这样谢幕人生了。

五海盗中的郑芝龙，也许很多人和我一样不清楚他是何人，可他的儿子却是赫赫有名的，那就是郑成功。明末，郑芝龙的势力遍及整个东亚和东南亚海域，大规模进行海外贸易，加强同日本与南洋各国通商，促进东南沿海地区商业经济发展繁荣。在经贸的同时也进行海上霸权，不给他交税休想进行海上通行或者贸易。在当时，他是海上霸主富可敌国。在他的势力达到顶峰时期，威胁到清廷的经济与稳固利益，最后被清军所杀。

这些海盗还不足以让这个小岛称之为海盗村。世界史上“盗”名远扬的“海上魔王”弗朗西斯·德雷克和“海盗女皇”卡特琳娜等北欧海盗都曾经在这个东海小岛占据为王。这一下真的是名副其实的海盗村了。

当我立于山海会盟中，我似乎听到刀剑碰撞声，人们的嘶喊声。刀光剑影仿佛在偌大的洞中若隐若现。曾经的他们常年在腥风血雨中厮杀，粗狂、鲁莽、凶狠，不是他们没有人性，他们在种种格斗中早就明白胜者为王的道理，所以他们不得不在凶险中求胜。当然也有战战兢兢，无论想在海上发横财或者是被逼而来，站在这个地方都已身不由己。有些人一出生就没有生活的自主权，更何况生逢乱世，更没有选择权。

无论是山海会盟，还是海洋经略，都向世人讲述着“盗亦有道”的传奇历程。盗亦有道？听起来有些不可置信，既然是盗了还有道可言吗？方国珍虽是海盗，却保护了这一方的百姓，这不是道吗？盗是因为看不惯官府欺压百姓，一身正义的台州汉子怎能不被逼成盗？就如水浒中多少好汉是被逼上梁山为寇的。

当下的华夏大地，国强民安，曾经荒僻的海盗村也因一桥架南北，与陆地连在一起了。海盗村不仅无海盗，还“盗”来一个安全的旅游胜地。让这个曾经是荒岛的居民因“盗”而得福，过上富足幸福的海边人生活。

海盗村的景点由东海枭雄、山海会盟到蛇蟠老营，共有十多个小景点串联。洞底总有积水成池，池中清水游鱼，鱼儿甩着尾巴自由生活。峭崖爬满青藤，崖与藤相依相偎，任天荒地老，他们不离不弃。大伙儿跟着导游，听着他有条不紊地介绍每个景点的特点和曾经发生的故事。我也就这样听着，听着就喜欢沉思，沉思又在回神中随着人流穿行在每个景点中。我们穿过一洞又一洞，洞中有洞，大洞连小洞。千洞之岛的海盗村，上千个盘曲连通的石洞，每个洞的形状都不一样，崖壁有直竖着通天的，也有倾斜着的。花岗石的崖壁上留着采石留下的大小不一的坑，看上去是一扇石窗的大小，也许就是用作石窗了。石窗也许和人一样，同个娘胎不同命。运出去的石窗要是装在一个四合院里就高贵得不可触摸。若是用在普通的平房里，也就让人不屑一顾了。我望着高高的崖壁，赞叹华夏劳动人民的智慧，也感慨底层劳动者的勇气，感慨的同时心里也涌起悲凉的情绪，这么浩大的采石场有多少肉躯陪葬？导游介绍这里自北宋以来，就有人开采石板。我想象千年之前的那个农耕时代，万事靠肉躯去完成。谁初来这个海中的小岛，谁又是最先发现这里的优质花岗石？据说从闵地泛舟到此歇息的匠人，意外发现岛上的花岗石正是难寻的优质石块。于是开崖凿石，蛇蟠采石即成开端。这里的花岗石纹路清晰，可镂刻。东海前哨，是海上运输的中转站。既然海运便捷，经营石板的匠人商人便蜂拥而至。匠人采石，商人采购，这个小岛的采石业便也应时而生了。千年的光阴，一斧一凿将山石一块块分离，这一个个洞坑的背后，是一个个肉躯由鲜活逐渐变得衰老。这赫红山石是千年血泪的凝结。也许当面对眼前呈现的千年采石场遗存的奇洞怪穴，大多游客都会认为这是江南最负盛名的石窟艺术殿堂。而我恍惚中仿佛穿越千年的时光，看到那个繁忙的采石场的山民，为了生计铤而走险。在那个纯手工时代，在高而陡的石崖上凿孔、起石，厚实的石板从岩体厚薄均匀分离。起石、搬石，哪一个环节都不容半点马虎，稍有不慎，那一滑脚便是脑颅开裂，身首分离。血汗而起的石板却无限风光地运往三门湾周边的村落，销往沿海的各大城市。还有些上好的石板将漂洋过海到海外。千年的岁月千余个洞，那是白骨堆砌成的奇观。如今这千年的斧凿，留下的残山剩水，竟然成为人们瞻仰的胜地，让游客体会到山野的粗犷与写意。我的内心是五味杂陈的、复杂的、欣慰的，当然也有酸楚的。

站在拜石亭，亭立无言。这曾经是石匠们寄予希望的亭子，曾经是那样神圣的山野凉亭，如今是寂寞于山野。我合手拜上三拜，仿佛听到那一声声粗重的嗓音在祈求平安、财富。立于亭里，望着滚滚翻腾的浪潮，几只海船在浪潮中浮浮沉沉。怪不得清代诗人朱章程写下诗：“千年尽露波涛声，万古犹存斧凿痕。”的确，立于此地，眸中尽是斧凿痕，耳闻却是波涛声。望着长长的跨海大桥，连接这岛屿与陆地，通往宁波甚至更远的地方。世间万物挡不住时代前进的步伐，千年之前的海盗怎能会想到今日一座桥将这个海岛连接了世界呢。

回到出口的广场，回首再望东海枭雄像，恍若穿越千年的时光，与时光对话，了解历史的脉络。再回身凝望前方波澜壮阔的三门湾，浪潮正一浪一浪奔涌而来，涌动了千年的海浪涌出一个个美丽神秘的海盗村，涌出一个和平自由的盛世华夏。

走读三门

“破晓悬钲旭日红，潮平两岸镜磨铜，扬帆领得行舟乐，蛎市门前淡荡风……”这是太祖公《寄甯邑海游文昌阁诸生七绝四章》的诗句，早几年读到这几句诗时，我疑惑不解。既然是宁县，怎么又是海游呢？原来宋时，浙江境域置两浙路，熙宁七年（1074年），分两浙路为两浙东路、两浙西路，三门分属临海、宁海两县，隶台州。一直延续到新中国成立初，三门海游归属于宁海。太祖公是清嘉庆年间的恩贡，是象山教谕，经常在海游、花桥这一带讲学。他的《海游白峤岭》：“水尽源穷艇不前，舍舟闲上翠微巅，纡回白峤浓千疊，俯视群峰一抹烟。”又如《寄怀诸同学》：“泛海扬帆怒浪生，扁舟几被覆沧瀛，而今回忆从前事，清夜独教魂梦惊……”从太祖公的一首首诗句不难看出他对海游这一带比较熟悉。

太祖公的诗：“风静浪恬时纵目，始知水国地天宽。”“钓水烹鲜地可居，仙乡风味乐何如。生平癖嗜无他品，牡蛎香鱼与鲫鱼。”每次读着这些关于海游风貌以及海产品的诗作时，海游于我有着魔一般的吸引力。

后来在东海文学结缘了三门作家喻慧敏、潘慧敏和马巧红，三门对我就如一个磁场吸引着我，然而一次次准备前行，一次次被俗事绊住脚。当看到李鸿发给我去三门县乡村振兴采风活动的留言时，里面有沙柳街道的板障山村、曼岙等地，我没有任何的犹豫说一定要去参加。

踏上海游的土地，我有种说不出的亲切感。

一、童话村落曼岙

晕乎乎从车上下来，睁开双眼时，那一派新农村的景象瞬间落入眼眸：灿黄如金的稻田，错落有致的排屋，青瓦飞檐的古式房子，水墨风格的文化长廊，新颖别致的新式洋房，花树紧拥的庭院，巨幅彩绘的立体画墙。冬日的阳光轻洒，稻田、长廊、洋房都如镀上了金。这般景致，如一针鸡血注入我的体内，顿时来了精神。梦幻的村庄犹如一幅画卷在狭长的山坳里织锦而成。这哪里是一个农村？分明是一个引人入胜的童话世界。

这个“童话”之地就是三门县沙柳街道曼岙村。曼岙村北靠笔架山，东临旗门港，西靠曼岙岭，村民靠打鱼为生。据当地宗谱记载，始祖迁入此地时，见山岙里蔓草丛生，故称蔓岙，为书写方便，后简化成曼岙。曼岙村地处山岙，交通不便，信息封闭，是个名副其实的穷山岙。村里思想活络的人都喜欢往外走，姑娘寻找自己的第二个造生之所——远嫁他乡。小伙子也想法子落户海游城区或者沙柳街头。一个山岙小村成了空巢村落，或许不久，这样的村落将消失于村志的历史舞台。

都说在山吃山，靠海吃海，曼岙两样独得，背靠笔架山，面临一片原野，又近海。村民靠捕鱼为生，以种水果农作物为副业。海鲜和水果都讲究一个新鲜，没有便捷的交通要道，无法打开销售市场。于是一条穿隧道的乡村公路通往曼岙村，曼岙村的绿色蔬果一车车往外输送。

曼岙村拥有得天独厚的自然条件——依山傍海。这样的村落怎能不打造一个城里人向往的理想之地——绿水青山，遍地花团锦簇的居所？沙柳镇政府着实动了一番心思，联合村干部就依曼岙村的自然条件来打造一个别致新颖的庄园式村落。天台有个涂鸦村，涂鸦墙体是一种视觉冲击力。曼岙村的村干部决定用一种新颖彩绘立体画。3D 创意彩绘，包含了三维立体画、全景奇画、全景画中画、立体画等多种类型。这些图案从一定的角度看，立体感非常强，就像立体实物一样，特别吸人眼球。立体画画面灵气、色彩艳丽，令人眼迷心醉，画感神奇壮观，如临其境，奇幻无比，具有十分强大的震撼力。

村里有很多老房子，古旧的青瓦历经了岁月的沧桑，沉淀了光阴的厚度，给人一种古朴素雅、安然恬静的感觉。老房子的古旧给人多一份怀想，那就对老房子进行修葺吧。墙面刷白画上3D绘画，给人一种淡雅素净之美，瞬间慢了时光，这份慢恰好弥补城里人的快节奏。

一幅幅立体画“跳”上一面面雪白的墙，美丽童话、浪漫爱情的手绘壁画如梦如幻。孩子们在卡通画前流连，年轻人在爱情花架下盟誓。

立体画跳上了墙面，村前村后也应该美景如画。全村人进行清洁家园革命。农村人随手扔垃圾的习惯可是祖传的。这个习惯想从农村里消失可比登天还难哪。一场“清洁革命”在曼岙村拉开了序幕，房前屋后的臭水沟发出阵阵臭味，成堆的废品柴火堆满家门口。村民旧思想一时改变不过来，他们觉得农村本来就是这样，臭水沟不发臭还能叫臭水沟？自家门口不堆放柴火那放哪里去？房前屋后的脏乱差，村民的抵触情绪，都如一座大山压在村干部的心头。为此，村干部带着积极性高的村民起早摸黑，用了半个多月的时间，清理了村中所有的臭水沟和村中几个沉积的垃圾堆，村民再也不好意思往沟里扔垃圾了。穷山坳曼岙旧貌换新颜，这场“清洁革命”不战而胜了。

沙柳镇政府组织了以“异想装扮绿色家园，巧手打造美丽庭院”为主题的美丽庭院创意大赛，通过相关部门与村民对接庭院建设，提倡废物利用、就地取材，旧箩筐、丝瓜架、碎酒坛、废弃的农用工具……农家常见的器物瞬间成了高雅的艺术品，房前屋后、庭院里种植着异彩缤纷的花草，轮季绽蕾舒萼，犹如走进花团锦簇的花园。就此，这样一个童话式的庄园诞生在三门沙柳镇的山岙里。

走在村中，褐色的长方形石块上“法治为纲”四个鲜红大字特别醒目。右侧的墙面立体画跳入眼眶，鲜红的宪法3D壁画景观墙引人注目：金灿灿的国徽，一本鲜红的宪法手册时刻警示着从这里经过的每个人。我最喜欢曼岙村的法治走廊，二层小楼走廊写着“科学立法”“严格执法”等法治标语。庭院中、小楼墙，法治元素随处可见。“全民中，普法律，人人学，莫忘记，不违规，不犯法……”村广播正在播放朗朗上口的普法三字经。从没有见过一个村庄把法律格言、法律漫画画上墙的，这种独具创新的“法治庭院”，唯曼岙村独有。听说村里还有法律顾问呢。遇到法律疑难问题，不用去法院就可以咨询村里的法律顾问。村里有了法律这面镜子，明晃晃照在每个人的心头，心里亮堂堂，哪里还会触碰法律的高压线呢？

曼岙村的立体墙除了“法治庭院”，还有“敬老爱幼”墙：“与人为善，与邻为友”“夫妻相敬、婆媳相让”等警示语闯进眸子，这一面面墙简直就是品行课堂，优良的传统美德一点点深入村民的心中。

走过小桥，有个别致的小木屋，白色的窗棂显得清爽干练，从外观上看，还以为是咖啡屋或者茶室，进内才知是书屋，一张白色大书桌摆放在木屋中央，桌上整整齐齐竖着两排书籍，走进木屋，不由得伸手拿起一本书来看看，不由得心在书中沉醉。书是精神食粮，村民闲暇之余，过来看几页书，倒也可以把凡俗之事抛却，何乐而不为呢？

换了容颜也换了人们的生活，村民们把1300多亩的后山种植上优质高产的水果。800多亩的养殖地养上青蟹、小白虾、雪蛤、蛏子等水产品，借着三门青蟹走天下的品牌。来三门旅游的人，难免会捎带一些三门特产回家，三门青蟹自然是第一选了。路通人多，果品和水产品自然广而告之。网络销售时代，村里合作社精心包装，尽心宣传，统一品牌标准，打响了曼岙果业产品的知名度。每年五月份举办枇杷节，甜甜的枇杷成了“主角”，枇杷花、枇杷膏、枇杷果为村民换来300多万的红票子，一朵朵红玫瑰悄悄飞上了村民的脸庞，灿烂地绽放着。濒临空巢村的曼岙成为百村文化与经济的模板，不仅把曼岙失散的村民吸引回来，还吸引大批的外乡人来此取经。五月的曼岙是曼妙的，鲜花姹紫嫣红；五月的曼岙是热闹的，人头攒动。五月的曼岙让你游笔架山、吃海鲜、摘枇杷，体验农居生活，曼岙让你体验不一样的农居生活。

我们的采访临近结束，村主任俞圣国一路陪伴一路讲解。曼岙村从此在我们的心海里留下了痕。回望冬阳洒落的童话村，庭院里的藤蔓爬上了秋千架，冬阳下的月季花，正吟唱着曼岙振兴歌；微风中的绣球花，正书写着振兴曼岙的诗篇。

二、栖心谷

曼岙采风结束后，我们前往板樟山村。板樟山村是沙柳街道的一个山上石头古村，原属宁海县岔路区屿东乡。古语云“板樟、平园里、上洋迁住起”，距今近900年的历史。据光绪《宁海县志》（卷三・乡庄）记载，清时的板樟山属桑洲庄。1958年10月撤宁海并象山，为象山县沙柳公社。1961年10月划分为宁海县，回归宁海县，属宁波专区。1983年5月，划归三门县管辖，属台州地区。

板樟山村有一棵千年古樟，近三十米高。远看，树冠如盖，枝叶层层叠叠，严严密密地盖住了天空，明媚的阳光全被挡在树外。移步树下，却发现这三棵树合为一体，抱团生长。这棵大樟心空，里面长出朴树和糙树，朴树和糙树树龄近200年，而樟树的树龄千年之久。历经几百年的“相依为命”，不分彼此，根与根的缠绕，枝与枝的牵手，叶与叶的亲吻，大樟环抱着朴树和糙树，就如母亲保护着儿女。这种三树合一的壮观奇景可说是天下奇观了。仰望着这一树绿荫密匝、虬枝横生的古樟，尽管历经千年的沧桑，经受世道的变迁，仍然含情地望着山村的兴衰、人事的嬗变。在古樟的世界里，人类就如一粒尘埃，在它的注视下，板樟山村一代接一代，一朝换一朝。

板樟山村还有两绝：百年藤瀑和万年火山。藤瀑和火山埋在栖心谷中，栖心之谷，修身养性之所。

走进栖心谷的大门，一池枯荷独立西风中。尽管初冬的山风阴冷，枯凋的荷叶仍以不败之态示人。池中有一个圆形的平台，平台之中有个吊篮，我跳上石块径直走向平台，坐在吊篮中。面对苍茫的旷野，橘红色的冬阳铺满了荷池，枯荷瞬间多了几分温柔，橘红色的柔光如一块橘红的纱巾盖在枯荷上。此时的眼前不再是一池枯荷了，而是一望无际的田田荷叶，荷叶上凝珠带露。枝枝清荷出淤泥而不染，濯清涟而不妖。粉的、白的荷花香销翠叶间，鼻息间阵阵荷风送香气。一时恍惚以为“兴尽晚归舟，误入藕花深处”。如果说最不负夏日韶华，当属满池荷花了。

“娇，走了。”一声轻唤拉回现实，朋友们从池边小路拐过去了，我起身环视冬日之残荷，已是残枝断萍，红消翠衰，看似萧条之象，却是留得枯荷听雨声。世间万物枯荣盛衰，就如人的一生青春不能永恒，必然要走向衰老。荣华不能永恒，荣极生败。不管如何衰败与老迈，都学这枯荷傲立西风，败不馁老不颓，不以物喜，不为己悲，淡泊明志，宁静致远，这才是一种幸福的人生。

坐亭中小歇片刻，分两桌而坐，喝喝下午茶，边饮香茶或者边嗑瓜子听栖心谷主人讲解谷中的布局。只是我的位置有些远，听不清讲解的内容。用我自己的话说，用自己的眼睛瞧吧，视觉的盛装才是最本质的东西吧。

栖心谷讲解员带我们走进幽谷。我们沿着一条山道往下走，山道有些陡，尽管山中景色秀美，也只能将手机藏于口袋里。初冬的山林不亚于春天的秀美，只是春天美得柔情，而初冬美得壮丽，红艳若火的枫叶，灿黄如金的银杏叶向来都是冬山的主打色。山间的林木在冷风中摇曳，落叶飘散，宛如一幅幅生动的画卷。走在其中，感受着秋末冬初的气息，不禁让人想起“落红不是无情物，化作春泥更护花”的诗句。

流泉一路奏鸣，叮咚之声不绝于耳，林深树密，遮挡了我们的视线，那清泉石上流的真容，如同深藏不露的神秘，让人心生向往。我们漫步在这山谷之中，任由清泉叮咚的声音指引我们的步伐向前，穿越着密林与峭壁。

“你看！藤瀑！”不知谁这一喊，一行人都驻足观望。对面山体从山脚到山顶，全被麻油藤覆盖。藤缠树，树护藤，相互缠绕，相互依存。绵亘数里的麻油藤，层叠堆翠，如一泓宽大的绿色瀑布倒悬在陡峭的山崖上，怪不得喻为“藤瀑”！有人说中间突起的麻油藤还真像一尊观音佛像，不说倒不去联想，这一说倒真像一尊手拿菩提的观音。古藤高悬，藤蔓绵亘，如绿蔓吞噬古堡的侏罗纪世界。讲解员说这一大片的麻油藤在这谷中生活了百余年。百余年了？百余年的麻油藤能这么安静地生活在深谷中，而谷外的三门亭旁却发生了翻天覆地的变化。三门亭旁是浙东名镇，1928 年 5 月 26 日，在亭旁爆发了威震浙东的亭旁起义，建立了全省第一个区级苏维埃政权，被誉为“浙江红旗第一飘”。亭旁成了“浙江的延安”“浙江的井冈山”。百余年来中国从洋人铁蹄下奋起，在日寇的刺刀下抗争，抗争到十四年抗战结束，奋起到新中国成立，又迎来了中国的春天——改革开放。改革开放四十年，中国从一个经济不发达的国家成为世界强国。这百年来外面的世界翻天覆地，这百年藤瀑一直幽居深谷不为俗世纷争干扰，是这般悠然怡乐生活在栖心谷中，这真是栖心养性之所呀。

30 年树龄以上的麻油藤会开花，花名为朱雀花，一般是清明前后开花。没想到冬日来造访的我们，分明看见藤树上挂着一串串、一簇簇的紫红色花朵。花朵不似别的花朵那般展开花瓣，而如合拢的翅膀，恰如一只只朱红色的麻雀翘翅欲飞，又像是一个个美丽的紫吊坠挂在幽谷中。也许天气变暖的缘故，扰乱了生物世界的生物钟。友人说：“也许就是为了迎接远客，才提前开放的吧！”在山谷中，麻油藤无处不在，我很敬佩三门人对自然的敬重，能让这些植物无拘无束恣意地生长。一根根麻油藤比手臂还粗，横卧路中，我们得弓身而行。一串串朱雀花与我们近在咫尺，一个文友伸手摘下一串花，给我们近距离观察。一串花有很多朵花，多至几十朵。有些花径有一拃，垂挂下来的花吊挂成串，如鸟雀飞舞。也有些花直接长在藤蔓上，犹如万鸟栖枝，蔚为奇观，真可谓一藤成景，万藤成景观。好一幅百鸟归巢图，这应该又是栖心谷的一大特色吧。

走了一段路之后，又迂回上走，两谷之间终于看见清泉的俏模样，澄澈的泉水从青褐色的岩石上欢跳而下，跌入潭中。坡度大些形成小瀑布，山中小瀑布多而密，虽不似飞流直下三千尺的庐山瀑布，也没有黄果树瀑布壮观，却也尽显妖娆。山中瀑布多，水花四溅形成水雾，让幽谷成为仙府神谷。龙潭下来有一泓清泉，这是一个造型独特的“心”形潭水，泉水被石坝阻拦，不仅水面呈“心”字形，东边山坡也用石头镶成“心”字，“做事之用心，成事要恒心，为人要善心，对己有信心”，这就是栖心谷的主题，这种设计颇具匠心。

走在谷中，仿佛时间被凝固在了古老的画卷之中。脚下的石块或溪中的岩石，带着亿万年的沉默与沉淀，静静地讲述着它们的经历。这里，每一个怪石奇岩都是火山的杰作。

据说这是亿万年前火山的杰作，“万年火山”又是怎么一回事？据考证，地质考古时发现这里有晚中生代火山岩和新生代玄武岩相结合的地质地貌，形成于千万年之前。精致的跌瀑，狭长的断崖还有多姿的崩塌岩，无不向人们展示大自然的鬼斧神工。

栖心谷除了这些自然风光之外，还有人造奇景。你看浪漫花海向游客绽放迷人的笑容，格桑花、石竹花、大丽花、杜鹃花、芝樱花、琉璃菊、金鸡菊等两百多种名贵花卉在栖心谷轮番开放，为这片土地增添了无尽的色彩和生机。一个个精心设计的心形花坛更是让人眼前一亮。这些花坛犹如一个个视觉盛宴，让人忍不住驻足欣赏。

漫步在栖心谷中，你会感受到这里的自然和人造景观相互交织，形成了一幅美丽的画卷。在这里，你可以放下城市的喧嚣和繁忙，让自己的心灵得到片刻的宁静和放松。

第四辑

古韵临海

岙胡印迹

我印象中的岙湖是山岙中有个大大的湖，却不曾想此岙胡非彼岙湖，“岙胡”之所以得名，是因为山岙中居住的是胡姓人家。

说起胡姓，且有故事。历来胡氏都以胡满公（也叫胡公满）为自荣，胡满公即舜裔。舜本姓虞，舜裔至遏父制陶有功，得周文王赏识，把长女大姬下嫁给遏父之子胡满。胡姓自胡满公之后遂为姓氏，唐末太尉讳仁，字行义，以黄巢之乱提兵防堵两浙诸境，遂寄于婺。其子宫讲又自婺徒步台州石鼓，石鼓胡公生三子，长子仍居石鼓，次子迁三门胡家峙，三子分徙温州。明初旭公裔孙源公返徙小溪，源公的后人续公因种种原因，觉得世俗难忍，遂寻隐居之地，就到了这个面面环山的空阔山坳。觉得此地适合生活，就在此地居住下来了。因为胡姓在此繁衍生息，故山岙名为“岙胡”。经过六百年的繁衍生息，才有五百多人口的胡姓后裔。

第一次听说岙胡的名字应该是在四年之前的知联会活动，临海市第二人民医院纪委书记胡仙琴说岙胡是她的出生地。她与我们一起来到了花积山，她说花积山一半属于岙胡村，一半属于下周村。没想到这一山峰竟然是杜桥和小芝两镇的分界线，山的南面是花积山的鸣溪谷，山的北面就是盘松岭。一脚跨过山岭就是小芝镇，一脚跨过山顶就是杜桥镇。花积山和王界山连接一起，这两座山已然淡出历史舞台，曾经的那一条千年古道，是临海与杜桥的必经之路。想想当年的小芝人想来杜桥，必须翻过花积山，爬过王界山才能抵达东海之沿海一带的村落。

改革开放以后，建造了盘山公路以后，古道就被冷落了。曾经的岙胡村就这样埋没在群山脚下的一个小村落，就如一颗蒙尘的夜明珠无法散放出奇异的光芒。胡姓的村民也就这样一代代日出而作日落而息地生活在这个山坳里，六百多年过着男人耕作、女人持家的日子。国家安定了，村民就换了一种新的思维思考人生，大着胆子考虑问题，五百人口的大村子总有吃螃蟹的人。有人外出经商，晓得外面的天地有多广阔，也有人懂得读书的重要，村民就开始勒紧裤腰带也得让子女上学。胡仙琴的父亲就是这样一个有远见的农民，他吃尽了没有文化的苦，觉得再也不能苦了孩子们，把四个子女全送进了学堂。胡父节衣缩食让儿女们在知识的海洋中遨游。新中国建设需要科技，新农村建设需要文化技术。就在慈父的教育与培养下，胡仙琴成为村里第一个女大学生，接着她的妹妹和两个弟弟相继走进大学的校门，毕业后在各自岗位上做出不凡的成绩。

还未踏进岙胡村，我对这个村落就有些好奇，今日借送书的机会走进此地，让我多了几分期待。我们在村里转了一圈，让我很意外，村中有个亭子，亭子里的一角竟然是个公益阅读角，放着两个大书架，书架上摆满了各类书籍。亭子中间放着一张大木桌，桌旁放着几个木凳。一般来说，村落里的图书馆都在村部的文化礼堂里，需要借书得经过村部的同意才能借到书。没想到岙胡村这么贴心，随处随手就可以让村民看书。只要想学习，村里就会想着法子让孩子们尽情阅读，只有书能改变人生，只有文化才会改变一个村的落后面貌。我又想起胡仙琴家，一个家庭能走出四个大学生，对于这样一个封闭的山坳村落，外人觉得是罕事，也许在岙胡村是常事，也许正因为这样的村风，这小小的村落才能走出那么多的大学生。随着子女的工作外迁，这个小村落已经有 24 户迁往大城市里安家落户。如今岙胡的儿女们不忘山的嘱托，不忘水的叮咛，为祖国为家乡的建设在各个岗位上不辞辛苦地工作着。

岙胡村东头不远处即岭脚水库和岙里水库，南临盘松岭，西与下周村接界。如今有 225 省道在村西通过，北与四南村接壤。一条上溪水穿村而过，溪水水流不多，溪上一座座现代水泥桥连接着村与田野。上溪水的内侧是村居，古韵古味的木质长廊，古色古香的飞檐亭子，置身于此不由得放慢了生活的节奏。漂亮的人工湖、现代化的休闲广场，让村民对生活多了激情与希望。无论是古色古香的建筑，还是新颖的现代化建筑，都以一种全新的面貌展现给世人，给了村里人骄傲，惹得外乡人羡慕。

几千年的生活模式，在海靠海，在山靠山。六百多年来，岙胡村民以最朴实的生活方式耕种着村前两百多亩的土地和周围的几座大山，以最传统的方式种植着最传统的水稻。然而社会在前进，村里的年轻人外出工作和打工，荒田荒地越来越多。都说想致富先修路，条条大道通村外，自从省道穿村而过，金凤凰就盘踞岙胡。年轻的农场主来了，土地和山林就被改写了命运，荒山变成“银行”，荒野变成聚宝盆。2015 年招商引资引来年轻的农庄主，临海欢乐：火龙果 80 亩，红心柚与水蜜桃各 50 亩，猕猴桃与樱桃各 20 亩，220 多亩的水果特产地成为岙胡村的一道风景线。

欢乐农庄不断扩大投资，相继投产多类水果，使农庄具有了“采摘 + 娱乐”一体化的休闲农家乐功能。闲居在家中的村民可以成为农庄的工作人员。脱不开身的村妇既可以照顾家里，又可获得经济收入。而农庄也少了到外乡雇人的麻烦，这难道不是一举两得的美事吗？

挖掘古村文化，整修盘松古道，开发乡村休闲旅游业。开拓新农村的经济收益，已成为岙胡村乡村振兴中的新探索。一个全新的小康梦，正在岙胡村民的心中腾飞。一幅新文明实践的蓝图，正在这山坳小村逐渐绘就！

东塍印象

我印象中的东塍到处都是崇山峻岭，可在不同的时代对深山幽谷有着不同的理解。古时的战争年代，因时局动乱，赋税过重，多少达官贵人就选择“拣取深山一处居”。古村落的始祖基本上都是因某个原因而隐居深山繁衍生息。像东塍这样一个多山的小镇，如麻山、呈岐、前四庄等偏远深山正是隐居最佳地。然而，随着改革开放的步伐不断加快，现代化的生活节奏和便利的交通也渐渐渗透到了这些偏远的角落。古时认为最好的深山幽谷，如今也成了深山穷谷了。山里的居民想着往外逃离了，让一个个深山村成了留守村。东塍只是七山一水二分田的小镇，一无地理优势，二无资源优势，然而却独创一条属于自己的经济之路，成为彩灯之镇、草编之镇、休闲旅游小镇。如今又因为太平盛世，生活如芝麻开花节节高，城里人又喜欢上幽谷中漫山的野花和自然生长的果木，喜欢听虫鸣鸟啼，喜欢听潺潺泉水声，又到了山野僻壤暂居或休闲旅游。东塍这样的小镇多山多岭，那一个个古村落又成为游子们的精神家园，成为城里人追逐的心灵栖息地。

风拂过山野

暮秋的风从山野拂过，从山岗掠过。竹梢正歌吟山野之秋，鸟在林间窃窃私语，宁静的山村瞬间有了动感的画面。

暮秋的清晨，我在一个叫麻山村的村口下车，享受着山野拂来的风，风里带来山野的芬芳，这淡淡的清香沁人肺腑。最先引我注意的是村路外侧的长廊，暗红木的长廊里有男男女女十几人。他们或蹲或站或坐，或凝视前方，或低头沉思，或细致描绘，或快速涂抹，安静且很专心地涂抹着什么。我近前仔细瞧才发现，他们都在画画，有用水粉画着花树的脉络，有用铅笔画着山脉的脊背，当然也有把前方的人和景画进自己的作品中。生活往往在不经意间成为别人口中的人，也在不经意间成为人家的画中之画了……他们以不同的角度画着自己满意的作品。一问才知他们是东塍镇书画协会的会员，到麻山村来写生的。我眺望着前方在云雾中忽隐忽现的山峰，绿色、黄色的树木若隐若现，似是瑶琳仙境，有那么一瞬间有置身于海市蜃楼的感觉，怪不得能吸引那么多的画家来这里寻求灵感。我不敢惊扰他们的创作思路，悄悄地退出长廊。

村路的内侧是一座座崭新的小别墅。小别墅的门前很宽阔，像个小型的停车场，一家家门前种着各种花木，一朵朵娇艳的月季花争奇斗艳，一丛丛墨绿的山茶花静守光阴……当然，农家人最朴实的，喜欢用农家菜来装扮自己的家园。你瞧！那竹枝架起的丝瓜架像个绿色的正方形帐篷，棚顶上一朵朵嫩黄色的丝瓜花骄傲地朝着天空放歌，棚下挂着一根根长长短短的丝瓜。丝瓜棚架旁是一畦菜地，芥菜、大蒜、青菜，嫩嫩的、绿绿的、整整齐齐的。菜地旁是高挺的玉米，玉米亭亭玉立在房子的东边，绿莹莹的青秆上挂着咖啡色的玉米须，一个个胖娃娃一样的玉米棒依着青秆酣酣地睡着了。玉米地旁有一棵柚子树，柚子在树丛中顽皮地和客人打着招呼呢。

这里的房子不多，房子的建筑风格带些欧式，三楼半的小洋房统一设计，米黄色的外墙显得格外夺目，一根根石柱子立在一楼的门前，每间房子的底层都有两根石柱子，一整排的石柱子很是壮观。看样子是一个新建的村子，既有小城镇的气魄，又不失农民的本色。

村书记向我们介绍，这是麻山新村，老村还在山上。这是几年前搬下来的住户，共有十五户人家搬下来。房子是宁波大学设计院人员专门设计的，恰好村里就有人在宁波大学设计院工作，就带个团队过来帮忙了。麻山村的游子人在天涯，心留故土，虽身在外乡，仍然不忘为故乡献计献策。一群鸟雀掠过上空，我抬眸望着一点点的鸟影消失在长空中。我想大山里的凤凰无论飞得多远，终会倦回故土，就算是客死他乡，心依然留在故土。

一个古稀老人走了过来，和我们聊起天来。他说自己活了一辈子，也苦了一辈子，住在山里一辈子。没想到老了还能住上大别墅，坐上轿车。一条大马路从门前经过，到东塍街落个市（台州人把赶集称为落市，落个市就是赶个集的意思）比以前转个村都还快。没想到社会发展速度比火箭的速度还快，住在山里不用走，手机一抖，全世界的新闻都能晓得。以前没得吃，现在不用劳动还愁着吃不完。到了一头白发的年纪才晓得什么叫作好日子。儿女都在宁波城里工作，这大别墅就是他和老伴的窝，到了逢年过节，孙儿们都能回家聚聚。老伯指着身后的新房子，说一句笑一声，爽朗的笑声一阵阵回荡在我的耳边。

在盘山公路上转了几个弯，车又把我们带到麻山老村。从车里出来的一刹那，黑白徽派风格的房子夺人眼目。一幢幢白墙黑瓦的房子密集在半圆形的山坡上，高高矮矮的旧房，错落有致的新修的院子，感觉像没有章法，却又感觉很有艺术感。从房子的建筑风格上看，老房子都应该有些年头了，尽管人去楼空，一幢幢旧屋也尽心尽职守着这一方土地。据村民介绍村里的青壮年基本上都到外地生活和立业，在各个领域上崭露头角。我瞧见一座老房子的门口坐着一位头发花白的老太太，戴着一副老花镜编织着草帽，娴熟的手法看得人眼花缭乱。她一抬眸望着立于她面前的我，温和地对我一笑，招呼我坐一坐。我还要赶路，没有时间进去坐一坐，歉意地还她一笑。回首还是对她的草编再望一眼，也不忘补一句："您编的草帽真漂亮！"风中送来她的一句自言自语："乡下人的手艺，换饭吃的手艺，一辈子的手艺哎。"她的声音轻软、温婉，却句句入我的耳。当下的生活，比编织业挣钱的活多了去了，东塍不是彩灯之镇吗？然而她一辈子守着编织业，她编的是自己的人生，也将自己一辈子的柔情编进这一圈圈的草茎里。在采访中我意外得知现在的草编价格也不同以往，最贵的一顶草帽竟然达到几千元人民币，这个价格倒是惊掉我的下巴。在我觉得不可思议时，一个身穿蓝色裙衫的女人告诉我，麻山村地埂田头有茶树，妇女们茶忙时采摘茶叶，农闲时编织草制品。村里外出的人多，留守在村里的农妇可以采摘亲戚叔伯家十几户的茶叶。茶叶的价格也不低，单是茶叶的一笔收入也不差。别看草编业不起眼儿，草帽的价格从几十元到几千元不等。现在生活好了，有些人把草编品当作装饰品，一把草编扇子，一顶草编帽，都可以挂在高雅殿堂供人观赏。如今条条公路通村落，有专门的人员来收草编作品。像老太太一辈子守着草编业的女人，编织的技艺已经炉火纯青了，就算足不出户，只要她手动动，每年也有一笔很可观的收入。我发现自己的信息很闭塞，一件不起眼儿的草编竟早已登入大雅之堂。

麻山村的女人靠采摘茶叶、编制草编就能养家糊口。麻山村的男人当然也不是吃素的，都说靠海吃海，当然靠山就要吃山啰。那千亩水杉基地是一道迷人的风景，春天一抹绿是希望，秋天的一片红是激情。这千亩水杉林是麻山人对家乡的一份厚礼，一抹抹绿是麻山人永不磨灭的乡愁，片片红是麻山人对家乡的赤子情怀。

在我印象中，一直都觉得东塍是个闭塞的小山镇，却没想到一缕春风吹拂进山村的每个角落。一盏彩灯让东塍人走向世界，一顶草帽也让东塍居于山头的女人日进斗金。我对东塍的原先的认识在此刻都得推翻了，不可小瞧这些山头村落了。

我站在古道边，据说这是一条东塍通往康谷的古道，如今也该是人影绝迹了。一辆辆车从盘山公路上疾驰而过，都说要致富先修路，也许这话说得一点都不错。一条公路敲开了麻山村的大门，一缕高科技的春风吹开麻山人的心门，原本死寂的麻山村也就不平静，外出寻求人生之路的麻山人留在大城市里，在乡守业的人也让麻山村旧貌换新颜。看老村里的那一幢幢楼，就算是人去楼空，可房子依然焕然一新，主人就算是人在天涯，心仍然归根。

又一阵阵风拂来，竹梢头仍在歌吟秋之歌，或许又在歌唱麻山之歌呢。

走！去呈岐

“走！去呈岐！”近几年这句话不知说过多少回，回回都是一张空头支票，却没想到在这个暮秋的周末竟来得这样突然。

最早听说“呈岐”这个名字，应该在27年前，认识了一个到我们小镇工作的呈岐人。听他和别人聊天的口吻，感觉呈岐一定是很远很偏僻的山里村庄。后来听父亲说呈岐属于东塍镇，是一个山头村落，村子很大。伯父徐孟高曾在呈岐小学教书，父亲跟着三姑婆去过呈岐看望过伯父。那年父亲十来岁，只记得山很高，翻了很多座山头才到呈岐小学。从他们的叙述中，呈岐留给我的印象就是在一个高山上的村落。

近几年户外运动的人多了，喜欢游玩古村落的人也多起来，从呈岐游玩回来的友人说呈岐是个不错的地方。到底怎样个不错呢？那还得眼见为实吧，于是想去呈岐一睹芳容成为我的渴望。然而好几次提上日程，又被生活琐碎绊住了脚。

当接到临海作协通知东塍镇“山居行旅”的文艺采风活动方案时，看到含有呈岐的行程，让我不由得心中一喜。

从麻山到呈岐，似乎也就一晃眼的工夫，没有父亲说的要翻过一座又一座的山头。我心中暗暗嘲笑自己，当年上来靠两条腿，今日到此是离合器一踏便飞速前进。再说当年是翻山越岭，当下的公路都是按最佳路线打造的新公路，这种种情由怎能相提并论呢？

到了呈岐，让我对呈岐有了多方位的了解。这不是单纯的高山村落，也不是山脚村庄，而是一个梯田式的村庄，从半山到山顶，一幢幢石头屋依山而建，散落在山的侧坡上。从远处看，房子高矮有序，简直就是临海版的“布达拉宫”。麻山老村的老房子建立在半圆形的山坡上，房子比较集中。而呈岐的老房子比较散，沿着新修的水泥公路翻过一个弯，又看到散落在梯田上的老屋。我和同伴说，以前都是靠两腿步行，要是从村最西头的人家到村最东头的人家都要走上半天时间，放在现在自驾车去一趟临海城里都还能一个来回呢。

碰到一位年迈的呈岐阿公，我问他呈岐村有多少年的历史，他回答我村史不是很清楚。但是呈岐老谱有记载，呈岐村最早可能是元代，陈氏始迁祖兴岐公居住城里，元代朝廷对江南沿海一带的百姓有些苛刻，城里生活过于显眼，特别容易招来官兵骚扰。三天两头与官兵周旋，让兴岐公心生厌烦。兴岐公到呈岐岭看到群山叠翠，山外还有山，峰峦如聚，一座座山成了一个个绿色的屏障，心里不由得多了一分安全感。再发现了这个“冈陵四合，仅通一径”的隐蔽之地，这是个很适合隐居的居所。南边有望海尖，西面有大雷山，北部有狮子岩。这种高山之环的保险之地适合宜居生活，不用担心外贼侵犯。于是兴岐公毅然决然选择在这里繁衍生息，故原名为陈岐村，后因种种原因，陈氏迁居外地，何氏迁居此地。因“陈”与“呈”谐音，而“呈”更显意境，后称为呈岐村。

兴岐公安家在呈岐选择安稳静怡的生活，山头的一分安然怡宁的山里居所让他把尘世纷扰隔在心门之外，与山鸟对话，听山溪吟唱，享受天伦之乐，让他好不自在。元明清，朝代更替，无论外界多少纷扰，这里的居民始终安宁，日出而作日落而息，呈岐人不问红尘，只做清闲人。最鼎盛时期的呈岐村人口达到上千人，然而盈满盈缺是人间规律。国家强盛民安乐居，高科技现代化生活冲击着遗世的古村落。教育集中化，村小逐渐合并中心校，为了孩子不得不搬到城镇，年轻人不可能再趴在地头种地，要进城打工挣钱，大学毕业到杭州、宁波等大城市落户也不愿意回来。青壮年拼命挣钱，老人就得进城帮忙带孩子。一茬又一茬的呈岐人离开祖居地。曾经的鸡鸭满村跑，牛羊山坡追，不知不觉，曾经的晨鸡啼鸣不再，袅袅炊烟不见。唯有清淡的山风拂过一座座静默的石头墙，只有清冽的溪水伴着村里老人的晨昏。当年的兴岐公为了安稳生活从城里来到呈岐，建立村子。如今的呈岐后人为了生活而逃离呈岐，到大城市安家。

村东有炮台山，山上曾有抵御土匪用的炮台。东塍康岭一带群山绵延，在那些动荡的年代，百姓的生活朝不保夕，有些苦于生存，走上匪徒之路。有些游手好闲之人，因山高皇帝远，政府没人管，也就干起了苟且之事，因匪徒较多，路过这里的人战战兢兢，呈岐村的百姓也感觉居所不安全，筑起炮台抵御匪贼。同行的伙伴说她家住康谷的亲戚，在四五十年前从康谷挑东西到临海城里卖，必须经过这条古道，常有敲诈勒索之人等着要过路费。如今只要勤干，生活都能过得去，谁还愿意触犯法律落寇为生呢？这倒是，即使最偏僻的农村也已经衣食无忧，犯不着把自己送进大牢。当炮台失去意义之后，容易被人们淡忘了。加上呈岐的村民逐渐向大城市发展，村东的炮台就没人再记得了。

偌大的呈岐不说是一座空村，也和一个空村差不多。大多的房子都紧闭大门，有些房子已经塌了一道墙，有些门锁已坏，门窗开着，杂草长满门内。年久失修的老房子处处印着一种沧桑岁月的痕迹，村里看不到年轻人，更不用说孩童，有孩童的地方自然就有生气。偶尔遇见一两个扛着禾锄或者扛着毛竹的老农。碰面的老人，明明是陌生人，却是一脸和善。路遇挑红薯的老人，同伴想买，问多少钱一斤。却听到老农一句惊掉下巴的话：“不甜的，不卖！”我们从来买菜都是听到卖家如何夸自己的农产品，巴不得买家多买些多给钱，这个老农却死活不卖，说不甜的不卖。古朴的山村，朴实的山农，让我对这位老农心生敬意，对呈岐多了一分眷恋。

走在呈岐的村路上，一阵阵清风徐来，风里送来缕缕清香。大山总是最慷慨的，送来淡淡的花香、清新的草木香，各种香味混合成大自然最高贵的香料。居住在这里的人是幸福的，这偌大的大自然氧吧，这天然的香料坊，怎能不让人舒爽呢？

继续漫步在村里的老路上，突然一个石头房让我迈不开步子，实在太美了。这是一个两层楼的石头房，二楼的门口正好对着路。我们对着的正好两扇木门，木门的锁早已锈迹斑斑。门口对出是水泥板铺平，毛竹栏杆当扶手。门口挂着一块匾，匾上的字被一种绿植遮去一大半，只露出“古居”二字。绿植的叶子像鸭掌一样，一齐向下，满墙很均匀地铺着。有人告诉我这叫地锦，属于爬山虎科。经深秋的霜染，叶片呈红显黄的，深绿翠绿的，墙面上有夏的留痕，也有秋的印迹。准确说应该是留着岁月的沧桑。在呈岐，像这样爬满藤蔓的石头墙青砖墙似乎一点都不新鲜，走几步就能瞧见这样的满墙藤植。石墙、青砖、黑瓦、藤蔓，让寂静的呈岐显得更加清幽、雅致。这是一个适合发呆的古村，适合疗伤的地方。当在喧嚣的城里，快节奏的现代化生活压得人透不过气的时候，到这里是最合适的，靠着石墙，静守时光，望旭日东升观日落西沉，看朝霞行千里赏晚霞飞满天，任由岁月从眸中一点点消失殆尽。让尘世的烦恼在心间一点点空灵。

呈岐有一种花很别致，一片片橘红色花瓣合围成圆形，露出一点点红色花蕊，倒着开放很像一盏盏橘红色的灯笼。我想应该是灯笼花，不就像是一盏盏红灯笼吗？据说这种花的名字叫风铃花，也对，像橘红风铃挂于绿叶之间。呈岐随处都可见到风铃花，一朵朵风铃在风中晃荡，或许在等待呈岐游子的归来，也许是照亮访山人的心路。高高挂起的风铃花，任凭风吹雨打，任凭霜压雪欺，依然惊艳在这个遗世的山野。也许正是在外创业的呈岐人，无论碰到多大的困难，都不会退缩，不会停步，因为故乡的风铃花照着他们回乡的路。

往里走，再往里走，有个新修的庭院。从门口进去，左拐是一道楼梯，上楼的内侧墙上是一个书架，书架上摆着各类书籍，有名家名作、社会百科全书……这是谁家的设计这么独特呢？再进去，有个小小的会客厅，摆放着一张张桌子，看样子是一个民宿。再看旁边有个吧台，果然是个民宿。前门的门口有一棵大树，大树枝叶茂盛，树干斜着往墙外生长，生命果然不同凡响，这么一个墙头竟然能生长这样一棵茂盛的树来。树旁有一个清清的游泳池，夏天来这里，一家人游个泳也是不错的。同行中有东塍文联的人，他介绍这个民宿的老板也是城里人，因好游玩经过这里，发现这么好的一个地方被遗弃实在可惜，于是在这里新修了老房子做起了民宿。

在钢筋水泥结构生活久了的城里人嫌城里的喧嚣，喜欢周末到大山呼吸新鲜的空气，民宿就在大家的需求中产生。别看这高山荒村，周末假日时，来这里的人还是很多，民宿的房间也早被人订购一空。生在盛世华夏，快节奏的生活需要一个缓期平和，人们选择了这么一个宁静怡然的地方作为心灵栖息地疗养心灵创伤或者缓解心理压力，把内心的烦闷或强压放空在呈岐的座座高山之中。

一隅呈岐，因险要的地理位置被兴岐公所青睐而落户成村繁衍后代，如今又因这特殊的天然环境让更多的城里人来了还想来，来了就不想走了。

倾听岭根老故事

这次随着采访团走进岭根村，听着赵书记和吕部长交流着关于岭根村的故事，我一直都在旁边倾听，让我对岭根村的历史多了一些了解。再加上岭根村网格员笑笑和岭根草编姑娘的补充，让我对岭根村的认识由浅入深。

东塍镇岭根村被崇山峻岭环抱，九座峻山交会在岭根村上方，三溪穿村而过，形成“九龙舞翠，三水夹金”的风水宝地。岭根村历史悠久，说起岭根村的历史，岭根人便自豪地说起家乡的历史。据岭根王氏族谱记载，北宋咸平年间，有个叫王珏的人从襄阳迁居临海，也可以说是岭根村王氏始祖，1024 年中进士，为官时期政绩斐然。王珏公后裔十二世王皞，生于 1312 年，大概在 1330 年左右任台州四区粮长，一个秋日的午后，途经分水岭再来到陈村。路遇陈村的富翁陈德章，陈家有一女自出生以来未曾开口说过话。一个道士曾预言哑女只有碰到夫君才会有言语。陈德章见王皞一表人才，气度非凡，突然心头一震，偷偷让丫鬟叫小姐出来。哑女面对生人竟然言语如常，果然是真命天子出现了。陈德章便喜上心来，将女儿许配给王皞。成家后的王皞带妻移居岭脚空阔地，觉得此处正可安家乐居。从此在此地落户开枝散叶、繁衍后代。崇山峻岭的山脚就如绵延山岭的根部，故村名为“岭根”。

因绿水青山的滋养，岭根村出了一个长寿王。长寿王王世芳于康熙八年（1669 年）九月初九出生，重阳久久，也许他的出生就意味着他的高寿。王世芳的一生历康熙、雍正、乾隆、嘉庆四个朝代。年少时当过兵，40 岁得中秀才。说到王世芳 40 岁得秀才，其实并非他才学平庸，而是当年临海出现过一件“青衿之厄”的骇人听闻的诸生闹学的冤案，致使台州不敢尚文，20 年没人敢参加科举考试。王世芳幼年选择骑马射击，希望能从军报国。曾奋勇夜袭血战，平定台城耿逆之乱有功。到他 40 岁前，台州尚文之风才开始，他觉得国家也算安定，百姓生活不需要武力，需要文能治愚。他又改武为文，40 岁考取秀才，成为老童生，到 80 岁得贡生。

96 岁到丽水遂昌任训导，在遂昌任职期间，主持重修县志；扩建义学和建文昌阁，拨款办学，改善当地的办学条件；做引溪开渠、架桥修路等利民之事。王世芳遂昌任职之期，百姓很依赖这位王训道。据说百岁以后还曾三次被清帝召到紫禁城呢。乾隆三十五年，乾隆帝听说浙江的百岁有余的老人，下旨召见 102 岁的王世芳进京贺寿。皇太后羡慕不已，请画工给王世芳画像，将画挂于养心殿天天看，也希望自己能有百年长寿。

“花甲重逢，增三七岁月；古稀双庆，添一度春秋。”这个对联在小学的试卷中出现过多次，我以前老觉得 141 岁这是一个神话，只不过文人出的一对对子而已。没想到不仅有真事，而且真人就在我们临海。这个对联有人说是乾隆皇帝和纪晓岚的佳作，也有人说王世芳 141 岁生日时，朋友送他的对联。到底为何不用考究，反正都是送给长寿王王世芳的生日贺礼，这就是真的。

王世芳留给后人的故事不仅仅是他的高寿，还有乾隆皇帝御赐的牌坊。立于岭根老街口的牌坊就是王世芳102岁时，乾隆帝引“九老会”典故，御赐的“香山九老”长寿木牌坊。此坊以旌寿星功德，也昭告天下“升平人瑞”盛世之景。长寿牌坊本来立于老街口，老街是原岭根村的正大路。牌坊南边正中还有七块三尺见宽的青石板路，这七块青石板代表着王家的尊严，当年武官必下马步行，文官必落轿缓步才能从此路走过。如今七块青石板依然铺在老街口，虽然失去往日的尊严和辉煌，但它却是岭根曾经辉煌历史的有力证据，也是岭根人的骄傲。1945年的初夏，日寇的一把火，御赐牌坊烧为灰烬。新世纪之后，村里的老人希望后代能记住祖辈曾经的辉煌，在新的村路口建造一座新牌坊，依着原来的样子重新筹资建造百岁坊。高高的牌坊立于225（75）省道岭根村的村口，经过这里的人都可以瞻仰牌坊的威严与高贵。到牌坊下站一站，路人也希望自己一生能健康平安。

到了岭根村，没有理由不去王世芳故居走一走。王世芳故居立于小溪畔。从村路进去便看到王世芳故居，青砖黑瓦、檐角马头墙，处处留着光阴的印痕。一柱一椽一庭院，烙着时代的痕迹。土黄色的木壁木窗，古朴古意，彰显着古典的美和历史的厚重感。窗棂、檐角，精雕着虫鱼鸟兽、花草树木，各种图案形态逼真，神韵洒脱。王世芳故居是那样婉约和典雅，又那么恢宏和富丽。

王世芳故居如今成了农家乐，王家后人守护家园，在祖宅里经营产业，既让游客解决了饱肚问题，又让食客对几百年的老房子多一点了解，也更好地宣传岭根村的历史文化。

走进大门口进去右边是厨房，厨房的楼上是很大的房间，如今改造成大厅，供客人吃饭用的，可以放着四张大餐桌。楼上最左边是一个小房间，有个花木格镂花圆门，我猜想或许曾经是个小姐的闺房呢。如今打通和外面的大厅连在一起，挂上字画，满眸都是古色古香。坐在这里小口吃饭，恍惚穿越古时岁月。

岭根村不仅仅因长寿王而扬名天下，还因为民国时期出了近十位将军，故又誉为“将军村”。这一位位在民国时期和解放战争时期对华夏大地有着特别贡献的岭根儿女，让岭根村成为远近闻名的文化村。

走进王纶故居，这是一个很精致的两层楼四合院，只是不同于别的民国四合院就是天井里的地面，一般都是青石板来铺地，而王纶故居是用奶白色和杏黄色的鹅卵石铺成的。仔细看奶白色的鹅卵石拼成各种图案，因年代久远，有些鹅卵石缺角，有些鹅卵石磨损，不仔细还看不出什么图案。在笑笑的提醒下，就容易找出图案，大门口进来正中位置是双龙戏珠，一颗大珠子的两边各有一条腾龙。有龙必有虎，一只猛虎正腾空而跃，龙腾虎跃象征着神威和权贵。堂屋直出的地面是一面国民党党旗，用党旗铺地确实不多。党旗的前方，也就是地面的正中，是一匹昂首腾蹄的战马。王纶将军一生最喜欢马，不知是天意还是巧合，44 岁的王纶就是丧命于战马，战马惊蹄，跌落亡故。

四合院天井的左边是一个厅堂，厅堂正中的木壁上挂着照片，照片上有一个英气逼人的将帅，这就是房子的主人——王纶。木壁前放着一张长桌子，桌子上竖放着一册线装旧书，封面上写着“王纶将军”。因时间匆匆，我没有翻看内容，这倒是成为我很遗憾的一件事。厅堂的两侧各有房间，房间四壁挂满关于王纶生平故事的各种照片和书信，以及各个名家的书画。

仔细看了这些介绍加上笑笑的补充，一位将军的故事便在我的心头形成了。王纶生于 1892 年，正值清末动乱时期。父亲王师君是位儒医，恨透清廷的腐败与无能，也憎恨官场的黑暗与勾心斗角。他以悬壶济世为己任。儿子的出生，给王师君的人生多了一抹亮光，他希望儿子能干番事业，把儿子们全送进学堂。长子王纶年幼时聪颖过人，读四书五经烂熟于心，对中国诗词旧典、诸子百家颇有研究，甚至对代数物理也产生浓厚的兴趣。有过人的记忆力，还有超人的胆识。他不辜负父亲的期望，从进浙江陆军小学求学开始，就明白百年的华夏受尽外敌的侵辱，他志在推翻清朝，振兴中华。王纶勤学苦读，心存救国，小小年纪投身辛亥革命，参加学生军光复杭州，15 岁的他成为革命军排长。经过一次实战，王纶的救国思想更加强烈，要想救国，更需上学，他考进陆军预备学校、保定陆军学校、陆军大学，学成之后，投身革命，他历任北伐军第一集团军、第一军团参谋长、国民政府军事委员会第一厅第一处处长、参谋本部第三厅厅长第一处处长。

王纶胸怀天下，对乡邻更是满怀深情。一次回乡，他把祖上积累的田契、房契全烧毁了，告诫族中子弟切记今后不能再置田买地。他把田地分给佃户们，让他们各自耕种田地过好生活。除了关心乡邻生活，更注重家乡的教育事业，他秉承父亲遗训："王家子孙，要倾助地方学校，资助贫困学子。"他每次回乡总给家乡中学捐赠 1000 大洋，鼓励家乡学子学好学业，能投身革命，让百姓不受战乱疾苦，早日过上安稳生活。

伫立在王纶故居中，让我惊于挂于壁上的那一张民国二十四年印发的《申报》内容，刊登关于王纶坠马逝世的消息。王纶戎马一生，一生与马为伴，却丧生于马上。

今日了解了王纶将军那么多的故事，将军的形象在我的心中更加丰满了。我对这座四合院的一石一瓦，也顿时肃然起敬。我摸摸静默在门口的石磨，泪眼模糊。朦胧中恍若一身戎装的将军正骑马缓行在门外的小路上。

走出王纶故居，漫步于一个个古旧的民居中，只见一座座粉墙黛瓦的四合院，马头墙飞檐翘起。一条条悠长悠长的小巷，两边是青砖的高墙，高墙之内，院门幽深，楼影重重。让人恍惚之间分不清身在何处，瞬间空间转换，如果此时手中有一把油纸伞，那定是戴望舒笔下的撑着油纸伞的姑娘。

穿行于老街中，老街两侧的老房子有些破败，有些房子的门口还有招牌的痕迹，我似乎听见声声吆喝声，轻软细语的讨价还价声，还有噼里啪啦的算盘声。揉揉瞳眸却是满目苍凉落寞。老街昔日的繁华已不再，哪里还是一个商甲之地？

老街的最南端立着一块石碑，上面刻着“连山桥”。千万别小看这三个字，这可是当年北京大学校长蒋梦麟所题的字。连山桥是一座三孔石拱桥。石拱桥桥身边沿由青条石砌边，中间是鹅卵石组成的一个个图案。

连山桥是一座古驿桥，连接上章安、小芝方向去往康岭、海游以及宁波方向的古驿道。古时走到此处，需过碇步才能到对岸。王纶将军深知碇步给远路的人带来诸多的不便，比如挑着重担的行人，或者涝季之时，远行之人对着激流会无所适从。王纶将军每次回乡都会为乡亲们的实际困难做点实事。他最后一次回乡，出资并请人设计建造此桥，就在桥竣工之时，等候他来开桥，却不料传来噩耗。直到半个世纪后，王纶后人回乡才补上一个隆重的开桥仪式，以慰将军在天之灵。

我多次来过连山桥，也多次走过连山桥。然而今日当了解了连山桥的故事后，感觉这不仅仅是一座桥，这是一座思亲桥，当年王将军把浓浓的思乡之情融进这座桥里。如今岭根的后人看桥思将军，那一份深切的怀念之情寄予清风飘往天堂。

立于桥的最高处，我四顾眺望，康谷溪从桥下缓缓而流，只见清水微澜，从碇步间涓涓而流。溪畔的田园一片金黄，橙黄的晚稻是送给大地最美的晚礼服。山边那一行行墨绿的茶园，倾听着大自然的心语，正写下满是深情的诗行……

由于时间的原因，我们没有走完岭根村其他名人故居，也许留点念想，待我日思夜想之后再来倾听岭根的传奇故事呢。

跟着驴友去旅行

“驴友”一种说法就是旅友，是旅途中认识的朋友；还有一种说法就是旅行和驴行是谐音，而驴又擅长耐力走路，所以徒步旅行者都以驴友互称，驴友一般结伴出行，认识或不认识的人有着同样的旅游爱好有相同的目的地，就结伴而行。驴友们探险旅行结合在一起，去那些山高林密、悬崖峭壁的地方，让人们感受到了探险的刺激和乐趣。他们不仅结伴而行，还善于利用各种技巧和工具，不断挑战自我，不断突破极限。

我喜欢旅游，我喜欢去名山大川，也喜欢深山涧谷。但对于驴行我是敬而远之，我敬佩但我不崇尚。我不是个喜欢冒险的人，我喜欢那样稳稳的生活。然而一直觉得驴友和我的旅游是毫不沾边的人，今天却也成为一个驴友。

一个同事经常参加驴友队活动，当他说要去小芝看红树林的时候，我禁不住诱惑参加了他们的桐坑行。

周六起个大早，我赶往指定的目的地——凤凰城对面的千足店，我以为是洗足店，去了才知道是个经营香烟的店。所有的人都对我很好奇，不是因为我是个生面孔，而是因为我穿了一双高跟鞋。我这样的装束自然不是驴队员的装束，可同事在昨天就告诉过我，这次的驴行没有险坡，都是大道，我习惯了高跟，穿平底反而不习惯。再说我的高跟鞋上过天山、黄山和北京长城，这是我最引以为自豪的记录。几乎我所有的旅行都是穿着高跟鞋去游玩的，所以我一点都不担心我的脚功。

一个穿着白灰运动服的人来安排，大家都叫他老大。我有些惊愕，我以为老大都是戴着一副墨镜，人高马大，魁梧的五十来岁的大汉子，没想到竟是个文弱书生。又让我有些惊讶的是，老大的网名叫紫无雨，我原先以为紫无雨是个女孩，想到这里，我抿着嘴自嘲了一下。老大把我和我的同事一家安排在一个叫千足的车里，进指定的车又是一惊。我以为“千足”一定是个很时尚，一头红色或黄色的卷发，穿的裤子可能是膝盖上有洞的。反正我的意想中就是潮人。可竟然是一个俊朗、清秀的年轻小帅哥，一口临海口音，说话的声音还是轻声细语的。一路上他很少说话，我和同事叽里呱啦说个不停，他也会偶尔插一两句。他开的车和他的外表一样稳稳当当的，速度不慢但没有那种一快一慢、急速刹车的倒霉的车技，我是个晕车的人，对陌生人的车技总是很怀疑的，但对这个年轻人的车技我是相当的佩服。

到了第二个红树林，我们停车徒步前行，开始了我们今天的旅行。老大核实了一下大家的手机号，把我们分成一组一组的，但我们还是愿意跟着大部队行走。我第一个交谈的人就是华哥，我知道他曾是个军人。我对军人永远都有着特殊的感情，我不知道他真实的姓名。大家都叫他华哥，也有人开玩笑唤他花哥，他也不生气，反而笑得很灿烂。一路上他总是跟在队旗的左右，也经常会帮一些人拿袋子。一路上，他也询问我多次，穿这样的鞋能否再行走。在回来的路上，他说他还是佩服我的脚功的。

我第一次看到了队旗，一面绿色的队旗，上面写着“杜桥驴友之家”。旗手的网名叫精益眼镜，大家都叫他眼镜。看得出来此人的性格是相当的好，因为大家都喜欢和他开玩笑，他也很幽默、风趣地回答大家的各种问题。旗手总是在队伍的前面。这面旗虽很轻，但是一直举起也是很难的，从早上 8 点一直到下午 3 点半，除了吃饭，从没有让旗离开过他的肩和手，就这样一直举着。我想起军旗手，在任何时候都不能让旗倒下，哪怕人亡也得让旗立着，这就是一种重于泰山的职责。有这样的领队，有这样的旗手，这样的一个团体不得不令人信服，跟着这样的队伍还能有什么不放心的呢？

一路上大家随意说笑，我完全抛却现实生活工作中的种种羁绊和束缚，做最真的自己。所有的人都用不着装腔作势，用不着装模作样，用不着考虑公众舆论社会影响，浑身轻松自在，这是一种心灵自由飞翔的感觉。我们在路上碰到很多陌生的驴友，但大家都会打招呼。我印象最深刻的那个叫“向导”的人，五十多岁，头发白了好多，但人长得很精神。一身笔挺的呢大衣，一个挎包，让人无法把他和驴友联系在一起。可他竟说自己每个双休日都会带着驴队出去走走，他说去年来过这里，但去年的路没有今年这么平坦。今天他是先来探路的，过两天就会带着他的队伍来这里赏玩了。他加入我们的队伍，有时候也会说个笑话，引得大家一阵爽朗的笑，我们就在这一阵阵的笑声中，翻过一座座山。

赏玩了三个红树林，我们继续前行，来到杨岙村已经是中午11点了，这里有几户人家，有汤面炒糕，老大说停歇一会儿，我们赶紧把背包里的食物拿出来吃。这个时候又是最热闹的，大家都把自己的食物拿出来分，你吃我的，我吃你的。在我们填饱肚子的时候，发现对面石屋子围墙外围着一堆人。我很好奇挤上去瞧瞧，让我更意外的是居然有人在墙角做饭，一个队友在煮面，一个队友在炒糕。只有一口碗大的煤气桶，一口锅，就成了一个灶台。肉丝、笋丝、茭白丝、虾，锅里的年糕和配料一起翻炒着，飘出了香味。这样的配料一点都不比家里的差，别小看这锅小小的，竟然盛满三大碗。看这个队友的样子在家也是个做菜高手，一问果然如此。他告诉我，他几乎每次活动都参加，因为他们有时候要走一些无人区，就是有钱也买不到食物，所以准备了这些在野外做饭的器具，每次出来都自己做饭。我看到他们把垃圾都放回袋里，然后他们告诉我，一般如橘皮之类能增肥的，就扔在野外。如塑化一类的垃圾要影响环保的，都必须带回家去处理。今日我觉得一切都是新奇，一切都让我感到很新鲜。这趟跟队，我算是长见识了，而这些都是书本学不来的知识。

饭后我们就一直走在山涧中，都是乱石堆，我们就踩着那些溪石往前行去。涧谷乱石不好走，俗话说“患难之中见真情”，路不好走，但驴队还是很有秩序地走，前有人后有人，总会有人不断给你鼓励，不断有人扶你一把。老驴友都有登山棒，我就在丛林中找了一个扶手棒，这根扶手棒确实给了我很大的帮助。

这一程最让我难忘的一段路，回程时为了抄近路，不走去时的大道，而是爬了一段陡坡。在水库的边上有一悬崖峭壁。领队的就从这里上了，说实话，我还真的心在颤抖。无路又是丛林，而且又是陡直。我有些赌命，也不愿意被人嘲笑。看着有几个人上去，我也硬着头皮上了。驴队安排好了接应的人，很有秩序地让我们排着队一个接一个上去。我扔了扶手棒，双手紧紧抓住树，脚踩着稳石，一步一步往上爬去。大概爬了十米左右，却是一个一米左右的荒坡，没有树根可以给我依靠，我傻眼了。下去是不可能，因为下坡更不好走。这个时候有个女的喊我，让我找树枝，指指旁边的树枝。我想一定是前面的人用过的，我赶紧抓在手里递给她，然后就这样她拉着我，我依靠这根树枝爬了上去。我不知道她的网名，更不知道她的真名，但我却永远记得她在我人生的旅程中曾给了我一次帮助。人生何处不相逢，相逢何必曾相识呢，不相识也可以伸出援助之手，我想这就是这个团队的精神。正因为这样的精神，才引来这么多人加入。

在这里，大家是平等的，平等地享受着快乐人生，我虽然只做了一天的新驴，但我对这个驴队却有了感情。如果有机会，我还会去参加驴队的活动，我想还会给我带来新的快乐。

官溪桃花红

三月的春风带着微冷，且揭开了春的帷幕。藏不住的春色里，满目姹紫嫣红，迎春花抖开金斗篷，玉兰花穿上白礼裙……梨花儿白，杏花儿粉，拾起花瓣问春天，一枝独秀桃花红。

三月是桃花的世界，花瓣是春风抖落的春色，是山野缠绵的爱恋。满树的桃花是风姿绰约的新娘，山野田头盖着一块块红艳的锦缎盖头。

灼灼桃花惹得多少人的向往，到了三月，心禁不住向往桃花林。当我正寻思周末赶趟桃花会，就接到了临海市作协举办“白水洋桃园诗会”的通知。蒙蒙细雨没有绊住我们的脚步，没有扰乱我们的心情，依然如约而去。

到了官溪村，接待我们的工作人员早已经等候在村边的桥畔，引领我们走进了会场中心。放眼望去，古老的村落依山傍水、宁静古朴。大雷溪清澈晶亮，清溪潺潺穿村而流。村前村后桃花儿烂漫盛放，满坡满野恍若盖上了红绸。第一次来到这个叫作官溪的地方，就被这个小村落一望无垠的红海深深吸引住了。粉红的浪潮从路边涌向田野，涌向依势的山坡，甚至包围整个村落。我们身置的主会场也淹没在这一片无边的红海中。

每次遇见桃花，总恍如初见时的惊艳。目及之处的一树树桃花乘着三月的春风翩然摇曳，朵朵花瓣簇拥着、挤压着、层叠着，如梦如幻般红遍了整个山野，一团团、一簇簇花瓣从光秃秃的枝条上喷涌而出。这诱人的红，如同绵延不绝的霞霭流动在官溪村的村前村后。这似锦如霞的红，平添了官溪村的灵动气韵。一阵阵清香扑鼻而来，草木的清香、桃花的幽香弥漫在空气中，轻吸鼻子，便浸心入肺，瞬间觉得心肺都润泽多了。心儿向往着桃林，脚便由着心儿一起走了，凤仙和丽敏也一同走进桃林。

婷婷女子立于花枝前，静听风吟，与花悄语，眼波流转，两腮绯红，真是人面桃花相映红。一抹笑意飞上姑娘的眼角眉梢，是这般温和柔婉，认识与不认识她的人都为她拍下这绝美的画面。我也陶醉其中，静坐在一棵桃树下，捻缱绻柔情在怀，醉卧桃花树下，听花与花的私语，看树与树的亲密。喧嚣尘世有静处，静处也会成闹世，心静之时，闹市又成静处，就如官溪村，本处于临海最西处的大雷山脚下，偏远静谧，却因为桃花红，吸引了四方来客，然而官溪村的村民依然我心种我果，勤勤恳恳培育着千亩桃林，过着自己红红火火的生活。

桃花一定是为赴约而绽放的，要不然官溪的桃花节，怎会是游人如织？摄影家们举着长枪短炮“咔嚓咔嚓”，茶艺师们进行茶艺表演，画家在画架上饱蘸浪漫的粉色，曼妙的女子身穿旗袍漫步在行行桃林中……

诗人和作家也赶来赴约，临海市作家协会会员应邀而来，在官溪的桃花源来一场“桃园诗会”。米洛克公司的小帅哥主持风格风趣幽默，张瑶华的古琴声声，不问曲终人聚散，煮一壶春色，唤醒一树树繁华绽枝头。陈和平老师以箫为诗情伴奏，诗人李达飞、赵春飞和徐锦绣老师声情并茂地朗诵自创的诗歌。杨红枫主席朗诵马曙明老师的原创作品《三月》，三月的桃花在杨老师动情的语音里变得更为动人；林大岳即兴创作的《他们来过》，对于桃花来说，它盛装舞步来过官溪村，望着场外的人群如织，携妻带儿也来过，我低头不仅自嘲了一下，我也算来过了；张英老师朗诵朱自清散文《春》，抑扬顿挫的气韵，甜美的声音回荡在山野中，赢得了观众的阵阵掌声。为这次诗会，我准备了一首应景的《想起你，就想起了春天》，折叠的记忆恍若桃花初绽，万水千山，只为把酝酿了一冬的情话一点一点衔进寂静的小院……平平仄仄的桃林里，留下芬芳的诗行，诗意在这片红海中荡漾着……

会场边上坐着一个老干部模样的老人，正和人说着官溪村，我便站一旁静听。我从他和旁人的对话中了解到，官溪村位于大雷山脚下，大雷山是临海、天台、仙居三县市之界，山上风光秀美，山高林密，清泉潺潺，也许正是这个独特的天然氧吧，官溪村的青山绿水种植的果甜汁多。又加上土壤结构为黄沙土，适合果树生长，种植的果子比黑泥土种植的果子甜度高，个头儿大，汁水多。村民逐渐将水稻改为种植桃树，千亩桃林就在得天独厚的自然环境中诞生了。曾经无人问津的山村化茧为蝶成为桃花源，这幅神话般的春之作品，无不隐藏着官溪村民的勤劳与智慧。

千亩桃林种植的桃子品种繁多：春红、春蜜、大白桃、小蜜露、梦富士等。其中大白桃通过订单销售，畅销到上海、杭州等大城市，往往是“桃花刚开，果已卖完”，“果中皇后”大白桃成了官溪村村民的摇钱树。听着这些话，再望望远远近近的深红和浅红，看到了村民们红黑的脸上挂着的笑意，这笑意告诉游人官溪村村民正过着红红火火的桃源生活。

“你看那青山开门白云里，你看那扑面红色似云霓；你看那溪水清清绕渠来，才看见满山遍野的桃花雨。染红了天和地，绽放我心里……啊，红红的桃花，红红的官溪……”一路上，听着朋友发送来全国十大优秀村歌的《这美丽的地方叫官溪》。我沉醉在悠扬的旋律中，感受着官溪这一天给我带来美的享受。

官溪这一首优美的村歌，承载了多少游子的乡愁与思念。听到此歌的官溪游子们，多少能唤起他们内心深处的情感，让他们回味着儿时的美好时光。或许这首歌也让那些在外打拼的游子，考虑回乡发展贡献自己的力量。

江南悬空寺

宅家两个月了，都不知道今日是何夕了。看着朋友圈里的春天，向往春的心湖荡起层层涟漪。望着娇媚的春阳，心底的渴望一点点往上涌，若是今天不出去又得禁锢一个星期了。就在我烦忧之时，看到了鸿在群里发出邀约的留言，我是迫不及待地回复，2020年春的第一次行走，就在这样的无意之中形成了。

车在沿江下了高速，这是第二次踏进沿江腹地。二十多年前曾来过沿江，记得那个时候一大早从家里出发，从杜桥车站坐车到涌泉，然后再坐船横跨灵江到马头山上岸，再步行到一个村落，用了一整天的时间。没想到今日一条高速让我们只用了二十多分钟的时间就到了这里。抬眸望着动车在甬台温铁路高架上穿梭，台金高速正在建设中。沿江镇南邻椒江，东邻黄岩，高速和国道横穿沿江镇，沿江在蓬勃的时代中，它也如一棵透着生机的金柏树正蓬勃向上。我不由得感慨高科技给我们的生活带来的便捷与快节奏。

也许正因为这种快节奏的生活，才让我们时刻向往自然。车在一个叫清潭头的小村庄停了下来。这个名字就让我们充满着向往，名曰清潭头，一定也有清清的潭在等着我们。村口有一棵大樟树，从车窗的那一瞥，应该是百年的古樟。同伴们瞬间被村里的景致吸引了，车开进了死角，既然偶遇也就不能错过了，一个个如笼子里刚放出来的鸟，飞去和桃花亲吻。一朵朵娇艳的桃花也不负春光，那一朵朵俏在枝头的粉花，花瓣硕大，泛着金光，如娇丽的明星。那躲在后面的花朵，犹抱琵琶半遮面的含羞态像极了邻家的村姑。

几只小黄狗悠然地趴在门口，自顾自地将自己脱俗于尘世之外。也许我们惊动了主人，一个村妇走了出来，和我们打招呼，我们说想去悬空寺，她热情地给我们指引方向。我们几次迷路，几次得到村民热情指引，清潭不愧是清潭，这里的民风淳朴，就如一潭清水不含俗气与脏尘。就算看不到我们想要的风景，我也觉得不虚此行。

沿着一条土路往上走，清幽静谧。这世界仿佛就只剩下我们五个人了，一路上，我们轻声话着家常，聊最近各自困家的生活，也聊文学。路旁的枫树长出了嫩嫩的红叶子，卷着或舒展着，随意率性。也许红叶子懂得我们的心情，我们也正喜欢这种随意的生活姿态，只是它们可以尽情随意，而我们只是暂时性的随意。等疫情过后，我们都得进入高度紧张的工作状态中去，人活着是要肩负社会责任的。

路的左侧还有一座山，两山之间藏着一条溪涧，乱石经年累月被水冲击，原来石头的世界和人一样，也会被撞击得圆滑世故。温婉的溪流贴着乱石温柔而行，偶然也会俏皮地飞溅出几朵水莲花，打个漩儿再奔向远方。

入眸的一切都是那么充满生机，怪不得我们时刻想念着春天的世界。

一个拱形的小石桥和一座玲珑的小凉亭闯入我们的双眸。这座叫作青龙桥的石拱桥跨过溪，溪的中央有座青龙亭，石做的石凳，石做的亭柱，石做的亭顶。或许这就是传说的青龙所化作的一座亭，守望着这座座山脉。我们走上石桥，在小亭里稍作休息。其实我们也没有走累，然而看到这么漂亮的亭子，自然而然拐进来坐坐。倾听山风在耳畔歌吟，痴望鸟雀在眼前秀着恩爱，轻闻溪水在脚下弹琴。山野的一切是那么随心所欲，那么无拘无束，怪不得被禁锢了一个多月的凡夫俗子向往着这空灵的山野。时间仿佛慢下了脚步，我们率性与这个山野来一次亲密的接触。坐在亭子里，望着远山黛色，内心瞬间沉淀了杂质，心如清潭一样的澄澈透明。

顺着山路往前漫步，走一步停一步，也可走一步停两步，反正今天任由我们自由率性。同伴惊奇地说："嗨，你们看！"我们顺着她手指的方向抬眸望去，在山的左侧看到一座寺庙。黄色的墙体正贴着峭立的山石而建，削壁之中，一排寺庙就"悬挂"于二三十米高的悬崖上。哇，人类真的无所不能，这奇崛、嶙峋、苍劲的峭崖上竟建有这么一座古庙。庙名为"接引寺"，也许有接善引渡的意思吧。这座叫作"接引寺"的江南悬空寺，上载危崖，下临深谷，楼阁悬空，结构惊险，一见之下，不仅让人啧啧赞叹，连连称奇。悬空古寺，寺悬空，人亦悬空。人赤条条而来，空空归也。人生一切四大皆空，因而要留下真善诚，只有真善诚才能帮灵魂引渡去彼岸。我们正准备跨桥前去一睹风采，几只土狗爬在桥上拦住了我们的去路。对面楼上有人喊着"狗狗"的名，正欣喜的我们，却被告知，不能观望。哎，也许残缺之美才是完美，比如蒙娜丽莎，虽断臂，却让人们记住她的微笑。也许带份遗憾才会让我们更好去惦念"江南悬空寺"，将这份惦念酝酿才能醇香。

继续往前走去，没走多远，一座拱桥落入眼眸。从我们的视角瞧去，竖在桥右侧的是一条如白蛇般的小瀑布。瀑面只一尺左右，却有几十米的落差，蜿蜒潺潺而泻。右侧果有一条黄色的长龙，长约二十米的巨龙，龙首高昂，龙嘴中有一股清流喷射而出，这就是沿江著名的"龙喷泉"。据说原本的"龙喷泉"不是这样的，而是此地两山高耸，山谷弯曲如龙，龙头的山岩突出似龙嘴，龙嘴前方有一小岩像龙舌，上游百丈岭水流湍急，从龙嘴喷射，故名"龙喷水"。路遇一个村民，他说20世纪70年代修筑水库后，断了龙嘴的水源，当地村民才人工修建这条人工龙，把"龙喷水"的景观人工再现让后人永远记住。然而人工龙毕竟代替不了自然形成的景观，反而感觉有点弄巧成拙的意味。世事总是不完美，修建水库与龙喷泉断水成了一种矛盾的对立面，就如世间万事总不能完美，就因为无法完美，才有那么多的遗憾，正因为此，才使生活生出那么多的烦恼愁绪。

清潭头一游最不能忽略的就是水库，龙喷水水库建于1973年，水库是村民的饮用水源基地，并兼有防洪作用。既是稻田灌溉的功臣，又是沿江一带发电的元勋，这是一座综合利用的小型水库。弧形大坝用块石垒筑，渠坝不宽，坝外就是悬崖。站在大坝眺望，库面也不算很大，绿澄澄的水面在春阳和微风的宠溺下，泛着粼粼的波光，如同吹皱的绿绸巾。望水里有山，山水融为一体。山不争高，水不争澈，此时影印苍穹，不争名也不夺利，只为清廉相依，只为清节自守。只愿在春丽的暖阳里，笑看云淡风轻。转身望向来路，已被群山座座遮蔽，接引寺隐在半山腰，如同几个橙黄的火柴盒排放在绿山之中。斑驳的旧黄，感悟千古禅理，仰承日月普世精华，俯瞰人间众生疾苦。

一座古意亭子深藏了岁月的沧桑，别有一番古韵诗意。“7”字形狭长山谷通向村庄，也正是这重重叠叠的山峦和崎岖难行的山道，隔开了现代文明的纷扰与喧嚣，使得沿江保持了原本的那一份难得的安详与宁静。此时我的心头突然冒出一个词来：佛意！对，这词真的恰切，这是一座佛意之山，也许只有佛性的人才能感悟到这种佛意。

旧城采风记

上盘曾是我工作多年的地方，听到“上盘”两字总是颇感亲切。二十年前的上盘经济落后，交通不便，特别是旧城这样离镇区有段距离的村庄。

近几年随着75省道与83省道的开通，把上盘和椒江以及上盘到临海的距离缩短了无数。大环境的改变带动了小村落，各个村庄的道路也改善了很多。要致富先修路，上盘本来就是西蓝花故乡，这省道的开通使上盘的经济又上了一个新的台阶。

导航把我们带到了村部所在地，在村干部的带领下，我们来到了旧城村的文化礼堂。初次来此地，窄窄的村路感觉很像诸葛八卦村。一条笔直的小巷前方有座院子，黛瓦白墙，雪白的墙体上有一副红色的对联。等车到了门口，看见有个年轻人走了过去，我猜想这应该是文书李昌金先生。走进文化礼堂，看到桃渚的文友们早在院子等我们了。村里的书记过来迎接我们，带我们走进了二楼的道德讲堂。

说起道德讲堂，书记的话匣子就打开了，他说初建文化礼堂，老百姓的意识淡薄。记得第一次请人来进行道德讲座，还要家家户户去做思想工作，然而听老师讲了一次关于“家庭和谐”的讲座，竟不料听者连眼睛都不眨，听得入神入迷。若隔一段时间讲师不来，村妇们就会催村干部把讲师请来讲讲。本来清官难断家务事，邻里纠纷、妯娌矛盾、婆媳恩怨等乱如麻的家庭关系在农村里比比皆是，然而都被讲师入情入理的家庭和谐法则一一破解。如春雨润万物深深沁入农妇之心，心结打开了，老死不相往来的关系也就没有那么重要，“和谐”二字在村民的心中有着重要的地位。从书记放着光的脸上看得出，他对这道德讲堂和村里的和谐相处尤为自豪。

旧城村的文化礼堂不算很大，然而干净整洁是给我们所有人的印象。讲堂的墙体上挂着几面家风的匾，一面写着“克己”，克己是培养节制自己的能力，孔子曾说：“克己复礼为仁。”另一面写着“自省”，自省是指检省自己，从思想意识、言论行动等各方面去审视自己是否遵从道义原则。讲堂的隔壁有个阅览室，室内四个书架上摆着各类书籍，一张大约四米长的红桌子中间有个低凹的格，放书正好，一长溜的书籍整整齐齐在阳光下泛着光，据书记说每逢周末会有很多孩子和家长一起来看书。我的目光被几本书所吸引，没想到在一个偏僻的农村文化礼堂能看到《最美的诗歌》《朝花夕拾》等文学类的书籍。

最让书记和文书感到自豪的就是村里最优秀的儿子叶青松。叶青松是毕业于四川大学华西口腔医学院的研究生，年仅 24 岁的叶青松发表了第一篇 SCI 论文并参与编写《循证口腔医学》。因为表现突出，研二那年破格被四川大学和荷兰格罗宁根大学录取攻读双博士学位。叶青松获得了耶鲁大学干细胞与组织工程实验室、迪拜国际正畸研究生培训项目、浙江大学和澳大利亚詹姆斯库克大学等多份邀请，叶青松选择了詹姆斯库克大学。在澳洲的 3 年多时间里，叶青松共发表了 13 篇 SCI 论文，共发表论著 30 多篇，累计影响因子超过 60 以上，多次受邀参与生物材料与组织工程、医学生物学、口腔正畸学等领域的国际学术会议并作主题报告或担任顾问，此外还受邀担任多家国际杂志的编委以及十多种 SCI 杂志的审稿专家，入选澳大利亚国家研究委员会（澳洲国家最高的研究管理机构）的基金评审专家库成员，并先后获得 2011 年詹姆斯库克大学青年骨干领导奖和 2012 年澳大利亚国家研究委员会青年科学家发现奖。由于成果突出，叶青松于 2011 年破格升为博士研究生导师。他用毅力与激情创造了一个又一个学术成绩，以杰出才识担当使命，叶青松华丽回归附属口腔医院，成为该院干细胞与组织工程研究所负责人。

怪不得书记说到叶教授的时候，眼睛里放着光。有这样的一颗闪亮的明珠出自村里，又怎能不让村民自豪呢？

从文化礼堂出来，书记带着我们绕村一圈，村边是一大片空阔的田野，尽管是冬日，却是一大片绿茵茵的西蓝花在冬阳的辉映下泛着绿绿的光。在绿丛之中，蓦地发现有一团团雪堆在绿丛之中。哪来的雪呢？年轻的文书笑着说："这是棉花！"棉花？对于我们来说这是第一次见到。我心里暗暗发笑，我们欣喜若狂的样子真有些刘姥姥初进大观园的样子。

在田园的最东边是一座座山岗，蜿蜒山脊，不险也不高。鲤鱼山东临青塘门，西接轻盈山，南襟海涂，北扼桃渚港，为海防要区。别看这山不起眼儿，却曾是抗倭最初点。六百多年，台州府重要的海防前哨兼驻军基地，就在这上盘镇下旧城一带，所以说旧城是抗倭第一城，一点也没错。古城就修建在前方的旧城山，古城设有东南西北四门，每门设有瓮城，瓮城在 20 世纪 50 年代被毁。据说洪武十七年（1384 年），为了抵御倭寇的侵扰，朱元璋令重臣信国公汤和巡视海防，汤采纳大将军方明谦的建议，1387 年九月在旧城下城设立炮台防守。后来，因地处海口，倭寇趁潮水入过海防，导致旧城古城墙的防御功能大大降低。后来官员不得不把城防转移到中城。不过，中城规模太小，无法屯兵，只好防御城再往后退，最终建在桃渚，就是现在的桃渚城。

我曾经在上盘工作过七八年，都没有搞清楚旧城村名的来历。今日我算是清楚这村名还曾和抗倭的历史有关联。回首往昔，旧城村见证了那段波澜壮阔的历史，如今在这片土地上，尘封的往事如同一部沉甸甸的史书，引人深思。曾经，这里的勇士们挥舞着战旗，与倭寇展开了一场又一场激战，捍卫着国家的尊严和领土的完整。而今，旧城村已成了一片宁静的乡村，但那份英勇与坚韧的精神却依然在村民们的心中传承着。在这里，历史与现实交融，让人感受到了时间的流转与历史的厚重。

括苍山的记忆

接到二妹的电话，问我去不去括苍山看日出。有这样的好事，还能不去？我当然一口应允。但是看看窗外的烈日暴晒，又有些犹豫。妹妹又来电话，嘱咐我带一件厚外套。我追问这么热带厚衣服干吗？她说照做就是了，不然到时候冻得瑟瑟发抖可别怪她。最后一句话让我浑身激灵了一下，不再犹豫了，赶紧收拾衣服做出门的准备。

我一个同事来自括苍山脚下的一个村落，她经常在办公室说起括苍山。我对素未谋面的括苍山充满了好奇。也经常听文友们说起括苍山的奇景奇观，看到他们的朋友圈晒出括苍山的照片，实在令人神往。今日意外旅行，总算如愿了。

3 点多，我们从杜桥出发。到了括苍镇，已经是 4 点多了。再租个面包车赶紧上山。面包车载着我们弯过了一道道弯，还真是山路十八弯。我们坐在车里如坐在摇篮里一般，摇晃个不停。车内的人，你挤我，我挤你，嘻哈笑声一路洒落在山道的风尘中。

终于到了一个较为平坦的山顶，我们下了车，我以为就到了。谁知妹夫却告诉我们要走到对面的山头去，他说只不过 200 米，走走路都是小意思。妹夫前头带路，把我们带进一条狭小的、崎岖的山道。路面不规则的山石一点都不平稳。一脚踩下去石头就滑落，幸亏路旁有树藤可以抓住，不然就连人滚落下去。都走了半个多小时，不要说 200 米，我说 3 个 200 米都超过了。妹夫笑着说下山又爬上山顶，是个 V 形。这个 V 口的两座山头相距就是 200 米。被他忽悠了，我们都大呼真是赵本山的真传弟子。一边说笑着一边还得爬山，不然就被扔在这空旷的山野中。

太阳收回似火的热情了，山野的风温情似水，丝丝清凉，好舒服。我们都背着大包，有各类的水果，有各种美食，还有一个大蛋糕。妹夫给妹妹过个生日跑到括苍山留个纪念。我们口中大呼真是被他骗了，可是心里还真是羡慕这两个家伙。太能折腾人了，把我们的腿都折腾得差不多断了。我感觉我的脚底起泡了，可是不敢说，我怕招来他们的鄙夷。终于气喘吁吁地爬上山顶了，我以为就到了，坐在一块方石上喘着气。

不知什么时候，太阳挂在山头。西天的云霞放出异彩的红光，那红光穿透云层，云层顿时似撕裂的布，似箭的光芒照射在云层上。因为光度的强弱，云的颜色也就随着变化，橘红、橙黄、烟灰、灰白，各色堆积的颜色如一块五彩的布，云层的色彩还在时刻变化着。云层的形状更是瞬息万变。你看，一匹奔腾的橙红马正撒开四蹄，前腿就不见，等你定睛想寻找时，马霎时成了一头凶猛的狮子，狮子正张开血盆大口，准备吞吃从它面前经过的小灰兔，灰兔瞬间不见踪影，等你回望狮子时，血盆大口成了尖尖的鸭嘴，顷刻间狮子幻化成四不像动物了。太阳重新露出脸，这个时候的太阳没有四射的光芒，就成了一轮血红的圆球，这种日落在我平时还是很少见到的。同伴赶紧拿出照相机拍下这惊艳的一幕："太美了！"但是看了照片后，还是不如意。是呀，任何的美景都不如大自然之美。我看到大伙的身上都披上了橘黄色的光芒，金色的脸庞，金色的眉毛，金色的长发，这金色的外披是太阳在落山前奉献给观景者最后的一份礼物！不想，本是个阴天，在我们精疲力竭时爬上山顶居然看到这样精彩的日落。人生中有很多不可预料的灾难，但也有不可预料的惊喜。在我们看似平淡的生活中，不管面对磨难或惊喜，都得用一颗积极且平静的心去对待生活的各种挑战，你身处困境中，说不定明天就是精彩无限，但一定要保持一颗积极上进的心，时刻努力着。如果此刻满身罩着荣耀的光辉，此时要冷静地去面对荣耀，以免让自己迷失了方向。此次寻访括苍山，得到了很多意想不到的收获。是呀，今日我们成了括苍山的访客，括苍山自然会好好招待我们这群不速之客，我想还会有更多的惊喜在后头呢。

到我们住的云海山庄还要再拐个弯才能到，这个时候倒是不觉得烦与累。我想这绵绵群山还会带给我们更多的惊喜，尽管天色已经暗淡下来，可是我们还是一路歌吟一路开怀大笑往前走去，任由自己去放肆，反正这个荒山野外谁也听不见，就是听见了也不知道我们是谁。往日里工作压力太大，往日生活在循规蹈矩的环境里。不由人重说一句话，不然就会有人指责你不守公共秩序，但在这里完全可以由着自己的性情来，任凭你大喊大叫，任凭你随心随性地大笑都没有人管。因为括苍山能容忍任何的率性，它需要的就是真性情，不接纳任何的虚伪与假意。

路边直立一棵棵带刺的小树，看似小树，实际上不是树，就是和我们现在吃的秋葵树差不多，只是这种树身上长满了小刺，根根硬刺，这是不能近身的植物，我忍不住伸手去摸了一些久违的树和刺，三十年后又一次在我的眼前出现时，勾起我无限的往事。记得在老家的山坡上长着一大片的植物，我们叫作国公树。树上结的果子叫作国公果，这种果子就和现在的草莓差不多。每当成熟的时候，我和小伙伴就采摘一篮篮的国公果，卖给上门收购的小贩。我们换钱交学费，他们贩卖去做国公酒。这些童年的记忆，三十年未曾褪去，我觉得因为有那些年的勤劳才有我如今能吃苦耐劳。再仔细看，那一丛丛趴在地上的矮树丛，结满了青青的果实。果实比绿豆大一些，我摘了几个，放在嘴里咬咬，酸涩苦，赶紧吐出一口渣滓。同伴好奇地问我："这果实可以吃吗？"我有些得意地说："你们真是见识浅，这就是毛楂，等中秋节前后成熟了，吃起来很甜的，和山楂一样的味道。"形状和味道都和山楂相似，只是我至今都不知道是不是就是野山楂呢。哦，他们问我，怎么懂得这么多。我又是得意地说："谁让我是大山的孩子呢？"

终于到了跑马坪的山顶了，住的云海山庄就在不远处。我们终于卸下所有的行装观赏一下薄暮中的括苍山。回望着我们一路走来的那条路蜿蜒如白带飘在山端上。我们几个弱女子不禁感慨自己的坚强。我们走在山顶上，那些山的脊背都在我的脚下延伸着，那些山的峡谷都在我们的身下直线下坠着。站在括苍山顶上，一种人征服自然的成就感一下子就袭围住全身了。

括苍山之夜

盛夏的括苍山之夜只留夜凉如水的温柔。推开阳台的门，我们借着微弱的灯光在阳台上摆上两把凳子，摆上了水果蛋糕。蛋糕从城镇到山顶经过千难万险在峻山险壁上穿行而来，已经严重变形，然而不减我们对寿星的衷心祝福。

生日派对就在这个夜凉如水的黄昏里进行着。孩子们唱着生日歌，声声回荡在空寂的山顶民宿小院里。我们切了几块蛋糕让孩子们送给楼下的旅客，让他们一起来享受这样静美的夜晚。

月亮从树梢头升起来，先是露出半个脸，如害羞的姑娘探头张望。过了一会儿，一轮圆月挂在树梢之上，比平时看到的月儿似乎要大一些，同伴说因为山上空气清新，天空特别清爽，月儿看起来比较大一些。我觉得也有理，湛蓝的苍穹没有一丝云彩，这样清爽的天穹似乎很多年没有见过了。山野的清风，带来一丝丝的凉意，我们不约而同地穿上了厚外套，以抵挡冷风的侵袭。此时，明月皎皎，月光洒满了山峦，一片静谧。月色朦胧，仿佛是梦境与现实的交融，给人一种深深的思索。山峰在月光下显得更加挺拔，宛如守望者一般，静静守护着这寂静的山谷。

孩子们拿着平板电脑看星座，看着下载好的星图软件。星图是恒星观测的一种形象记录，它是天文学上用来认星和指示位置的一种重要工具，星图是把夜空中持久的特征精确描述或绘制。例如恒星、恒星组成的星座、银河系、星云、星团和其他河外星系的绘图集；亦是“星星是地图”。孩子们对着天空，平面上就出现了比较低的星空闪耀着一颗红色的亮星。它是天蝎座的主星心宿二，也是一颗处在黄道上的亮星。天蝎座的明显特征是有三颗星等距成弧摆开，心宿二恰在圆心。在我国古代天文学中，天蝎属商星，猎户属参星。刚好一升一落，永不相见，于是有诗人说："人生不相见，动如参与商。"孩子在欢呼中找到了飞马座，那马扬起四蹄，翘起尾巴正欲飞奔呢。找到小熊座，那笨头笨脑的熊样甚是可爱。找到了海豚、巨蛇等星座，一个个亮点经过电脑的组合，就成了一个个可爱的形态，我很是感慨高科技的力量，在高科技的面前，我不得不承认自己知识的浅薄。

夜深了，我被梦惊醒，梦见一只白兔窜进了窗口，一向睡意很浅的我再也无法入睡了，看着酣睡中的表妹嘴角泛起的笑意，我有些羡慕。披衣轻开帘窗，一阵清风徐来，风里带着大自然的芬芳，亲吻着我微醉的脸庞。此时的月亮已升至半空中，比黄昏时更皎洁，只见明月辉映下的小院如披上一层透明的薄纱。窗前的绿枝在清风中摇曳着，多情的清辉穿过枝叶洒下了满是斑驳的倩影。

在括苍山的夜色中，万籁俱寂，仿佛连时间都放慢了脚步。月光如水，静静地洒在我安静的眸中，如同柔和的丝绸轻轻抚过静谧的湖面。在这样的时刻，我独享一盏清茶，用心去品味这一缕缕淡淡的茶香，感受那独特的沉静与怡然。此时的我，心灵仿佛被净化，浮躁的心在恬淡中变得温软，仿佛被这静谧的夜色和清茶的香气所融化。

括苍山看日出

括苍山，主峰米筛浪，海拔1382.6米，是浙东南的最高峰，是21世纪中国大陆第一缕阳光照射的地方。2001年1月1日6时42分54秒太阳的金光率先照耀到的地方，因而括苍山也成为临海市民心中观赏日出的好地方。

暑夏时日，太阳成了一个大火炉了，大地如一个大蒸笼。这火辣辣的太阳直照得大地要冒汗了。于是我们想去括苍山避暑，而且还可以看日出。这个炎夏的午后，我们就来了一场说走就走的旅行。

一出门果真就是一身汗，还没走一百米已经是汗水淋淋了。我心里想着只要上了车就会有空调，然后到了括苍山就不会这么热。心里想着，脚下走着，尽管满脸都在不停地淌着汗珠，但是心里却有着一丝清凉，是呀，心静自然凉嘛。

到了山顶，我们住进了云海山庄，临睡前，大家都在手机上调整了闹钟的时间。我没有这个习惯，我一直都是早起，我相信自己不会睡过头。再说就算这点起不来，只要同伴们有点动静，我也会被惊醒的，因为我的睡眠一直都是浅的。果真，大家都早早就睡下了，我还是睡不着，睡不着有很多的原因。我一般是睡前都会看看书，可是这荒山野岭到哪里找一本书来？再说这么漆黑的夜里我也不敢去问主人借书。这个山头也没有网络，不用说 QQ、微信或者百度，就是连电话都打不出去，这个有些凹陷的山谷里没有任何信号。这么陌生的山头，我一直在想着是不是有野猪，或者开着窗是否有蛇进来。幸亏山上温度很低，我们都得盖上厚厚的被子，赶紧把窗子关上了。我倾听着窗外的动静，听着松涛竹林的歌吟，慢慢进入了梦乡。

“咚咚咚”，朦胧中听到鞋踩着地板的声音，我一下子就坐了起来。房门就被推开了。“四点半了，四点半了——”妹妹轻声说道，看着我已经坐起来，她也笑着回房间了。此时表妹的闹钟响了，我没有叫她，看她能不能闹醒。等我衣服穿好了，她依然在睡。这家伙闹钟还闹不醒她，我就是说嘛，起不起得来和闹钟没有关系。我赶紧叫醒她，她说我惊扰了她的美梦，再看看我们都准备出门的样子，又说我怎么不早点叫醒她。我赶紧穿衣洗漱，不忘带上厚外套就出门了，外面蒙蒙亮，不过住我们楼下的客人也起来了。一路上我们就攀谈起来，原来他们也是从临海赶过来，就是为了看日出的。

我们喘着粗气赶着路，赶到山顶大概要 15 分钟。不怕脚底下的乱石打滑的山路，就怕自己漏看最精彩的一幕。都是一路小跑着赶路，互相搀扶着，互相鼓励着。总算是到了山顶，已经站了很多人，听他们聊天，原来这些人为了看日出，昨晚就住在山顶草地上，在草地上搭起的帐篷里过了一夜。

等候着日出的时间。“5 点 01 分。”有人喊着。哦，今天的日出时间是 5 点 17 分，还有 16 分钟，我们都屏住呼吸。

我凝神屏气盯着东方，只见东边的山头一片鱼肚白，不经意间云海夹杂着浅粉色，一会儿，那淡粉色加深了，范围越来越广。把邻近的云也照得发亮，过了片刻云海变成橘红色。东方的天空成了一片红海，无际的云海，奔腾舒卷。5 点 13 分了，突然那红绸帷幕似的天边出现了一个红点，不仔细看还真是看不出来。随着一声惊叫，这红点瞬间变成了一个鸡蛋大小的红球。我们死盯着红鸡蛋，恐怕看漏了一个细节。在一晃眼间，这红鸡蛋有了碗口那么大，这时的太阳带着一丝血红的光波，放射出万道金光。这金光似千万把利剑，把周围的红绸帐幕劈得粉碎。这时太阳完全跳出了山头，我一看时间正好是 5 点 17 分。等我再抬头看望东方时，我的眼睛被这强光刺激着，微微感到疼痛，我还是强忍疼痛，生怕漏掉每一个细节。太阳的最中心成了白色，外圈是橙红色的晕。橙红色慢慢被白色逼退，逐渐变成我们平时所看到的带着白光的太阳。我好像记得人家说的日出，太阳一跳出就是一个血红色的球，然后慢慢放出金光，然而和我目睹的括苍日出完全不同。但无论如何，以亲目所见为实吧！

强烈的光刺得眼睛一阵酸痛，看群山，已是一片漆黑，此时瞬间成了一个盲人。我们嘻嘻哈哈互相鼓励着，别踩着牛粪了。一会儿，眼睛恢复了，看四周绵延的括苍山，苍茫的山脉和叠涌的群峰此刻便披上了一袭金斗篷，金光之中涌动绿色的峰浪。在山顶的草坪上观日出的人们沐浴在清晨的曙光中，开启了新一天的旅程。

奇山秀水九台沟

观赏括苍日出后，回到云海山庄吃早饭。吃完早餐后，我们每人手握打狗棒，就是那种用树枝或者竹枝做的拐杖，准备离开括苍山顶了。返程决定从九台沟方向下山，九台沟风景区走的人很少，偶尔有驴友经过。妹夫和驴友几次从九台沟下山，说风景不错，就是路难走。只要风景不错，路难走也得走。我们都跟着走了。

这条古道隐藏在大山中，一路下山都是用石头筑成的山道，很陡。因年久失修，有几处山石竟然活动，脚踩下去感觉石头有要坠落的可能，若不注意或不抓两旁的护栏，后果将不堪设想。路在两山的峡谷之中，护栏之外是险峻的峡谷，如果一脚踩空滚落下去就会遭遇生命危险。所以走路时不能玩手机或拍照，要想拍照就得停步。

山道两边是险峰峭壁，绝崖的峭壁上是奇松，那一株株苍翠多虬枝、刚劲而挺拔的松树在阳光下闪着金光，树干横出树冠顽强地伸向天际，一副傲者倔强向上的姿态。观者对生命多了一种敬仰，我想也许是随风吹落的一颗树种，也许是飞鸟嘴里丢失的一棵树苗，树苗在这绝壁上不怨不怒地安身立命了。尽管栖身之地没有肥沃的土壤，没有人静心去陪护。这绝壁有的是烈日的暴晒，寒风的侵袭，还有干旱的威胁，但这松树就在这阳光的沐浴下，雨水的滋润中，就这样不管不顾地挺起绿色的脊梁，伸展出碧绿的枝杈，尽情地为大自然铺洒一片又一片绿色。这挺直的脊梁扛起了生命的力量，傲起了括苍山人的骨气。

一路走一路赏景，看周围峻山险峰，林密谷深。偶尔走着走着，一丛花枝就横在路中间挡你的路。当走在花簇成锦的山道，人浮在花海之中，真乃“人在画中行，影在绿中行”。阳光从树梢间轻轻洒下，一片碎金洒满了整片林海，形成了一个个美丽的光晕，形成林间特有的光影效果。抬眼望去，天空碧蓝，仿佛如蓝绸飘过天际。这蓝天碧山，唯独括苍山。诗意的括苍山美景无处不在，青山密林，处处着锦绣。

九台沟风景区分为龙珠台、揽秀台、倚碧台、窑基台、观瀑台、折桂台、承玉台、望月台、摘星台等九个风景点，台台相连，山托着水，水衬着山，山水相依，集奇峻清幽于一地，奇峰异瀑聚一处。九台沟的奇山秀水，颇有“神农九寨”之野韵。

我们一路行一路观赏着秀丽的景色，你看承玉台奇峰峭壁，飞瀑如白练腾空而下，峭崖上银花四溅，承玉台下是一个深水潭。我们坐在石头上小歇片刻，清清的水潭里有很多游鱼。我们捉了好多的娃娃鱼，山野人也野，一个个大人挽起裤脚，如孩童般用扎孔的塑料袋兜鱼，笑声洒落在寂静的山谷中。累了，就盘腿或者跷腿坐在岩石上，抬眸瞧着望月台，高高的山岗上，巨大的企鹅举头望月，形神栩栩如生。此时此刻，那巨大的企鹅矗立在山岗上，静静地举头望月，仿佛在诉说着一种无言的深情。

再看倚碧台，七弯八拐，穿山击石，翻落山崖，纯净的水流凌空如练，在陡峭的山崖间曲折地流淌，滑过了圆润的石头，跌落成一潭翡翠般的碧潭。水是清澈的，纯净的，纯净得让你想掬起一捧入口；揽秀台，这是九台沟中最精华的地方，七条瀑布，顺着呈台阶的山谷飞泻而下，构成了一组美丽多姿险绝的瀑布群，上下落差总计约有 200 米。两侧，悬崖峭壁，重峦叠翠，云雾飞来，似隐似现，有黄山之美。

龙珠台位于海拔 400 多米的黄石坦村边的青山翠谷之中。在漫长的地质变化里，沟谷底部形成了非常奇特的地形地貌。那裸露的岩石及其颜色、形状，黄润晶亮，跌宕起伏。清清的溪水，圆圆的巨石，飞泻的瀑布，碧绿的深潭，构成了一道色彩斑斓的大自然美景。

依山势铺成的落差奔涌而来，似一片流动的梦幻，经瀑布的顶部跌落下来，完成了生命中的一次壮丽的升华，雾化的水流白纱般飘荡，如银河飞泻，似白练飞舞，形成了这山间最美的画卷。哗哗的水声破空而来，声震山谷，喷珠溅玉。那些大大小小的水珠，随风飘荡，上下浮游，如烟如雾，浸人衣袖，上有悬崖临空欲坠，下有深潭不可逼视。

瀑布下的潭水清澈见底，水草漂荡，鱼儿嬉戏，给人一种宁静而又和谐的美感。这一切的一切，都仿佛是梦幻中的景象，让人流连忘返，陶醉其中。

一路上伴随着叮咚流淌的潺潺山泉，到处都是翠绿秀丽的山体美景。雄伟陡峻的悬崖奇峰，那奇崛峭拔的山峰劫持着我的目光，美得我心旌摇荡。

漫步曲径通幽、空气宜人的林间小道，攀登气势磅礴、云雾缭绕的奇峰异石，山溪间潺潺的流泉，抖动着清澈如玉的涟漪，闪烁着淙淙嬉戏的浪花，用五彩缤纷的音符，弹奏着大自然的心曲，唱响了绿色的恋歌。山映在水里，水流淌在画中，好一幅浑然天成的九台沟山水画卷，让人无不感叹大自然泼墨的神奇。

兰田三章

临海市涌泉镇北边有座山叫桐峙山，主峰锅盖尖海拔 680 米，山上原有乡叫作兰田乡，因此桐峙山又叫兰田山，兰田山不仅自然风光秀丽，更有着丰富的历史文化底蕴，因而被誉为“台州的香格里拉”。

兰田是我外婆生活一辈子的地方，也是我童年的乐园，那里留有我许多抹不去的记忆。问我此生何所忆，兰田便是其中一个很想念的地方。

徒步走兰田

今天是 2019 年的正月初五，妹夫又约了几个爬山朋友爬山，今天要爬的山是桐峙山。桐峙山也叫兰田山头。这是我最熟悉的地方，那是我外婆家。今天妹夫说带大家徒步走兰田，走一条我们没有走过的路。他不告诉我们，让我们跟着他就行。这么神秘？

车出了马岙岭，应该到桐峙山山洞口的西坑岭脚开始爬山。然而果真不按正常路线出牌，车往小芝方向开去。车在虎炬头村庄停下，我问虎炬头也可直接到兰田？妹夫说不会卖了你，今天肯定带大家到兰田的。听了他的话，我们立即下车做好爬山的准备。

虎炬头成为今天徒步走兰田的起点。我们背起行囊穿村而行，村民好奇地看着我们这群绝对不是走亲戚的外来客。当他们得知我们来自杜桥，竟然要从这里开始徒步走兰田，一个个露出不解的神情。一个村民话里含着讥讽：“有车不坐，近路不走，竟然绕一圈

走这条没人走的路，真是闲来没事做！”对呀，对于交通便利且都有私家车的我们，选择这种绕远徒步的方式，确实是闲来没事做的人。

我们在村民的指引下进入一条山道，上山的路是浅黄色的碎石土坡，可以通行车辆，泥石路中有冰霄，而且是直立的冰霄，这是罕见的景致。碎石路中也有车辙的印痕，看样子山中有人在山上载树运木。走了一段路，有人在砍竹伐木。林木工人看到我们这群人就问我们的去向，当得晓我们徒步去兰田，又是不解，说了一些劝诫的话，让我们赶紧原路返回。哪晓得我们这群人是犟驴，既然来了哪有回去的理？我们又晃荡晃荡一段路，碰到两个年轻人从山上下来，瞄了我一眼说：“这小皮包提提，高跟鞋穿穿的，能上得了这山？”我横了他们一眼，笑迎这份挑战。

拐过几个弯，走完了碎石路。进入狭小的山道，两侧山草茂密，有些不知名的山花逗引着孩子们。孩子们总是一阵惊笑，也在这种惊笑中体验了一次浪迹山野的快感。这种久违山野的感觉让我彻底放松，全身心地享受与大自然零距离接触的快感。“快看，一座石屋！”妹夫大声地说。我们顺着他手指的方向看到了一座石屋，面阳的石屋闪着金黄的晕，石屋远离尘嚣，独享大山的静谧。孩子们则笑着跑上前去，我们紧跟其后来到石屋前。石屋前有一块空地，我们在此小歇了片刻。大家拿下背包，吃些面包喝喝开水，迎着一丝丝柔滑的山风，任由丝丝凉意透过衣服侵入肌肤；沐浴一缕缕温暖的春阳，暖意抚摸着裸露在外的每一寸肌肤。

山间的路越来越难走，我始终在心中怀疑，妹夫是否给我们带错路，他信誓旦旦说肯定没有错。原先不是说这路很平坦的吗？说这是上兰田最平坦的一条路，可这哪里是平路？面前有个岔路，一个上，一个下，我们都说肯定从上走，妹夫坚持说从下走，我们尽管狐疑满腹，还是跟着他，谁让他走过一次呢？

狭小的山路崎岖陡峭，考验着我的承受力和耐力。路的外侧不是峭崖绝壁就是陡斜山体，因为林密柴茂，也看不清楚底下有没有深涧，尽量往里靠。往里靠也难行，路的内侧荆棘横生，幸亏妹夫带了一把柴刀，在前头为我们开路。除了荆棘还有山芦苇（俗语叫秆娘），一不小心，我的大拇指被划破了血，有人提议让我们把手都放进口袋里，这个办法对付芦苇还是绝妙的。走过一段芦苇坡，接着是一段陡坡。陡坡有些险要，往往就是一块直立的岩壁，有几个脚印，顺着这脚印走，一步不稳摔下来，一个摔要连累后面一大片。主要是三个小丫头，三个小丫头由家长照顾好，典典年龄最大，跟着她爸爸打头阵。我们家姑娘最小，前面有同伴接应，我跟在后面，紧紧拽住她的右臂。前面的朋友在险要陡峭的地方拉她一把。外甥女在后面不时传出哭声，一会儿说刺拉住她的裤腿，一会儿又说不敢爬。这哭声还惊天动地，我都怕她的哭声惊动了野猪群、蛇群，那该如何是好。这山高林密的，野猪肯定有的，听说这里有很多种蛇，眼镜蛇、竹叶青、七步蛇等等，后来同伴还说看见几个比较大的蛇洞呢。

不少路段让柴木掩蔽着，只能探索着往前走，似乎考验着我们的耐力和毅力。途中倒是不甘寂寞，反正我们人多，大家说说笑笑的，再加上今天的阳光总如顽皮的孩子从树丛中钻进来做伴。无知无觉、无畏无惧地一路前行。还好这路不是盘旋着上的，而是总往着西南方向倾斜而上的，虽穿过几座山，还好路的距离短。

太阳到了我们头顶上了，热得大伙浑身直冒汗，打头阵的典典和她的爸爸停下来，我们就在一块较平整的岩石上坐下来歇息。走了一个半钟头的山路，赶路时注意力全在路上，一停下倒是感觉口渴难耐。大伙分吃水果，赶紧喝水、喝牛奶补充体力。大家把食物吃了一大半，减轻背上的重负。吃饱喝足之后，我们又继续赶路。

我们一个个像融入绿海里的快乐小鸟。特别是孩子们，走完陡坡，踩在铺满枯叶的古道上，小嘴巴就巴砸巴砸如蹦不完的炒豆，欢声笑语一串串散落在这亘古的丛林古道上。拐了几个弯头，前面的路就宽阔起来，路两边不再荆棘杂陈，而是平整的黄土路。

“哇，有雪呀！”前头的同伴一阵惊呼，孩子们一听到雪，直奔

前去。雪！真的雪呀！山上就如披着一件厚厚的白绒披风。孩子们则高兴地玩起雪，掷雪球，做雪人，玩得不亦乐乎，我们忙着给孩子们拍照留影。

一路上不断有清泉汩汩而流，溪涧在山谷里蜿蜒穿行着，一路欢唱奔下山。忘情于山水间的快意，是只有徒步才能带来的体验。陶渊明写道："木欣欣以向荣，泉涓涓而始流。善万物之得时，感吾生之行休。"看这隐藏于崇山中的清泉呀，清冽甘甜，净洁透明，显露本有的清静，让游客品尝到清泉的甘美真味。沿途聆听着不知名的虫鸟鸣叫，感受着郁郁葱葱古树的沧桑，呼吸着新鲜的负氧离子，这是一座真正绿色的"天然森林氧吧"。所有的忧愁烦恼仿佛都在这大自然的怀抱中烟消云散。山水让我们忘却了疲劳，忘却了皮肉被划破的疼痛。

两个多小时的攀爬，终于到达了山顶。向东俯瞰苍茫的众山一览无余，都臣服在了我的脚下。真是不敢想象，层层叠叠、无边绿海的群山竟是我们今天的所经之处。无言的自豪感顿时在胸中激荡着，我伸开双臂，幻想着像鹰一样在空中翱翔，俯视天下，任凭寒风在耳边呼啸……

向西南望去，是一条蜿蜒的山脊，在第三座山头望见了房屋的轮廓，妹夫说那就是兰田。大家欢呼起来："兰田，我来了！"碰到几个伐木砍竹的人，他们问我们从何而来。我们说从杜桥徒步而来。他们笑了笑，看了看我们说："到东林水库还要绕半个山头。"我顺着柴夫手指的方向，果然绕山头半圈后就是妹夫说的兰田。

到了山头路很平坦，孩子们又蹦又跳，说说唱唱着前进了，把我们大人甩在了后面。大人开始谈天文说地理，随行中，妹夫有个同学是个历史通。他一路上给我们讲历史典故，大家偶尔也会有争论，但是大部分时间都是听他的，近两个小时很快就过去了。不知不觉中过了第二座山头，也走近了第三座山头，树林早被我们远远抛在后面，俯瞰东面的山是层层圈圈的绿丛，茶园的绿意荡漾在我们的视野之中。兰田的藤茶是远近闻名的。鸟瞰北面绿海正在狂风中汹涌澎湃着，一座连山的青竹，从山脚一直连到山顶，这样的竹林我还是第一次见。顺着竹山往前望去，在绵绵青山脚下我看到了牛头山水库。在一个山岙里，还有一片土地没有淹没在库底，这就是我祖辈生活过的故乡——南岙。我和妹妹都看到了故乡，欣喜不言而喻就写在我们的脸上，顿时我的眼里满是泪水。想起儿时，过一段时间，阿姨或者舅舅就会带我爬上这座大山，来外婆家享受一阵子公主的待遇。我从长女的身份一下子转换成小公主的角色，这是我这一生中最温暖的记忆，这座山也成了我这辈子最怀念的一座山。尽管搬迁了整整四十年，可南岙至峒峙山这座山还是频繁在我的梦里出现。

在同伴的声声呼唤中，我从恍惚中清醒，我们继续赶路。终于看到山顶上的一方绿湖——东林水库，淡绿微漪的水库如天池般静谧地躺在这山顶之中。东林水库方圆面积达 1.5 平方公里，可蓄水 18 万立方米，专供山田灌溉，也解决了生活在这里的民众的饮用水问题。到达了东林水库，也就是到了兰田的制高点。兰田是地处临海市涌泉镇一个海拔 680 多米高的山乡，是临海市的第二座高山。兰田俗称峒峙山，这个被称为“台州的香格里拉”的高山伊甸园，有高山草甸、竹林、茶园、梯田、瀑布、古屋，成了很多城里人向往的圣地。兰田于我来说很熟悉，但是以这种徒步的方式专程来闲游的，还是平生第一次。

坐在水库边上“山里人家”的饭店里，回味着这一程四个多小时的山林徒步穿越，大有苦尽甘来的意味。

兰田山采风记

接到去兰田采风的通知，我就开始盼着这日子。

我记忆里的兰田是比较热闹的。在外婆家的附近，有供销社、乡政府、卫生所等政府机关部门。我最喜欢跟外婆去供销社，哪怕不买什么，也可饱饱眼福。我人生最初的供销社印象就是兰田供销社的模样：各色的袜子，色彩纷呈的毛线，还有各种日用品……琳琅满目的商品看得我眼花缭乱。供销社每天人流不断，有买各种日用品的，也有来聊天的。说到聊天最集中的地方是前里岗头，前里岗头是前里村、兰田张村的交会处，小小岗头每日闹盈盈，如集市的街头。

趁着薄雾，和作协的文友们坐上大巴车经七拐八弯的山路上到兰田山头。我们先去了解兰田张村，兰田张村毋庸置疑是张氏氏族的村落。的确如此，南宋抗元民族英雄文天祥乘此南下，在花桥张和孙家借宿，将抗元的有关情况陆续吐露给张和孙。张和孙为人正直，富有民族气节，约了一些人，组织义军，计划收复明州（宁波），后来义举失败。张和孙的家人纷纷外逃，有一个儿子逃到原来涌泉柏嘉张避难，从此在柏嘉张落脚生根。后来，他们中有一支脉从柏嘉张迁到桐峙山，并将落脚的村庄取名为“兰田张”。经400年的繁衍生息，全村有230户张姓人家。我外公就是张氏后裔。

走进兰田张村文化礼堂，就是原来的老人协会。当年外公忙完农事，喜欢往老人协会扎堆，这里都是他熟悉的老乡邻。如今破旧的老人协会不见了，我亲爱的外公也永远回不来了。

如今的文化礼堂是新造的房子，分为老人活动室、民俗展区和村干部办公室，一共花费百余万资金新盖的两层楼房。让老支书最为骄傲的一个工程，竟然不费力气就能让在外经商和工作的张姓儿女自筹集资造起这座崭新的文化礼堂。

礼堂有两道楼梯，左边的楼道墙上挂着“惩戒”“济困”“培材”“教训”“品业”“祭扫”等家训牌匾，右边的楼道墙上挂着“崇礼让”“重师友”“睦宗族”“教子弟”等家风牌匾。

从左边的楼道上到二楼，室内白墙上挂着本地书法家张万普老师的书法作品，还有两个大的落地书架，书架上摆满整整齐齐的各类书籍。当你置身于室内，满室书香弥漫开来。这缕缕书香就如这满山的雾浸润着兰田每个学子的人生。穿过过道，到了“道德讲堂”，橘黄色的木桌铺排开去，几支青竹在墙角透着生命力。陈设简单的“道德讲堂”是兰田人传承文明精神的家园。这是兰田的儿女们建设的文化平台，使居于山村的乡邻们有了寓教于乐的活动场所，为山村的孩子们播种文明之风，让孩子们的人生之初浸润在文化的萌芽期。

老书记在讲堂上铿锵有力地说：“我们兰田因地处山头，经济不发达，可我们有骨气，人穷志不穷！”人穷志不穷！这句话我很赞同。从我记事开始，兰田人向来重视对孩子的培养与教育。

兰田乡有7个自然村，这里曾经有兰田中学和兰田小学。小姨父和小姨曾是兰田中学的老师，记得在移民之前，每次登上桐峙山都要经过兰田中学，我都会进兰田中学歇个脚。20世纪80年代末的兰田中学人丁兴旺，每个年级都有几个班。这里的村民喜欢学文化，也重视对子女的教育和培养，考出去的张氏儿女成为城里人，后代也在外地生活了。迫于生计，勤劳的兰田人自寻生计，在椒江、黄岩、路桥、临海等市区上班，或在农村租田种大棚菜的。年轻人都外出生活，童孙一辈跟着父母外出求学，学生数逐步减少，老师也逐渐调走了。几十年的变迁，兰田山的中小学只存在兰田山人的记忆里。

兰田山人对教育的重视不是一般口头上的重视。我母亲堂弟三十多年前造兰田盘山公路时，拖拉机翻车身亡，留下两个年幼的儿女，表弟只有六岁，表妹只有两岁。那时舅妈还很年轻，可一个年纪轻轻的山头女人，硬是咬着牙供出两个大学生。即使家里揭不开锅的时候也不曾想过放弃儿女的学业。她做过鱼贩子，在椒江码头的船上差点儿被人挤下船；卖过茶叶，在城里的大街小巷里穿梭，为了省钱舍不得买一个馒头啃；她为了能多卖几个钱，肩挑土豆红薯翻山越岭到杜桥集市上卖。这个目不识丁的山头女人承受所有的苦就是对文化的一种敬仰，对教育的倍加重视。后来表弟成了上海大都市的一个白领，表妹在众多的考生中脱颖而出成为台州市市机关的公务员。尝遍人间苦换来人生甜，这就是一个山头女人对

文化敬仰的结果，也是众多山头人对教育重视的结果。山头人生活清苦，但是从我外婆的前邻后舍，家家户户总有鲤鱼跳龙门的故事。一个小山村，不仅高中毕业生普遍，还有很多的大学教授、研究员。

从文化礼堂出来，我们一行人去了东林水库。尽管我来这里的次数数不胜数，然而我每次总是心潮澎湃。站在白头城上，我思绪万千。可惜雾海翻腾，无法望见我曾经的故土。我给同伴们说起了一百六十年前的故事。白头城曾是绿壳蒋世绵的匪窝，当年蒋匪领导着千余匪徒，对台州各村落威胁极大，台州知府也拿他无可奈何。1853年台州遭受大水，各地颗粒无收。中秋节过后，蒋匪抢了应安山全村的物资也不够匪徒塞牙缝。蒋匪夜夜立于白头城，正好望见山下的徐家大院，金碧辉煌的徐家宅院最让匪贼惦记，多少时刻，想占为己有，可又不敢惊扰徐家，徐家是溪路一带的大家族。大水灾让习惯了大鱼大肉的匪徒们一下子陷入生活的困境，让蒋匪方寸大乱。他决定铤而走险，9月21日，蒋匪带上136个精干，乘着晨曦来到南岙村。徐家正在祷告祭祖，面对闯入的匪徒，徐家儿郎怒目而对。蒋匪向徐家索要千两黄金，徐家不允。蒋匪顿时直闯徐家大院，百余人把整个四合院的房间都给霸占了。整整三天匪贼随意毁坏徐家物品，肆意挥霍徐家粮食，且没有离开之意。9月23日薄暮时分，徐家大儿子徐旭升自烧大院，顿时火光冲天，大院各个门口守着乡勇，百余匪贼在这场大火中下了地狱之门。台州知府张玉藻派人毁了白头城，从此桐峙山蒋世绵团伙便销声匿迹了。所以每次立于白头城总会让我想起徐家与桐峙山的故事。

当我说完故事，雾更浓了，团团白雾从山下飘然而至，顷刻间覆盖了东林水库。此时的白头城如梦似幻，如同杨贵妃的霓裳，此时的东林水库正如“华清笙歌霓裳醉，贵妃把酒露浓笑”。翩然的雾犹如道士的白袍，真是“青云衣兮白霓裳”。

我们踩着白雾走在石头路上，也结束了此次的采风活动。

约在兰田

立秋日，热如火，一出房门，汗水就遍体而出，群里有人建议约在清凉的地方避暑。哪里有清凉？兰田吧！有人说约在兰田还可以仰望星空呢。

兰田有约吗？约会看星空！我在作协群里打下这一行字，即刻几个“约”字就跳了出来。说走就走赴清凉的约会就成行了。

午后两点，我到了兰田山头，从车里出来的那一刻，依然有热浪袭裹，我觉得自己有种被蒙骗的感觉，夏天的兰田山头不是都很凉爽的吗？没想到山头的烈日也暴晒，那怎好对同伴们交代呢？当我在舅妈家待了两个小时再出来时，太阳被厚厚的云层雪藏了，看样子像是要下雨了。

英住临海城区，却先我一步到了兰田，她过来找我。我们就这样沿着山头不规则的公路一起往前走。山风一阵阵撩起我们的裙裾，却也带来浸肤的清凉。我们漫踱于公路边沿欣赏着沿途风景。兰田山头的房子很有个性，没有规则的建筑物散落于路旁的村落里，完全是凭着个性建造，楼层不统一，门口朝向也迥异，建筑风格更是不同的创意。反正就凭主人的心情而建。也许有些人就是为了存身，不在意房子的风格；也许有些房子是为了依地势而造，而并非主人所愿。

我和英从前里岗头踱步到了上周村，鸿的车也到了。此时已是五点多了，夏日的傍晚正是出游的好时候，我们出了村子往东行走，到处都是田园。田园里种着番薯，一行行墨绿色的番薯藤顺溜儿往一个方向爬去，犹如田径运动员齐刷刷等待着起跑号令呢。兰田山的茶树随处可见，屋前屋后都能看到茶树傲慢地长在石墙角。走几步，番薯地头也会挺立着几棵绿茶树。走出村子，茶园便是霸主，一层层梯田式的茶园遍布山野。层层绿波荡漾开去，从这个山头荡漾到那个山岗。满眸所及都是绿色，深深浅浅的绿山岗。兰田山头的茶是很有名的，每到清明节前后，兰田人忙着采茶，茶地里人影绰绰，欢声笑语。

站在白头城往北边俯瞰，群山犹如一朵朵绿芍药，层层叠叠的花瓣包围着一潭水库。水库隐隐地藏于群山之中，就成了一个个小水潭了。山脚下的一汪水潭就是我生命的起源地，此刻望着山脚下的空地，一种悲凉且又欣慰的情感在心中同时升腾着。

“好漂亮！”不知谁的一声惊呼，我扭头望见一抹白色飘在绿色茶园中，原来是一对新人在茶园拍婚纱照。纯白的婚纱随着晚风飘在绿波之上，穿婚纱的女子如仙女落凡尘。落日隐去，山间有袅袅的轻烟升起，这种景象一般只有雨天才会有，大晴天怎会有雾呢？杨老师说也许是烈日蒸腾的水库而升腾的水汽吧。觉得有可能是连片的水汽。轻雾袅袅起，白纱飘飘然，雾逐渐往山头飘来，隐隐地罩在深绿的茶园上，茶园衬托着这一抹白衣，此刻茶园哪里还是茶园了？恍若仙界，我忽然感觉身体轻盈，脚步腾空迈去，真的到了仙界吗？同伴一戳我的后背，方知自己还在人间。

暮色渐浓，我们继续在绿浪中游走。下到东林水库的内塘，晚风轻拂水面，水面泛起粼粼波纹，如绸的细腻，光滑，柔软。塘边长着许多绿植，狗尾巴草钩住我的裙角，白茅不安分地在清风中卖弄风骚，蛐蛐更是卖力地歌吟《夏日黄昏曲》，几声蛙鸣时远时近响在空旷的山野中。兰田的傍晚，有着诗人的意韵，有着散文家的浪漫。恰巧我们这群人，虽没有诗人的诗韵，却绝对有浪漫的情怀。

不争气的咕噜声催着我们返程，我们回到“阿姐农家乐”，此时客人差不多都已经酒足饭饱了。我们正好悠然地坐在门口尝着土鸡肉，喝着鲜美的鸡汤。兰田的土锅炒土豆永远是我的最爱，一口一口吃着金黄的土豆，不由得想起小时候来兰田，外婆的咸肉炒土豆金黄油亮，满口咸香，这个味道别人永远都复制不了，就如外婆对我的爱也是别人无法复制的。

夜晚，我们浪漫的兰田之约才算是真正开始。风带来的帐篷是浪漫之夜的灵魂之处，我们一起寻找一处静谧且又安全的地方。一盏路灯吸引了我们，不远处有一个精致的别墅院落。听当地人介绍别墅的主人是个房产开发商，主人偶尔带客人过来聚一下，平时房子闲置无人。我们就选在别墅附近的空地上。杨老师带来一块草坪垫，凤从包里取出一样样的水果放在草坪垫上。茜抖开帐篷，上面一拉一按，帐篷就搭好了。看搭个帐篷感觉很简单，其实这是力道与方法的掌握。

我们在草坪上围坐着，尝着小零食，望着苍茫的夜空，数着若隐若现的星星。“这一颗好亮呀！”一个惊叫吸引所有人的目光。“喏，那一颗最亮！”目光从东方转向了西北角。“快看，一颗很亮的流星！”所有的目光又顺着手指的方向望去，是很亮！可哪里是星星？这么亮的尾灯，分明是一架正准备降落的飞机呀！哈哈哈，把飞机都当成星星了。凤说要是她先生一起来就好了，就会告诉我们这是一颗什么星。我说不懂得也不遗憾，天底下不一定任何事情都需要清透的。我们只是来看星星的，不是当天文学家。有人遗憾今晚来得不是时候，要是没有云层就能看亮亮的星星。我觉得人生总不是那么盈满，也许盈中有瑕，缺中也有美。我们努力在云层中寻找星星，寻到一颗大家一起分享，我们需要的就是这种分享的快乐。这一晚我们成了数星星的孩子了。若是晴天，在山头望星空是最惬意的，鸿说道。今晚的星星并不是很亮很多，今晚的星空也并不是很美，然而我们依然饶有趣味地数着那些忽明忽暗的不知名的星星。

一只大头蚂蚁惊扰了我们的兴致，我们便一个个逃离草坪垫往帐篷里钻。鸿拿出小蜜蜂扩音器，说来个诗歌朗诵吧。谁先来呢？小姑娘先来吧！茜微笑着接过扩音器朗诵一首《夏夜》，茜的声音轻柔，却字字听得清晰。繁星、明月、萤火虫、蝉声在她的吟诵声中把夏夜的美好一一浮现于我们的脑海中，此时此景正应景。闭目听着鸿的朗诵，眼前浮现着向阳的小屋，屋前的一大片蒲公英正烂漫绽放着，她柔美的声音把我带向遥远的那个写满浪漫的海边小屋。一个个接着朗诵，尽管是即兴朗诵，我们却也认真对待。

天公竟然羡慕嫉妒恨了，一道闪电划过长空，随即几声闷雷滚动，下起了豆大的雨滴。我们拉上帐篷的拉链，此时山上的温度退了很多，挤在帐篷里竟也不觉得热。杨老师点开《半山听雨》的古琴曲，我们静静地听着悠扬的琴声，谁也不说话。我闭上双眸，倾听雨滴落在帐篷上的声响，雨声伴着山野的风，更是清脆有声。雨时急时缓，时猛时柔。有时犹如密密的锣鼓声，正催着万马上战场。有时如温柔的小女生的娇嗔，正闹着小性子撒着娇。鼓声停了，娇嗔也止了，琴声恰好曲终，一切都是恰恰好。我们又重新拉开帐篷链子，下过雨的山野如刚打开的冰箱，吹来的风里裹挟着一丝冷意，我们又重新数星星，从未有过这种体验，东边的夜空还似有雷声，西边的夜空却是晴空。一边是乌云遮盖，一边是星星闪耀。好奇妙的兰田之夜。只是让我们意外，约好来看星空的，却让我们意外遇到一场雨。

鸿说遗憾就是没有带茶具，不然听着古琴曲，喝着老白茶；或带本书来读读；或抬眼便望见星河，侧耳便能听见蛐蛐吟唱；或者什么都不看，什么都不想，让所有纷繁杂乱归于平静，闭紧双眸任由山野的清风拂过脸庞，吹乱鬓间的碎发，慢慢享受这静谧的秋夜时光。这种山野之夜的慢时光何尝不是一种享受呢？

兰田的夜给了我太多的惊喜，我想晨也一定不会辜负我们的诚意拜访。起早准备看日出的，却不料只望见灰黑色的云层边上射出万道金光，瞬间五彩的云缭乱了眼眸。始终不见血红色的圆球出现，从云层的红霞来看，日出应该跳出山头了，晨阳的光刺穿厚厚的云层所折射出来的光映着灰黑色的云霞中，这霞就成了多重色彩的朝云了。虽没有看到日出跳出山头的万丈光芒，看到这多彩的朝霞也不错的。渴望看到的并非一定就能如愿，如愿得到的并不一定能珍惜，这意外的晨光图也是不错的景象。

清晨的荷塘是一次美丽的邂逅。本来说好看日出的，却遇见一个荷塘。山下的荷花早在七月初旬已是万分妖娆，山头的荷竟然在八月中旬才肯娇羞露脸。晨风从荷塘掠过，送来带着甜味的花香，这香味袭鼻，沁肺而入，好舒爽的荷香。望着荷塘，闻着荷香，真不愧“照水红蕖细细香”。

从荷塘东边的小路下去是九曲回廊，再走几十米是一座二楼仿古木凉亭，走上凉亭，荷塘的妖娆风姿尽收眼底。绿莹莹的荷叶铺满整个荷塘，绿叶中绽放出一朵朵粉色的花朵来，真正成了“接天莲叶无穷碧，映日荷花别样红”的图景来。凉亭四面都有楼梯可下，我们下了凉亭，发现荷塘中间有一条一臂之宽的田埂。这条东西走向的田埂把荷塘分为南塘和北塘。南塘最边上土已干裂，荷叶长势明显不精神，荷叶自然不用说了。北塘的水还能让鸭子游泳，水量自然充足，荷叶的茎粗壮有力，花盘也大多了，莲盘就有一个粗碗口那么大呢。

几枝新荷从荷叶丛中冒出来，如一支支粉玉雕琢的毛笔插在绿荷间。几朵刚刚开放的荷，内层的叶瓣没有完全展开，看着有些像粉牡丹。绿漾漾的荷叶拥着粉嫩的花朵，花朵愈加娇艳。没想到一个山头的村庄却有着“田田初出水，菡萏念娇蕊”的美妙画面。

人生旅程中总有太多的意外等着，谁能料到迈出门外会碰到哪些意外？意外并不都是坏事，就如半晴半雨的夜空，成就了美好的立秋之夜，还有邂逅的荷塘带给人更多的惊喜。这一次兰田之约，让我们偶遇太多的意外，收获太多的惊喜。这些意外与惊喜都如我人生中的一朵朵小浪花，不停地碰撞着心海中的礁石。

驴行古道中

从驴友群出台去黄南古道的消息时，我的心里就开始纠结，纠结有没有时间同往，纠结没有登山鞋运动服，然而黄南古道对我有极大的诱惑力。早有耳闻南黄古道是台州最美的千年古道，特别是深秋或者初冬季节，古道就如一幅五彩的油画，尤其是古道两旁的红枫如生命的火焰，燃烧在初冬的深山中。群里参加南黄古道驴行的队伍不断壮大，小驴友都出来遛遛，那我又担心什么呢？我千思万虑之后，决定搏一搏。

生物钟提早敲响了，提前起床给小女准备好早餐。等一切就绪，就给同小区的黄老师打电话，她也准备出门了。我拉着丫头背上一袋零食出门了，坐黄老师的车到了凤凰城，大伙儿都按先前的座位有秩序坐好了。我和妹妹一家的座位在最后几个，考虑我要晕车的麻烦，山项中学的李欠龙老师把第一排好座位换给了我。

车上，子无语老大把今天的行程和各组的安排以及注意事项都说了一遍，给各个分队选派了一个组长，每个组长配备一个对讲机，我自然归属山项中学一组。子无语是杜桥驴友队的创始人之一，很年轻，很随和，组织能力很强，这是他留给我最初的印象。几年前，我曾跟他驴过一趟桐坑红树林的路线。于此，这个团队对我有很大的吸引力，然而因身体和时间的关系，很难跟得上他们这个团队的节奏。团队里有个侦察兵同志，听说侦察兵同志每期必走的，成了杜桥驴友的新台柱，今年他正好成了我妹妹的同事，有休闲的路线，妹妹总会回家跟我说说，我要跟驴的心思又开始活络了。车上，和侦察兵正好坐一排，他很担心我的高跟鞋能否走山路。我笑笑说，只要是人走出来的路，对我来说，山路和平路都一样，平跟和高跟也一样能翻山越岭。我保证不会拖大家的后腿，尽管我带着一双平底鞋，但我心里清楚，平底鞋不一定能让我一路顺畅。

大家在车内说说笑笑，完全没有那种爬山的紧迫感。“小苹果”“枫飞扬”，彼此叫的都是群里的网名，大家聊得最多的自然是驴线，说起驴线中的趣闻。不知何时，听闻到这么一个新名词“驴友”，我开始有些不解其味，为何叫作驴？从他们的交谈中，我略明白，他们游山玩水，游历祖国大好山河，然而不同于普通的游客，他们如驴一般能吃苦。无论多艰险的山谷都能穿越过去；能负载，你看一个个背着背包，我亲眼看见驴友的背包里放着小煤气灶和各种食材。他们更喜欢探险，喜欢走无人敢走的险峻山脉、龙脊背、低陷的峡谷。在险峻的地方留下一串串脚印。哪里有最美的自然风光，哪里就有他们的脚步。驴足们穿行于祖国的山川间，他们饱览大自然最美的自然风光的同时，又用脚步丈量着不息的生命。

车厢内不时爆发出阵阵笑声，时间就在这谈笑声中悄然而逝，转眼间就来到了天台南屏乡。开始走古道了，每个小组的组长都清点自己的队员，每个队员都有不同颜色的彩带标志，或用红绸带系在手腕上，或用绿绸带系在纽扣上，或用蓝绸带系在背包带上。子无语管全队，用对讲机不停和各组长通话，安排侦察兵断后。望着高耸连绵的群山，我的心情确实有些紧张，我紧张不是怕自己不会走，而是怕途中小女走不动。需要我帮忙，如果真出现这样的情况，我可是泥菩萨过河自身难保了。

沿着2米到3米宽的石阶往上走，走了一段石阶路，一片枫树林呈现在大家的面前。三层楼高的古枫树立于古道的两旁，红枫装饰着山谷。刹那间走进了一个红色的世界，头顶上飘着红云，树丛间翩然飞舞着红蝶，脚下铺着无边的红毯，绛红、绯红、酡红成了黄南古道的主角。驴们被这一片红激起了全部的热情，自拍的，互拍的，偷拍的，“咔嚓咔嚓——”手机、相机纷纷定格下激奋的瞬间。我在心里暗暗叫苦，本来我们家老二是我御用的摄影师，没想到她临时被抽去临海当评委了。看着驴友们“卡嚓卡嚓”地拍着照，爱拍照的我只有眼羡的份儿了。

山道越走越窄，也越走越难走，齐整的石阶不见了，脚下是不规则的青石。山道上走的不管是红缎带、蓝缎带还是紫缎带、绿缎带，我们都互相鼓劲加油。当然也有省内外的游客或者驴队们，四方皆是客，同是黄种人。后头追上我们的，或者山上下来的，大家互相攀谈几句，探问前方还有多远，当然说的都是不远的，至少让对方心理上减压。我们走走停停，山道边，枫树下，驻足聆听虫鸟、山泉的轻音乐，驻足欣赏大自然带给我们视觉上的盛宴。孩子们一会儿落于我后面，我担心她们掉队跟不上，一会儿跳跃在我的前面，我又担心她们摔着。我叮嘱她们一定要出现我的视线之中，可以任由她们独行。渐渐地，外甥女掉队了，而且掉队很长一段路。我们在半山腰休息了十来分钟，打电话给妹夫洪医生，说还没有上来。我就担心我们家老二不在，小洪同学撒娇，老洪医生无计可施了。队员继续赶路，我继续等他们上来，终于看到她从路廊那边上来了，拉长着脸，紧皱着眉头，依着她爸爸身旁，不情愿迈开步。杨胜春返回来连哄带骗架走了小洪同学，杨阿姨是她最信任的人，再说杨阿姨是老驴，走山路有经验。她们前头走着，我后面跟着，没想到竟然跟不上，我倒是被她们狠狠甩在后头，没关系，后头还有很多带着孩子的队员，老洪同志倒是优哉游哉和人聊着天，侦察兵一路断后，一路拍着照片发送群里，仿佛要把所有的美景都打包带回家似的。拐过山头，才碰到同事黄老师和她家的老方先生，老方先生转个身就偷拍我家小丫头不经意间的爬山姿态，身旁的妈也沾个光，我当然乐意成为他镜头中的模特。

“小苹果”一路走一路砍着笔直的柴棒，分给大家当扶手棒。没见过他本人之前，我一直以为“小苹果”是个毛头小伙子或者顽皮的小姑娘，却原来是个中年男子。不过年龄不能代表什么，他能取这样一个网名，说明他的心态是比较年轻的。这次驴行，我对他印象比较深刻。他是一路行，一路用砍刀砍根登山棒送给大家。下山时，我外甥女就是他一路带下去的。不知他施了什么“魔法”，外甥女被他拉着走，不仅走得步步平稳，而且走得快速如风。下坡山路比较陡，而且狭窄，没有青石铺路，就是山间的荒野路，有时候走一脚滚动的小石头随后跟从。我们家丫头几次摔倒，不过她拍拍屁股就起来了。跟在我后面的小男孩摔了好几次，吓青了他妈妈的脸色，后来他妈妈就一直紧抓着他的手不放了。

这一趟上山下坡足足走了三个半小时的路，领略了红枫的奇美，领略了山清水秀的如画风光，领略了古道崎岖陡峭的艰难行进。70 多个驴队员互相帮助，互相照应，不管认识不认识，只要看到队员的飘带，谁都会伸出一双真诚而热情的手拉你一把，让我们在享受自然美景的同时，体会到人情的温暖与关爱。

漫步于桃渚

记得18年前在邻镇工作，去桃渚古城春游，带着一批叽叽喳喳的“小麻雀”，追在后面嗓子喊哑了，既要注意脚下的残砖裂石，又要顾全孩子们的安全，对于桃渚古城墙留给我的记忆只是一些破损的片断。

桃渚离得很近，很近的地方却往往被忽略，忽略的原因可能被记忆中那些残破的城墙所影响。这小小的桃渚古城无法与八达岭长城的雄壮和江南长城的秀丽相媲美。以至于友人邀请了一次又一次，我总是以各种借口拖了一年又一年。

今日架不住友人再次热情邀请，这么一个风清日朗的周末也实在难得，于是就钻进了友人的车去了桃渚古城。在乡村公路上几番上坡下桥、七拐八弯之后到了桃渚。渚——水中小块陆地，桃渚顾名思义就是水中小块陆地上种满了大片的桃花。在我想象中，古时的桃渚应该是一个环海的小海岛，这该是一个多美的世外桃源呀。

走在城里古街上，古街两旁的房子二层木质或者砖瓦的老房子，或清朝时期或民国年间的建筑。间或也有一两间现代建筑的新房子，就因为这几间新房子，让古街显得有些不伦不类了。两边有很多横向的小巷延伸到村子里面去，小巷虽小却很整洁，都是清、民国时期古旧的老房子。黑灰色的老房子带我们走进了历史古城的最美画面，这种清韵让人有些痴迷。自西向东三米左右宽的古街，中间铺着不到一米宽的石板。两边全是光滑的鹅卵石，一直伸向古街的深处。踩着鹅卵石漫步走在古街上，像踩进时光年轮的隧道里。没有熙熙攘攘的人群，没有像别的古街摆满了琳琅满目的商品，冷寂的古街晒着暖暖的冬阳。这种温暖让人抛弃浮躁，享受静谧的时光。清冷而古旧的老房前坐着几个晒太阳的翁媪，他们懒懒地聊着天，对于我们这些不速之客已然习惯，坦然地任由陌生人闯进他们的世界。诺诺的桃渚口音穿透空气飘随而来，我迎上他们的目光，这种慈爱的目光如冬阳般温暖舒心。任凭外面的世界天翻地覆，他们依然坦然地固守着这片纯净的世界。穿过光阴阡陌，数着岁月年轮，悠然地过着属于他们的宁静生活。

走完古街，到了桃渚城西门口，一座石头堆砌的拱门出现在大家的面前。朋友说这是城门，走过城门就能上得了城头，城头沐浴在碎金般的冬阳里。城墙逶迤在山岭间，城墙为何筑？为挡倭寇，戚继光率领众将将倭寇挡在城墙外。

半人高的石砌城墙蜿蜒在山岗中，一条石路依着城墙而上。路的内侧树木成林，几棵五百多年的枫树，静静地站立在那里。粗壮的树干有几个虫蛀的洞，那是岁月留下的伤痕。它目睹发生在这座城里的刀光剑影和生活在这片土地上的百姓的悲欢离合。寒风扑簌簌，叶落如蝶。风声呜呜然，如怨如诉，如歌如泣，余音袅袅，不绝如缕。满地的落叶无声地晒着冬阳，等候着来年春天化作春泥更护花的那一刻。站在明朝将军胡海所题的“眺远”崖，感慨万千。我仿佛穿越了时空，看到将军眺望着辽阔的东海，平静的海面上行驶着几只渔船。他站在崖边，眼中闪烁着坚定的光芒。那是一种对信仰的坚守，一种对家国的忠诚。希望这份宁静永远留在这片海边人家。于是，胡将军奋笔疾书写下“眺远”两个字。这两个字让游人感受着历史的沉淀。

坐在古越鲍大谋所题的“镇海”崖，感觉镇海之物稳若泰山。一座渚，既能镇海，又能眺远，那便是桃渚城。

立于城头烽火台，视野开阔，四处眺望，四野一览无余。桃江十三渚静静地遍布城脚下，水环洲渚，洲渚形状迥异。一块块翡翠似的洲渚种满了桃花，春暖花开的日子里，桃花艳艳，春天的十三渚应该有了“桃之夭夭，灼灼其华”景象，像从《诗经》里走出来的一片桃源地。桃江十三渚田园风光确实如诗如画。对面的石柱峰遥遥相对，石柱峰上平下削，气势雄伟。再往下看是城中村，新房子鳞次栉比，最引人眼球是黑瓦的四合院，一座座四合院用无声的语言诉说着它的历史。

回想烽火台不是为了今日赏景，而是为了挡住那些侵华的倭寇。当年在那个刀剑作战的年代，这种烽火台确实起了大作用。闲散人聊着千古传颂的戚家军，仿佛由远而来锣鼓声、喊杀声、刀枪声，声声入耳，浑身顿时热血沸腾。六百多年前，本安逸于男耕女织的桃渚人，海上突然漂来四十艘大船，倭寇长驱直入，官庾民舍，焚劫一空。积骸如陵，流血成川，城野萧条，过者陨涕。“还我河山，还我河山……”铿锵有力的声音回响在山野中，激励着奋战中的将士们。恍惚中看到戚将军站在城头威武地指挥着鸳鸯阵。刀光剑影，血洗山野，戚将军的鸳鸯阵大败倭寇，戚将军带领将士们用鲜血和生命书写了中华民族奋勇抗敌的悲壮篇章。谁侵我中华，必会有千万个戚将军守住中华的疆土。

我抚摸着烽火台的每一块城砖，冰冷的砖石虽不会言语，却在无声地诉说着戚将军的威武，诉说着中华民族的不可侵犯。正因为戚继光是民族英雄，抗倭名将，这座他曾经打了胜仗的小城也成了抗倭名城。随着电视剧《戚继光》在中央电视台黄金时间的播放，这个不起眼儿的小城在人们的心中位同几座古都。看到戚继光自然而然想起台州，也会想起台州这座小城墙。硝烟远去，刀光剑影消失，鼓角争鸣不再，烽火台湮没在尘埃中。没有了硝烟，宁静的桃渚城成了真正的桃花源。

寒风一阵阵掠过我的脸庞，感觉胸中清爽。唯山间之清风，与山间之冬阳，耳听得而为声，目遇之成色。一座古城墙就是一部鲜活的历史，洒满了鲜血的历史印迹。城墙是历史的缩影，也是一段历史的符号。曾经的人声呐喊，曾经的刀光剑影，曾经的炮轰倭寇呀，如今都被湮没在光阴的尘埃里。

置身于桃渚古城墙，我感受到了桃渚的魅力。这是一个人文景观与自然景观集于一身的海边古城，也是秀美的山水风光与壮丽的历史画卷相辉映的“海上仙子国”。

石柱峰健身行

今年和桃渚似乎是情缘未了，无论是作协还是知联会的活动都放在桃渚。在阳光明媚的初冬清晨，杜桥知联会员赶到桃渚石柱峰下的广场与临海市知联会的会员会合。

站在石柱峰下，文天祥塑像前，听郭主席对此次“临海市知联会桃渚健身活动”做了一番布置之后，我们便上山了。对于石柱峰，我并不陌生，五年前和单位同事就一起来做过客。此山名为石柱峰是因为山上有一处岩溶形似石柱，名为石柱峰，此山也因而得名。石柱峰的岩壁如刀削般陡立，又名为千丈岩。石柱峰高141.81米，上平下削，莹白如玉的熔岩立地擎天，气势雄伟，后有一小石柱，低岗相连，形似骆驼卧岗。

说起石柱峰的奇，这还是大自然地壳运动的杰作。大约8000万年前，这里发生过一场罕见的火山喷发，被烈火熔化的山岩形成了大面积柱状熔岩景观。熔岩、峰丛宛若琼台仙阁，几十处岩峰形态万千，岩洞格局迥异。恍若置身于人间仙境。放眸观望，一座座岩峰如虎似狮，换个角度观望，却如熊似猴。怪不得当年文天祥从海道过桃渚，目及东海万顷海浪，碧波荡漾。仰望东海边山奇崖秀壁，内心感慨万千，即景一诗“海山仙子国，邂逅寄孤篷。万象画图里，千岩玉界中”的千古名句。

1276年，元军大举南下，文天祥受命去元营会谈，被伯颜扣留，押送大都（北京）。途经镇江时，文天祥与杜浒等12人深夜出逃。后驻足三门县城门（花桥）方前村张和孙家。文天祥就在张和孙家与杜浒、吕武、胡文可等计议复宋大事，后途经和三门邻近的桃渚。观望这个洲渚之地的奇山险岩，这“海山仙子国”就从此定格在桃渚这个弹丸之小城。

我们登上石柱峰的顶台，顶台犹如一个平阔的会客室，这个自然的会客室四周长满柴丛，仿佛是一道绿色的篱笆，又似一道翠绿的屏风。临海的会员和我们轮流拍照，不管认识与不认识，只要是穿着黄色背心的都是自己人，相逢都是缘，就如我们今天登上了石柱峰，也和石柱峰有着不浅的缘分。

石柱峰顶上，杜桥的知联会会员们拍了合影，我们女会员又合了影。有郑波给我们当御用摄影师，岂能让他闲着？我们女同胞们，你一张，我一张，忙得郑大师团团转。我和张玲站在一块石块上，和山下的桃渚十三江一起收入镜头，也许到了白发苍苍的垂暮之年，我们望着镜头中的自己，会想起今日今时，我们曾与这座叫作石柱峰的山有着一段深情的缘分，和我一起合影的张玲也有一段情缘。人生何处不相逢，人生何处惹风尘，人生又没有不散的筵席。我们在自己的人生征程中，分分合合、欢欢冤冤，给我们人生添堵的人被悄悄清除出便签，给我们的人生添彩的人，就如这石柱峰一样永远定格在我们心之相册里。

石柱峰下，初冬的桃江十三渚如一幅水墨画，墨绿的河塘环抱着稻田，金黄的稻田镶嵌于墨绿的河塘中。水抱洲渚，渚衬绿水，那一片片清粼的水塘，将田畦切割成大小不一、形状迥异的 13 块水中陆地。十三渚区域面积 600 多亩，星罗棋布，大的有 80 多亩，小的仅半亩，陆地与水域面积各半。这时所有的游客都明白，为何这个古镇名为桃渚。渚，水中小块陆地，这块块水渚田埂边种植着一棵棵桃树，每到春日，粉红的桃花，青碧的秧苗，深绿的水面，渚上风光随季节农作物而五彩纷呈。田园风光，如诗如画。绝妙的风景该有个绝妙的名字来配它，桃渚这个有着雅韵的名字就被定名于这一片土地上。

说到桃渚这个古镇，不仅历史悠久，而且还是古时台州府重要的海防前哨兼驻军基地。明洪武设置为抗倭的重要关卡——千户所，一直到东面的下旧城。据说千户所后来迁到中旧城。明代倭寇猖獗，大批入侵东海沿海城镇，台州湾难逃一劫，攻破原桃渚卫所，烧杀抢掠，以致城野萧条。朝廷有鉴于此，派户部侍郎亲临督建，于1443年建成了一座“高二丈一尺，周围二里七十步”的抗倭石城，为新的桃渚卫所，也就是今天的桃渚古城。今日的桃渚古城保存着全部城墙和东、西、南三座古城门，城高号称二丈一尺，实际平均高度4.5米。东西南三座城门内都设有瓮城，以加强防守功能。明代，小小倭寇猖獗到令后人发指的地步，大举入侵时，常常集结30艘到50艘大船，人数多达几千。最猖狂时，竟占领军事要地。所劫掠的物品，除了金银珠宝，还把当地人作为奴隶运往日本，甚至大批搜集蚕茧并组织妇女们抽丝。

1555年戚继光刚到浙江，对于倭寇的蹂躏，悲观和惶惑遍布于沿海地区。戚继光从1559年开始招募了3000名士兵。两年之后，兵员增加一倍，1562年更扩大为10000人。戚继光巧施“毒蛇计”击退了倭寇，守住了桃渚城。至今还流传着民谣：“哪里住着戚家军，山长刀，地生钉，小小桃渚城，千条毒蛇咬死日本佬。”戚继光和他的部队在桃渚首战告捷，九战九捷，洗雪国耻，扬眉吐气，大振国威。从1559年开始，这支部队曾屡次攻坚、解围、迎战、追击，而从未在战斗中被倭寇击败。民族英雄戚继光自1555年至1562年，在台州一带抗倭八年，功勋卓著。

我从时光隧道穿越600多年，仿佛聆听了戚将军的护国之壮言。同伴的呼声把我从悠远的明代拉回到现实，我们走下了石柱峰，继续往前走，前面有玉壶岩。玉湖岩高115.5米，由三爿巨石相携而成。中间主体圆身浑厚，像个酒壶，近旁独立一根石柱，微微前倾，像个壶嘴。壶体后侧附生一石，中间空洞透明，恰似酒壶的把手。壶形巨石，自然天成却寓有“一片冰心在玉壶”的美意，故为玉壶岩。

孔雀岩临空矗立于台地边的夷平残丘之上，由两块孤岩组合而成，形似一只昂首的孔雀。面朝江注，若悠闲采食，又如居高临江，观渚迎潮。

附近还有许许多多的溶洞景观等着我们去观赏，只可惜因为时间的关系，我们还要去摘橘子和游古城、古街，不得不折身而归，但愿我和石柱峰的情缘不仅于此。

梅园随想

在春节期间，朋友圈里不断有朋友晒出行照片，最吸引我的是临海长城脚下的梅园，那一树树白花宛若白雪，一枝枝红花如同锦霞，梅园总是那般摄我心魂。我就这样一直牵挂着，惦念着，尽管深深惦念，但忙于生活还是抽不出时间去一睹芳容。

今日文友邀请去临海参加茶文化活动，活动之后，首先想到就是那个梅园，我一直深深牵挂着的梅园。我和文友一起漫步于山道，从党校上去进了梅园的大门。正值四月，此时的梅园里已不再是繁花似锦的景观，满眼只是一片青碧色。梅园里只有两三个游人，一对情侣正相拥而上，不疾不徐穿梭在梅树下，没有人去打扰他们的世界。一个小姑娘正捧着书坐在一棵古梅树下静读着，不因我们的到来而打扰了她的雅致，完全沉浸于书中。我突然羡慕起她的悠闲，羡慕她的年轻，青春多好，青春可以随心做自己想做的事情。

我移步于一棵梅树下，梅树下有一块方石，显然是给客人坐的。我坐下揉揉有些酸痛的腿脚。我不禁思绪万千，对于梅最早的记忆就是那首“墙角数枝梅，凌寒独自开”，初学这首诗的时候，对于梅花的印象是一片空白，不解诗意，更不懂梅花何方神圣也。长大后读的书多了，读有关梅花的诗词也不少，梅在我的心中就有了一定的地位。来到梅园，自然而然心湖里涌现出梅的诗句：“疏影横斜水清浅，暗香浮动月黄昏。”我喜欢王冕写的：“我家洗砚池边树，朵朵花开淡墨痕。不要人夸好颜色，只留清气满乾坤。”从这首诗中我读懂了做人要有不献媚的胸襟气质和坚贞纯洁的情操。

我还喜欢陆游的："驿外断桥边，寂寞开无主。已是黄昏独自愁，更著风和雨。无意苦争春，一任群芳妒。零落成泥碾作尘，只有香如故。"喜欢这首诗是因为喜欢陆游的爱国情怀，崇敬他对国家的忠贞不渝，赞赏他不随波逐流的情怀，更读懂了陆游不畏谗毁、坚贞自守的铮铮傲骨。我喜欢卢梅坡写的《雪梅》："梅须逊雪三分白，雪却输梅一段香。"梅花须逊让雪花三分晶莹洁白，雪花却输给梅花一段清香。人生何尝不是这样，总有喜与忧，人也总有长处与短处，正如寸有所长，尺有所短，因而要去学会取长补短，相得益彰。

一个偶然的机会，无意中瞄一眼电视剧，正好是一片红梅，正因为这一片梅吸引着我去盯看一会儿，女主角吟咏着："朔风如解意，容易莫摧残。"因为这句诗让玄凌深深地爱上了甄嬛，从此甄嬛的命运跌宕起伏着，几次死里逃生最后坐上了太后的宝座。正如雪中红梅香自苦寒来，雪压枝头却开得如此地烂漫绚丽。我明白为何有那么多的文人墨客喜欢梅，喜欢梅不畏寒流不惧险境，喜欢梅笑对人生的态度。

一阵笑声惊扰了我的静思，只见一群游客进园中。我起身抬眸望去，满眼只是一种青碧，一片浓荫尽收眼眸。我情不自禁抚摸着眼前小小的绿叶，一片有一片的生命。叶片上还存留着小雨滴，滚滚如珍珠，水滴与叶片一起在风中颤荡着，几次到了边沿，又滚回叶片中间。生命是如此的惊艳，我的眼睛有些湿润，满心地沉醉其中。一个游客长长一叹，要是梅开时节来观赏多好。我的心中虽也有一丝小遗憾，但我却不是感慨，人生就是这样，并不是任何时候都是恰当正好的，人生驿站中有数不胜数擦肩而过的缘分。如是正当梅开时，虽能观赏红梅朵朵开得壮美，但是人山人海，嘈杂得很，纷扰得心烦焦躁。远不如眼下的这一碧青翠，如此静默，安然，让纷杂的心绪顿时安静下来，远离尘嚣让心清净舒畅。你看那一对挽手移步的情爱之侣，那静读诗书的少女，一切都是那么安静恬然。这一份静默让来者独享，不觉得这是生命中最美好的时刻吗？

静守一份简单从容，静守几许淡然清雅，梅枝在静好的时光里，浅笑怡然，这份恬静诠释着生命的美丽。记得马德在文章《安静的姿态》中写道："一个安静的生命舍得丢下尘世间的一切，譬如荣誉、恩宠、权势、奢靡、繁华，它们因为舍得，所以淡泊，因为淡泊，所以安静，它们无意去抵制尘世的枯燥与贫乏，只是静享内心的蓬勃与丰富。"如果说雪中之梅高雅坚贞写在名人的诗篇里，那么我觉得今日的梅枝素色也是最倾心的篇章。

梦想起航的地方

静立头门港码头，我眺望着辽阔的海面上翻飞的群群海鸥，群鸥愉悦地在海面上欢唱着，翩然起舞着。鸥鸣中夹杂着声声汽笛，汽笛声自远而近打断我的神思。眺望海面，一个芝麻大的点逐渐增大，到了近前竟然是一艘万吨巨轮，仰头还望不到船顶。

望着港务公司的员工在船上忙碌的身影，一抹抹橘红晃了我的眼，不由让我想起我记忆里的头门港。没有开发之前，我没有来过头门港，却在脑海里画下一张头门港的图。这张图最初素描来自老同事的口中，他曾经在头门海岛上工作了十多年。他闲暇时喜欢给我讲头门港的故事，他故事里的头门港因交通不便导致孩子上学困难，大人生病无处可求医等一切陆地上觉得无足轻重的事，在岛上都成为人们的奢望。岛上的男人习惯于一叶扁舟搏风浪，一蓑烟雨任平生，却也不敢在狂风骤雨中带着家人跨海逐浪。岛上居民遇到大事要跨海去陆地上办事很不方便，特别是炎夏与寒冬两季。为了生存，岛上居民在20世纪末能逃离的基本上都逃离了。同事也在亲戚的帮助下走上了岸。

这个从未走进人们视野的荒岛渔村，谁能料到竟成为港口的一匹黑马。伯乐的慧眼识英才，一下子挖掘了头门港不可多得的优势，这些优势正如陈年的酒香，酒香还怕巷子深？酝酿千万年的酒一开坛，四溢的酒香怎能不醉倒一大片？瞬间亮了世人的眸，醉了企业家的心。沉寂了它的前生千百万年，没想到它的今世一鸣惊人，成为最年轻的国家级台州湾经济之城、花园式城市、南海风情小城。作为浙江省最年轻的大湾区，跨度最长的大通道，重量级民营大企业在这里碰撞，撞击出条件优越、产业辐射区域最广的综合性枢纽港区，也是浙江省大湾区南湾区建设的主平台。天然良港头门港就这样填补了临海千百年来无海港的空白。

头门港港口是经济开发区跳动的脉搏，承担着陆海转换枢纽。离国际主航道仅13海里，拥有28.8公里可供建港的深水岸线。2014年的年末，那个冬阳洒满海面的上午，头门港用最深情的眸光迎来了从秦皇岛远道而来的贵客——2万吨级的货轮“明州62”，在台州海事巡逻舰的护航下款款而至，“明州62”靠近的那一刻，头门港人谁不激情满怀？那满含泪水的双眸里是期待的幸福，踏上明州号的那一刻，那一双双颤抖的手按住那一颗颗快要跳出胸膛的心。怎能不激动？那哪里是一艘远航而来的船？那是头门港人开新篇的人生。

从2万吨级通用泊位扩建为5万吨级通用泊位，同时还兼顾5万GT汽车滚装船靠泊作业。2019年寒冬的上午，头门港人忘不了这个激动人心的时刻，这是滚装船“世海”号首航的日子，“世海”将载着400辆吉利新车鸣笛启航。庞大的船身渐渐消失在海的深处，带着所有头门港人的希冀和愿望，劈波斩浪再创辉煌。无论是头门港人还是吉利人，他们的心中都激情满怀。滚装船的浩瀚征途，从这一刻开始，头门港航运又进入一个新征程。有了这个重量级的滚装船，吉利汽车从陆运改为水运，吉利生产的一辆辆新款汽车从这里装载运往国内各大城市，销往世界各地。水运载走的那一辆辆吉利车，成为最有说服力的广告语，让全国百姓了解台州，让全世界人民认识中国。

头门港口岸发挥天然良港的优势，在甬台温临港产业中起着承上启下的作用，北接杭州、宁波，南连温州，高效地提升了浙江省临港产业带整体的发展水平。自然也加强了与“海上丝绸之路”沿线港口的合作，主动承接货物转移，做到与宁波、嘉兴等临港工业错位发展、互补融合。有了港口的优势，并为台州湾经济开发区重点打造综合保税区、装备制造产业园、冷链物流基地、中外合作产业园、铁路物流园五大产业园。

从码头过来，我漫步于头门港跨海大桥上，任由海风吹乱我的碎发，心儿随着海风飞向过往。二十多年前，我一个同事经常讲述头门岛的故事，她的夫君就在这座桥南端的头门港乡政府工作。因为交通不方便，正常情况下一个月团聚一次，碰到台风或者暴风天气，海上无法行船就回不来。我回头望着自己刚刚走过的桥，半个小时走了一点点，再望望前方，如果真要走完恐怕天黑也到不了。想想几十年前，一条小船载着岛上居民横渡海面，若遇逆风，飘零的船可想而知是不进反退的。若遇大事，岛上居民确实只能望陆而叹。如今这座桥连接头门岛和白沙湾，各种车在长桥上疾驰，只需几脚油门就能到达两岸。远航而来的各种货物从码头上岸送往各家企业，各家企业的产品经过这座桥送往港口的船上，再运往各座城市。这座跨海大桥成了企业与企业、城市与城市之间的经济纽带，也成为企业家与商家的情感桥梁。满载货物的大车从我身边疾驰而过，车轮飞速前行，那不正是台州湾的经济发展飞速前行吗？

跨海大桥通行，桥南端的港口开航，自然也带动北端的发展。北端海岸边原是一大片滩涂，滩涂边上是白沙和达道两个小村。二十年前的白沙、达岛等海边村穷得鸟不拉屎，有囡要远嫁，有儿讨不进。可谁能料到这个曾经被百般嫌弃的小渔村，今日一条条宽阔的街道如一张纵横交错的蜘蛛网。甬台温铁路、甬台温高速、228 国道线连接南北，台金铁路、台金高速和 351 国道线贯通东西。到杭城只要三个多小时，就算到上海也只需半天时间就到了。一条条快速便捷的交通网成了情感线，把头门港新区连接到祖国的心脏，连接到国内各大重工业城市。有了这星罗棋布的交通线，台州湾各企业引进“国千”人才 18 人、“省千”人才 22 人，各类硕博人才 400 余人，人才的引进，企业也就如虎添翼。便捷的交通、高层人才的引进，台州湾经济开发区怎能不成为展翅腾飞的大鹏呢？

现代化便捷的交通改变了贫穷小渔村的命运，曾经的盐碱地、滩涂被填土了，白沙、达岛村的老房子被推翻了，建成一座花园式小城。吸引了数不胜数爱海的外乡人来此落户，企业的各种人才在此驻扎，括苍的方溪水库移民，村民自愿到这里来安家。那一座座拔地而起的观海楼，一个个自带风情的滨海小区，引来了多少爱海的人。吉利花园、吉利广场，那是一个高档小区吗？那是吉利人的智慧之园。白沙湾、观澜府、忆金府，那是一座座高楼吗？当然不是，那是爱海的人温馨而有诗意的家园。每当暮色四合，万家灯火如昼，从窗口射出的点点灯光如一片星海，和天上的星河遥相呼应。立于胧月的楼顶望月空，举杯对月饮的情怀在心中油然而生。站在观澜府的窗口倾听一声声海浪激情澎湃，东海潮一浪高于一浪。这澎湃的情怀不正是头门港人的建港激情吗？几声巨轮的汽笛声划破海湾的宁静，高调地宣誓对头门港口岸的忠诚。海浪搏击礁石的坚硬，海潮追逐巨轮的执着，海的语言有韵有味地飘进一幢幢观海楼的窗口。当清晨的第一缕曙光刺破天眼，橘红色的阳光透过窗帘跳进窗内，居民们起身就可以观赏东海日出。原来这一片高楼是最好的日出日落的观景点，也是最适合听潮起潮落的听澜楼。当年白沙和达道两个村的村民只有上千人，如今这座滨海之城竟有 4 万多人口落户。这不正是梧桐引得凤凰来吗？

最是花香引得飞蝶来的应该是白沙湾，每到周末白沙湾游人如织。白沙湾当然不是一个浪得虚名的海湾公园，弯月形的沙滩是孩子的乐园，沙滩就成为孩子的梦想城堡。热带风情的滨海公园种植着各种南国树木，站在椰林中，有种恍若置身于南海的错觉。漫步在雅静折形的绿道中，轻柔的海风拂面，青碧的草坡入眸，还有那湛蓝的苍穹、雪白的飘云、翻飞的海鸥，美得如一幅画。

移步来到头门港站的广场上，阳光斑驳，树影婆娑，每一片树叶仿佛都在书写着港口铁路发展的每一个聚焦点。风中送来一声响亮的列车风笛声，我知道义新欧“台州号”准备启程了，列车汽笛声长鸣入耳，风笛声渐渐消散在海风中，我望着义新欧“台州号”一闪而过的车影，那是台州湾工业之旅梦想的起航……

蜡梅洞的传说

正月初四，吴老师说要带我们去看几个景点。俞摄影师说去，凤仙说去，鸿也说去，那我也跟着去了。

到了白沙湾公园，我们从右侧的人行道进去。没想到吴老师带我们来的地方就是白沙湾，不过吴老师说不只是白沙湾，这里有个蜡梅洞，蜡梅洞还有个蜡梅姑娘的传说。

一听说有故事，我就来了劲。我们远离喧嚣的美食街，往前漫步而行，靠着右边的人行道走去，不远处有一座外墙是橙红色的二层房子，看样子是庙堂。

我们走了过去，走上几个台阶，看到墙体上几块大石碑。碑文上全是捐助名单，一般庙堂佛殿之地都有这样的捐助碑文记载。

再往里走，是庙堂的场地，有一个很高的香炉，从各种设备看这个庙堂应该是新修的。在我凝思之间，他们已经走向庙堂正门。“蜡梅洞”三个字赫然醒目，我也匆匆跟着他们走。一进门，有一个老者正在门内，他一看见俞大哥就直呼其名。看来俞摄影师又碰到熟人了。原来 16 年前，蜡梅洞第一次开光之日，是俞大师来拍录像的，这个老者就是这个庙宇的发起人。

老者跟我们说起盖这个庙宇的经过。他说自己本来是一个退休人员，家住杜桥穿山村。二十年前，辛苦了半生的老金终于退休了等着享清闲日子。突然一天夜里，做了一个奇怪的梦，有个自称蜡梅姑娘的来找他，说自己没有屋宇，希望金先生帮他盖个避雨的地方。一梦惊醒，老金也不当一回事。谁不做梦？谁把梦当回事？隔一日老金骑着自行车上街购物，却突然意识混沌，不知自己身处何地。过一会儿才慢慢清醒过来，发现自己在钟楼，前后左右都很清晰。他以为自己年龄大了，可能有些血管堵了，影响了正常的血液流通。过几天去医院做个检查，可检查结果说他各项指标都很正常，然后又去做了个全身检查，检查结果一切正常。就是按科学说法，他的身体很健康，不可能会得病。那就放心了，有可能由于

自己没有休息好的缘故，一时精神恍惚吧。又是一个月黑风高的夜晚，老金又被蜡梅姑娘的梦惊醒，蜡梅姑娘在梦里对他说，盖房子盖不了，就让他帮忙搭一个雨棚吧，让她不被雨淋就行。惊醒后他对老伴说："又乱梦到蜡梅姑娘，真是晦气。"睡了一觉也不当一回事了。过了几天，朋友约他爬凤凰山，爬到凤凰山凉亭，又突然晕乎乎的，吓得朋友以为他中邪了，好一会儿才清醒过来，这下老金感觉有些不对劲了。他把自己几次梦到蜡梅姑娘，突然晕乎乎的事对朋友说了，朋友说那可能被这个蜡梅姑娘缠上了，要不就给盖个雨棚。老金叹口气说："我退休金几千块，一家老小都用钱，哪有闲钱能帮忙盖个雨棚？"老金找到上盘达岛村，听村民说起蜡梅姑娘的传说。据说蜡梅花开的一日，一户海边人家迎来一个女婴的出生，家里就给孩子取名为"蜡梅"。蜡梅姑娘出生不久，家里来了一个算卦的老头儿，老头儿一看这个可爱的小姑娘，却对孩子父母说，这个孩子命很硬，是个老佛命。孩子父母不信，也没当一回事。姑娘慢慢长大，无论是来了多少说亲的人，都说姑娘的八字有些硬，姑娘年龄逐渐增大，还是待字闺中，姑娘似乎有些明白自己嫁不出去的原因，对婚事也就不祈望了。

一天，姑娘到海边捡海货，听到有争吵的声音，她急忙跑过去看，却发现一个男子揪着一个女人不放，女人哭着喊救命。蜡梅忙跑过去一把揪住男子的后衣领，女人挣脱了男子的魔掌却自顾跑了，男子恼羞成怒地说："没人要的老佛命，谁要你多管事，搅和了我的好事。"本来姑娘自顾跑了，蜡梅姑娘也无心恋战，可听了这句戳心窝的话，她一下子肺都气炸了，不知哪来的力气一下子把男子高高举起，再狠狠甩在礁石上，肉身怎能抵得上礁石呀，男子一下子骨折筋断，血肉模糊，气断身亡。瞬间冒出很多男子的家人，听说蜡梅摔死了他家主人，就追赶蜡梅姑娘，姑娘一看情形，自己寡不敌众，转身就跑，坏人四围包抄，眼看脚下就是断崖，下去就是深海，身后一群人凶神恶煞般正向她慢慢逼近，要是被他们拖走，被人羞辱还不如死个干净。想到这里，她恶狠狠盯着众人，众人被她的眼神震慑住了。她朝家的方向拜了三拜，一声长笑纵身一跃跳进大海。瞬间海面上划过一道电光，吓得这一群人屁滚尿流，都说蜡梅姑娘被东海龙王收为神女了，他们再也不敢惹蜡梅姑娘的家人。

再说蜡梅姑娘的尸体随着海浪而漂，不知在海面上漂了多少时日，漂到一个弧形岸边，被一个渔民发现，好心人把女尸拖上岸，埋葬在岸边。从此蜡梅姑娘的灵魂保护这一方渔民满载而归，对好人都会暗中保护。她被恶人逼死，她的灵魂也疾恶如仇，对待这一带作恶多端的人，她自会惩罚。据说做了坏事的人都会被她闪到洞口，嘴里耳朵里塞满黄泥致死。这一带的百姓都以捕鱼为生，对蜡梅姑娘神也很尊敬，渔民出门要经过蜡梅洞点上一炷香，蜡梅姑娘就会保他安全归来并一舱满载。

老金听闻这个蜡梅的传说，觉得给盖个雨棚也是应该，可是自己真的囊中羞涩呀，无奈也只好作罢。过了一段时间，有个中年男子找到老金家，说起自己的遭遇。中年男子也是渔民，因为渔场作业危险，在上盘边上的海域里养殖渔业。不知何故，辛劳了一年不但没有收获，还血本无归，养个虾等可捕获时全死了，养个蟹等可卖时却全跑了，养个鱼全翻白眼。养虾以为是自己养殖技术有问题，养蟹以为有人恶作剧，可养鱼呢？这下他不觉得是先前认为的那样，莫非真的是蜡梅姑娘作怪吗？到村里一打听，人家告诉他得给蜡梅姑娘烧个纸钱呀。又有人告诉他，穿山村有个老金也来打听过蜡梅姑娘，让他找老金商量。他这才找老金来了，老金一听说有人也是为了蜡梅姑娘的事，心都想到一块了，也来了精神。都说一木难成林，人多力量大嘛。老金说我们一起到村里去化缘，那人说自己到村子没人会信他，说让老娘跟着老金去化缘。老金想有人一起就好，然后就这样一村一村化缘，一天下来就有几千散币到手里，盖个雨棚应该没问题。后来又有人提议，既要做就做大的，多走几个村嘛，老金想想也是，就又多走了几个村。几天时间有万数的人民币，中年男子说他出人力，泥水、木匠等小工都是他请人来

帮忙。这笔钱砌这座墙，那笔钱做这个顶棚。用完了，再去化缘再来做工。就这样在他们的合力下，2003 年开始动工，断断续续做工，到 2006 年一座简易的蜡梅洞总算完成了。

老金看管蜡梅洞，每逢农历三六九，他风雨无阻坐镇庙堂。四面乡邻每逢三六九都来念念经。老金负责素斋，大家念完经吃完素斋再回去。附近渔民多，出门捕鱼求个签捐个款，十几年下来，庙堂的捐助款有几十万。老金决定把旧庙堂翻修一下，于是在前两年翻了两层楼建了新的蜡梅洞，还有多余的钱，又盖了一个龙王庙。

老金带我们看了传说中的蜡梅姑娘的藏身之所，原来就是一道海岩缝。他介绍原来盖庙堂时抽干过水，缝口只能挤进一个瘦瘦的人，大约进十几米，进了洞，洞内很宽敞，可以放下三张八仙桌。不过现在的游客是不可能看到三张八仙桌的内洞了。其实看上去就像一条小水沟。一臂宽的海水黄黄的，看不清水底。老金说别看不起这水沟，可深着呢。他指着水面上的一块礁石说，到这里足有 15 米深。15 米深？天哪，那有五层楼房那么高呀。如果在以前这里还是一片海洋的话，贪玩的人到这里，不熟悉地形，死在这里不足为奇。可能有人就会认为此人作恶多端才被蜡梅神摄了魂，农村里一传十，十传百，蜡梅姑娘惩治坏人的说法就这样传开了。

二十载的岁月说长不长，说短也不短，老金当年 60 出头，今年已 80 出头了，他说自己这二十年来风雨无阻守着这个庙堂。一个人几十年能坚持做一件事也确实不容易。

听完这个故事，我还是不太相信真有蜡梅姑娘。但有一点我坚信，做人以善为本，切不可过分欺人，不去伤人一生无愧。庙堂基本上村村有，每个庙堂都有属于自己的故事。村庙的神论说恐怕村民也不全信，不是说不全信吗？那就还是有人会信。在农村并不是所有人都讲道理，有些人完全无视道理真理，仗着自己兄弟多地头硬，故意以强欺弱，故意霸占人家的东西，就是知错故犯，就是想让旁人瞧瞧能拿我怎么办？这些人赖着我硬我怕谁，就算驻村干部也不怕，村主任也得让三分。往往这种不怕人的人，最怕的就是鬼，也唯有鬼才能把心中有鬼的人镇住。无论他在村民面前是多强硬的人，一旦让他在神佛面前发誓看他敢不敢？在神像面前像个孙子一样服服帖帖了，所以村庙在一定的程度上还是有作用。

白沙湾随笔

站在蜡梅洞庙前宽阔的场地上，眺望一条条涂上蓝色的跑道，蜿蜒伸展，环海域而修。三千多亩的海水湖感觉像一片海，绵延的沙滩包围着海水湖，让人又不得不承认这是内海。

我们走向人行道，人行道两旁都种植着各种植物。正值寒冬，植物都未曾起色，草儿枯黄，花树未抽新芽，仍然处于荒败之景。然而荒败的草木却暗藏着蓬勃的生命力，仔细扒开看看枯黄的外像之内是鲜嫩的小芽。我突然自嘲一笑，二十多年前我就在上盘工作，在上盘工作的七八年中，从未有人提起头门港。身为临海人都不知道还有这么一个天然港口，有人说千年古城临海，东海之滨有海无港，而今真是一鸣天下知，如今的头门港新城恐怕为天下人所惦记了。

人行道迎来三三两两的人群，人们大都是看看景聊聊天就过去了。或许也有个别人看似很普通，或许将来也如头门港新城一样一鸣天下知。我们这几个除了看风景，也注意路边的枯草。枯草不卑不亢地长在路边，今日与我们遇见，枯败的它们肯定也未曾想过也能成为我笔下的灵魂。

人行道外侧是沙滩，百来米的沙滩嵌在人行道与海水湖之间，圆形的海水湖，圆形的沙滩，沙滩上到处都滚动着人影。金色的沙滩，五颜六色的人影，在阳光的照耀下闪闪发光，犹如一条非常漂亮的彩色项链。蓝天、白云、金沙滩、绿植和带着微蓝的海湖，以及彩色的沙滩跑道，当然还有林立的高楼，此时的白沙湾公园成了一幅迷人的画。

这幅画迷醉了我，一阵冷风掀开我的围巾，才让置身于画中的我有知觉。今日正是立春，却是春寒料峭寒过冬，海边风大有些冷。我把毛围巾重新包住头部，两只手插进口袋。同伴们为了照顾我，轮流帮我提手提包。怕我身体吃不消，在海边的跑道上走走停停。走了一段路，我有些吃力，便在沙滩边上的长木椅上坐下歇歇。

迎面跑来一群孩子，穿着羽绒服的，也有穿着花棉袄的。冬天的孩子们成了一个个滚动的彩球了。一个个小身影从我们身边过去，直接跑向沙滩了。在沙滩上散开，开始玩沙了。一声声稚嫩的童音顺风送来。作家冰心说过，有孩子的地方即是春天。孩子如春天的花朵，更是祖国的花朵。少年智则国智，少年强则国强，孩子是未来世界的主人。或许这一群孩子中出现几个智慧少年，将来成为设计者和建设者，将这一片海域建设得更加富丽堂皇。我用欣赏的目光瞧着沙滩上滚动的身影，一个个“小绒球”玩沙玩得起劲，有的在堆沙房，有的挖沙坑，有些小豆豆根本不知道玩啥，随着性子乱铲。父母在一旁瞧着孩子乐，在父母的眼中，没有什么比孩子的开心更开心了。

路边有各种凉亭，玻璃顶棚的凉亭，亭下各放着两个长木凳。这种天气，坐在长木凳上沐着阳光，邀三五好友聊他个海阔天空也是极好的。就算独自而来，望望山望望海，发发呆也是舒爽的。我想如果住在对面的海景房，晨昏出来散个步，晨望朝阳跳出海平线，坐看落日红满山，这是怎样一种心境呢？

在人工海的左前方，临港新城一座座矗立的新楼房，雪白的外墙在蓝天青山碧海的映衬下，特别引人注目。一座座高楼与白沙湾海滨公园相呼应，形成一个高档次的海滨之城。白沙湾拥有“一池三山”的自然景观，那绵长的沙滩和南海风情的海滨公园，正打造一个“山——城——湾——海”的特色城市，以充满活力、独具滨海的生态宜居新城来吸引人们的视线。

白沙湾公园最独特的景观应该是绿植，海边种着很多南国风情的树种。如果是夏日来此，一定会有错觉。有人说人行道内侧长的是椰子树，其实仔细看与椰子树是完全不一样的。有几棵倒像棕榈树，仔细分辨也不是。其实种的都是南国的蒺树。葵树分为很多个品种，这棵树有十多米高，树干呈圆柱形的是长叶刺葵，长叶刺葵的叶柄较短，叶子却很长，五六米长的羽状复叶呈弓状弯曲形。开始时还真的误认为是棕榈树，这叶真的很像长长的棕榈叶。这里有一片长叶刺葵林，我们欣喜遇见这片林。俞大师又成为我们的摄影师，我们三个女人在林下组合拍照。笑声在林间声声串起，林成为我们的幕景，我们为这景增添了灵动。

那边有一片丛生软叶刺葵，树干高两三米，而叶子就有一米多长，深绿色的叶子呈羽片线形。除了刺葵还有丝葵树，其实葵树都属于棕榈科，怪不得和棕榈树如此相像呢。葵树本是热带和亚热带常绿乔木，喜欢高温多湿、土地肥沃的中性土壤。葵树具有耐旱和耐湿的特性。葵树适宜生长于热带地方，两三百年的老葵树屡见不鲜。而如今为了观景点缀，把葵树迁移到浙东地带，虽属亚热带季风气候，然而寒冬之时还是有寒冻。我望着枝叶枯黄的葵树不由得对它的未来有些担忧。不过话说回来，现在全球温度上升，浙东沿海的冬天都没有冷痛的感觉，相信树也会坚强活下来的。

一路行一路停，大概行走了三分之一的海岸线，考虑到我身体吃不消，大伙儿说留到明年再来，我们转身往回走。回首再望一眼环形海，望望远处的川礁，这次无缘与它见面。人生也是如此，不可能事事都如意，总留一些念想给来日。不管来日能不能如愿，都要保持一颗未来可期的心。再回到原处，人流已经散去很多，但依然往来穿梭。我们不喜欢这种热闹的地方，幸好有那么好的景治愈了这份喧嚣。

千年文化村——芙蓉村

芙蓉村位于临海市东南部，隶属桃渚镇，距桃渚古城一公里。芙蓉村坐落于芙蓉山下，北环蟠溪，芙蓉山自杜桥白岩山山脉蜿蜒到此。别看这个不大的村落，却有着千年的历史，还是桃渚镇最早的千年古村。

据芙蓉村黄氏族谱记载，黄氏始祖平皋公的祖上居鄂之江夏郡，平皋公曾为大理事评事、吉州永丰县令。因唐末战火纷飞，平皋公只能弃官避世准备寻个桃源地存身。于是从蒲城和兄弟一起带着家眷仆人，经过温州，再到黄岩，然后辗转到临海一带。最后来到东海之滨见一座山状似芙蓉，雅兴顿起，将此山取名芙蓉山。隋代名僧智顗（天台山智者大师）对芙蓉山的描述："出海望芙蓉，山竦若红莲之始开。"《嘉定赤城志》中记载："芙蓉山仿佛千叶莲花从碧波中泛出……如田田之叶。"清代旅行家冯庚雪写下《芙蓉插翠》："芝岭东头览秀峰，层层峰朵簇芙蓉。奇岩刻瓣擎千叶，嫩玉为房垒万重。"怪不得平皋公翻越千山只钟情于芙蓉山。平皋公将一家老小安顿于山中。芙蓉黄氏从此开始繁衍生息，距今有1100多年了。

随着滩涂裸露面积的增加，黄氏子孙繁衍增多。平皋公的儿孙们搬到芙蓉山下安家，造房建村，从此这个村子名为"芙蓉村"。千年芙蓉村不曾改名，也许是芙蓉人对芙蓉花情有独钟。或许是敬重芙蓉花不畏霜寒的顽强品性，不顾初冬的冷风侵蚀，依然开得娇艳灿若霞。村名一直未曾改，芙蓉村被评为浙江省第二届"千年古村落"地名文化遗产。

千年前的桃渚一带是汪洋大海，平阜公就住在芙蓉山九龙洞一带。到了北宋年间，黄氏第五代黄文叟徒手筑滩涂成良田千余顷，就是现在的十三渚、芙蓉塘一带。元代以前，桃渚城、石柱下一带也称为“芙蓉地”。芙蓉村房屋建筑处在“芙蓉蕊”之地，周边“层层峰朵簇芙蓉”。清末时，族人特请进几户金姓人家入住，寓意“黄金”，日进斗金，族隆子兴。随着海塘坝外移，沧海桑田，经多个朝代发展，黄氏后裔过上丰衣足食的生活，成为这一带的富有人家。

黄文叟围涂屯田，勤劳致富，积资过万，人称“黄百万”。黄百万平时仗义疏财，受到村民们尊敬。黄百万借伞的故事流传千年，依然在民间传诵。黄百万儿子娶杜桥洪家村的一个姑娘为妻，婚礼当天下着大雨，接亲队伍需要同一色伞。黄百万买完了杜桥集市上的伞还差一把，幸好邻居有同色伞，借他救急。黄百万借伞的故事告诉后人，平时要多做善事，无论有多大的财富，都可能有困难的时刻。或许今日帮助了别人等于他日帮助了自己。

走进芙蓉村，到处都能看到长满青苔的古井、残破的石窗，断裂的青砖墙，古意在时光里徜徉。旗杆里、石道地、花台门等古宅十余处，斑驳的残垣断壁经历着千年的风霜，无声地诉说着流逝的光阴。一座座古宅雕饰各不相同：精巧的飞禽走兽、精致的木窗、别致的门、硕大的斗拱，照墙、门头和窗楣上的雕塑，那美轮美奂的图案，无不渗透着黄氏祖辈的心血。黄氏祖辈留下的古建筑虽不能同新时代的繁华相提并论，却也留住了历史，留住了旧时光，让芙蓉后人记住祖辈的祖训祖德，为今后的芙蓉村再创辉煌。在这样的精神引领下，芙蓉村的子孙们砥砺前行，用他们的智慧和汗水，为芙蓉村再创辉煌。

古建筑是芙蓉村的一笔文化遗产。一个个拱形的卷洞门吸引着八方来客。“山根门”为青石石匾，匾内嵌“门内左右樟柏庵山众家所有，此乃吾村屏木，永世不得采伐，民国二十九年各共有人公订”等字样。黄端人宅居旗杆里前又建了两个卷洞门：“廉政

里”“文化门”。三个卷洞门别具一格，内涵深刻。谁见过农村的村路命名为“文化路”“廉政路”“山根路”的？唯有芙蓉有这样的村路，三个卷洞门之间路面全用石板横放铺成，长600多米，这几百米的村路是芙蓉祖辈对后人寄予的希望。

石道地四合院，又称“石龙门”。是清朝乾隆年间的武举人黄家矩的祖宅。四合院为十三间三合院，前有门廊。正堂佛龛上有“久沐神恩绵世泽，须绳祖武振家声”的对联，额撰“诒尔多福”四字。通廊顶雕刻几何纹图案。两厢房有抄手游廊，东西山墙分塑“福”“禄”等图案，愿子孙福禄绵延。台门顶端塑着双狮顶球，为驱邪、镇宅之意。地面铺石板，正堂平铺，天井斜铺，天井最中间是一根石条直通地下几米。石龙门建筑具有较好的古宅完整性，且建筑木雕较为精美。石龙门四合院具有一定的历史价值和艺术价值。

这些古建筑不仅仅是一砖一瓦，一石一木。它们更是一份传承，一种精神的延续。在历史的河流中，它们成了芙蓉村的精神图腾，成了黄氏家族的骄傲。

芙蓉村“三弯六转角”的道路，独特的建筑布局不仅仅考虑到外观，最主要的是为了防盗。“二达道半”的古老埠头为村庄增添了神奇色彩。

芙蓉独特的自然风光吸引着旅行爱好者，清代旅行家冯赓雪到了芙蓉，被美景所吸引，他在旅行记中为秀丽的芙蓉洞、紫霞山石鼓洞、蟠龙山莲花洞、石牛山青云洞、大莲山金星洞、鳌柱山双珠洞等芙蓉六洞留下笔墨，记载在《台南洞林志》中。冯赓雪还为芙蓉村留下《八景诗》和《十二景诗》。景诗中的《石鼓鸣雷》《穿岩透日》《棋盘映月》等二十首描写自然风光的诗句，写出了芙蓉山的独特之美，给芙蓉黄氏后裔留下一笔宝贵的文化财富。

千年的芙蓉村黄氏子孙人才辈出。族谱中记载芙蓉村文武进士就有六人，我在《嘉定赤城志》中找到人物记载的有黄震和黄宪父子进士。南宋时，芙蓉村的才子黄震，在乾道八年（1172年）中壬辰科文进士。得中进士后的黄震到金华任县尉，因政绩突出，升任温州瑞安县令。晚年的黄震回到芙蓉村，建“家塾万项堂”，作为乡里子弟读书的场所，并亲自执教传授理学思想。还建“竹堤”和“葡萄棚莳”两处居所，经常邀请爱好诗词的乡亲们来做客，并进行赋诗吟咏等雅集活动。黄震著有诗集《俞溪集》，他是开桃渚诗词之先河的人。黄震的儿子黄宪喜欢习武，是嘉定十三年（1220年）庚辰陈正大榜的武进士，得中武进士后的黄宪任承节郎，因战功突出晋升为忠翊郎，后任崇德县令（今为桐乡）。

黄去病，南宋宝祐四年进士，授盐运使司，淳祐十年庚戌（1250年）奉敕绍兴支盐，著有《尧屋集》。

芙蓉黄氏在各个年代都有杰出人物。民国时期最突出的黄氏后裔黄楚卿。黄楚卿，名崇威，生于1873年，卒于1931年。桃渚城里的粮库原为他家的当铺店面，后来举家移居椒江葭沚。祖辈以经营盐业起家，到黄楚卿成年时是鼎盛时期。他兴办的产业涵盖房地产、船运、南北货、码头、棉织厂、药材、盐业、电业、通信（电话）等10多个门类。拥有盐号、药号、南北百货、钱庄银号、典当、酒坊、电厂等数十家企业。并有航海船只多艘，为台州航运事业做了很大贡献。创建振市公司，为台州最早的民族实业。创办恒利电气公司，为台州最早的电力工业。捐资兴建私立海门东山中学，获教育部嘉奖。还资助博济医院，开设黄同德药店。辛亥革命后，参加台州光复，任财政部部长，兼管海门厘局，担任过浙江省咨询局议员，一、二届浙江省议会会员等职。民国初年，浙江军政府未能及时拨付地方驻军粮饷，经常激起地方纠纷和动乱。危急时刻，黄楚卿挺身而出，垫付军饷3万银圆，避免了一场社会动乱。听村里老一辈人说民国之初，维新领袖康有为路过海门，黄楚卿作为地方名流设宴招待。

当我们立于一块石碑前时，村干部黄海剑就和我们说起这块刻着“芙村小学”的石碑。他说芙蓉村的村民对文化一直很敬重，因为黄氏祖辈历代都有文化传承人。民国时期，村里的文化普及专员黄端人生于1907年，他短暂的一生却是一腔热血为文化教育事业。抗战时期，他把义塾改设为“芙村小学”。只要到小学就读的学生不收书费，不缴学费，得到乡里乡外的赞颂。他不仅关心青少年的学习，更坚信文化对一个人一个家一个村，甚至对一个国的重要性。在村里，他在村旁的交通要道上建造了一座桥，这便是文化的桥梁。这座桥以智慧与人性为主题，立下了一道特别的拱门，名叫“文化门”。每日里有人把守，无论本村村民还是外村人，只要心怀对文化的敬仰与向往，便能在此驻足。然而，想要真正领略文化的魅力，必须先学会尊重与理解。因此，他要求经过拱门的人必须认几个字才能放行。日久了，村民自觉认读汉字，这在民国时期的农村还是罕见。这种文化传播，如同晨曦中的露水，滋润着这片古老的土地，唤醒沉睡的文化基因。

桃渚芙蓉，有着秀丽的自然风光，还有富含人文气息的古宅古洞门。在自然和人文的背后，是芙蓉人对传统文化千年不变的默默坚守。

水色尤溪

我最早听闻尤溪这个名字，以为这是一条溪的名字。后来朋友海涛转业到尤溪镇工作，我才知道尤溪是一个小镇。每到冬季，海涛送我一大筐黄泥竹笋，我又得知尤溪镇到处都是青竹。近几年经常听朋友说去尤溪的江南大峡谷游玩，勾起我无限的遐想，然而终因烦琐家务而错过。这次文友提议去尤溪采风，我举手赞成，我不想再与尤溪错过今生的情缘。

车拐进一条小街，两旁的房子外墙是统一的灰白色，带着清冷。同伴说过于冷色了，而我却喜欢，给人安静、宁和之感。穿过小街右拐上了一条山道，导航显示江南大峡谷。而我前一天询问过，我去的下涨村离江南大峡谷景区还有 15 公里。透过车窗，一座座高山矗立，然而车在穿山公路弯过一个又一个的弯，都说山路十八弯，我想尤溪比十八弯都还多呢。哗哗哗的水声时不时从车窗的缝隙中钻进来，尤溪真不愧是个名字中带有水的地方。

尤溪，清溪、河涧随处可遇。纵然山区路绕，一路的溪水歌吟，倒也增添了不少情趣，再加上初夏的山弯绿树葱郁，山花盛开，带给人无比的清爽与舒适。弯不完的山道，断不开的屏障，尤溪真的是个山区小镇！山溪绕路行，清泉歌吟伴，也确实是水色小镇。

在初夏的艳阳中，我们来到了临海西南小镇尤溪。九大碗饭庄的女主人很热情地迎接了我们，让我们到周围去转转，到 11 点半来饭庄就餐。我们就如出笼的鸟顺着山道往上走，站在下涨村的广场四望，四面都可以瞧见狭长的峡谷。下涨村被矗立的高山所环抱，当然也被水环绕。目及之处都是溪流，双耳倾听水声淙淙，在平缓的石头缝中优雅地流淌；叮叮咚咚……在尖锐的山石中调皮地跳着下去了。溪声变幻无穷，忽急忽缓、时悠扬时动感，宛若一场溪水音乐会。目及之处都是溪流，在每一个细小的旋涡中低吟着，欢快地跃动着。

我们随意走在山道上，涧流湍急形成小型的瀑布，从路石上漫过，艳阳下的清泉石上流，石上的水流闪着金光。灵山多秀色，空水共氤氲，这是尤溪的特点。在尤溪待了半日，我方明白尤溪为何名尤溪了，山前山后、谷底涧中、村前村后皆是溪水潺潺，不同溪流绕山而行，环村而动，尤溪真的是处处有溪流。山间小溪叮咚，敲锣打鼓下山，村前小溪涓涓，深情款款远去。我眸中的尤溪随处可见水，感觉一脚踩重，就能踩出水坑；甩手一碰，定能碰出水汁；用力一挤，肯定能挤出水珠来。突然想起《红楼梦》中贾宝玉说的一句话："女人是水做的骨肉，是纯净的。"而我觉得尤溪也一定是水做的女人，是如此的水嫩。是呀，要不然，为何尤溪的溪就如不可方物的窈窕淑女？给这个山区小镇多了几分空明，增了几分纯净，这样的山间小镇不称为尤溪还能称为什么呢？

尤溪的水形态万千，山涧之泉形如白色长蛇，袅袅婷婷从山涧游行而下；山泉汇合而成瀑，山瀑如同一匹匹白绸，披在山间映衬着青山，夺人眼目；薄瀑跳下山崖，在山脚下汇合成溪，溪水淙淙，一路欢唱去往远方。七折潭的瀑如两条白练从半山腰垂挂，水雾飘飞，如烟似雾；竹家山村口的泄洪如同一匹刚出机的白绸，轻盈地飘在堤坝上，奶白色的薄瀑如梦似幻，恍若步入仙境。山泉、山瀑、山溪，在尤溪如影随形。尤溪随处可见的溪流，不仅仅在于它们的形态和声音，更在于它们的生命力和坚韧，以及它们带给我们的启示和力量。这样的山区小镇取名为尤溪是有道理的。

尤溪的溪余味悠长，浅湾处清澈见底，无论是流动还是静止时，都数得清溪底的沙石，要是有鱼虾游动，还能瞅见鱼尾的摆动，甚至还能看到鱼转动的眼珠子呢。最令人难忘的就是溪水的绿，墨绿、澄绿、蓝绿、浅绿……深深浅浅的绿总是出其不意出现于眸瞳中。可能水底深度不一样，也有可能因为水中的水草有疏密，也有可能草类的颜色有深浅，由于种种原因，尤溪的溪不是单纯的清。

环溪而居的下涨村，我想是否最初之时这里时常涨水漫村，才取这个村名？此时的下涨村村前村后、屋前屋后，随处可见一种明黄的花朵，和波斯菊很像，菊花在清秋盛放，我不敢肯定这是菊花。然而我初见便喜欢，喜欢这明媚若金的花朵，喜欢清晨遇见锻炼的女人，脸上淌着汗滴，穿着同样明黄的短裙，浅浅一笑如同这明黄的花。我忍不住问她这是什么花，她盈盈一笑，告诉我这是菊花，每年五月开花，六月结籽，来年春天撒籽就会成活。她说这种花易活易种，村里的花都是她种的。她再指着不远处的一个院子，她说那是她的家，门口种满了花，一片明黄如同皇后的锦袍。她再指指溪畔的一长溜水泥罐里绽放的黄花，那一朵朵花正迎着朝阳伸懒腰呢。女人浅笑如花，一双眸瞳清澄如溪，亮闪闪的。我想起曹公笔下的红楼女子，贾宝玉说女人是水做的，对！我眼前的女人的确就是水做的，如水一般的清澈。种花为人，留香于人，她如花一样芬芳动人。我的脑海里突然蹦出《道德经》来："上善若水，水善利万物而不争，此乃谦下之德也；故江海所以能为百谷王者，以其善下之，则能为百谷王……"

尤溪的水滋润着这样的万千女子，尤溪的女子不被世俗所染尘，如水一样的温柔与澄澈，用心爱着这一片土地。尤溪的水不受污染，如女人一样明亮、清澄，用心服务于这一乡的山民。

偶遇七折潭

在尤溪的采风行程中，没有去七折潭的安排。然而不期而遇的七折潭却是此次行程的亮点。在未踏进七折潭之前，从未听说过七折潭的名字。缘分就是这样奇妙，偶遇总在不经意间，而这不经意

间的风景却往往是最难忘的记忆。

车从竹家山下来，晚风阵阵清凉，驱赶了初夏的闷热。车穿村而行，前面的车子停了下来，我有些纳闷，虽然我是路盲，但也明显感觉这不是我们投宿的村子。同伴说看到路牌上有个七折潭，那就拐进去看看吧。我们本来就是来采风的，对于尤溪的山水当然是来者不拒的，于是都毫无抗拒下了车。

立于桥畔，望着二十余米宽的溪中缓缓而流的清水，毫无神秘之感。然而我还是想去一睹它的真容。一直往里走，河边的崖缝中长出一棵棵粗壮的树，竟然还有梧桐树。记忆里的梧桐树都是长在街旁的，没想到还有长在河畔的梧桐树。都说梧桐树能引来凤凰，也许这梧桐树就是神秘之始吧？黄锦丽老师指着一棵两人可合抱的树说：“这棵溪椤树多壮！”溪椤树？我第一次听说这种树名。黄老师说这种树长在河道、溪畔边的，因此得名溪椤树。溪椤树的树干不似水杉挺直，也没有柏树那么光滑，粗糙的树皮经受风雨的侵袭留下岁月的刻痕。黄老师介绍，这种树在我们山水之乡是很常见的，然而我却从未注意。这是我的粗心，还是我没有一双慧眼呢？也许都是吧，我们往往忽略了身边那些人和事、情与景，等你反悟了，却失去了。

踏着夕阳，一路前行，看到一座庙宇，原来这是当地的龙山殿。庙宇的外墙上贴着很多照片。照片是七折潭不同位置的绮丽景象，还留有清贡生戴景琪写的一首《赤颊兴云》诗：“赤颊古名潭，中有潜龙住。天半起风云，乘时作霖雨。”据村民说七折潭原名叫作赤颊潭。据说很久以前台州大旱，村民祈雨，突然潭中浮起一条黑色大鳗鱼，村民惊呼真龙显灵了。村民把鱼挂在龙山殿的栋梁上，等待天降甘霖。族长赶紧召集村民祈雨，可是三天过去了，也不见下半点雨来，大家又都泄气了。一个村民觉得这只是普通的鱼而已，起了贪心，竟然将鳗鱼捕回家，斩为七折放锅中煎炒，当准备盖上锅盖时，却发现锅里的鳗鱼不见了。晴空骤然乌云翻墨，瞬间电闪雷鸣，随即下起了倾盆大雨。溪中立马泛起白浪，干旱的三叉溪终于白浪滔天了，溪中积水成潭，潭潭溪水碧澄澄，数数有七潭，就叫七节潭。有人觉得这个不够大气，看看三叉溪弯弯折折的，还不如叫七折潭，从此赤颊潭就改名为七折潭。好有意思的传说，描述的农妇说得口沫飞溅，激动得神采飞扬，好像真是她亲眼所见之景。无论传说真与假，都给七折潭蒙上一层神秘的纱。

七折潭还有一个赤颊潭的真名那该是真的，这首《赤颊兴云》该不会是假的了。随着科学的发展，不再有人相信祈雨之说，然而龙王庙还在，那是古人纪念古时带着点神幻却又真实的祈雨过往，纪念着古时生动的生活画面。

走了一段路，路就断了，溪上铺着一米来宽的竹帘，竹篱桥依着右侧缘溪而上。溪水一路伴行，溪中之流没有大海这般奔腾喷涌，也没有湖港这样水平如镜。遇到溪石挡道，自会绕石而下。溪水随遇而安，或从溪石的狭缝里穿行，或从溪石上迈过。它量力而行，不疾不徐奔向远方。它用自己的坚持抹平了溪石的棱角，它用自己的温柔抚慰着溪石的骄横。这溪这石多像我故乡的溪石，教会我人生亦如此，量力而为，坚持而行。

碰到一个路过的村民，我们闲聊，她一脸骄傲地说这溪水终年不干涸。我有些不可置信，去年的秋天几个月不下雨，连牛头山水库这口大水缸都露底了，这条溪还能不干涸？村妇坚定地说，去年秋旱水流是小了，确实没有断过流。这话着实让我惊叹，我问其原因，她说因为山林茂盛的缘故呀。我说我老家的山林更茂密，因为过于茂密，现在的山林又无人砍伐，植物根系把水分吸收走了。村妇指着青茂的群山一口气说了五六个村名，这座座山头都是村庄，村上的村民都种着植物也在砍着植物。我有些不可置信，当下这些群山的山头还能住着人吗？她肯定地点点头。哦，我猛然醒悟了，尤溪不受繁华的冲击，尤溪的村民依然爱着山，他们还一如既往地爱着他们的土地。这倒可以给别的城镇敲一记警钟，爱山林，不遭破坏的山林才会更爱你，爱是相互的，互爱才能得到双份的爱。

一路前行一路拍段小视频，我被同伴们甩在后面了。高跟鞋轻

轻碰触着竹帘，竹帘桥吱嘎吱嘎地轻吟着，和着淙淙的溪水声，合奏出一首动听的《云水谣》。听着溪水叮叮当当声，望着山头衔含的落日，我有着迷离的感觉。眼前恍惚出现了一个扎着羊角辫的小姑娘，赶着牛，担着柴，一晃一吆喝走在弯曲的溪坑边。眸前的情景与脑海里的画面重叠又重叠，明明是身处异地，却让我有种回归故里的感觉。

一声清脆的“唧啾”从溪畔划过，唤醒了迷离的我。我望望空旷的溪面，前不见人，后不见影。我掉队了，而且离他们很远了。我并不怕安静，而是怕我还没有到，他们就返回了，而错过了最美的景致。我想他们也是一路行一路拍照，应该不会太快的，于是我加快步子追赶。绿树掩映的竹篱桥，右侧是绵延的群山，深山之处时不时出现小瀑布。那是山间一道道的涧瀑，青碧色的山间涌出的一道道白瀑，犹如绿绸上镶嵌的一条条雪白的府绸花纹。

国江兄不仅爱好文学，还特别喜欢摄影，每次采风都成为我们的御用摄影师。这些美景自然不会被他遗弃，他跳上乱石踩上杂草，扛着相机拍下一张张瀑布飞溅的瞬间。

大约走了二十分钟的竹帘山道，听见隆隆的水声。“哇，好漂亮呀！”惊叫声穿过树丛传进我的耳内。条件反射似的加快了步伐，小跑着前行。终于看到了一道翠绿的屏障截断了三叉溪，一帘幽瀑挂在山崖之前，原来我们到了三叉溪的尽头。

同伴们跳上溪中的几块大石头，玩水的玩水，摆拍的摆拍。我依然往前走，蒙蒙的水雾飘飞，迎面扑来，脸上一阵清凉，给闷热的初夏消除了热气。我依着岩石的坑坑洼洼一步步踩上去，几步就到了潭边。哇呀，两道雪白的瀑流从高高的山崖上倾泻而下，犹如一条哈达垂于颈项两侧，洁白的纱巾随风飘扬于悬壁之上；如同一对恋人在崖前双飞双舞，如胶似漆，难舍难分；恍如盘盘玉珠断线而落，颗颗坠落碧潭中；又似两道白烟缥缈散开，升腾聚拢，最后跌入深潭。澄绿的潭水恍如一面澄碧的镜子藏于深山之中，难道这是王母遗忘的青铜镜吗？哦，这不是王母的铜镜，是七仙女掉下的翡翠盘子，澄碧澄碧的玉盘子在夕阳下泛起粼粼波光。其实都不是，应该是龙潭，七折潭不是龙现身的地方吗？当然这是龙居之所了。

我静立于龙潭边的巨石上，四周环视，三面群山绿意葱茏。山的青碧，天的湛蓝，山天融接一起。空灵的三叉溪，幽深的山谷染上落日的余晖，更是神秘莫测。我痴望两山之间的三叉溪，溪中乱石横陈，乱石大小不一。水流缓急自由，忽高忽低，如烟如雾，一潭一潭的白浪真如斩断的鳗鱼在溪水里升腾隐没。随意而下的溪流被巨石挡路，水势撞击着石块。水流被撞得粉碎，纯净的水花依然坚强地前行，就算是粉身碎骨也得一路前行，去往东海这是它坚持的理由。我的眸中泪花点点，我惊叹于水流的勇敢。其实人生亦如此，一路前行一路坎坷，当迈过每一个坎坷的三岔路口之后，是一种如释重负的解脱。艰难只会给那些弱者，对于坚强的人只会给她更大的勇气。

静立龙潭，享受着飞瀑溅身的情趣，倾听着飞鸟的歌吟，欣赏着余晖里的溪涧，感受宁静的山间给予我心灵上的宁静与逸然，这一切的一切是如此的绝美。

“山不在高，有仙则名。水不在深，有龙则灵。”这话说得一点都不错，有山自会来仙，有水自会引来龙。虽然七折潭还未扬名，却也引来了我们这些好玩的人。

人生旅程中往往有很多意外的风景闯入我们的世界。就如我此时无意闯进的七折潭，偶遇之缘定让我如此深深地迷恋。

探访胜坑村

每一次来胜坑的时间不同，景色也不相同。记得一个多月前来小芝采风，春的新绿里嵌着橙红、嫩黄、浅红，新绿里透着俏皮，嫩黄里略显富贵，深红里溢满艳丽，宛若一幅五彩的水粉画。此时正值初夏，嫩绿、碧绿、浅绿、深绿，各种绿堆砌在一起，绿色的画卷在这个山野里铺陈开去，胜坑正赶上了一场绿色的盛宴。

如果说小芝是台州的后花园，那么胜坑就是王母娘娘遗落在人间的绿凤钗，跌落在狭长的山坳里，代代胜坑人在这个山坳生息繁衍着。“绿树村边合，青山郭外斜”，此诗正应此景，仿佛就是为胜坑而写的。胜坑三面环山，小小的村落镶嵌在青山之间。一条明净而澄澈的芝溪始终在公路的右侧叮叮咚咚弹奏着最古老的曲儿流向远方。这样的曲调在不同人的心中有着不一样的音。城市里的来客听这音，是一曲《云水禅心》的清透和安然，是一曲《春江花月夜》的幽静与典雅。但在胜坑村游子们的心中恐怕就是一曲最伤情的“游子吟”吧。我也是牛头山水库的一个游子，听着这曲音，竟然落泪了，应该是为我那个回不去的故土，再也听不到这音里的缠绵与深情。

下了车，随着采风团又一次走进这个被人遗忘的村落——岙陈。岙陈是胜坑的一个自然村，30 年前属于桐峙公社，由于牛头山建设的需要，整个桐峙公社被搬迁了，岙陈因地形特殊，没有在搬迁的名单中。因为生活和工作的需要，年轻人都走出这个大山落户城镇，村里剩下的老人刚好一桌。勤劳了一辈子的老人不愿意颐养天年，在山靠山，山货成了老人致富的梦想。我与一个 80 多岁的老人聊天，他的儿女都在宁波安家落户了。他说自己种种小菜，政府给的养老金足够他和老伴生活，但就是闲不住，趁现在还能动挣点小钱还可以给后辈发发压岁钱。我的眼睛有些润湿了，山里的人勤劳惯了，一辈子想的都是后辈，可怜天下父母心。老人家的石头屋前后都是葱茏的树木，青葱的树叶泛着盈盈的绿色，叶片上不断地滚落着清晨时的雨滴。这叶片上的雨滴不就是老人的盈盈泪水吗？日思夜想望儿盼儿怎能不流泪呢？此时我心中唯有一愿，愿老人安康长寿，愿他的晚年享天伦之乐。“谁言寸草心，报得三春晖。”此时我想起孟郊的诗，我想天下的读书人都知道这句诗，也懂得这句诗的含义，但愿都能渗透到孝道里。

一座石桥横跨胜坑溪流两岸，绿藤挂满古老而有些微拱的桥面，如一帘绿色幽梦。“啪啪啪”，相机、手机对准了这座古石桥，一幅幅古意的画面就定格在一个个镜头中。石桥下的芝溪，水不深却澄澈明净，明净得让你无法觉得这溪流中有水流，当你侧身看到自己的影子时，以为石头缝中镶嵌着一面镜子呢。而镜子的边上开满了花，那一朵朵金灿灿的小黄花挺立在溪畔边上的石头缝中，我有些感动，不为这花的明艳，而是感动于生命，乱石之中却能有这般灿烂的生命，我想春天多雨，溪涧不宽，一夜春雨涨满溪涧一定是激流而下，那么激流冲击怎能都不会冲断或冲折这根根细长的花径呢？我禁不住伸手托住不知名的小黄花来研究其生命力。黄花在我手中舒张开五个花瓣，仿佛是绽放的笑脸。我顿悟，破译了黄花的心语：“只要你热爱生活，热爱生命，无论碰到多大的坎坷与艰难，都会走过一路艰辛，独留一个笑容给自己，你就是战胜了困境与劫难，获得新生的权利。”我顿觉自己是一朵激流中的黄花，顺着激流不屈于逆境，尽量让自己在劫难中重生。激流退了，水流缓慢了，花径在水中又重新傲立着，迎着阳光绽放出迷人的微笑，这是一个胜利的笑容。我站在开满黄花的溪畔上，我的细高跟踩在满是黄花的丁步上（也叫搭石，方便村民过溪的方块石头），同伴们对着我和黄花咔嚓咔嚓地拍个不停，黄花和我一起定格在我的胜坑

采风旅程中。

走过石桥走在不规则的石头路上，这些路石光滑且圆润，在时光里静默中沉淀出一种沧桑的质感。芝溪两岸随处可见残垣断壁的老房屋，房前屋后的空地上开满异彩纷呈的野花，青苔、野藤爬满斑驳的老墙。我用眼角的余光轻轻摩挲视线里的黄石青砖，暴露在日光里是一望无垠的坦然，这些看似残旧的老房子却是触及灵魂最深处的柔软和幽古的恬静。鸟不时地从房顶上鸣叫几声，啾啾几声消失在空寂的山林中。当我眼睛还在寻觅那一群被我们惊扰的山雀时，一阵清风徐来，迎面扑来花木的芬芳，还夹着青草的清香，让你尽情去闻吸极高的负氧离子。一条小土狗摇着尾巴从一座石头房里窜出来，见到我后叫了几声，定睛看看我又摇着尾巴跑了，突然来了一群小花狗跟在它的后面跑远了。一向都怕狗的我，不知为何却喜欢上了胜坑村里的小土狗，它不再是我心里一直都觉得狰狞的动物，而是那么亲切、温顺。这乡野乡趣会让来客忘了今夕是何年，沉醉其中不知归路。

六百多年的古银杏树抖开一树的绿袍，六百多个春夏经历了多少朝代的更替，目睹了村民的悲欢与离合，见证了世间的沧桑和百态。银杏树的根部有一个大洞，不知是自然灾害所成，还是人为的破坏。我抚摸着粗糙的树身，几百年中不知有多少双手这样轻轻抚摸过它。当手触及裸露的树身时，传递给我的是苍凉之感，继而感悟到生命的力量。生命是坚韧的，六百多年经历多少的电闪雷鸣、狂风暴雨、寒霜雪压，就算是树身被破坏，而那古老的躯体依然挺立着，繁衍绵长，这就是生命的力量！人也需要这种顽强的生命力，就算是到了死亡的边缘都要去寻找生命的契机。人的一生中有不可预料的坎坷与磨难，要去接受一次次的挫折，才能让自己内心强大无比，真正做一个生命的强者。我感悟这番树语，泪隐忍而退，我顿时觉得一股力量包围着我，我不再觉得自己是一个生命的弱者，我想我也不会做一个生命的弱者。

我们漫步到胜坑自然村，胜坑自然村比岙陈居住人口要多一些，但是村里剩下的也全是老人。村庄被一条清溪分割，清溪中有一群花鸭正悠然地嬉戏着，“嘎嘎嘎”，一只领头的鸭子俨然像个威武的大将军，一声叫，一群鸭子就跟着去了，全然不顾我们这群不速之客的惊扰。

一个老伯悠然地坐在台门口，老伯一头板刷头黑发，红光满面，身穿一件青蓝色的中山装。正笑盈盈地问我客从何方来，于是我停步闲聊几句，当他得知我也是牛头山水库搬迁出去的，热情地邀请我去他家坐坐，我怕自己掉队没有进去。闲聊中得知他孙子都有了孩子，我好一阵惊诧。我问他高寿，他却是回答年龄不大，我更是好奇了，我经常听到老人都说自己年龄一大把，这个有曾孙的老伯竟然说自己年龄不大，这是怎么样的心态呢？我有种刨根问底的架势，我想知道长生的秘诀。于是我们又海阔山空地闲聊开去，从 30 年前的搬迁说起，说他儿女去城里工作安家，然后儿女的儿女也上学工作结婚生子。他说自己活了 80 年从未离开过这里，这个山村就是他生命的根系。哈哈，我终于知道了老伯的年龄，不，应该叫他大爷。太不可置信，80 岁的老人竟然是这般的精神矍铄。我终于忍不住问了一句，在这个闭塞的山坳里，要是生病了谁来照顾你？大爷说从未生过病，一些感冒之类的小病喝碗姜汤捂出一身汗就痊愈了。我问他想不想儿孙，他笑着说儿孙自有儿孙福，只要他们在城里生活幸福，过年过节一大帮人回村来吃顿饭，坐下来聚聚聊聊天，回去时多带些山货回去，他就感到很幸福了。他说只要自己身体健健康康，多活一年就能多见几面儿孙，儿女也幸福，这是多么通情达理、豁达开朗的老人呀，也许好心态就是长生的秘诀吧！

我抬眸仰望，只见群山环抱，山林叠翠，这一片绿色是一座天然的氧吧，这是大自然对这块土地贻赠最珍贵的礼物，长期在这里生活，清肺润喉。这胜坑确实是都市人寻觅的一片修养身心的净土，此地此景，让每一个亲临者涤净身心，进入天人合一之最高境界。

胜坑村的自来水就是村中自筑的水库之水，不用担心漂白剂，洗菜洗衣就是这一条常年不干涸的清溪，不用担心溪水被污染。清溪中群鸭嬉戏，溪岸上母鸡捉虫，产的是纯正野生蛋，不用担心人造蛋；再看房前屋后的小菜一畦畦，不用担心西红柿有催红剂，不用担心小菜有农药残留。一切都是那么原始，一切都是那样淳朴，这不是我们渴望的桃源地吗？

大爷说这个村里 80 岁以上的老人有十几个，90 岁以上的老人也不少，而且还能自己种菜，养养鸡鸭呢。这样的农居生活，怎能不解密长生的秘诀呢？

我倒是羡慕起这里的生活，愿在这里建一间土屋，听任岁月悠悠，看朝阳余晖，过着“两耳不闻窗外事，一心只读圣贤书”的生活。隐居桃源深处，任天外春去秋来，叶落雁归，我只愿携一缕安然，静观流年，且听风声如诗，鸟语如弦。我想每一个在钢筋水泥构筑的城市里工作和生活久了的人都渴望在喧嚣的尘世生活中寻找到一份心灵的纯净地，向往着胜坑村这样安然恬静的生活。

小芝的水杉林

在浙江临海有一个清灵纯净的小镇——小芝。它是台州深藏的绿色后花园，宛如一处人间净土。在这里，绿色是大地的语言，生态是这里的主题。

漫步于田间阡陌，只见一群群白鹭，或高飞，或低掠，时而在长空划下一道道优美的弧线，时而成为蓝空中快乐的舞者。在溪头树下，黄牛嚼着青草，悠闲地甩尾，或静默或凝望远方。

远处起伏绵延的山脉，无尽的绿意在山间流淌。在这片绿意葱茏的怀抱中，藏着一片独特的水杉林。水杉林是小芝的点睛之笔，它们的树干笔直挺拔，树冠茂密舒展。无论是春日的青碧还是初冬的红艳，都在书写着小芝生命的活力与自然的韵味。

春天的水杉林

如果说暮秋初冬的水杉林是一片燃烧的火焰，一片如鲜血般的殷红，给人奋进与激情，那么春天的水杉林则是一块飘逸的绿绸，眼眸之处尽是一片青翠如翡翠，给人娴静安然。

小芝镇胜坑有一片水杉林，当水杉红若火焰的时候，游客自远方慕名而来，却有个烦忧的问题，不说停车，就是连人都没有地可站，哪有心情好好去欣赏这个幽然静谧之所。选择春天去，就会真正感受到大自然的美妙。

趁着暮春的好时光，我们文学协会的成员走进水杉林。寂寞了一冬的水杉，历经了寒霜雪冻，春风一呼唤，拼尽全力将自己积攒

了整整一冬的养料和力量，在那一瞬间吐露出娇嫩欲滴的绿蕊。树干上、枝丫上爬满了密密的嫩芽，密密匝匝的绿意缀满挺傲的枝干，这是一种青葱滴翠的绿，一种温情缠绵的绿，一种焕发着无穷生命的绿。这绿意是春的希望，这顽强的生命力在春天里尽情地挥洒着。水杉是植物里的“活化石”，经历了千万年沧海桑田。一排排一行行纵横有序的水杉林，坚韧、挺拔的身姿，向着苍穹刺去。不畏惧霜雪，不向暴风雨低头，水杉依然站得这么直挺，毅然站得这么坚定。水杉的挺直是因为它的正直，一门心思往上长，从不去想那些歪斜的旁门左道。水杉笔挺挺的枝干，就是它挺而不屈的生命，这种傲立的人生态度是值得敬仰的。

杉林里铺满了枯枝，大伙儿踩着厚厚的枯叶毯，沙沙沙……沙沙沙……枯叶发出阵阵歌吟。我有些于心不忍难以下脚，这些脚下任人踩踏的枯叶不就是去年我们仰望的青翠吗？昨日令人仰望的幸福今日却成了随意的践踏。可仔细一想，如果没有这脚下的踩踏，这挺直的树干和青翠的绿叶哪来的养分呢？我突然明白，即使是坠落也是一种归宿与使命，那么不正像落红不是无情物，化作春泥更护花的精神吗？再仔细去解读这脚下的落叶，映入眼眸的片片枯叶竟是那般的从容与坦然。如果说我开始只为这春景而来的，那么此刻我对这一片水杉林多了一分崇敬与膜拜。

同伴们摆着各种姿势，让摄影家拍出最美的瞬间。最抢眼的自然是穿红衣服的盈姑娘，这万绿丛中一点红的衬托就成了摄影家们镜头中最美的风景。姑娘们或是依着水杉，或是抱着水杉，或是躲在水杉后，只探出个头，不经意间的姿态全然逃不过摄影家们敏锐的目光。这一个个瞬间，就这样定格在 2015 年的春天，被俞国江大哥拍下了。姑娘们和绿色的水杉林亲密的接触，永远留在镜头中。我觉得眼前姑娘们的蓬勃朝气不正是这春意中的水杉林吗？对了，同样热爱着生活，热爱纯净的世界，在这样一个安然恬静的世界里快乐地成长着，这不是我们人类共同的心愿吗？

一路拍一路行，一路赏景一路欢笑。我看见小路边有野葡萄的藤蔓，我轻轻拽下了一根藤，告诉我的女伴们，这是我小时候的最爱。在我还没有真正品尝过种植葡萄的美味，这种野生的葡萄就是我认为最好的水果。树丛中还有大片的金银花藤，漫野遍坡都是，我想象着金银花开一片白的浪漫。还有很多很多的野果，小时候吃过，但忘了名号了。有同伴嬉笑说我好没良心，把你养大却记不住人家的姓名。一阵哄笑回响在空旷的水杉林的上空。

我们全没有往日的端庄，很随意地跳着奔着，互相嬉笑着，顷刻间都成了天真的孩子了。几个摄影家在前头停滞不前了，很专注地玩着相机，我们挤着往前去。原来是杉林里有一群黄牛，或懒洋洋地躺着，小牛在身上蹭来蹭去都没有反应；或悠然甩着尾巴一口一口嚼着嫩草，那份专注的深情绝不亚于一个医生正在上手术台工作；或是慢悠悠踱着步子，偶尔抬起头看一眼这群突然进林子的不速之客。有人建议，让我家小女坐牛背上当模特，大家来拍摄，这是一幅绝好的画面。我未同意，我七岁就成了放牛娃，整整四年的放牛生涯让我摸透了牛的秉性。黄牛是不能随便坐的，一是黄牛认主，不会给陌生人当坐骑。二是这群牛这么悠然的生活，我们怎好去惊扰这种宁静呢？这绿色的丛林，这样安详的牛群，还有星星点点的野花、野果，这般和谐、温馨的大自然不就是人世间最好的画面吗？

扑啦啦一阵阵声响，好大的动静呀，我们看到了一群白鸟正飞离枝头腾空而起。顿时绿梢头如飘荡起一块白绸，倏地又在不远处的树梢上停落。“好多的白鹭呀！”一个同伴惊叫着。哦，这就是白鹭？“两个黄鹂鸣翠柳，一行白鹭上青天。”在学会这首诗的同时，我就喜欢上了白鹭，且一直无缘得见。今日一见弥补心中的遗憾，此行的活动真是受益匪浅呀。同伴说：“白鹭共有 13 个品种，这种叫作大白鹭，大白鹭只在白天活动，步行时颈收缩成 S 形，飞时颈亦如此，脚向后伸直，超过尾部。喜欢栖息于湖泊、水杉林及其他湿地。”

环境不断遭受破坏，还有一些人为己之利捕鸟贩卖，使很多鸟种濒临绝种。像这样的鸟已经很少见到，这样一大群一大群白鹭无忧无虑地生活着，更是见之甚少。其实大自然并不苛刻，如果人类真心爱着，大自然必会加倍爱你。你看，小芝人民如此用心爱着大自然，大自然就给了他们无比丰厚的深情。

漫步在水杉林中，踏着松软的枯叶，闻着花草的芬芳，听鸟鸣虫嘶，赏蝴蝶蜻蜓翩舞，心旷神怡地穿行在行行水杉中，让人感受到一种回归自然、返璞归真的意境。感谢小芝人民的勤劳，给整天埋头工作的我们这么一片水杉林，让我们在忙碌的生活之余有那么一个放松心情的好归处。

当我依依不舍回到公路上，看着隔岸的水杉林，看着倒映在溪流里的蓝天、翩飞的白鹭、青翠的水杉，我突然想起舒婷那首写水杉的诗："水意很凉／静静／让错乱的云踪霞迹／沉卧于／冰清玉洁／落日／廓出斑驳的音阶／向浓荫幽暗的湾水／逆光隐去的／是能够次第弹响的那一只手吗／秋随心淡下浓来／与天与水／各行其是却又百环千解。"初读这首诗时不懂其意，今日遇到这情景让我恍然顿悟，天与水，水与树，当初舒婷一定也是看到这样的景才得以让她写下这名作的。

冬日里的一抹红

冬日的晨光柔柔地洒落山间，如一层细软的轻绸，轻软地盖于山野。一群不速之客闯进了这静谧的山野之中，一串串欢乐的笑声一路洒落。

曾经的网红打卡地今日又闭关锁国了，一把铁锁锁住了我们的脚步。管理员姗姗来迟为我们开了锁，书法家卢老先生在大伙的簇拥下迈进了铁门。大伙也紧随其后，我又一次踏上这一片土地了。对岸的红树林挺直腰杆为这片土地站岗，像铁肩担道义的故乡人，担起生活的重担。红杉林静静地观望对岸的这群不速之客，隔岸相望，无言却相知。对岸的红树林原是八岭村，八岭村最早称为板岭村，据说古时村前有一条泥泞不堪的山路，一有雨就难以步行。村民用木板铺出一条道来，故称为板岭村，后改为八岭村。村中有俞、卢两个姓氏，加起来只有60多户人家。为了大田平原的生命安全，为了百万人的饮水源，这小小的村庄果断做出牺牲，最早被搬离，安插到上盘、道感堂两处村庄，还有十多户搬迁到宁波落户。

俞国江就是八岭村人，当年他搬离此地时，正是年轻帅哥，而今他已膝下儿孙满堂，今日他带来的儿子都比他当年要大上一轮。感慨时光匆匆，匆匆的岁月如面前缓缓而流的逆溪水，一去不复返。

红水杉一棵依着一棵，依成了一片林。成片的红水杉红艳如火，以壮观的姿态呈现于山野之间。周边也有一棵两棵或者零星的几棵水杉，孤寂地散落于空旷的山野。无论是成片的还是孤立的水杉，总是以一种直立的姿态傲立于天地之间，不屈不挠、不卑不亢，这不就是从这块土地上走出去的村民的品格吗？八岭人搬离故乡，有些人是亲戚叔伯同一个村子，有些人则是孤立无援在他乡立脚。在三十多年的打拼中，有些人打拼出自己的一片天地。如水杉一样挺拔的八岭人，活出水杉一样红艳的世界。

红艳的水杉林上方有座凸出的岩石，这岩石叫作狮子岩，狮子头傲然观望，深情地望着这群思乡的游子。八岭村的狮子岩与南岙的狮子山不同，狮子岩是一块岩石形似狮，南岙的狮子山是一座山形似狮子。望着狮子岩，我想起了我故乡的狮子山。都说人是有思想的动物，这话一点不假，杨老师和俞大哥到了此地激动不已。因为这是他们生命最初的地方，而我没有这种激动的心情。我倒是每次经过年坑时，都会心绪乱麻，恨不得回故里一走。所以喜欢一个地方是有缘由的，缘于一种人性的本能，因为一个人而喜欢一座城，缘于一段人生插曲而恋于一片土地。对于生命最初的地方的深情，没有人能逃得过沉甸甸的思乡之情。都说月是故乡明，同一个天空，同一轮月亮，哪里有属于特异的故乡之月？只不过借着月来思念故土的人与事罢了。弯弯的逆水河缓缓而去，深深的故乡情在我们的心头荡漾开来。同饮一溪水的我们，不同年龄，不同职业，也不同村落，今日因为同一份故乡之情来到这片土地，意外相逢而分外亲切。热情得如同对岸的那一片红火水杉林。大伙儿开始拍照留影，夫妻对的，兄弟对的，师生对的，当然也少不了《回不去的故乡》的编辑成员合影照。人生就如一列不停歇的高铁，人生驿站上上下下太多的旅伴，谁是谁的同行者，谁也说不清。我是一个特别重感情的女子，对于每一个能当我师长者，我都尊重。我和大家一起合影，但愿人间的情和这山间的景一样永恒，但愿我们的故乡之情代代传承。

高高的狮子岩下是茂密的山林，一片深绿铺往纵深处。江南的初冬虽不似北方这般孤冷，却也不如夏天这般勃勃有生机。望着蜿蜒的山形如一条飘逸的舞绸，晨阳映衬下的山头，正如镶上了金色的蕾丝花边，使萧瑟的山林多了些许的暖意，给归来的游子一丝温情。

岸边一丛丛芒花傲然挺立着，银白的花絮在晨阳下发出耀眼的光芒。晨风吹来，一丛丛芒花起伏微漾，漾起了银波层层；又似万千娇女在轻舞，舞出一曲最美的芒花晨舞。我喜欢芒花，喜欢它的温婉与柔情，当然更喜欢它亘古不变的情怀。它不仅外形漂亮，而且有更美的内涵，长于山野不择环境，只要给它一抔土，它就能生长，生于斯，长于斯，就不再去往他乡。无论风霜雨雪都压不垮它挺拔的身姿，无论严寒酷暑都摧不毁它坚强的意志。东南沿海，台风年年来袭，芒花却依然笑傲江湖，守望着脚下的这片故土。它历经了人间的沧桑变迁，看透了世间的你欺我诈，始终用吐蕊银絮来报答养育它的土地，让经过它身旁的游子感受它初心未变的忠诚。纤细的芒叶，却能托起沉沉的乡愁，它满腹的乡情悄悄开出那一片纯洁的白，拂拭游子思乡的泪滴。芒花没有芦花的壮美，却让山间有了生机蓬勃之气，它的平凡与朴素不能不让人对它肃然起敬。

静山、红杉、绿水，一切都那么安然。山衬着杉林，杉林映着静山，红杉染红了绿水，绿水倒映着红杉，山间一切互衬互映。茫茫人海世间万物看似独立，却不是孤立。人也一样既要学会自立，又要学会依存。任何人都要独立去承受残酷的人生，但任何人又不能与社会背道而驰。

邂逅大岙

没想过四月的最后一个周末会来到这个叫作大岙的山岙，也没想到在山岙之村藏着一个休闲的好去处，更不曾想我会和这个临海西部的山村有缘认识。

宋韵读书会结束后，架不住文友们劝说，说一定要带我去个好地方看看。拗不过他们的热情，只好随之前往。车从临海最繁华闹市区穿过一个个红绿灯，把高楼大厦一个个抛在车后。一路往西，再往西，一个个村庄在车窗外恭逊地后移。出城，沿着西延的国道线疾驰而去。笔直的树干如仪仗队肃立在公路的两旁，迎接疾驰的车辆。枝梢的新叶嫩黄浅绿，特别养眼。让慵懒在副驾驶的我提起了精神，拿起手机拍下匆匆入眼的景。树在窗外一晃一晃的，田园更迭上镜。我们的白色小车在公路上跑了四十多分钟后，终于按着导航闯进了枧七坦的腹地。大岙是枧七坦的一个小地方。走下车时，呈现于眼前的是一个毫无特别之处的山岙，这就是文友们心中的好地方？我有种被骗的感觉，但既然来了总得见识一下吧。我的脚随着众人往里走，呈现于面前的是一排两层楼的房子，怡然地在山岙里静默着。我立在房前往右看，两边的山纵深交会，隔开与山那边的世界。两山之间是个狭长的山岙，山地里种着各种植物。人间四月天，万物竞相生长，各种树抽枝展叶的，新嫩的叶子在午后的春阳下泛着耀眼的绿。眸及之处都是绿，各种绿意在山间流淌着，淌过整个山岙阔地，再浸透到周围的山脉，我想那是谁这么不小心打翻了绿颜料呢？在排房的对面有幢独立的三层小洋楼，孙贤标老师一来就进了小楼的大门。不一会儿他从门内拿出一套茶具出来清洗。看样子孙老师是这里的常客，孙老师能经常来的地方应该是不同于普通的农村民房。我也紧随大家的步子走进了这扇门，进入门内是一个很宽敞的大厅，厅的左边靠墙处是一长排老式书架，几个大书架并排摆着。有书的地方自然是诱人之处。最引人注目的是一溜儿的古龙武打书籍，哇，一整套的武打小说呀。这可是难得的收藏。书柜上文学类书籍井然有序地排列着，各类书籍规规矩矩列队静候着主人的召唤。我和欣悦抽出一本书来看。

冯老师告诉我们，三楼的书架要大得多。这样一说，脚底就痒了，不去看个究竟心里怎能舒畅呢？我们决定先去三楼参观主人的书房，推开三楼的门，墨香扑面而来。一个暗红漆的大木书柜靠墙而立，书柜上齐整整排列一本本厚厚的书。各个时期的名家大作分列而放。书柜前摆放着一张长木书桌，一寸多厚的木板安静地横卧在书房的中间。一匹米色的麻布盖住了它的真容，桌上铺着宣纸，笔架上挂着毛笔。不知为什么，不喜欢练书法的我，此时竟然很想写几个字，于是提笔乱涂抹。

冯老师生于古城，长于古城，是个不折不扣的古城文化人，诗词、书法、摄影等文人该有的特长，他是无一不通。说到冯老师的爱好，最擅长的还是茶道。我和冯老师认识于 2015 年的春，那时他还在总工会工作，只知道他喜欢茶，却不承想他这么痴迷于茶。他是台州市茶道协会的秘书长，说到茶道，他的话就如洪闸泄洪了。我们围坐在茶桌前听他讲茶经，他教我们倒茶时不可倒满，只能倒个七八分满即可。女性是如何捧杯给自己喝，又是如何捧杯给客人喝。捧杯时的五个手指该放什么位置，捧给客人喝的手指该如何放，捧给自己喝的手指又是怎么放，原来这一切都有讲究。在这之前，我没想到喝个茶还有这么多讲究。冯老师说这就是中国茶文化。我想茶馆里泡茶与喝茶的人，都是一身汉服或唐装，这就是对茶文化的敬重。茶道在中国有着悠久的历史，源远流长。这是一门深邃的艺术和智慧。喝茶是一种生活态度，一种追求内心平静和优雅的生活方式。冯老师拿出珍藏的好茶招待我们，他一遍遍演示，如何烫杯、暖杯，如何倒茶。他说别看这些程序简单，但每一道程序都关乎茶的口感。沏茶要讲究水的温度，还有茶叶的投放量、泡茶的顺序和时间等。不同的手法和姿势，茶叶的香气和韵味也不尽相同。冯老师这一番操作真是让大家大开眼界。他还介绍沏茶时的环境、气氛和茶具都能影响茶的口感。一杯水竟藏着那么多的学问，茶文化里藏着的是细节、优雅与娴静。在品茶、说茶的闲聊中，也得知冯老师这个城里人竟然在这个离城四十多公里的乡下买了六亩地，还一起买了枇杷、橘子、桃子等十几种果树。他说应季的水果，这里是应有尽有，让我们过个把月，等枇杷成熟时，邀请我们来摘枇杷。桃子、梨、石榴、樱桃，哪种水果成熟都可以来摘。

说到水果，我的脚不由得抬起来了。走出后院，别有洞天，一棵鹅掌树像把巨大的绿伞撑于后院。鹅掌树的叶形状独特，如鹅掌一般，层层叠叠，密密麻麻，严严实实挡住了烈日。暮春时节，新长的叶子嫩嫩的，片片伸展，充满生机与活力。叶子的脉络清晰可见，犹如生命的脉络，承载着它成长的历程。绿叶间藏着一朵朵青绿色的花，我记得曾有人跟我说过，花什么颜色都有，唯独没有绿色。这么多年还真的没有见过绿色的花。这次倒是意外了，嫩绿色的鹅掌花，层层叠叠的花瓣围成一口翡翠碗。藏于绿叶之中的绿花，清风微拂，翩翩起舞。金黄色的花蕊一颤一颤的，添了几分灵动与生趣。房子的右侧种着几棵桃树，桃花盛开时，光秃秃的枝头满是花的世界。春末夏初之时，叶儿成荫，果果在叶间摇头晃脑。一个个小果实害羞地躲于绿丛中，玲珑娇俏，特别讨喜。再瞧瞧被包裹得严严实实的枇杷，五月枇杷赛黄金，五月将至，虽看不见枇杷的真容，但也能猜出几分。此时的枇杷该有核桃般大小了吧。

房前屋后，走一步就有一步的惊喜，除了水果，还有草药。屋侧开辟一片狭长的地，地里齐整整长着一种草，两尺来长，挺直挺直的，翠绿的，走近一看，是青蒿。记得小时候，一到夏天的黄昏，母亲就会点起晒干的青蒿来驱蚊。在我的潜意识里，青蒿就是驱蚊子的。而冯老师介绍，在端午节的午时收割青蒿是最好的，把收割的青蒿晒干，到夏天可驱蚊，还可以泡茶喝，可解暑热。那清凉的茶水流过咽喉，带走暑热，留下清凉。冯老师家的草药，还有鱼腥草、紫苏、金银花等几十种药用的草，在春阳下默默生长，吸取天地精华，诠释生命之诗章。暖阳中的紫苏，如同紫色天空下宁静的使者；风中的金银花，书写出一首首田园诗。乡下人为了生活挤进城里打工，城里人退休后却到乡下种地侍花，这种变换的角色都是各自生活所需。

人生何处无惊喜？今日邂逅此地，纯属意外。在漫长的生命长河中，我们如同这些野草，历经暴风骤雨，迎来雨后暖阳，承受生长中的种种困难，感受大自然的美好与温暖。此时的我，完全被这片土地吸引了。望着满眼的蓬勃生机，生命的奇妙瞬间揪住我怦怦的心跳。我是个大山的孩子，曾经想逃离的大山，此刻我很希望也如冯老师一样拥有属于自己的土地，也能学着锄禾、种菜、栽花。就如三十多年前的我，穿一件青布衫，戴一顶斗笠，在斜风细雨中与泥土亲密接触。

品茶、赏花、观景之后，伙伴们先离开了，我倒是恋恋不舍了。冯老师说这里还有一座清代的石桥，说到石桥，喜欢古意的我瞬间被激起来想去走一走的欲望。我和欣悦在冯老师、孙老师的带领下，顺着蜿蜒的土路一直向山的深处走去，终于看到藏于深深峡谷中的一座古老的石桥，静静立在峡谷的小溪上。冯老师介绍这土路曾经是临海去仙居的古道，这座桥是去仙居的必经之桥。拱形的桥面全是鹅卵石铺成，鹅卵石取材于桥下的溪滩石。落日映照于桥面上，那些古老的鹅卵石反射出金色的光芒。我撑着一把小花伞，缓步走在这座石桥上，恍惚有一种时光倒流的感觉，仿佛穿越回了那个充满田园牧歌的时代。微风拂面而来，石桥两旁绿树随风而吟，似乎在低语着几百年来古道上的故事。桥下的溪水叮叮咚咚一路歌吟，唱着悠远而古老的山水谣。这座桥建于 1852 年，磨光的鹅卵石在夕阳的余晖里泛着光，留下岁月的痕迹，让人感受它的庄重与深沉。两百多年来，形形色色的赶路人从桥上匆匆而行，石桥见证了他们的艰辛与苦难，也见证了历史前进的步伐。我立于石桥上，望向幽深的山谷，望向撞石而激的水浪，一种深深的敬意油然而生。走在山野中，生命的力量无处不在。石桥虽无言，却藏着千言万语。当你附身倾听，就能感受它的言语，它轻声诉说着几百年的沧海桑田。几百年来，它平等地对待从它身上经过的每一个路人，无论是逃荒者，还是衣锦还乡之人；无论是骑着高头大马的官家，还是挑着重担的老翁，它都默默奉献着，静静地承受着。桥是一本古书，只要我们用心去读它，就能读懂它的大爱、宽容和坚韧。

天下没有不散的聚会，在夕阳晚照的余光中，我们和冯老师告别，告别这个刚刚喜欢上的大岙村。斜阳洒在小路上，将我的身影拉得老长老长……

星耀台州湾，河泽头门港

初夏的海风拂过台州湾，热情地迎接我这个不速之客。我站在一个名为“临海市星河环境科技有限公司”的大门口，望着门内笔直通往前方的厂区小路。路的两旁是一幢幢白墙的楼房，当然也不完全是白墙，一块块绿色、蓝色的色彩嵌在白墙上。

进入门内被第一幢楼所吸引，蓝玻璃墙面的外墙斜着一道道白柱子，看上去像雪白的浪花。我好像想到了什么，据说星河公司是为生态环境服务的，那应该象征蓝蓝的东海潮涌动着洁白的浪花。墙体的最上方还有一个醒目的绿色“R”字母，当我揣摩其意时，一个小伙子走过来，他说这是星河公司特定的图腾。看上去像一条弯曲的河流，绿水潺潺流向何方？小伙子笑而未语。

在小伙子的指引下，我们来到三楼办公区，刚出电梯门口，一个中年男子微笑着立于过道上，夹克衫配牛仔裤看上去干净利落，一副半框眼镜衬托得他温文尔雅。他笑着和我们打招呼，原来他就是我今天要拜访的余小华总经理。

宽敞的总经理办公室清新、明净，进门处是茶几和两把沙发，我们就在沙发上坐下。余总一边泡茶一边聊开了。他一口纯真的普通话引起我的好奇，我是一个喜欢打破砂锅问到底的人，余总也配合我的好奇。原来他出生于江西，1988 年考上武汉大学化学系，从此他这一生就与化学结下了不解之缘。毕业后，正是改革开放的浪潮席卷华夏时，各种企业如雨后春笋遍布神州。作为一个化学系毕业的高才生，他思考的不是自己的将来，而是人类生活的空间。企业带给人类财富的同时也毁坏了一些自然环境。于是，他没有循

规蹈矩走进政府单位，而是走进企业。我想他能在商海中成为翘楚，他的专业技术一定是功不可没的。余先生针对污染环境的各种问题，结合自己所学的知识，在不断的探索中进行研究，他希望自己所掌握的知识能为国人造福。

和余先生的闲聊中，我了解到他一直从事与化学有关的工作，直到有一天他和星河有了此生的缘分。在那天的采风活动中，我对星河有了一些大概的了解。

星河总公司在深圳，公司以“让生态环境更美好”为使命，致力于为工业企业提供综合环保服务的高新技术。而余先生也恰好觉得星河企业通过处理危废垃圾而造福人类。他觉得能为生态环境尽一份力正是他人生价值的体现，于是他毫不犹豫地走进了星河公司。

环境的污染是当前人类共同担忧的问题，生活水平节节提高，生活环境却逐渐被破坏。改善生存环境是人类迫切的希望。我想星河能在短短几年，分公司南到深圳北到内蒙古，东到浙江西到贵州，16 家分公司在华夏大地遍布开花，这是应势而生。星河人为 960 万平方公里的生态环境尽心竭力地奋斗着，也是各地发展地区所渴望需求的企业。头门港港区企业聚集，星河这样的企业是必不可少的。于是星河就在头门港人的期盼中出现了。

在深圳总公司工作了几年的余小华，对星河的业务已经得心应手。当台州湾经济开发区与星河公司合作签约后，公司选余小华到头门港星河来当家，他不遗余力地做着每一项工作。当他站在台州湾所圈的一百亩滩涂旁，他知道自己肩头的重担。看上去文气的余总，内心却有着台州人的硬气。他明白接下来他要打一场硬仗。

在滩涂上建房子可得考虑房子的承重量。建房施工单位请了江苏专业建设工程队，单说打地桩就往地下打了 50 米深的水泥桩。沿海多台风，虽说在深圳也经历过，然而终究不是施工时候。每次台风来前，余总都事无巨细安排好一切。说起施工，余总是一脸愉悦，为确保星河项目按计划进度执行，虎年春节，无论是星河负责人还是施工队，放弃假期休息，坚守岗位，以“不惧艰难困苦，认准目标、勇往直前”的精神，为星河建设项目抢抓工程进度。在大家的共同努力下，仅仅15个月，这座新公司就在头门港新区赫然矗立。

在采访中，余总带我们去了车间，我听到两个工作人员在小声交流，他们在交流废盐如何提炼。再仔细听，我听懂了原来星河产业就是帮助工业企业处理危废垃圾的企业。我来此之前从未听说过能处理危废垃圾的企业，还能将这些危废垃圾变废为宝。我的认知无论是家庭垃圾还是企业垃圾都得扔掉，却不知是如何扔掉。在常人的认知里，家庭垃圾一堆一堆送往垃圾桶，再一车车运出去，听人说送到垃圾场，至于垃圾场如何处理，就不得而知了。在某个不经意间，我的心里总升腾起一种担忧。人类产生的大量垃圾，我们的家园总有一天会被垃圾堆得连立脚的地方都没有。这庞大的垃圾得占用多少土地？再说现在的家庭垃圾里夹杂着很多有害垃圾，不说别的，就说电池吧，废电池含有大量的汞，汞具有强烈的毒性；电池中还含有铅，铅能造成神经紊乱、肾炎，电池埋在土地下，对土壤造成多大的伤害？电子化的生活，谁家没有电子垃圾？成堆的生活垃圾怎能不污染人类的生活环境呢？更何况企业里产生的化学垃圾呢？人们光知道天空没有以前那么蓝了，可地下的伤害谁知道有多深？这些问题困惑我许久了，或许也是我今天执意要来的原因。

我看到车间最显眼的地方有标语“企业垃圾零填埋”。余总解释随着科研技术的发展，国家号召垃圾零填埋。我突然想说特别是企业里的垃圾，工业垃圾是环境的杀手。说到企业垃圾，我又想到小镇引进化工园区二十多年，以前能看到纯蓝的天空是少有的日子，夏夜的后半夜常能闻到刺鼻的气味，这些呛人的气味吸进肺部，或多或少会对肺部造成一定的伤害。我去买菜时，挑选菜时会拐着弯和菜农聊天，要是听到住化工园区附近的，我一般都会借口离去。或许我们的担忧，也正是科学家们的担忧，还有更多企业的担忧。于是就会有一些像余总这样的专家针对这些问题进行研究，为专门研究生态环境而拼命的科学家就挺身而出，像星河这样为保护生态环境的公司也应运而生了。今日来了一趟星河公司，显然我的担忧是多余的，我积攒多年的困惑瞬间明朗了。

说到这里，余总的脸上微露笑意。他心里的愉悦已从笑容传递出来了。他说危废处理是环保产业中出了名的硬骨头，让不少大型环保企业都望而却步。危废源头减量与资源化利用恰是星河环境主攻的方向。星河的技术正是利用废盐资源研究创新技术，工业公司产生的废弃垃圾和下脚料，若是拉去焚烧或填埋都会造成环境污染以及水资源污染，而星河正是这些工业企业所需的后盾保障公司。听到这里，我不由得对星河点赞，这样不仅帮助工业企业解除了清理危废垃圾的后顾之忧，还让危废垃圾和下脚料通过纯化与分离成为新的产品。比如废盐经过碳化裂解、盐硝联产，最后成为新的硫酸钠和氯化钠。废塑料桶、废钢废铁以及各种医化废料经过高温焚烧、抽残，最后产生新的产品。此时的星河在我眼中，是头门港企业中一颗耀眼的亮星，不仅为经济开发区所有企业减轻负担，还把有限的资源变成无限的再生。真正实现了对危废“吃干榨尽”的处置，让医化园区、工业园区做到危废垃圾零填埋，对改善头门港区的生态环境具有十分重要的意义。

从车间出来，我突然明白墙体上那一块蓝一块绿的方格，那分明是湛蓝的苍穹，深蓝的大海；那分明是碧绿的田野，澄绿的湖水。我懂得星河的愿望是世间万物不被污染篡色，但愿世间一切归于原色。再看看那个绿色“R”的含义，那是清澄无染的绿水，那水流经过的草坪绿了，流过的庄稼地绿了。台州湾一片青绿，青绿的万物是台州湾的生命力。优良的生态环境让星空更明净更高远，璀璨的群星亮如曜石，闪亮的星河亮了台州湾的天空，清澄的河流惠泽了头门港的万物。这是星河人共同的心愿，也是头门港人共同的愿望。

如果说要讲述头门港的故事，余总和他的星河，无疑是不可或缺的动人情节。

寻根问祖建宗祠

从小芝外蔡村进去，在风景秀丽的翠屏山脚下有座秦砖汉瓦的徽派建筑风格的宗祠，那就是杜氏宗祠。宗祠两边各有一座白墙黑瓦的古建筑。东边是樊川书院，西边是杜园，这座徽派宗祠给这青山绿水间的小山坳多了一分庄严，也多了一丝古意。

宗祠，古时称为“祠庙”或“家庙”，最早是一个氏族祭祖、尊贤、求神的场所。封建社会宗族通过祠堂尊祖敬宗的功能彰显宗族至尊的族权。明朝之前只有帝王之家、诸侯大夫才能设立宗庙。旧时有“庶人无庙，祭于其寝”之说，直到明朝，才允许百姓建“宗祠”。稍微大一些的村庄基本上都建有宗祠，一个村子的宗祠是一个村子的家族文化。

宗祠象征着一个家族的权威，祠堂一般建于家族人口密集的大村子。像我们这种全村被搬离库区，而且村民也已经散落于各个村庄的，想重新建立宗祠是遥不可及的事。在两万多人口的库区，能做到建立宗祠，唯有杜氏家族。移民搬离后，原故乡土地都已归国家所有，宗祠的选地就是头号问题，然后巨额资金和人力问题，各种细细碎碎的事项都成为拦路虎。对于移民几十年的姓氏后裔，后辈早已不把故乡当故乡，不把族辈当祖辈了，在他乡出生成长的后裔，他乡早已成为他的故乡。宗族的历史与文化对于这些后辈来说只是故事与文字而已。然而杜氏家族把这一切问题都迎刃而解了，而且用行动实现了所有杜家人的愿望，这种凝聚力无人能及。

杜氏祠堂在库区比较有影响力，我也曾几次驻足观望。记得第一次是小芝镇镇政府组织的采风活动，带我们参观红树林之后就到了杜氏祠堂参观，但是那个时候我没有多大的印象，不就是一个祠堂吗？自从我接触宗谱之后，研究了几年家谱文化，明白了宗谱是一个家族的历史，是一个时代的缩影。而宗祠也是一个姓氏的根源，人类繁衍的归处。最近因为《回不去的故乡》这本书，和杜崇满老师接触了几次，听杜老师讲解宗谱和宗祠文化，以及对家族的情感，也让我对杜氏文化多了一些了解。这次在杜老师的安排下，我们走进杜氏祠堂，近距离来探研杜氏文化，让我更深层次了解杜氏文化。

原杜氏宗祠建于嘉靖元年（1522 年），明代之前百姓不允许有家庙，作为一个山乡僻壤之地，嘉靖初年就建有百姓宗祠，杜氏宗祠应该成为库区祠堂先河。杜氏祠堂分别在 1821 年、1911 年两次大重修。1985 年为牛头山水库建设的需要，溪路广营乡的村民背井离乡，分散到宁波、上盘、杜桥等地落户安家。房子被拆了，自然祠堂也逃不脱被拆的命运。这座建于明嘉靖年间的古祠，在库区也算最早的大祠堂，历经四百多年的风云变幻，对临海大水缸的贡献也经不住三锤四锄的摧毁，瞬间灰飞烟灭。

杜氏祠堂是杜氏家族血脉的根源，搬离故乡二十多年，血脉根藤依然在心中牵念。黄竹园、大广营等 5 个自然村的杜氏家族人丁兴旺。就有人认为杜氏文化这么源远流长，怎能说丢就丢呢？杜氏出自祁姓，尧帝后裔，以国为姓，始祖杜伯，祖籍西安。这是杜姓起源的描述，杜伯即杜恒，为世界杜姓华人的始祖。大广营乡杜氏得从唐代三朝宰相杜佑说起。杜佑生于公元 735 年，字君卿，陕西省西安人，唐朝中期著名的政治家、史学家。也许不知道历史的人不晓得杜佑是何人，然而著名诗人杜牧却是尽人皆知的，杜佑就是杜牧的祖父。杜佑起家济南参军，历任剡县县丞，后赴浙西、淮南任职。大历六年（771 年），入为工部郎中，出任抚州刺史、御史中丞、容管经略使。唐德宗即位，入为户部郎中、江淮水陆转运使，迁户部侍郎。贞元十九年（803 年）为宰相。唐顺宗即位，迁检校司徒、度支盐铁使。唐宪宗即位，进拜司徒，封岐国公。元和七年（812年），以光禄大夫、太保之职致仕，同年十一月卒于家中，享年七十七岁，追赠太傅，谥号安简。杜佑曾用三十六年撰成《通典》二百卷，创立史书编纂的新体裁，开创中国史学史的先河。

这么辉煌的杜氏家族，是怎么从京都长安来到台州的呢？据《杜氏宗谱》称："杜羔始迁，避黄巢乱（875—883），徙黄岩柏山之杜家岙。"这几句话至关重要，杜羔迁徙黄岩的时间与原因，以及迁徙地黄岩柏山之杜家岙。那么黄岩杜家岙和广营乡杜氏有何联系呢？又有族谱记载宋朝宰相杜范第六子——十五世孙杜渊，为避元兵之乱，从黄岩杜家村迁居临海市原桐峙区大广营村，杜渊就是大广营乡杜姓的始祖。族谱不仅还原了历史的真相，还理清了大广营乡杜氏家族的根源。

家族的历史渊源已清，大广营乡的杜氏后裔在2006年冬至聚集一堂，觉得杜家文人辈出，在重建杜氏宗祠的同时，想到了一个唐朝诗人——杜牧。杜牧，字牧之，号樊川居士，是杰出的诗人、散文家，是宰相杜佑之孙。樊川，原是西汉名将樊哙的封地，是陕西西安城南少陵原与神禾原之间的一片平川，是汉唐时代权贵名流聚居的风水宝地。杜牧因晚年居长安南樊川别墅，故后世称"杜樊川"，著有《樊川文集》。南宋时，杜牧从兄杜羔后人杜椿因对先祖居住地的怀念和对先人杜牧的敬仰，自号樊翁，把自己和儿子读书和宴游之地称作樊川。在黄岩六潭山的第二潭与第三潭之间和几个杜氏有名望人氏一商量，大家建议还需建立一座书院。既然从黄岩杜家岙而来，那就也建立一座"樊川书院"。

库区杜家人聚首商量谋划选址、重建杜氏宗祠事宜。成立"杜氏宗祠重建工作委员会、杜氏宗祠重建工程领导小组"两套组织机构，明确责任分工。经过讨论考察，决定杜氏宗祠选址在风景秀丽的翠屏山右下角、桐峙山左下角的西坑村王加园。这里是龙左脉右、文笔朝天、双狮戏球，实为八国城门紧闭，子孙文武全盛、富贵不替的发族之地。

杜氏家族凝聚力强，有钱的出钱，有力的出力。从2007年到

2017年，杜崇满同志不仅要上班，还要监督祠堂的建设进程以及建造质量等工程。对于一个人来说，十年的光阴不可轻，整整十年，杜家人把建祠堂的事情当作头等大事来做。上海中亿国星投资集团总裁杜礼宾带领宗亲陆续捐款800多万元。杜家人从宗祠建筑的选址到式样以及布局、规模、装饰等，都是经过慎重筛选决策。终于在大家的共同努力下，新建了杜氏宗祠、杜园、樊川书院和灵位房。杜氏宗祠按照明清徽派建筑风格，总投资600余万元，占地面积8600平方米，其中建筑面积3300平方米。宗祠有5间大殿、12间厢房、8间门楼和1个戏台，是杜姓后人供奉祭祀祖先的圣地；东侧13间2层楼房的樊川书院是杜氏后裔学术研究、文化交流、族事商议的聚会之所；西侧9间2层楼房的杜园是杜氏子孙祭祀、聚会的生活寓所。之后对河道两岸道路、溪坑进行了全面整治，这里成为了杜姓家人祭祀祖先、文化交流、商量族事、族人娱乐的聚会之地。杜氏宗祠庭院以半敞开式的格局，用围墙将这三座建筑连为一体，形成一个“突出大殿、对称两边”的整体规模。

杜氏宗祠重建落成，是一项寻根问祖、功德无量的大事，也是一项功在当代利在千秋的公益事业。杜氏祠堂的重建落成，更体现在杜氏家族的团结精神，一个有着非常凝聚力的家族，那是蓬勃崛起的家族。

一池新莲，芬芳了外岙村

前几日接到台州市农科院项玉英的电话，邀请我们赴一场“花开有约，相约外岙”的赏莲采风活动。说到莲，我的脑海里马上出现“江南可采莲，莲叶何田田”的画面。在我的潜意识里，莲似乎与江南水乡有联系，一个小山岙会有莲吗？电话那端的项姑娘见我久久未回复，补充外岙村是台州市农科院的莲花新基地，外岙村种的莲是新品种，目前是浙江省唯一能看到的新莲花品种。说到莲已心动，再说是新莲花，岂不泛起我心的涟漪？我欣然受邀，与同伴约定时间赶一场莲之约。

没想到相约之日正是小暑，小暑节至，暑气升腾。古人就说：“小暑大暑，上蒸下煮。”元代文人吴澄编著的《月令七十二候集解》中记载：“暑，热也……”我是一个容易出汗特别怕热的人，每年暑日开始，我的内心不由得惊恐，不知夏日的太阳底下到底会热到怎样的程度。项玉英又说因怕我们热，特意约个清晨赏莲，我的脑海里不由得浮现出“晨光熹微里，睡莲河塘中”的清然绝景。那一池青莲浮在清水悠悠中，莲叶间绽放出一朵朵睡莲，在晨光中含羞带嗔的模样，这是多么令人心动的美景。莲之诱惑抵过我对暑热的畏惧，我便有了马上去赏莲的冲动了。

清晨，东方的一角天空微微发亮。我们一路向东疾驰，很快就到了外岙村。外岙是我认识上盘镇的第一个村庄，也是我经常去的地方，因为我伯父移民到这个村庄。大清早闯进了外岙村，村民愕然的表情是在探究我们几个“问子今何干”，却不知我们是来“出采外岙莲”。种莲的地方隐藏在村子的深处，我们在几个村民的指

引下，穿过村庄拐过一个岗头，豁然看到一片田野，在田间公路上慢慢驰行，透过车窗终于看到了一块浮着莲叶的水塘。

就这么一片莲塘，让我们来赏莲吗？失落瞬间在心中升起，我带队过来的，该如何向我的队员们交代？既来之，则安之，我和毓姑娘、青、萍，率先观察起莲来。睡莲，古人称为青莲、大苹、苹草、瑞莲、子午莲。莲在人们的心中是圣洁之花，观音的莲之座，菩提世界圣贤们或坐或站的，都与莲花有关。莲是圣洁、清净、慈悲、坚韧的象征，它在人们心中是不可玷污的神圣之花。

当我通知文友去外岙赏莲时，就有文友问我白荷还是粉荷？为这个问题我问了一下专家，说荷可说莲，不过睡莲是区别于荷花的。睡莲叶子贴于水面，莲叶小如碗碟。莲花紧贴着莲叶开放，花瓣小而多。而荷叶高于水面两三尺，大如斗笠。荷花的花瓣大。荷塘在水乡村庄是常见的，荷花除了可观赏之外，莲藕和莲子还有经济效益。杨司的双洋村、杜桥的双桥村都有大片的荷塘，我有空闲在晨昏之时也会去和荷花私会。而莲呢，我是见过几回的，大都在寺院的回廊里种有一缸子睡莲，或在民宿的院子里植着一大缸的白莲。今日能看到水塘里耕植一大片的莲花，还真让我很意外！

我们下车来，寻找水莲，水面上铺满莲叶，莲叶片片铺排，倒也有莲叶田田之感，然而唯有红莲开几朵，不免有些寂寥、冷清之意。一个老农路过，望着伫立在水塘边的我们，连连摇头叹息："你们来晚了，昨日傍晚开了一大片，各种颜色的花都有，确实蛮漂亮。可能昨晚摘了，现在就这几朵，一点不好看。"听了老农之言，我心里一惊，惊疑过后觉得不可能，项姑娘明明约我们今晨来赏莲，怎能不让我们观莲之盛景？

晨阳露脸，田野洒上金光。好姐姐陈冬兰来了，这时我才得知这一片莲塘是陈姐与村周书记、柯总合伙种的。我与冬兰姐认识于 2015 年的重阳节，那是杜桥镇知识分子联谊会举办的重阳节敬老活动。最初只知道她活跃于每次活动，而且每次她都带了很多礼物。有活动进敬老院，她必会准备食物。有几次，她一大早起来做食饼筒送给敬老院的老人吃。如果知联会举办的野外采风活动，她会给大家准备几个拿手菜，比如桃浆、凉拌菜等。随着对她的深入了解，才知她是眼镜厂老板娘，管理着一个企业，还喜欢参加各种社团活动。一次偶然的机会，我赴冬兰姐的眼镜厂深聊，才了解到这个女人身上有很多特别的地方。帮人担保贷款上百万，贷款人跑了，债务算到她头上，她帮人一点点还债，导致她企业的资金链断了，自家企业资金不转，步履维艰。因为她担保未还，自家企业不能贷款。尽管生活给了她很多磨难，然而她依然乐观地面对生活中的各种挑战。冬兰姐不仅是一个女强人，更可贵之处是她几十年如一日的乐善好施，她的善不是表面上做做文章。她在厂子门口设立一个“爱心茶驿”，常年为清洁工、快递员以及路人免费提供茶水。她在茶驿篮里除了放一次性的水杯外，还不忘放些糖果糕饼之类的食品，让取茶水的路人以备饥饿之需。

如果说这些小善就觉得她是善人，那是不足以挂齿，她的善是人间大爱。她在2013年加入“爱心缘”慈善组织，十年来，无论多忙，无论自身遇到多大的困境，她都坚持周周进敬老院、福利院做义工。不是风雪无阻，而是越是恶劣天气越来得勤。哪个老人病了，哪个老人心情不好，她都急在心里，勤在脚上。记得有一次我与她参加知联会活动到溪口周公岙村走访村民，一个老太太行动不便，她便记在心里，过几天就送一根龙头伸缩拐杖到老太太手里。她给孤寡老人送衣送物，修剪头发、指甲，她给智障者购买生活必需品，给病患者联系医院，给孤儿送学习用品且帮忙联系辅导老师，帮助橘农打开销售渠道等等。这样的事对于她十年的善缘之路是举不胜举。她只是“爱心缘”中一个会员，却成了最亮的一颗星。“狮子会”是一个全球性慈善组织，2014年，陈冬兰加入“狮子会”，每每听到哪个家庭遭遇不测或者哪个孤儿久病无治，她就会和会中姐妹们前往援助。记得新冠病毒疫情之始，她得知志愿者需要眼镜，她连夜偷偷潜回厂里，把仓库所有的眼镜清点完，而且连夜独自把坏了的眼镜修好。第二天一早送到派出所、交警队等执

勤者手中。还让我忘不了临海古城进水的那一次，她冒着暑热几次开车到临海送救助物资。其实她经营的眼镜厂也遭受台风的袭击，她却一点没有放在心上。也难怪她获得“台州市好人”“临海市道德模范”等荣誉称号。

可谁又能知道她为了帮朋友渡劫却没人为她渡劫。因资金无法周转，厂子实在经营不了，最后只能关闭改做网上生意。

此刻，我眼前的冬兰姐正一脸笑意望着我，依然温润如兰，柔婉如莲。因她心里种植着一池的莲，她在人生之路上便开出一朵朵圣洁的幽莲。

水中之莲如她慈悲，还是她如水莲一般的坚韧？我已经分不清了，她与水莲在我的眼前不停地重叠、分离，分离又重叠。是的，她在我的心中如同一朵圣洁之莲。这一池睡莲也因她而更为温婉动人。

在我的神思中，冬兰姐介绍开放的红睡莲名为印度红，印度红在夜晚十点左右开放，清晨正是它的高光时刻，我们刚才欣赏到的就是印度红。另外的黄金国和蓝鸟是昼开夜合，早上七点左右开放，到晚上十点左右闭合。刚才老农说我们错过花开的缘分，原来清晨正是睡莲酣睡时刻。我一看表此刻正是六点半，心里不由得一阵窃喜，看来今天有福能看到花开的样子了。

我的伙伴们陆陆续续从杜桥、椒江、临海古城赶来了，大家都对这一池青莲充满了好奇。于是项玉英就向我们普及了莲文化知识。

她说这块水塘种植的睡莲是新优品种蓝鸟，此花呈蓝紫色，形似杯形。另一种新品种名为黄金国，从名字上看非常富贵，此花重瓣，色泽明黄。蓝鸟和黄金国都芬芳扑鼻。这两种花不仅颜值高而且效益好。供观赏之外还适合作花茶用，莲花茶有养颜美容、安神补气之功效。真是长见识了，我一直都觉得莲花是圣界之花，摸都不敢摸的圣物，却说能作花茶之用。项玉英准备介绍印度红，我们都不让她细说了，因为印度红早早迎接我们，主人周书记也热情好客，已经摘了一大桶放在岸上给我们观赏了，紫红色的印度红花形呈碟形，片片花瓣展开，真的如同一口红碟子。冬兰姐透露一个意外的信息给我们，说印度红的柄可以当菜，她婆婆炒着吃，比一般的菜都爽口。啊！真不敢想象，莲花还能吃进肚里。项玉英继续介绍新品种还有万维莎、曼谷雪也在这里隆重登场，这两种花形美丽，花色亮丽，很受人们的青睐。

“嗨！你们看，这朵蓝鸟的花瓣展开了！”在文友的一声惊呼中，我们顺着她手指的方向瞧去，水中央正有一朵水莲展开了两片花瓣，眨眼之间又有一片花瓣脱离花苞。周书记笑着说：“七点了，已到了花开的时候了。”冬兰笑着对我们说，她到水里催催，让花们赶紧醒来。花开还要人催吗？我不禁心中藏疑了。冬兰姐说睡莲是有灵性的，第一次送花去杜桥，一到杜桥花全闭合了。后来每次把花一捧进车里，就对花说千万别睡了，一定要精神，果真花都开得很鲜艳呢。

冬兰姐一边说着一边穿上彩色的连体塑料雨衣，下水去了。只见她双手抚摸着所经之处的水之莲，嘴里不停地说着什么。我紧紧盯着水面，生怕错过每一朵花开的缘分。这边的黄金国一片花瓣微微启开，那边的蓝鸟破出一道口，没等人细瞧，变脸一样的速度，花朵瞬间成为一个紫色的酒盏。静等花开的瞬间，时间如凝滞了一般。在一道道眸光注视下，那一池莲温柔了时光，惊艳了赏莲人。

此刻立于田岸，沐于晨风，静观莲开。在这开合之瞬间，莲开无声的寂，花开绝世容颜，让岸上赏莲人倾醉。莲生于荷塘污泥，却出污泥而不染。反而那香远益清，芳姿娉婷，于繁花之中，美得不可方物。

一只蓝色小舟不知何时出现在池塘边，吴老师要上船体验，我想借他的胆子体验一下“金桨木兰船，戏采江南莲”的感觉。

我踏上摇晃不定的小舟，坐上后座。在同伴们的鼓励下，开始划桨。不料周书记一句：“徐老师，别怕！”他的话音在晨风中飘荡，船如离弦的箭一般往前冲。原来是周书记在后面重重地推了一下小舟，舟一下子到了塘中央。这突如其来的冲速吓出我一身冷汗来。

小舟慢慢稳下来，我的心情也逐渐平复了。一叶小舟在铺满莲叶的水面上缓缓而行，莲在舟之旁微笑着注视着我。此时，只要我一伸手就能摘到一朵朵展颜的蓝鸟，一探身就能和黄金国来个亲密接触，但我不敢。我是一只旱鸭子，最怕水，晃动的船身让我正襟危坐。正在我心神不宁时，舟旁跳跃出一条鱼来，一只蜻蜓从一朵莲旁飞过。这种鱼跃莲塘面、蜓飞莲叶梢的景致让我忘了泛舟水中央的恐惧。周书记说别在意破坏莲叶，尽管划桨前行。这是人家辛辛苦苦种的莲，我当然不会随意“棹动芙蓉落”的。荡舟于莲塘中，舍不得桨碰莲叶，由着舟在水面上闲荡。阵阵莲香袭鼻，浓而不腻，烈而不媚。清新自然的莲香萦绕鼻尖，沁入肺腑。闻着莲香，与一朵朵水中莲对视着，我似乎读懂莲的慈悲为怀，再望望正在采莲的冬兰姐，谁又能读懂她的人生？自家都忙于周转，眼镜、莲塘等各种事务等着她安排处理，刚刚她说下午要去看望一个38岁的患病女人。我在想，她的莲花都急着销售，哪里还有时间管他人之事？可她就能做到，把自己的事放在一边，先去给陷入困境之人送安慰。

冬兰姐高举那一捧刚摘的莲，莲瓣上的水珠在晨阳的映照下发出耀眼的光芒。闪着光的莲花，那晶莹如玉的身姿，无不阐述着无尽的禅意。而手捧着莲、身披着霞光的冬兰姐，身上散发一种光芒，这是一种慈善之光。

等我荡舟回岸，周书记和冬兰姐已经采了一大桶莲花放在路边。红得热烈，黄得艳丽，紫得贵气，白得纯洁，各种色彩各种品种的花入各眼。伙伴们挑着自己喜欢的花，有人喜欢印度红的艳，有人喜欢蓝鸟的娇，我是各种花都挑选了两朵。

周书记带领众人到了村部，项玉英坐于首位给大家展示如何泡莲花茶，只见她兰花指一翘，挑选了一朵黄金国，除去花叶根部，把花放在一个大的玻璃水杯中。左手用一根筷子定住花蕊，右手提一壶刚烧开的水注入花中。顷刻间，玻璃水杯中的黄金国花瓣徐徐舒展，杯中的水色泽明黄。冬兰姐给每人面前的青花瓷小杯子倒上一杯莲花茶，瞬间花香四溢，满室生香。

我端起杯子，喝了一口莲花茶，果然是芬芳满口，清醇润心。我小心一咽，茶水顺着咽喉润滑而入肺腑，丝丝缕缕的香，点点滴滴的润，感觉妙不可言。

项玉英是杜桥人，是台州市农科院的工作人员。外岙村莲基地是她着手管理的，我们此次采莲活动也是她牵头。她希望莲的新品种在家乡有个好的发展，让更多的人了解莲，欣赏莲的美，懂得莲的价值。

此时的项姑娘端坐着，轻声细语讲解着莲花茶的泡法与功效。她那一抬眸一微笑的俏模样，如印度红的热情，也如蓝鸟的婉约。她似乎像那一朵朵开放的黄金国，一样的明媚，一样的端庄。

我们一边喝茶一边倾听周连富书记介绍外岙村的人口分布以及村经济的发展情况。周书记家中经营糕饼生意，生意经营得不错。他当了村里十多年书记，一直致力于村中事务，希望带领乡亲们奔赴致富之路。人生需要机遇的，一个偶然的机遇，冬兰姐喝了人家一杯莲花茶，又听了人家介绍的莲花知识。冬兰姐的心里一动，回村和周书记一商量。如今乡村振兴，村村都有特色，外岙村是否也要来个和别人不一样的产业？这想法和村书记不谋而合。周书记也希望能为村民找个出路，于是和镇政府领导一汇报，镇领导也觉得可试试，一合计便一起奔赴上海考察了。后来上海的教授也到外岙村回访，结果发现村文化礼堂挂着周氏祖先周敦颐的像以及对周敦颐有详细介绍。族谱记载外岙村的周氏是周敦颐的后人，外岙周氏始祖是在元末明初避世到这个地方的。这个周氏族谱让教授一下子来了兴趣。周敦颐的《爱莲说》天下人都熟知："水陆草木之花，可爱者甚蕃。予独爱莲之出淤泥而不染，濯清涟而不妖……"当即教授觉得真是天作之意。周敦颐后人种莲，不仅仅是种莲，种的是一种莲文化的传承。周公的"莲生淤泥中，不与泥同调"的廉洁修

身的品格是周氏后人该继承且发扬光大的。这一说，让周书记热血沸腾，下定种莲的决心，当即表态先试种。他说他是共产党员，让他先试，种得好可在全村推行，种不成功让他一个人亏吧！冬兰姐说作为周家媳妇该承担一份责任与风险，她要加入。三门人柯总对莲感兴趣，也加入其中。三人合伙，在台州市农科院技术人员的指导下种下这几个新品种。周书记负责耕种，冬兰姐负责营销，大家各尽其职，合力经营莲事业。如果这一年能让莲花走进人们的视线，能让这一亩方塘得到好的效益，那么接下来在村里将大规模推行。希望一人带动一群人，一群人开启一个产业。让步不出村的乡亲们也有施展人生的舞台。作为一个村居的大家长，如何想着村民的出路，带动一村人推动一个村的产业，周书记说这几年来确实是想破了脑袋。莲既是一个文化的传承，或许能带动一个村的旅游业，更能推动一个村的经济效益。这样一个好机会送到他的面前，怎能不把握？

听着村书记的一番肺腑之言，我们由衷地为外岙村有这样一个负责任的当家人而钦羡。

办公桌旁的水桶里，挺立着一朵朵绽放的莲花，莲本是圣界之花，如今要入世凡尘。愿莲静美的温柔，流淌在外岙人的心间。但愿莲把那慈爱洒满人间，让外岙人在莲的坚韧里打开一条创业之路。

远离尘嚣的年坑古村

最近心情烦躁，工作和身体双重压力让我的精神备受煎熬。友人邀约，约我出去散散心。她说去年坑古村走走，她觉得年坑是减压的最佳地。

年坑位于牛头山水库的源头，是我回老家的必经之地，几次擦肩而过的浅缘，让我对此地眷恋一次比一次浓烈。听说被列入中国传统村落名录，对“年坑”的眷恋便多了几分缠绵。

踩着冬日的暖阳，我们走在村间的石头路上。小路宽窄不一，宽的地方是由几块大小不一、形状各异的石头拼成，三四人并行也感觉宽余。窄的地方只是一块较平整的石块成路面，仅容一个人通行。望着悠深悠长的石头路无限延伸进大山深处，鞋跟轻踩着石头路，咚咚咚的轻微声，恍如踩着旧时光，带着我走进隔世的唐诗宋词中。

村子不大，分散在小溪的两边，房舍大都是石头砌成的老旧房子，黑灰色斑驳的墙檐，大小不一的石块砌成的墙体，这些石块构筑成时光的棱角。石墙上长满爬山虎、青藤之类的植物，在暖阳的映照下泛着绿光。石墙上的爬山虎与青藤，是岁月的绿色烙印，沐浴在暖阳之下，泛着绿光，恰如一幅流动的画卷，画着岁月的印记。在这静谧的角落，它们缠绕生长，默默诉说着生命的力量与坚韧。

来到一个老房子门口，推门进去是一个院落，院落里有个道地，道地上摆放着许多米筛、箩筐、簸箕等竹制的器具。院子里坐着佝偻的老人，但是手脚仍然很灵活利索，一边和我们聊着天，一边手里飞快地劈开竹片。不经意间和老人聊天的空歇，一个畚斗或一个米筛就在老人的手中成形了。穿着蓝布或者灰布对襟，头上别着一支银簪的阿婆，热情端出一杯清茶给我们。手捧清茶，听着竹音嗦嗦，闻着竹篾微香，看着破败的老房子，望着穿着灰布斜襟的老妇人，眼前的院子和我曾经的四合院不断地在我眼前交替。孩子们在道地上追逐着，清脆的笑声响彻在这个山村的小院子里，儿时的情景在我眼前重叠分开，又重叠又分开。

走出小院，一条小溪自上而下缓缓流着，溪里一群群鸭子自由自在地嬉戏着，时而拍拍翅膀，时而伸颈进水里捕捉美餐。溪坑里有个伞做的渔网，孩子们好奇地提拉上来，伞网里藏着几条鱼。溪河里的鸭子，伞网里的鱼，溪岸上飞舞的蜜蜂，溪上驾着的竹桥，对于女孩子们来说都是新鲜的。走着走着，脚底不停地被细碎小石子硌脚，说着说着，说着城市与山村的喧嚣与宁静。溪岸边野花芬芳，金黄的，紫红的，异彩纷呈。尽管已是深冬，却仍然看到石缝中滋长出来的生命，感受到生命的力量是如此的强大。小小的生命傲视着风霜暴雨，桀骜不羁的狂野性情抗争着恶劣环境。竟然安然地过暖冬，历酷夏，经秋霜，而傲立于寒冬，笑得是如此的灿烂与明媚。我不禁哑然一笑，多少次觉得自己无法承受生命的痛苦，身体上的一些病痛常让我感觉对生命的失望，对生活的绝望。这寒风中不知名的小花朵摇曳着生命的灵动，竟然荡涤去残存在我心中的委屈和烦愁。

我们坐在溪边一块岩石上，感受山风的清冷，聆听着溪流的歌吟，偶尔也能听到扑通扑通的心跳声。安静的溪石，宁静的村庄，幽静的山林，一切都是如此的静谧。远离尘嚣的年坑村竟然是我意外寻求到的灵魂牧场。

任凭我把疲惫至极的身心妥帖安放在山水潺潺的空间。任由我不按规则的心绪驰骋在花香弥漫的空气里。我愿意在纷杂的生活中抽一丝时间来做一回逍遥的隐士，净化所有的尘世烦忧，来享受片刻的悠然生活。朋友笑话我，又神游了，又做白日梦了。我笑笑，捋捋鬓边的乱发。看青山绿水、蓝天白云，任由我的思绪，随着流云缱绻在天边，渐行渐远。我向往这缱绻的流云冷眼看世界，不管世事纷繁，自由逍遥。

坐在年坑溪岸边的白岩石上，三个女人悠然地聊着，说着古老桥畔边上的竹篱，说着石头房里的劈篾老翁，说着溪水里浣纱的老妇。几条土狗摇着尾巴在溪畔悠然地踱步，时不时望着嬉戏的小鸭，偶尔“汪汪汪”叫几声，又漫不经心地望着对岸的三个小丫头和三个少妇，摇着尾巴想得到女人们的青睐。可让它失望，女人们光顾着说话，谁也没有搭理它。村民砍柴经过，“嘟噜”一声，土黄狗就蹦着跳着跟着柴夫后面跑了。“嘟噜”也许是这狗狗的乳名，也许是村民习惯于这种呼唤，总之只有狗狗能听懂。不远处有歌声传来，古老的乐音传进耳中，乐音伴随着溪水叮咚，闭目倾听，敞开心扉，仿佛聆听着前尘之梵音。我们安静地坐着，不说一句话，只要一个眼神就能明白彼此之间的心意。

夕阳西斜，橘红色的太阳斜挂在树梢。飘起的袅袅炊烟，青烟缭绕在黑灰色的瓦顶上，缥缥缈缈随风而散。大鸭子嘎嘎唤几声，呼儿唤女蹒跚归巢。樵夫肩挑柴火，急急赶在归家的路上，不用说就知道是急着去见翘首盼归的老伴。天色将晚，山风逐客，这不是我们久留之地，我们该回尘世喧嚣的地方了……

终把滩涂变良田

垦荒是开垦荒地的简称，是对未被利用的荒地进行垦殖，使之转变为农田的过程。说起垦荒，台州人自然而然想到大陈岛，大陈垦荒犹如灯塔指引台州人砥砺前行。说起垦荒，又想到了南泥湾垦荒，那激情燃烧的岁月把大西北荒原变为绿洲的传奇。说起垦荒，那是一种到“最艰苦的地方去”的激情，那是一种要把最荒芜的土地开垦为遍野绿禾的信念。而我今天说的垦荒，却是我们身边的一群普通的劳动人民，把东海之滨的滩涂变为一片良田的故事。

东海之滨头门新港区附近的海建村很年轻，只有四十六年的历史。海边刚建立的村庄就名为“海建村”。“垦荒之家”的礼堂里坐满了花甲之人，一位位头发花白的老人，他们胸戴大红花，望着我们这群陌生的年轻人，沟沟壑壑的脸上漾着幸福的笑意。我们本想只是很简单的探路，没想到他们用这种隆重的方式来欢迎我们。

弹指一挥间，海建村的村民们犹记当年凭一腔热血献身拓荒的决心，来到了一汪滩涂的东海之滨，将不可能变为可能，在荒芜的土地上开垦出了无尽的希望。在他们的身上，我们看到了艰苦创业、开拓创新的台州式硬气。

李岳金老人一开腔讲述那段难忘的岁月就很兴奋。20 世纪 70 年代，上盘隶属杜桥区，上盘和杜桥的东南海岸线比较绵长，汹涌而咆哮的海水冲击着绵长的海岸线，冲击着上盘这一带居民的居所或良田。靠海边的那一大片滩涂和海坝分给杜桥和上盘的居民来劳作。杜桥区大汾公社分到的滩涂就在上盘区域内，分到海坝的村民轮流去筑坝修坝。鉴于在那个交通一穷二白的年代，村民靠两腿往返三十里外的滩涂，经常是露宿于海坝边。20 世纪 70 年代社会稳定，生产力依然低下，然而人口却是直线上升，大汾公社的良田已然不够村民果腹。在口粮无法满足村民肚皮的情况下，大汾公社决定分一部分村民去滩涂垦荒，把盐碱地变为良田。既有人去筑坝和垦荒，又解决了村民的温饱问题。

盐碱地变为良田，谈何容易？这不是三五天能完成的任务，也不是三五年能完成的工程。这可是一个带些严峻的生存问题，针对这个问题，公社决定从每个村每个小队分抽几户人家去支援滩涂的建设。对于支援的村民给予一定物质上的帮助，让他们安心开垦荒涂。村民们犹豫不决，去支援垦荒滩涂，可能会解决目前的温饱问题，可是又不知会面临怎么样的艰难险阻。

在困境面前，人性的光辉才有闪光点。1974 年腊月，刚从部队退役的杨彩虹正激情满怀欲回地方大干一场，正巧赶上点兵点将去滩涂垦荒，他毅然决然第一个报名支援滩涂垦荒。公社干部和村干部都喜欢杨彩虹这种不服输的干劲，而且刚从部队回来，有文化有纪律性，准备重用他。而杨彩虹不顾公社和村里的挽留，他斩钉截铁地说："我是共产党员，不到最艰苦的地方，还算什么共产党员？"他带上当老师的爱人，他说新居村的孩子需要教育，他劝说妻子到最艰苦的地方去，那里最需要文化教育。夫妻俩带上 4 岁和 6 岁的两个儿子，一家人在寒冬的清晨离开故土，肩挑简单的行囊带上离乡的决心，向着太阳升起的地方一步一滑地走去。

到了三十里外的滩涂，白洋洋泛着夕光，俩孩子早已经成了泥猴了，没膝的烂泥早分不清哪里是路哪里是滩涂。想喝口茶，无处可提水，掬起一掌水，满嘴是咸涩味，喝了还不如不喝的好。可是这里除了这样的水别无选择。水还是小问题，他们面临生存的问题还多着呢。女人们除了操持家务外也要在滩涂劳作，男人的重心就是那一片汪洋滩涂的淡化种植大事。李彩虹带领所有迁移户克服重重困难，誓言非把这片盐碱地种植上水稻不可。既可减轻集体的压力，又锻炼了村民的垦荒意识。无论遇到多大的困难，杨彩虹从不言苦，因为他知道背后多少双眼睛望着他，他就如一座灯塔照亮村民的心。他若是坚强，村民即使遇到困难也会咬紧牙关挺过去，若是他倒下去或者退缩，村民必会阵脚大乱。杨彩虹的心中始终点着一盏灯，让他自己不迷失方向，也照亮身边的垦荒人。大家紧围着他且行且珍惜，四十六个春秋一路相随，终把盐碱地化为良田了。

说起垦荒的记忆，李中联略显沉重，他的父亲李其友是第一代海坝垦荒人。李中联说在移民前，他父亲就是筑坝的常驻队员。每每说起筑坝，他说父亲似乎胸中燃烧着熊熊烈火，显得特别有干劲。四十多年前，海水就如一只发怒的海狮，肆无忌惮冲毁海边人家的房子和田园。筑坝大军就如魔术师把冲毁的大坝重新修筑上，就这样筑坝大军和海潮斗智斗勇。李其友随着迁移大军毫不犹豫地带着儿子来到他梦想的地方，他相信他们的热血与汗水一定会把这一片滩涂变成热土。李中联从父亲的凝神中，常常有种幻觉，大片的荒涂上长满了青青的庄稼。从幻想到现实的距离总是隔着十万八千里，现实的滩涂垦荒生活只有经历过才能体验其中的艰辛。一脚踩进泥泞的滩涂中拔不出来，有时候越拔陷得越深，就算是空手也有踉跄摔倒的可能，更何况肩头挑着沉重的担子。拼着命把脚拔出来了，脚底的泥染成了红色，脚底的伤口蘸着咸碱，痛得泪水滚落。都说伤口上撒盐，滩涂垦荒人哪天不是过着伤口撒盐的痛苦日子？每天日薄西山时，肩头早就磨破了皮，火辣辣的痛直抵肺腑，所有的伤痛都无法阻挡他们垦荒的决心。李其友把自己的一生都奉献给了这一片热土，直至生命弥留之际仍然嘱咐儿辈要好好遵循祖训，勤恳工作。

礼堂中的垦荒人，你一言我一语，进入古稀之年的徐四妹阿婆回忆，当年北风呼啸的冬日暮色时分，她带着三个孩子来到这一片白茫茫的滩涂。她抱着睡着的小女儿走在没膝的烂泥路上，走一脚滑一跤。望着这一片前不着村后不着店的滩涂，说是陆地，海泥带水可没膝，涨潮时海水直灌就成了海。说是海，退潮后是一片滩涂。立于冷风中的徐四妹迎着刺骨的海风，眼眶里溢满了泪水，一颗成滴的泪一出眶就被风卷走。她的脚上没有鞋可保暖，把稻草缠绕在脚上，既可保暖又可防滑防割伤。她想过回大汾去，可她想起临来时的誓言，倔强的性格让她把临阵脱逃的念头硬生生吞回去。她咬着牙告诉自己，别人能吃的苦，她也能吃。刚来时的生活最难熬是没有饮用水，等天落水真可谓是比登天还难。海边的塘水咸涩得难以下喉，更不用说洗衣服了，洗出的衣服硬邦邦的。有条件用明矾过滤一下，没有条件只好等下雨天接水。20世纪70年代，没有高科技可言，一切都是靠双手双腿和双肩。赤手空拳打天下，一双双开裂的手把海坝防筑，一双双生满老茧的手种下一茬茬咸菁，一双双带着血口的手把滩涂变为良田。他们把一株株咸菁种进盐碱地里，咸菁能加速土壤淡化，下降盐分，而且咸菁籽、皮、秆都能成为海边人的宝，提高村民的经济收入。反复种植咸菁，随着咸碱地土质不断淡化，海建人在淡化的土壤里种下薄荷、川豆、棉花、大麦、番薯、水稻等农作物。

海建人在日月交替中用一代人的青春把那一片盐碱地化为良田。为政府减轻负担，又为海防海坝做出了贡献。垦荒人一年年老去，海边人的生活在一天天地变化着。如今，每当望着青油油的禾苗，往日所有的苦与辛酸都化为乌有。村民无不感慨国家经济的迅速腾飞，老百姓的生活过得赛神仙。徐四妹阿婆说，做梦都没有想到今日会是这样幸福的生活。杨彩虹老人特别自豪地说两个孙女都是台州医院的医生，他说垦荒人身上这种肯吃苦肯奉献的精神在下一代人的身上都能看到，他说俩孙女特别能吃苦，为医学事业奉献着自己的青春。

滩涂垦荒成千亩绿色蔬菜基地，李中联不无动容地说着。62岁的李中联是村里第一个高中生，他还是村中开垦文化荒原的领头人。鲁迅先生曾经弃医从文，觉得灵魂比肉体更重要，一个没有灵魂的民族是没有未来的，同样李中联觉得一个没有灵魂的村子也是没有未来的。海建人的孩子们一定会传承老一辈的垦荒精神，树立“为天地立心，为生民立命，为往圣继绝学，为万世开太平”的

崇高理想，奋发图强，无私奉献，开拓创新，让梦想在垦荒精神的助力下翱翔！李中联听到这段话很欣慰，因为他几十年如一日用一支粉笔在村里的黑板上讲述党风廉政和家风家训故事，从曾经的青年书记变成了如今的清廉书记，他用35载光阴谱写初心使命，他用“一支粉笔”当起了村里的宣传部长，用村办公楼的黑板报，将自己在电视上、报纸上看到的国家政策方针、廉政知识、时事热点抄写在黑板报上，供村民们阅读。文化礼堂成立，村里的讲堂是李中联的专用场所，他把国家最新的廉政政策、刚学习的传统文化，以及中国传统文化和清廉好家风的宣传教育都用作讲堂内容。只要李中联讲堂一开始，村里闲居在家的海建人就会放下手里的事跑来听。

李中联的女儿李丹凤在父亲的影响下，爱这块父辈打下的江山，虽然出嫁，却经常回家教村里的孩子诵读经典，宣扬清廉好家风的建设，将一颗颗自立自强的种子播撒在垦荒人后辈的心田。每每看到孩子背诵着经典诗文，李丹凤父女特别自豪，因为他们家三代成为这片土地的垦荒人。

坚韧勤劳的海建人用双手垦殖了东海之滨的盐碱地，他们用热血与汗水把一片狰狞可怖的滩涂变成了奉献青春的热土，用智慧垦殖海建人的文化和心灵，用知识与礼仪、善良与道德浇灌了一朵朵娇嫩的海建之花，使之盛放在那一片东海之滨的蓝天下。

走进将军村

东塍镇岭根村因为民国时出了七位将军，故被人誉为“将军村”。名人的历史影响，总是穿云破雾，而延泽后世。走进岭根村，八角凉亭、拱桥，古意扑面而来。每次踏上岭根这块土地，就让人犹感亲切。

近几年，我几乎每年都会去一趟岭根，每次去岭根村都让我有种回家的感觉。那一个个四合院，那一条条悠长的小巷，那一道道高墙檐角，是刻在我灵魂深处的家园。我是四合院里长大的姑娘，对四合院有特殊的感情。每次走进岭根，立于院中，我仿佛又回到童年，恍若又回到故园。

穿过一幢幢名人院落，一扇扇木格窗让我一下子嗅出墨迹殷殷的书香味儿，一扇扇高大的门恍若就是时光机，跨进门内恍若来到了那个风雨飘摇的民国时期。这些故居的主人早已经肉体入泥，但一踏上这块土地就走进了岭根的历史画卷中，岭根村也因这些将军而名扬海内外，将军们也因为岭根的峻山清泉滋养了一颗颗爱国之心，培育了一个个赤胆忠心的爱国将领。领根成了爱国摇篮，成了一个文化底蕴深厚的山村！

东塍镇岭根村位于琅坑岭东麓，群山环抱，在初春的暖阳下，极目远眺，满目叠翠流金。周边九条山岗似龙脉逶迤，名“九龙舞翠”，村南谷堆山含苍滴翠，荫翳蔽日，是岭根的风水集聚地。山川毓秀，层峦叠翠，就因为这山高水清所以能藏龙卧虎。龙虎之星降落在这个叫岭根村的土地上，一个山村走出七位将军，还有众多的革命志士，这是罕见的村落。2007 年，岭根村荣获“台州历史

文化特色村”“将军村”之美称。

踩着初春的暖阳，走进岭根村，随意寻一个老人问一问那远去的历史，老人那布满沟壑的脸上就会绽放出一朵朵菊花来，笑意在老人的脸上洋溢着自豪，说起王文庆、王萼、王纶、王维、王辅臣、王义斋、王大钧、王吉祥，除了这八位，辛亥革命光复会女将领王素常、革命者王梦之等都是岭根村人，国民党空军司令周至柔还是该村的女婿。周至柔这个名字在我儿时就已经根植在心中，他是我东塍二丈公的侄子，小时候在老家经常听老一辈人说起他，只是那个时候太小，我还不懂得这些关于革命的人和事，今日听老人们对这些故事娓娓道来，感觉很遥远，却又离得这么近，英雄的故事，英雄的故居，今日到了家门口怎能不去造访谒见呢？这种好奇急迫的心情在我的心里不停地躁动着，迫使我加快脚步前去一睹为快。

在现代新村中棋布着将军们的故居，深深的庭院，精雕的木构件，在石台门里淡定地静观着沧海桑田。我们按照路牌指示经过几道弯，走进了王文庆故居，王文庆故居是一个双台门的深宅大院，门匾上写着“居之安”，这是著名书法家章梫为前台门题额。高墙大院内，木雕、灰雕精巧灵秀，窗棂门花，工艺精美，院舍整体完好。七位将军的故居，除了王大钧故居被火烧毁，其余的故居都整体保存基本完好，而且各具特色。王辅臣故居门墙上的图饰和灰雕有“童子聚宝”“凤凰牡丹”“太公钓鱼”“朱买臣挑柴”等，人物和图景相映成趣，美轮美奂。故居的地面都是鹅卵石铺设的图案，整齐有序，不仅有几何图案，更有鲤鱼、铜钿等，王纶故居里道地由鹅卵石凑成的“龙”“凤”“铜钿”等图案并成，寓意深远。民国将军王纶、王维兄弟的故居天井里鹅卵石铺设的道地中央，镶嵌着用石子排绘的国民党党旗，两旗交叉，清晰可见；还有那均匀排列的木条构成的窗棂花窗间，又附以漂亮的小饰物，或衬以花瓶、小猴、小鹿、蝴蝶等图案，造型精细，技艺繁杂精湛，简直就是一件件精美绝伦的工艺品，无不让人驻足观赏，流连忘返。

这些老宅青砖黛瓦，巍峨高大，马头墙层层叠叠，无不彰显着主人的特殊地位，老宅青砖黛瓦石花窗与屋檐上的青苔，镌刻着百年的岁月沧桑。

村西头，元代古迹“里庄小皇城”前，口字塘、擂鼓门、八步道、八字潭、四眼井，串联一线。村西的古驿道上，有序地坐落着里庄和沙湾路廊，里王桥、外山桥等古石拱桥和横陈在道边溪涧上的13个碇步，每个碇步里都有一个动人的故事，碇步里道道印痕，透着幽幽古韵。古代温州至宁波的唐宋驿道穿村而过，驿道上王纶将军建于1936年的连山桥、北京大学校长蒋梦麟为桥名题额，交相辉映着人文与建筑的价值。青藤倒挂，石板碎裂的里王桥和外王桥，经历了世世代代，随着潺潺的流水声，古往今来的行路人的故事也随着水流消失在水波中。夕阳中残旧路廊，妇女的捣衣声，给古朴的山村平添了几许诗情画意。

一个村庄汇集了这么厚重的历史人文，珍稀的古迹遗存，岭根村的每一处古道、故居、陌巷、石桥、坊亭和那沧桑的青石，无不诉说着那段清末民国的历史故事，一个个传奇的人物的故事，都在展现着中华儿女对祖国最深切的爱国之情。